JN029834

# 人類の深奥に秘められた記憶

La plus secrète mémoire des hommes

Mohamed Mbougar Sarr
モアメド・ムブガル・サール
野崎歓＝訳

集英社

人類の深奥に秘められた記憶　目次

人類の深奥に秘められた記憶

ヤンボ・ウオロゲムのために

しばらくは**批評**が**作品**につき従うが、やがて**批評**は消え去り、**読者**が**作品**に同行する。旅路は長いことも短いこともあるだろう。その後**読者**は一人また一人と死んでいき、**作品**は単独で旅を続ける。しかし別の**批評**、別の**読者**が徐々に**作品**の航行速度に追いつく。そしてふたたび**批評**が死に、**読者**も死ぬ。**作品**は死屍累々(しし るいるい)の山を越えて、孤独へと向かう旅を続ける。**作品**に近づき、航跡をたどっていくなら、その先には確実に死が待ち受けている。だがまた別の**批評**やほかの**読者**が、倦(う)むことなく執拗(しつよう)に**作品**に接近をはかり、時間と速度に呑(の)み込まれていく。とうとう**作品**はもはや取り返しようもなく孤独になり、**無限**の内を旅する。そしてある日、**作品**は万物が死ぬのと同様に死ぬ。太陽が消え、地球、太陽系、銀河系、そして人類の深奥に秘められた記憶までもが消え去るのと同様に。

ロベルト・ボラーニョ『野生の探偵たち』

# 第一の書

# 第一部　「母グモ」の巣

## 二〇一八年八月二七日

一人の作家とその作品について、少なくともこれだけはわかっている。作家と作品は想像しうるかぎり最も完璧な迷宮の中を、ともに歩んでいるということ。その長い道は円環を描き、目的地は出発点と一致する。その地点とはつまり孤独だ。

いま、アムステルダムを去ろうとしている。新たにわかったことがあるにせよ、自分がエリマンをもっとよく理解できたのか、それとも謎が深まったのかはいまだにわからない。どんな知的探求にも当てはまる逆説を持ち出してもいいだろう。世界の断片を発見すると、未知なるものの広がりとわれわれの無知の大きさがいっそうあらわになる。でもこの方程式ではまだ、エリマンという人物を前にしてぼくが抱く感情を表すには不十分だ。人間の魂を知る可能性についてのさらに根源的な、つまりもっと悲観的な表現が彼のケースには必要だ。彼の魂はブラックホールに似ている。近づく者すべてを魅惑し、呑み込む。しばし彼の人生の上にかがみこんで、そこから身を起こしたとき、人は重苦しい、諦め切った顔になる。老け込んで、絶望さえ漂わせるだろう。そして呟く（つぶや）のだ。人間の魂については何も知ることなどできない、知るべきことなど何もないのだと。

エリマンは自らの「夜」に沈んだ。彼が太陽にたやすく別れを告げたこと、自分の影までも奇跡のように昇天させてしまったことにぼくは魅了されている。彼の運命の謎に取りつかれてしまった。彼にはまだ言うべきことが山ほどあったのに、なぜ沈黙してしまったのかわからない。とりわけ、自分に彼のまねができないことが苦しい。沈黙した者、真の意味で沈黙した者と出会うと、自分の言葉の意味——必然性——が問いただされる。にわかに、そんなのは退屈なおしゃべり、言葉の滓ではないかと思えてくる。
日記よ、この辺で口をつぐみ、中断しよう。「母グモ」にさんざん話を聞かされて疲れ果てた。アムステルダムで過ごしたせいでへとへとだ。孤独への道がぼくを待っている。

# I

ぼくの世代、つまりもうじき若いとは形容されなくなる世代のアフリカ人作家にとって、T・C・エリマンは文学をめぐる敬虔にして血なまぐさい論争へと駆り立てる存在だった。彼の本には大聖堂や闘技場の趣きがあった。われわれは神の墓に入るようにしてそこに入っていき、結局は自分自身の血に浸されてひざまずくことになる。その血は傑作への捧げものとして流されたのだ。彼の本のたった一ページだけで、いま読んでいるのは一人の作家、例外的な作家、文学の天空に一度しか現れない星なのだと確信させられた。

彼の本をさかなにして仲間たちと幾度も夕食のテーブルを囲んだものだ。こんな一夜を思い出す。ベアトリス、官能的で活力に満ちたベアトリス・ナンガ——いつの日か彼女の胸の谷間で窒息させてもらえたならと願っていたのだけれど——彼女が議論の最中に、闘争心をむき出しにして言った。真の作家たちの作品だけが本気で論じるに値する。それだけが銘酒のように血を燃え立たせてくれる。あんたたちがもし気の抜けた馴れ合いの議論でよしとするなら、そういう作品が求めている熱い対決から逃げることになる。そんなのは文学の面汚しだ、と。真の作家とは、と彼女は付け加えた。真の読者のあいだに死に物狂いの議論を呼び起こす存在のこと。真の読者ならいつだって戦闘状態にあるはず。もしあんたたちがまるでブズカシ［二組の騎馬隊が山羊や子牛の死骸をボール代わりにして奪い合うアフガニスタンの国技］の試合のように、闘技場での死も覚悟し、相手のむくろを勝ち取ろうとするのでないなら、いますぐ出ていって。そして生ぬるいオシッコにまみれてくたばるがいい。それを高級ビールだと思って飲んでるらしいけど。あんたたちが読者とは言えないことだけは確かだね。まして作家なんかじゃ絶対にない。

　ぼくはベアトリス・ナンガの燃え上がるような批判に賛同した。Ｔ・Ｃ・エリマンは古典的作家ではなくカルト作家である。文学的神話とは賭博のゲーム台だ。エリマンはそこに腰を下ろし、三枚のこのうえない切り札を繰り出した。まず、謎めいたイニシャルの名前を選んだ。それから、本を一冊しか書かなかった。そして跡を残さずに消えたのである。だから、その亡骸（なきがら）を奪い取るために、横から鼻を突っ込むだけの値打ちがあるというものだ。

　たとえＴ・Ｃ・エリマンという男がかつて実在したことに疑問の余地があるとしても、あるいはそれが一人の作家が文壇を手玉に取ろうとして、またはそこから逃げ出そうとして思いついた偽名だったとしても、彼の本の力強い真実性を疑うことはだれにもできない。本を閉じると、荒々しく、そして純粋な生命が魂に迫ってくるのを感じる。

　ホメロスが実在の人物だったかどうかは、興味深い問題であり続けている。でも結局、その問題は読者が抱く賛嘆の念とはほとんど関係がない。なぜなら『イーリアス』ないし『オデュッセイア』を書いたことに読者が感謝を捧げるのは、実際はどうであれ、ホメロスに対してなのだから。同様に、Ｔ・Ｃ・エリマンの正体、彼にまつわるまやかしや伝説などはどうでもよかった。文学に対するわれわれのまなざしを変えてくれた作品は、エリマンという名前のもとに書かれたのだ。ひょっとしたら、この本は人生に対するわれわれのまなざしも変えてくれた。『人でなしの迷宮』。それが題名だった。そしてわれわれは新鮮な水を飲むために水源に戻るマナティーのように、その本のページに戻っていく。

〈最初に予言があり、そして一人の王がいた。予言は王に、大地はお前に絶対的な力を与えるが、引き換えに老人たちのむくろを求めるだろうと告げ、王は予言を受け容れた。ただちに王国の老人たちを火炙りにし、遺灰を王宮の周囲に撒くと、それがやがて森となり、不気味な森は人でなしの迷宮と呼ばれた〉

## Ⅱ

どんなふうにして出会ったのか、その書物とぼくは？　だれが相手でもそうだけれど、それは偶然のことだった。でもぼくは「母グモ」に言われたことを忘れてはいない――偶然とは本人の気づいていない運命にほかならない。『人でなしの迷宮』を初めて読んだのはごく最近、ひと月ほど前のことだ。とはいえ、それまでエリマンのことをまったく知らなかったわけではない。名前は高校生のころすでに知っていた。『黒人文学概説』に出ていたのだ。これは植民地時代以来、フランス語圏アフリカの高校生たちにとって文学の参考書となってきた、息の長い選集の一冊である。

二〇〇八年、セネガル北部にある寄宿制士官学校の第一学級［七年制中等教育の第六学年］でのことだった。ぼくは文学に魅かれ始め、詩人になりたいという若者らしい夢を抱いていた。そんなのは最も偉大な詩人たちを初めて読んだときに抱きがちな、ごく平凡な野心でしかない。しかもサンゴール［レオポール・セダール・サンゴール、セネガル共和国の初代大統領、詩人でアカデミー・フランセーズ会員（一九〇六－二〇〇一）。黒人の自覚を促すネグリチュード運動を牽引］のあまりに巨大な亡霊に取りつかれた国で暮らしていたのだからなおさらである。つまりその国では、異性を誘惑しようとする若者たちにとって、詩が決め手の一つであり続けていた。丸暗記した四行詩や、自作の四行詩を使って女の子をナンパする時代だったのである。

そこでまず、詩の選集や同義語辞典、稀語辞典、さらには押韻のための辞書をあれこれ読み散らすことから始めた。ぼくがひねり出した恐るべき詩は、「熟し切った涙」「裂開する天空」「ガラス質の黎明」などという表現だらけの、ぎくしゃくした十一音節詩だった。模倣し、パロディを作り、剽窃した。『黒人文学概説』を夢中になって読みふけった。そしてその本の中で、黒人文学の古典的作家たち、チチェレ・チヴェラ［コンゴの作家（一九四〇－）］とチカヤ・ウ・タムシ［コンゴの詩人・作家（一九三一－八八）］のあいだにはさまれた聞いたことのない名前、T・C・エリマンと出会ったのだ。そこに付された解説はじつに変わっていて、あっさり読み過ごすわけにはいかなかった。内容は以下のとおり（いまでもこの本を持っている）。

〈T・C・エリマンはセネガル生まれ。奨学金を得てパリに留学し、一九三八年、一冊の本を刊行した。その本の運命には特異な悲劇性が刻印されていた。『人でなしの迷宮』である。

それにしても何という本だろう！　若きアフリカ黒人による傑作！　フランスにいまだかつて前例がない！　そこから生まれた文学論争は、フランスならではのお家芸だった。『人でなしの迷宮』はけなす者と同じだけの支持者に恵まれた。だが、著者と作品は栄えある文学賞を受けるに違いないと噂されたそのとき、不可解な文学的事件が起こって栄光への飛翔は断たれた。作品は公然と侮辱された。そして若き著者は文壇から姿を消した。

やがて戦争が始まった。一九三八年末以降、T・C・エリマンの消息を知る者はいない。彼の運命に関しては興味深い推測がなされているものの、結局謎のままである（この問題についてはたとえば、ジャーナリストのブリジット・ボレームによる次の簡潔な著作が参考になる。『黒いランボーの正体はだれだったのか——ある幽霊の冒険』ラ・ソンド出版、一九四八年）。論争に巻き込まれた版元はエリマンの本を書店から回収し、在庫分をすべて破棄した。以後『人でなしの迷宮』は再版されていない。今日では入手不可能となっている。

繰り返し述べておこう。この早熟な著者には才能があった。あるいは天才だったのかもしれないが、才能をもっぱら絶望の描写に捧げたのは残念なことである。彼のあまりに悲観的な本は、暗黒と暴力と野蛮のアフリカという植民地主義的ヴィジョンを増長させる。かつてあれほど苦しみ、いまなお、そして将来も苦しむであろう大陸には、自らの作家たちがより肯定的なイメージを与えてくれるよう期待する権利があったはずである〉

これを読んで、ぼくは即座にエリマンの亡骸、というか彼の亡霊の跡を追いたいという気持ちをかきたてられた。続く数週間、彼の運命についてもっと知ろうとしたが、インターネットは『概説』ですでに言われていた以上のことは何も教えてくれなかった。エリマンの写真は一枚も存在しなかった。彼に言及している稀（まれ）なサイトも、仄（ほの）めかす程度で、ぼくと同様の事柄しか知らないのだとすぐにわかった。そのほとんどすべてに「両大戦間の恥ずべきアフリカ作家」という表現が見られたが、具体的にどんな点で恥ずべきなのかについては語っていなかった。作品についてもさらなる情報は得られなかった。深く掘り下げるような証言はいっさい見当たらず、研究や論文も存在しなかった。

父の友人で大学でアフリカ文学を教えている人に訊（き）いてみた。フランスの文壇における（彼は

「フランスの」を強調した）エリマンの命はあまりに儚かったから、セネガルで作品が知られるには至らなかったということだった。「あれは去勢された神の作品だな。『人でなしの迷宮』は神聖な書物だとしばしば言われてきた。だが本当のところ、あの本はいかなる宗教も生み出さなかった。いまではあの本の信者はいない。おそらく、いまだかつてだれ一人信者などいなかったんだろう」
僻地の寄宿制士官学校で暮らす身としては、それ以上捜索の手を広げることはできなかった。捜索を打ち切り、単純かつ残酷な真実で満足することにした。つまり、エリマンは文学界の記憶から消されただけではない。どうやら同国人たちを含む、あらゆる人間の記憶から消されてしまったのだ（ただし、よく知られているとおり、同国人たちこそが真っ先に忘れ去る）。『人でなしの迷宮』は文学の別種の歴史（ひょっとしたら、文学の真の歴史）に属していた。時間の通路のなかで見失われた本、呪われた本というのですらなく、単に忘れ去られた本の歴史だ。その死体、骸骨は、看守のいない牢獄の床に孤独に打ち捨てられている。そして果てしなく広がる、凍てつき黙した道程のしるべとなっているのだ。

ぼくはこの悲しい一件から遠ざかり、不出来な恋の詩をひねり出す作業に戻った。

結局のところ、とあるぱっとしないＷｅｂサイトで『人でなしの迷宮』の最初のくだりを見つけたことだけがおもな収穫だった。まるで、それが七十年前に滅亡を免れた唯一の生き残りだとでもいうかのようだった。〈最初に予言があり、そして一人の**王**がいた。予言は**王**に、大地はお前に絶対的な力を与えるが、引き換えに老人たちのむくろを求めるだろうと告げ、〉云々。

## Ⅲ

さて、『人でなしの迷宮』がぼくの人生に戻ってきた次第は、以下のとおりである。

学校で最初に出会ったのち、またエリマンに遭遇することもなく時間は流れ去った。思い浮かべることはもちろんあったけれど、それもだんだん間遠になった。思い出すときには必ず、そこはかとない悲しみを覚えた。何か未完の物語や、終わりのない物語のことを想(おも)うときのように――行方のわからなくなった旧友、火事で燃えてしまった原稿、ようやく幸せになれるというときに怖くなり諦めてしまった恋。ぼくは大学入学資格試験(バカロレア)に合格し、セネガルを去って、フランスの大学で勉強を続けるためにパリに来た。

そこでぼくはエリマンの捜索をつかの間再開したものの、成果はなかった。彼の本は、あそこなら品ぞろえがいいからと言われた古書店でも見つからなかった。B・ボレームの小冊子『黒いランボーの正体はだれだったのか』のほうは、一九七〇年代半ば以降、再版されたことがないと教わった。異郷で勉学の日々に追われるうちに、やがて『人でなしの迷宮』から遠ざかった。この幻の本の作者は、文学の深い闇を一瞬照らしたマッチのひと擦りでしかなかったかのようだった。こうして徐々に、ぼくは本も作者も忘れてしまった。

大学で勉強を続け、文学の博士論文を準備する段階に達したが、たちまちそれが作家のエデンの園からの追放と感じられるようになった。怠惰な博士課程学生となり、高貴なるアカデミズムの道を踏みはずすこととなった。それはもはや一時的な誘惑などではなく、いかにも思い上がった、とはいえ揺るがない欲望、つまり小説家になるという欲望に突き動かされてのことだった。周囲のみんなは警告してくれた。文学の道に進んでも、成功できずじまいかもしれない。そのあげく気持ちもすさみ、失望し、はみ出し者、落伍者(らくごしゃ)になって終わるかもしれないぞ！　うん、ありうるね、とぼくは答えた。「みんな」は頑として意見を変えない。最後は自殺して果てるのか！　ああ、そうなるかもしれない。でもね、人生というのは、とぼくは付け加えた。まさしく「そうなる」と「かもしれない」のあいだにあるんだよ。ぼくはそのかすかな可能性の上を歩もうとしているんだ。もし足元が崩れてもしかたがない。そうなったら、下のほうでは何者が生きてるのか、それともくたばってるのか、この目で見てやるまでさ。そしてぼくは「みんな」にお引き取りを願って、こう言った。文学では、成功するなんていうことは決してない。きみたちはさっさと成功行きの列車に乗って、行けるとこまで行くがいいさ。

ぼくは『空虚の解剖』という題の小粒な小説を書いて、どちらかといえばあまり知られていない出版社から出した。本は大失敗だった（最初の二ヵ月に売れたのは七十九冊、ただし自分で買った分も含む）。とはいえ、もうすぐ本が出ますとフェイスブックに投稿した記事には一一八二人が「いいね！」をつけてくれたのだが。そのうち九一九人がコメントを残していた。「おめでとう！」「誇らしい！」「プラウド・オブ・ユー！」「おめでとさん！」「ブラボー！」「元気をもらった！」（こっちはぐったりしているのに）「ありがとう、兄弟、おれたちの誇りだ」「すぐ読みたいよ、インシャ・アッラー！」「いつ出る？」（刊行日はちゃんと書いておいたはずだが）「どうやったら手に入る？」（それも書いてある）「値段は？」（同上）「面白そうな題！」「ぼくら若い世代のお手本！」「何についての話？」（この質問は文学においては「悪」そのもの）「注文受け付けてる？」「PDFで入手可？」等々。売れたのは七十九冊。

刊行後、その本が無名の状態から救い上げられるまで四、五ヵ月待たなければならなかった。いわゆるフランス語圏文学が専門の影響力のあるジャーナリストが「ル・モンド・アフリック」

［有力紙「ル・モンド」が二〇一五年以来ネットで展開しているアフリカ特集版］に一二〇〇字（ただしスペース込み）の書評を書いてくれたのだ。文体に多少けちをつけてはいたものの、文章の最後に、こんな恐るべき、危険な、悪魔的でさえあるような決まり文句をくっつけてくれていた。「フランス語圏アフリカ文学、今後注目の新人」。「期待の星」なんていうおぞましくも耐えがたい表現こそ使われずにすんだが、彼の賛辞もなかなかの褒め殺しだった。故郷から離脱してパリで暮らすアフリカ人たちの文学界――口の悪い連中が、そしてぼく自身も「ゲットー」呼ばわりする――で、ある種の注目を集めるには十分だった。ぼくの本を読んだことのない、そしてこれからも決して読まないだろう連中さえ、この「ル・モンド・アフリック」の囲み記事のおかげで、またも現れた前途洋々な若き新人作家の存在を知ったのだった。ぼくはフェスティヴァルやイベントやサロンや文学見本市で、「新しい声」や「新しい前衛」、あるいは「新進の作家たち」とか何とか、新しいとは言うものの、その実、文学の世界ではすっかり使い古されたワンパターンな座談会が開かれるたびにお呼びがかかるようになった。このささやかな反響はセネガルの地元にまで届き、みんなはぼくに関心を抱くようになった。パリがあいつに関心を抱いたのだからというわけで、それがお墨付きとなったのだ。『空虚の解剖』はこのときからあれこれ話題にされ始めた（話題にされるとは読まれるという意味ではない）。

　そんななりゆきにもかかわらず、ぼくは満たされなかった。みじめな気分になったと言ってもいい。やがて『空虚の解剖』のことが恥ずかしくなり――なぜあの本を書いたのかはいずれ詳しく述べるつもりだ――記憶からきれいさっぱり消してしまうため、あるいは葬り去るために、別の野心的な、決定的な傑作を夢見るようになった。あとはそれを書くだけだった。

## Ⅳ

では実際にやってみよう、つまり畢生の大作(マグナム・オプス)を執筆しようと取りかかって一ヵ月ほどたった七月のある夜、最初の一行が見つからないまま、ぼくはパリの街へと逃げ出した。奇跡を待望してさまよった。ところがその奇跡がバーのウインドーの向こうに出現した。セネガルの女性作家、マレーム・シガ・Dの姿がそこにあったのだ。彼女の年齢は六十歳くらいか、本を出すたびにスキャンダルを引き起こした結果、一部の人間からは性悪な巫女(みこ)、女吸血鬼、はたまた睡眠中の男を襲う夢魔ともみなされていた。ぼくにとっては天使、セネガル文学の黒い天使であり、彼女がいなかったならセネガル文学など退屈きわまる掃き溜(はだ)めにすぎなかっただろう。なにしろそこでくすぶっているのは、「木々の枝葉越しに照りつける」永遠の太陽とともに幕を開けるような、やる気のない本ばかり。描写される顔は決まって「出っ張った」頬骨、「ワシのような」（あるいは「つぶれた」）鼻、「突き出た」（あるいは「秀でた」）額をしているといった具合なのだ。紋切り型や気の抜けた文章によっておぞましく防腐処置を施されたような、歯髄を抜かれたぼろぼろの虫歯のような最近のセネガル文学を、シガ・Dが救っていた。彼女はセネガルを離れて外国から、心底、誠実であるせいで猥褻(わいせつ)とみなされてしまうような作品を送り込んでいた。そのため彼女はある種、カルト的な作家となった――そして幾度か非難にさらされてはだれの弁護もなく孤軍奮闘していた。たびたび敗北を喫した。でも彼女は、わたしの言うべきことはまさにそこに、わたしの人生の中にある、と胸を張るのだった。だからそれを書き続ける。あんたたちのくだらない攻撃なんかクソくらえなのよ。

　というわけで、シガ・Dの姿がそこにあった。バーに入り、彼女の近くの席に腰を下ろした。店内にはほかに三、四人の客が散らばっていた。他の客たちは外の空気を吸おうとテラス席にいた。シガ・Dはテーブルに一人でじっと坐(すわ)っていた。獲物を狙う牝(めす)ライオンが丈高い草むらにうずくまり、大きな黄色い瞳で草原を切り裂くように見つめているといった様子。いかにも冷徹な佇(たたず)まいは作品の熱情とは対照的で、その内容——壮麗にして噴火する火口のような、燧石(ひうちいし)とダイアモンドのごときページの数々——を思い返すだに、一瞬、本当にこの落ち着き払った女性が書いたのかといぶかしく思えた。

　まさにそのとき、シガ・Dは腕を振り上げて、ゆったりしたブーブー［アフリカ黒人の着る長衣］の袖をまくった。衣の隙間から、乳房がちらりと見えた。トンネルないしは廊下の待合スペース、欲望の待合スペースの向こうにその輪郭がくっきりと浮かび上がった。シガ・Dは自らの乳房に関して忘れがたい一節を書いていた。最も官能的なエロチック文学選集にもふさわしいようなブラゾン［十六世紀フランスで流行した女性美を称える詩］である。つまりぼくは文学が後世に語り伝えるバストを目の当たりにしていたのだ。それは数多くの読者たちが心のうちで凝視し、その円みをめぐって妄想を逞(たくま)しくしたものだった。ぼくもまた妄想の火をかきたてられた。彼女は腕を下げ、乳房はふたたび隠された。

　片手を握りしめて自分を励まし、もう片方の手でグラスを摑(つか)んで飲み干してからシガ・Dに近づいた。まず自己紹介し、名前はジェガーヌ・ラチール・ファイ、あなたの作品がどれほど好きか、お会いできてどんなに嬉(うれ)しいか、人間としてのあなたにどれほど魅了されているか、次の作品が楽しみでならない等々、崇拝者たちがこれまでさんざん聞かせてきたはずのお決まりの礼賛の文句を並べ立てた。それから、彼女の顔に愛想はいいものの迷惑そうな、うるさい相手を体よく追っ払いたいと言わんばかりの表情が浮かんだのを見て取って、一か八かの勝負に出た。彼女の乳房を話題にし、いまちらりと目に入ったのだが、もう一度拝見できたならと申し出た。

彼女は驚いて目をすがめた。隙が生じた。ぼくは突進していった。マダム・シガ、これまであなたの胸のことをさんざん夢見てきました。――で、目に入ったものがお気に召したってわけ？　と彼女は落ち着いて言った。――ええ、大変気に入りました。それで、望みがもっとふくらんだんです。――もっと？　――はい。――どうして？　――つまり、勃起してしまって。――あんた、本気なの、ジェガーヌ・ラチール・ファイ？　ずいぶん気が早いじゃないの、お若い人！　――ええ、わかってます、マダム・シガ。はるか以前からあなたの胸に取りつかれてきたものですから。わかっていただけたなら。――馬鹿丁寧な言い方はやめなさい。マダム・シガなんて滑稽だからよしてちょうだい。それから勃起もやめにして。しぼませちゃいなさい、〈メン・ナ・ラ・ジュル〉、あんたの母親の歳なのよ、ジェガーヌ。――〈コネ・ナンパル・マ〉、それなら母親のように乳を吸わせてよ、とぼくは応じた。まるで思春期に女の子たちに言い寄って撥ねつけられた（あるいは十一音節の詩をまるっきりわかってもらえなかった）ときのように。女の子たちは四、五歳年上だからといって、母親みたいな態度をとろうとしたものだ。

シガ・Dは一瞬ぼくを見つめてから、初めて微笑みを浮かべた。

――ムッシューは当意即妙の才をお持ちだこと。口が達者なんだね。乳を吸いたいって？　いいわよ。ついておいで。ホテルはここから数分のところ。インシャ・アッラー、ムッシューはお乳を吸うのよね。

彼女は腰を上げかけて言った。「いまここで〈ナンパル〉したいというのなら別だけど」

彼女はその言葉どおり、たっぷりしたブーブーの襟をすぐさま胸元に引き下ろした。すると下着を押しのけていかにも重たげな左の乳房が現れ出た。ほしいの？　シガ・Ｄは言った。ほら、ここよ。大きなメダルのような乳輪が茶色を帯びて輝いていた。明るい色合いの豊かな大海原のただなかに浮かぶ島とでもいったよう。シガ・Ｄは頭を右に傾けて、落ち着き払い、周囲にはおかまいなくぼくを見つめた。その官能的で猥褻なふるまいは、こちらの目を奪う、いささか下品な効果も狙えたところなのに、抑制された力を感じさせ、優雅にさえ思えた。どうする？　ほしいの、ほしくないの？　彼女は自分の乳房を摑んだ。そしてゆっくりと揉（も）みしだき始めた。数秒してぼくは、できればホテルの部屋でお願いしますと言った。残念、と彼女はこちらを不安にさせる優しさで言い、乳房をしまって立ち上がった。没薬（ミルラ）とシナモンの甘美な香りがあたりに立ち込めていた。ぼくは勘定をすませ、彼女のあとについていった。

## V

ぼくらはホテルに着いた。彼女は自作についてのシンポジウムに出席するために何日かパリに滞在するあいだ、そこに泊まっていた。でも今晩が最後の夜、と彼女はエレベーターを待ちながら言った。明日すぐにアムステルダムの自宅に戻るわ。だから今晩を逃せば二度と機会はないよ、ジェガーヌ・ラチール・ファイ。

　彼女は怖くなるような微笑を口元に浮かべてエレベーターに乗り込んだ。十三階への上昇はぼくの破滅に向かっての辛（つら）い下降だった。シガ・Ｄの体はすべてを知り、行い、味わったことがあるのだ。ぼくに付け加えられることなどあるだろうか？　どこに連れ出せる？　何を想像できる？　どんな遊びをすればいい？　エロスには何でも生み出す無尽蔵の力があると褒めそやす哲学者たちは、シガ・Dを相手にしたことがないのだ。彼女がそこにいるだけで、ぼくのこれまでの恋愛歴など消し去られてしまう。いったいどうすればいい？　もう四階まで来た。彼女は何も感じないだろう、挿入したことさえ感じないだろう、おまえの体など彼女の体に触れると同時に溶けてしまうだろう、流れ出てシーツやマットレスに吸収されてしまうだろう。七階。おまえは彼女の中で溺れるだけでなく、姿を失い、分解され、解体される、彼女はおまえをこ・な・ご・なに粉砕し、おまえは古代唯物論哲学者たちの説いたクリナメン［エピクロス原子論で原子の運動に生じる微小な逸脱。原子の衝突、結合を導く自然の生成原理とされた］の中に漂い出すだろう、レウキッポスやアブデラのデモクリトス（哲学に関して彼に比肩できたのはエンペドクレスのみ）の説いたクリナメン、さらに忘れてはならないのはルクレチウス。祝福された快楽主義者エピクロスの思想を『事物の本性について』で解説した高貴なる注釈者。十階。退屈、とてつもない退屈。それを彼女に味わわせようとしてるんだぞ。

　暑い夜なのに冷汗をかいていた。シガ・Dはぼくなんか指で弾（はじ）いて、ひと息吹きかけて、追っ払えるだろう。まるで稲穂の先っぽみたいに。元気を取り戻すために、これからラブレー的な巨大な乳房、文学的乳房に吸い付くんだと考えてみた。だがそんなふうにイメージしてみても、弱気になるばかりだった。女性作家の胸を前にして自分の両手が滑稽なまでに無力で、ちっぽけに思えた。欲望に見放された情けない両手、使いものにならない両手。舌のほうは使う気にもならなかった。詩的乳房に対してぼくの舌は早くも鉛で封印されていた。にっちもさっちもいかない。

　十三階。エレベーターの扉が開き、シガ・Dはこちらを見もせずに降りると左手に向かった。数秒間、彼女の足音は廊下の分厚いカーペットに吸収されて聞こえなかった。カードキーが触れて鍵が開く音がしたのち、また静けさが戻った。ぼくはエレベーターのかごの中に残ったまま、威厳を損わないため一階からずっと我慢していたガスをようやく放出した。逃げ出すかどうかためらった。それは逃亡でさえなかった。なぜなら、一戦交える前からこちらの負けだと、二人ともわかっていたから。このまま立ち去ったとしても、敗北の悲しい結末、とはいえ当然の結末でしかなかったろう。予想どおりの敗戦のしめくくりだ。エレベーターが呼ばれ、扉が閉まり始めた。間一髪のところで扉を押さえて廊下に出たが、それは勇敢さというよりも、完敗を喫したいというわけのわからない欲望に駆られてのことだった。

　かくしてぼくは廊下を進んだ。扉が開いたままの部屋があった。その隙間から、誘いなのか警告なのか、先ほどと同じ没薬とシナモンの芳香が洩れ出ていた。それが地獄の門でもあるかのように、ぼくは扉を押して入ろうとはせず、阿呆みたいに突っ立っていた。やがて廊下の明かりが消えた。一歩前に出た。明かりがまた灯った。敷居を踏み越えた。パステル調の、贅沢とはいえ月並みな装飾の室内がぼくを迎え入れた。バルコニーに面した大きな窓ガラス越しに、一瞬、パリのまたたきが目に入った。水の流れる音。シガ・Dはシャワーを浴びていた。ぼくは深呼吸した。真実の瞬間を控えての、しばしの猶予。

　ベッドは信じられないほど巨大だったが、それよりも唖然とさせられたのは、さもありがたそうに壁に掛けられたキッチュな絵だった。どんな画家だって世界をこれほど浅薄に美化、つまり醜悪化してしまったなら、生き長らえることはできないだろうと思えた。ぼくは目をそむけ、巨大なベッドに倒れ込み、天井を眺めて物思いにふけった。今後の展開についてはいくつかの可能なシナリオが思い浮かんだ。いずれも最後は同じで、ぼくはバルコニーの手すりを乗り越え、虚空に身を躍らせる。無情なシガ・Dの笑い声が容赦なく響く。十五分ほどして彼女がシャワーから出てきた。

胸元に巻いた白いバスタオルが腿まで届いていた。もう一枚のバスタオルがスルタンのターバンのように頭に巻かれていた。

――あら、あんたまだいたの。

彼女の声の調子からは、冷ややかな事実確認なのか、びっくりしているのか、それとも痛烈な皮肉の一言なのか、単なる質問だったのか、判断できなかった。どれを選んでもその裏には恐ろしい意味がひそんでいる気がした。ぼくは何も返事をせず、彼女は微笑んだ。そして寝室とバスルームを行き来した。シガ・Dの肉体はまさしく、快楽を前にしても苦痛を前にしても決して後ずさりしたことのない成熟した女性のものだった。その美しさには苦しみが混じっていた。淫らな、試練を経た、非難も浴びてきた肉体。がさつなところがなく、世界のがさつさにたじろぎもしない肉体。しかと見さえすれば理解できた。シガ・Dを見つめるうちに真実がわかってきた。目の前にいるのは人間ではなくクモ、「母グモ」で、その巨大な作品は無数の絹糸だけでなく、はがねの線、そしておそらくは血によって織り上げられている。ぼくはその網に搦め捕られた虫、魅了された大きな緑のハエだった。シガ・D、その分厚く入り組んだ人生のただなかに呑み込まれたのだ。

かなりの時間が経過した。女性の場合、人によってはシャワーを浴びたあとにやるべき、よくわからないが非常に大事なことが山ほどあるらしい。ようやく彼女は、相変わらずバスタオルを巻いただけの姿でぼくの正面の肘掛け椅子に腰を下ろした。するとタオルがめくりあがり、腿の付け根、腰、そして恥丘までもがあらわになった。ぼくは目をそむけようとせず、少しのあいだ茂みを凝視した。そして「眼」を探した。彼女が脚を組むと、記憶のうちなるシャロン・ストーンの思い出［映画『氷の微笑』のエロチックなシーンへの暗示］などたちまち色あせてしまった。

――賭けてもいい、あんたは作家でしょう。それとも作家見習いか。驚かなくていい。あんたみたいな種類の人間を一目で見分けるすべを身につけてるの。あんたたちは、どんな物事にも背後には深淵な秘密があるんだというふうにものを見る。女のセックスを見ても、そこに神秘の鍵が隠されているかのようにしげしげと眺める。何でも美化する。でもおまんこはおまんこでしかない。それに見とれながら抒情(じょじょう)だの神秘思想だのを垂れ流しにしないでほしい。瞬間を生きながら、同時に書くなんてことはできないんだよ。

——いいえ、できます。できますとも。それこそが、作家として生きるということでしょう。人生のあらゆる瞬間を、書く瞬間にしてしまうんだ。一切を作家の目で見る、そうすれば……。

——それがあんたの間違ってる点。あんたたちみんなの間違っている点なんだよ。文学が人生を修正してくれると思ってるんでしょう。それとも、完全なものにするとか、人生に取って代わるとか。間違いよ。作家は山ほど知ってるけど、わたしの知るかぎりどれをとっても、これまでに出会った中で最悪の愛人ばかり。どうしてか、わかる？ セックスをするでしょう、その最中にもう、それがどんな場面になるかと考えている。愛撫(あいぶ)の一つ一つが、連中の想像力のせいで台無しにされている。腰の一振り一振りが、文章によって弱められている。セックスのあいだにこっちが話しかけると、「と彼女はささやいた」というのが聞こえてくる気さえした。作家というのは章の中で生きてるんだよ。話す言葉にはいつだって引用符がくっついている。〈アルス・ヘト・エロプ・アン・コント〉——オランダ語で、「とどのつまり」という意味——、あんたたちみたいな作家は自分のフィクションに取っつかまっている。四六時中、物語の語り手なんだわ。でも大事なのは人生。作品はそのあとに来るものでしかない。二つが一つになることはない。絶対に。

興味深く、また議論の余地ある意見だったが、ぼくはもう聞いていなかった。バスタオルはいまやほとんど解けていた。彼女は組んでいた脚を開いた。タオルも左右に開き、全身がくまなく現れ出た。お腹も、腰まわりも、肌に刻まれたあらゆる痕跡も……。両の乳房だけはまだ、タオルの端に覆われていた。「眼」はどうかといえば、いまやはっきりと見て取れた。もはやこちらが先に目をつぶることなど問題外だった。

――ほらね。まさにいまも、文章のことを考えてるでしょう。よくないしるしね。立派な小説を書きたいのなら、いまは忘れていなさい。わたしとやりたいんでしょう？　そう、やりたいんだね。わたしはここよ。それだけを考えなさい。わたしのことだけを。

彼女は肘掛け椅子から立ち上がって近づき、顔を寄せた。タオルが完全に落ち、胸があらわになった。彼女は胸を押しつけてきた。

――それができないなら、とっとと出ていって、もう一冊、くだらない小説をお書き。

そんな挑発は少し大人げなく思え、ぼくはシガ・Dをベッドに押し倒した。彼女の顔に浮かんだ、勝利、官能、挑戦の表情を見て欲望が狂おしいほど高まった。まずは乳首にキスをした。懸命にやったおかげで、彼女からため息を、より正確にはため息の原型とも言うべきあえぎを引き出した。少なくともぼくはそう思いたかった。現実であれ錯覚であれ、そのあえぎ声にぼくは燃え上がった。いまやクモの巣の中心に近づいていた。一匹のハエとして、「母グモ」のいる致死的な薄暗い中心に接近していた。「眼」のほうへと滑っていこうとした。すると彼女が押しとどめ、ぼくをベッドの脇に転がした。子ども相手のように、みじめになるくらいやすやすと、笑い声を浴びせながら。それから彼女は立ち上がって服を着始めた。

激しい怒りに息を荒くして、再攻勢をかけようとした。だがそんな自分がどんなに滑稽に見えるかを考えて思いとどまった。ぼくは黙り込み、じっとしていた。するとシガ・Dはセレール族［セネガルで人口が二番目に多い民族］の言葉でゆっくりと歌い始めた。寝そべって聞くうち、それまではよそよそしい快適さしか感じさせなかった部屋が、徐々に生き生きとして、物悲しく、思い出に満ちたものになった。魚の女神に挑むために小舟を出そうと準備する老いた漁師のことを歌った歌だった。

　ぼくは目を閉じた。シガ・Dは最後のひとふしを口ずさみながら服を着終えた。小舟は静かな海原の沖に出ていく。漁師は鋭く光る目で水平線を眺め、伝説の女神に立ち向かおうとする。岸辺で見守る妻や子どもたちのほうは振り返りもしない。最後の最後では〈スクレ・ジュト・カタ・マーグ、ローグ・ソム・ア・ヨニイン〉、「小舟は海の裏側に去り、神さまだけが付き添った」。シガ・Dが口をつぐむと、激しい悲しみの念が部屋に満ちた。

　何秒かが過ぎ、その悲しみの重みや匂いまで感じ取れるような気がした。シガ・Dが、バルコニーのほうが居心地がいいからといってぼくを誘った。彼女はアムステルダムから質のいい葉っぱを持ってきていて、それをいかにも慣れた手つきで巻いた。ぶっといジョイント［紙巻煙草状の大麻］にぼくはかなりびびった。そんなのは見たことがなかった。そしてぼくらは深刻な話や軽い話、人生の無数の仮面について、あらゆる美の核心にある悲しみについて語り合いながら、その本当に大きな、高品質のジョイントを吸った。漁師と伝説の女神の物語の続きを知っているかと彼女に尋ねた。

　――知らないわ、ジェガーヌ。続きはないと思う。子どものころ、義理の母の一人、タ・ディブが歌ってくれたの。話はいつもこのとおりだった。

　シガ・Dは少し間を置いて言った。続きは必要ない、なぜならだれだって、〈アルス・ヘト・エロプ・アン・コント〉、この物語の終わりを知っているから。終わり方なんて一つしかないでしょう。同感だった。終わり方は一つしかありえなかった。そのとき指のあいだのジョイントの火が消えた。人生で、これほどリラックスした気分になったことはないくらいだった。ぼくは空を見上げた。星のない空は何かに覆われていた――雲ではなくて、何か別の、度外れた、奥深い何かが広がっていた。地球上を飛行する巨大な生き物の影かと思われた。

——「神」だな、とぼくは呟いた。しばらく黙ってから、静かな低い声で先を続けた（自分が「真理」に指で触れているという突飛で説明のしようもない感覚を感じたことはその後二度とないと思う）。「神」だ。今夜、「神」はすぐそばにいる。「神」がこんなに身近にいたことは久しくなかったんじゃないかとさえ思うよ。でも「神」は知っているんだ。ここに来たら自分を完全に滅ぼすことになりかねないと。「神」には、最大の悪夢、つまりわれわれ「人間」と向き合うための備えがまだできていない。

——あんたって、葉っぱをやると形而上学的な神学者に変身するタイプの人間なんだね。シガ・Dが呟いた。

また間を置いてから、彼女が言った。待ってて。彼女は室内に戻り、かばんの中を探って、一冊の本を手に戻ってきた。椅子に腰を下ろし、本を偶然まかせに開いてから言った。この夜を、少しは文学を読まずに終えるわけにはいかないわ。詩人たちの神に何ページか捧げなくちゃ。それから彼女は読み始めた。ぼくを慄然とさせるには三ページで十分だった。

——やっぱりね。ジョイントよりも効くでしょう。本を閉じながら彼女が言った。

——いったい何ていう本？

——『人でなしの迷宮』。

——ありえない。

——え？

——ありえない。『人でなしの迷宮』は神話だよ。T・C・エリマンは去勢された神なんだ。

——あんた、エリマンを知ってるの？

――知ってるよ。『黒人文学概説』を持ってたからね。エリマンの本を探してたんだ、ずっと……。ぼくは……。

――この本の話を知ってるの？

――『概説』によると……。

――『概説』のことは忘れて。あんた、自分で探したわけ？　うん、探したんだろうね。でも見つからなかった。当然よ。だれにも見つけられないんだから。わたしはあと一歩というところだった。そばまで近づいた。でも道は延々と曲がりくねっていた。死の危険をはらむ長い道だった。T・C・エリマンを探していると、突然足元で音もなしに断崖が開く。まるでさかさまの空みたいに。底なしの口みたいに。わたしの足元にもそんな口が開いた。そこに倒れ込んだ。転げ落ちたんだよ……。転落……。

――何を言っているのかさっぱりわからないな。

――……そしてわたしは身をもって生きた。人生は思いがけない方向に転がっていった。導きの糸は時の砂漠の中で失われ、わたしにはもう見つけにいく元気がなかった。

――見つけるって、だれを？　何を？　そもそも、その本をどうやって手に入れたの？　本当に『人でなしの迷宮』だって証拠はどこにある？

――……彼を相手にどんな経験をしたか、どんな経験をしそうになったかはいままで、一度も人に話したことがない。それが自分の人生の盲点、死角だという気がする……。

――葉っぱをやりすぎたな。

――……でもそれは、人生のうち最も生き生きとした部分、明るく澄んだ部分でもある……。もしこの話の筋を取り戻せたなら、わたしは未知の国をこれまでよりずっと遠くまで進んでいけるはず、その国はわたしのなかにあって、そこに彼も住んでいる……。

——うわごとを言ってるんだ。

——……そして本当に書かなければならない事柄の中核まで降りていけるはず。つまり、エリマンについてのわたしの本。でもいまはまだ、準備ができていない。この本をどんななりゆきで手に入れたかについては……。それをあんたに聞かせることはできないわ、ジェガーヌ・ファイ。とにかく、今日はだめ。まだだめよ。

シガ・Dは口をつぐみ、街のほうに顔を向けたが、パリの肉体の上で高価な宝石のようにまたたいている光が、まったく目に入っていないのは明らかだった。その視線は彼女自身のほう、過去の光か黄昏(たそがれ)のほうに向けられていた。ぼくは追憶の憂愁から彼女を引っぱり出そうとはしなかった。反対に、彼女がそこに沈んでいくがままにまかせ、記憶の深みをどこまで降りていくのか、暗い目のうちに見て取ろうとした。「クモ」は、過去の時間へ遠ざかっていこうとするまさにそのとき、より身近になり、より現実のものとなった気がした。「クモ」は過去の糸車の上で、未知の複雑で美しい傷の模様を静かに紡いでいた。傷はいまふたたび開こうとしていた。不意に、彼女の記憶と思考によって自分も運ばれていくような気がした。それはじつに強烈な感覚で、記憶と思考が彼女の体からあふれ出し、周囲のすべてを貫き、さらっていくかに思われた。その重み(混沌(こんとん)として抵抗しがたい、目には見えないが触ることのできるような重み——凝縮された思考の重み、そこから意味を、ひょっとしたら真実を引き出したくなるような重み)を受け止めながら、数秒後、ぼくは理解した。それまでは内的なものでしかありえないと思っていた光景、意識の隠された部分、神秘的経験の領域に属する、象徴派の絵か悪夢にしかありえないような光景に、自分が立ち会っているのだとわかった。〈ぼくは内観をこの目で見ていた〉。別の魂がぼくの魂を自分の内に招き入れ、まなざしを深部に向け、容赦なく自己を裁こうとしていた。それは一種の死体解剖で、法医学者が同時に死体でもあった。その光景の唯一の証人、快いとも恐ろしいとも言える感覚を味わっていた唯一の人間、それがぼくだった。

——幽霊なのよ。突然シガ・Dが言った。その声の内には、彼女が思い出の中で出会ったあらゆるシガ・Dたちの声が響いていた。エリマンに会うことはできない。向こうからやってくる。そして貫く。骨を凍らせ肌を焼く。生きた幻覚。わたしはその息吹をうなじに感じた。死者たちのあいだからよみがえったその息吹を。

そこで今度はぼくも、眠り込んだ街にそっと目をやり、眺めながら、とにかく今夜ときたらいまいましい夢みたいじゃないかと思った。いまにも、スタニスラスとシェアしているアパルトマンのおんぼろなソファの上で目を覚ますことになるのかもしれない。そのほうが、豪華ホテルのバルコニーに立って、『人でなしの迷宮』を所有している偉大な女性作家と一緒にいるよりもありそうなことだ。

——ほら。シガ・Dが言った。

彼女は本を差し出していた。ぼくは不安な気持ちを抑えた。

——これを読んでから、アムステルダムに会いにおいで。大事にしてよ。どうしてあんたにプレゼントするのか自分でもわからないけど、ジェガーヌ・ラチール・ファイ。知らないも同然なのに、わたしの持っているものの中できっといちばん貴重なものをあげるんだから。わたしたちはこれを分け合うべき定めなんだね。突拍子もない出会いだったし、変な脇道を通ったけれど、目指す先はこれだったんだわ。この本よ。きっと偶然なんでしょう。それとも運命かもしれない。二つは対立するばかりとは限らない。偶然とは未知の運命、見えないインクで書かれた運命でしかない。そんなふうに言われたことがある。その人はきっと間違ってなかった。わたしたちの出会いは人生の意志の表れよ。それには必ず従わなければ。人生と、予想もつかない進路にね。それはみんな同じ場所、わたしたちみんなの目的地に向かっている。でも途中の道は美しかったり恐ろしかったり、花で飾られていたり骨が敷きつめられていたり。たった一人で夜道を行かなければならないこともしょっちゅうあるけれど、そこでわたしたちは魂を試練にかける機会を得る。そしてそれから……。この本が何かを意味するような相手に出会うのは本当に稀なこと。大事にしてよ。アムステルダムに来るのを待ってる。決心がついたら手紙をちょうだい。準備をしておくから。カバーの折り返しに連絡先を書いておくわ。これでよし。ほら。どうぞ。

そこでぼくは思った。本に触ったら、すぐさま目が覚めるぞ。手を伸ばして、目を開けたら自分の部屋にいる心がまえをした。ところが情景には変わりがなかった。『人でなしの迷宮』が手中にあった。一昔前の本らしい簡素な装丁。白地の表紙には上から順に、作者名、題名、版元（ジェミニ出版）が灰色を帯びた青の枠線に囲まれて記されていた。裏表紙にはこんな二行があった。「T・C・エリマンは植民地セネガルに生まれた。『人でなしの迷宮』はその第一作にして、ブラックアフリカの黒人による最初の真正な傑作。大陸の狂気と美に立ち向かい、それらを自在に表現している」

ぼくは本を両手で摑んでいた。すでに夢見たことのあるこの瞬間、特別な何かが起こるに違いない。しかし何も起こらなかった。顔を上げると、シガ・Dが見つめていた。

——行きなさい。そして読むのよ。時間はたっぷりある。あんたがうらやましい。この本をこれから読むんだから。でも気の毒でもある。

そのとき彼女の目には隠しようもなく悲しみの影がよぎった。最後の言葉の意味は尋ねず、おずおずと礼を言ってから『人でなしの迷宮』をジーンズの尻のポケットに滑り込ませた。シガ・Dは、お礼を言われるべきか恨まれるべきかわからないと言った。ちょっとドラマチックに考えすぎじゃないですかと答えた。彼女はぼくの頬にキスして言った。——そのうちわかるから。

大きなハエはこうしてクモの巣から出た。家に帰ると、分厚い沈黙にひびを入れるように、戦闘的な傲岸な息づかいが響いていた。ルームシェアの相手であるスタニスラスのいびきだった。彼はポーランド語の翻訳者で、数ヵ月来、その名も高き同国人ヴィトルド・ゴンブローヴィッチの偉大な小説『フェルディドゥルケ』の新訳に取り組んでいた。

ぼくは少し酒の残ったボトルを持って自分の部屋に入り、スマホでお気に入りのグループ、シュペール・ディアモノ［一九七〇年代半ばに歌手オマール・ペネを中心に結成されたセネガルのポップグループ］の自作プレイリストをかけた。ポケットに入れた本に手を伸ばして取り出し、一瞬眺めた。その本の実在を信じていなかったとまでは言えなかった。一夜、身も心もその本に捧げ、見たこともない本の冒頭をひと息で暗誦したことだって幾度もあった。しかし、そんな本が存在するなんて神話ですらない、単なる願望の投影、根拠薄弱な希望にすぎないと思えた夜だっていくらでもあった。小癪（こしゃく）な『迷宮』め！　ところがどうだ。自分の幼稚な、もはや消え去った妄想の対象だったはずが、わが夢想の血にまみれた残骸からよみがえってきたのだ。

シュペール・ディアモノの演奏が始まり、黒曜石が溶けたようなオマール・ペネの声が、夜の穏やかな海原の上を太陽のほうへ進んでいく。静かで壮麗な航跡をたどって、死を思え（メメント・モリ）と歌う曲〈ムッジェ〉が、たぐい稀な宝石のように滑っていく。十二分間におよぶ、ジャズの溶岩によって鍛造（たんぞう）された宝石だ。〈ダ・ンガイ・クサラト・ヌン・フ・ヌイ・ムッジェ〉、と歌詞にはあった。われらの終わりを思い出せ、大いなる孤独を思え、黄昏の約束を考えろ、その約束はだれに対しても守られる。恐ろしくも本質を突く、歴史の始まりからある警告だが、そのめくるめく重大さが人生で初めてわかったような気がした。こうして、ディアモノとペネによって開かれた深淵に身をゆだねながら、『人でなしの迷宮』を読み始めた。

地平線の後ろで陽光が湧き出し始めてはいたが、まだあたりは暗いままだった。ぼくは読み終えた。夜は叫び声も上げずに息絶えた。それからもう一度読み、ボトルは空になった。さらに一本開けるのはためらわれたが、結局開けることにし、ディアモノの曲を聞きながら読み続けた。やがてあらゆる星をかき消す日の光が窓越しに差し込み、傷ついた者たちの影や沈黙も失われ、スタニスラスのいびき、その物悲しい地上の最古の歌や、ぼくが人間について知っていると思っていたいっさいが尽き果てた。そして、すでに太陽が昇り、自作のプレイリストも終わってしまったとき（ただし歌に続く沈黙にはペネの詩的な遺言の趣きがあった）、ぼくはこの夜の出来事が夢の光景に変えられるのを期待しつつ眠りに落ちた。目を覚ましたときには、周囲の世界が変わっていないように最初は思えるだろうが、そんなうわべの下、時の肌の下ですべては永遠に変わっているに違いない。

こんなふうにして、「クモ」の巣で過ごした一夜ののち、ぼくは『人でなしの迷宮』とT・C・エリマンが滑っていく孤独の円環に向けて、第一歩を踏み出したのだった。

# 第二部　夏の日記

## 二〇一八年七月一一日

日記よ、おまえを書く理由はただ一つ。『人でなしの迷宮』がどれほどぼくを貧しくしたかを述べるためだ。偉大な作品は人を貧しくする。必ずや人を貧しくする。偉大な作品はわれわれの無駄な部分を取り除く。読み終えたのち、人はつねに貧しくなって戻ってくる。豊かになってと言ってもいい。引き算によって豊かになるのだ。

目が覚めたのは午後一時ごろ。何も食べず、ドラッグもシガ・Dの魅惑もなしでもう一度最初から読み返した。またしても圧倒されて、部屋でぐったりと腑抜け（ふぬけ）のようになっていた。午後四時ごろ、スタニスラスがぼくが生きているかどうか確かめにやってきた。頭痛で元気が出ないと言い訳した。その道のエキスパートであるスタニスラスは（なにしろポーランド人の血を受け継いでいる）、二日酔いから立ち直るための方策を次から次へと授けてくれた。それは本による二日酔いにも効くのか？　なんの本？　ぼくは『人でなしの迷宮』を差し出した。これがいま読んでる本か？　そう。こいつのせいでそんな体たらくになったわけか？　たぶんね。それほどの傑作ってことか、あるいは駄作なのか？　彼はこちらの答えを待たずに適当にページを開いた。そして読んだ。二ページ、三ページ、四ページ。そこで読み止（さ）した。ぼくは目で尋ねた。で、どう思う？　文体がある、と彼は言った。続けて読みたいところだが、政治集会があるんでね。アナーキストたちはいよいよ権力を取ろうというわけか、とぼく。ちがう、権力を転覆させるんだ。で、それから？　権力を返すんだよ。だれに？　民衆に。民衆ってだれだ？

スタニスラスは民衆がだれかは言わずに出かけていった。そこでまた、へとへとになるまで本を読み返した。本は疲れも見せずにぼくを睨みつけ、夜の墓地の頭蓋骨みたいに輝いている。『人でなしの迷宮』は最後に続編を予告して終わっていた。その続編はぼくにはきっと読むことができないのだろう。

物語を解く鍵を手に入れるためには、シガ・Dに電話しさえすればいい。しかしいますぐ安易な策に頼るつもりはない。この本は自ずから正体を明らかにするだろう。「母グモ」がこれをくれたときの悲しげな目が思い出される。声が聞こえてくる。あんたがうらやましい。でも気の毒でもある。うらやましいというのはこういう意味。あんたはこれから、階段を一段ずつ降りていって、自分の人間性のいちばん深いところまで下っていく。気の毒というのはこういう意味。秘密に近づいたそのとき、階段は闇に消えて、一人取り残され、引き返そうという気持ちもはやなくなっている。なぜなら地上のむなしさを知ってしまったから。しかも啓示へと向かう階段は夜闇に包まれて、さらに降りていくこともできない。

ぼくは本を閉じた。そしておまえを書き始めたのだ。日記よ。

七月一二日

今朝は、セネガル領事館の大学奨学金係で、奨学金更新のための型どおりの手続き。来年七月まで延長となった。それを過ぎたら、何とか切り抜けなければならなくなる。まともな仕事を見つけるか、博士論文執筆を再開して完成させるか、ホームレスになるか、アフリカの神秘を愛する金持ち奥さまの愛人になって養ってもらうか、自己成長の啓発本を装った退行の書を書くか。あるいはくたばるか。それまでは、生き延びるための必要経費をまかなってくれる慈悲深い祖国に万歳！

そのあと図書館に行き、一九三八年の主だった出版物を眺めてみた。フランスの文学、詩、哲学の第一級の面々がずらり。ベルナノス、アラン、サルトル、ニザン、グラック、ジオノ、エーメ、トロワイヤ、エーヴ・キュリー、サン＝テグジュペリ、カイヨワ、ヴァレリー……。そうそうたるメンバー。しかしT・C・エリマンや『人でなしの迷宮』は影も形もない。

家に帰るとスタニスラスがいたので、また『人でなしの迷宮』について話さずにはいられなかった。すると、その本は何についての話なのかと聞かれた。思いがけない質問だったし、そもそもこういう質問は嫌いだ。一瞬考え込んだが、答えないわけにはいかないので誇張的な事柄をまくしたて、大文字の言葉だらけの文章を繰り出した。一人の男、血にまみれた「王」の話なんだ。その王は「権力」を求め、それを得るために絶対的な「悪」だって犯そうとするが、絶対的な「悪」の道ですら「人間性」へと通じているとわかるのさ。

抒情的長広舌を終えると、スタニスラスはしばしぼくを見てから言った。何の意味もないな。一つ忠告をしてやろう。偉大な本が何について語っているかなんて、絶対に言おうとしてはだめだ。そうしたいなら、唯一可能な答えはこうさ。無について、だ。偉大な本は無についてしか語ることはない。だが、そこにはすべてがある。偉大だと感じる本について、何について語っているかを説明しようとする罠に二度とはまるんじゃないぞ。それは世の中が仕掛けてくる罠だ。人々は本は必ずや何かについて語っていると思いたがる。本当のところはな、ジェガーヌ、凡庸な、だめな、陳腐な本だけが何かについて語っているんだ。偉大な本は主題をもたず、何についても語りはしない。

それはただ何かを言おう、発見しようとしているだけなんだが、でもそこには、すでにすべてがある。その何かが、すでにすべてでもあるんだ。

## 七月一五日

フランスがサッカー・ワールドカップに優勝し、二度目の栄冠（エトワール）が国を挙げて褒めたたえられた。空に星（エトワール）はたくさんあるんだが。ムジンブワと一緒に試合を見てから、小さなアフリカン・レストランに夕食に行った。料理はまともでも、サービスは悪く、年老いたコーラ〔西アフリカのリュートに似た楽器〕奏者が雰囲気を盛り上げるはずが、レパートリーは長ったらしくて繰り返しの多いマリンケ語のバラードだけ。

ムジンブワはかつて「期待の若手アフリカ作家」と目された一人。コンゴRD〔民主共和国〕の出身で、ぼくの三つ年上、もう本を四冊出していて、それらはアフリカ文学のゲットーおよび外部世界の批評家たちからたちまち称賛を浴びた。最初の小説で成功を収めてから、バーテンダーの仕事をやめて、尼さんが神に身を捧げるように文学に身を捧げている。

彼が隕石（いんせき）のごとく唐突に文壇に出現したとき、最初は何だか怪しい、嫌なやつだと思ったのを覚えている。文学賞や称賛、栄光を一身に集めながら、謙遜か傲慢かわからないような超然とした態度で受け止めていたのである。このムジンブワなる輩（やから）は流行現象にすぎない、一時はもてはやされても結局は、はやりの風邪だったということになるのだろうと思った。うやうやしく褒めそやされたのち、時間がたてば鼻をかむように捨てられてしまう大勢の作家たちと同様に。そのときはもちろん、まだ彼の作品を一行も読んでいなかった。嫉妬から羨望、羨望から称賛へと彼に対する思いが変わるには、実際に読んでみれば十分だった。そして称賛はしばしば、自分には決してこんな才能は持てないだろうという確信を前にしての、絶対的な絶望に変わる。彼こそ間違いなく、われわれの〈プリムス・インテル・パレス［同輩中の首席］〉、同世代最良の作家だと思うようになった。

　ぼくが『空虚の解剖』を出版したとき、彼はまだ知り合いではなかったが、この本について語った最初の作家となった。熱心に読んで、人々に推奨してくれた。彼の薦めには「ル・モンド・アフリック」の小さな記事ほどの重みはなかったとはいえ、ぼくにとっては彼の言葉、作家の言葉こそ何よりも貴重だった。そこで初めて会って、友情の始まりとなった。切磋琢磨（せっさたくま）して同じ本を読み、同じ本を投げ捨て、ささいなことで意見が合わなくても情熱の対象は一緒で、健全な競争心、友情ある、必然的な、雄々しい、ときには激烈なライバル心を抱いていた。年齢も近く、夜ともなれば突拍子もない驚くべき連中のあいだを一緒に果てしなくほっつき歩いた。だが何と言ってもぼくを彼に結びつけていたのは、われわれにとって人生の完全現実態（エンケレイア）を具現する文学への、同一の、絶望的なまでの信頼だった。文学が世界を救うなどとはまったく思っていなかった。だが、文学は世界から逃げ出さずにいるための唯一の方法だと考えていたのである。

　というわけで試合を見たあと、一緒に食事をし、わが人物についてさっそく彼に話してみた。

――だれだって？

――T・C・エリマン。

――いや、全然聞いたことない。で、本は？　『無情な迷宮』だったっけ？

『人でなしの迷宮』だよ！　そこで冒頭の部分を何度も暗誦してやった。〈最初に予言があり、そして一人の王がいた〉……。どうにもならない。ムジンブワは知らなかった。ぼくは物語を、少なくともぼくが知っているささやかな一部を語ってやりたかった。だがたちまち、たやすいことではないとわかった。物語はまるで人喰いのように、内側から齧ってくる。語ることも、忘れることも、黙らせることもできない。だが、語ることも、忘れることも、黙らせることもできないものを、いったいどうすればいい？　ヴィトゲンシュタインがそれについて何か書いていたっけ？　語れないものについては、沈黙を守らなければならないと彼は言った。そのとおり、認めよう、だが語ることも黙ることも忘れることもできないとしたら、ヘール・ヴィトゲンシュタイン、いかにせん？　ぼくにはわからない。わかるのはただ、忘れたり語ったり黙らせたりできないことのせいで人は苦しみ、ついには死に至るということだ。だがそんなのはまっぴらだ。だからムジンブワには、ごくささやかなものにすぎないとはいえ、自分の知っている事柄を話したわけだが、話してみて気持ちが軽くなりもしないし、物悲しくもならず、むしろ身も心も痛みを覚え、まるでほんの断片的な存在が何トン、何千年もの重みを持つかのようで、語ろうとするとその歳月がかたまりとなってのしかかってきた。話を聞いたムジンブワは、何かを告白するような重々しい口調で、自分は沈黙の核心だか忘却の奥底だかを探求した呪われた文学的天才の話など、決して信じたことがないと言った。それから少し間を置き、窓の向こうを眺めながら、ぼくにではなく夜に向かって、あるいは夜に住まう目に見えない存在に向かって語りかけるみたいにこう続けた。

——作品の中で自分を消滅させようとするのは、必ずしも謙虚さのしるしというわけじゃない。虚無への欲望にさえ、おそらくは虚栄心が含まれている……。だが待てよ。おまえはもう『人でなしの迷宮』を読んだのか？　そうじゃないんだろう。もう何十年も前から、見つからなくなっているという話なんだから。

——それが見つかったんだよ。

シガ・Dとの一夜を彼に話した。そしてポケットから本を取り出し、差し出した。ムジンブワは、何か悪い冗談ではないのかと確かめるように一瞬ぼくを見てから、本を受け取った。きみが読んでいるあいだ、ちょっと出てくると彼に言った。彼はすぐさま本を開いた。

ぼくは彼を残して、パリの夜を挑発しに出かけた。その白熱状態、ビールの波、純粋な歓喜、純粋な笑い、強烈なドラッグ、永遠もしくは瞬間のうちにいるという錯覚。だがたちまち、祝祭の憂鬱に侵され、意気消沈した。祭りをゆったり楽しめたためしがない。集合的な歓喜、集団の祝賀、大々的な熱気や興奮というやつはたいていの場合、結局はぼくを救いのないメランコリーに引きずり込む。陶酔や喜びに浸るやいなや、その悲惨な裏面が目の前に現れ出る。結果、喜びもつかの間、物事の寂しさを感じずにはいられなくなる。祭りの前の寂しさ、祭りのあとの寂しさ、祭りが必ずや終わりを迎えることの寂しさ（顔から微笑が消える瞬間と同じくらい忌まわしい瞬間だ）。人類が分かち持つ寂しさを相手取って、だれもが影のように、できるだけ奮闘する。ぼくは時にはその宿命と折り合いをつけた。また時にはそれをすっかり忘れ去って、屈託なく熱狂して踊りと火の輪に飛び込んだ。しかしたいていの場合は、心の中の引き潮に引きずられてしまう。今晩もそうだった。ベンチに坐ったきり、願うのはただ、落ち込んだ気分を振り払って立ち上がるというか、単に立ち上がることだけだった。それから深呼吸をすると、さして苦労もなく、まるで座薬みたいに、すでにして滑りがよくなっている俗世の尻の穴にわが身を突っ込んだ——人は自分なりにパスカル的経験を積む。

文学はぼくにとって、怖いほど美しい女の顔で現れた。ぼくはたどたどしい口調で、あなたを探し求めてきたんですと言った。女は冷酷に笑って、自分はだれのものでもないと言った。ぼくはひざまずいて頼んだ。一晩一緒に過ごしてほしい、一晩限りでかまわない。女は何も言わずに姿を消した。ぼくは逸る気持ちで、決然とそのあとを追った。きっとつかまえてやる、膝の上にのせてやる、見とれさせてやる、そうすれば作家になれる！　ところが途中で必ずや、真夜中、あの恐ろしい瞬間が訪れる。何者かの声が鳴り響いてぼくを雷のように打ちすえるあの瞬間が。その声はこう教えてくれる、あるいは思い出させてくれる。意志だけでは不十分、才能だけでは不十分、野心だけでは不十分、文章がうまいだけでは不十分、たくさん本を読んだだけでは不十分、有名になるだけでは不十分、広汎な教養を有するだけでは不十分、賢いだけでは不十分、社会参加だけでは不十分、忍耐だけでは不十分、純粋に人生に酔うだけでは不十分、人生から遠ざかるだけでは不十分、自分の夢を信じるだけでは不十分、現実を事細かに分析するだけでは不十分、知性だけでは不十分、感動させるだけでは不十分、戦略だけでは不十分、コミュニケーションだけでは不十分、言うべき何かがあるというだけでも不十分、懸命に取り組んでいるというのも同断。そして声はさらに言う。それはみんな、確かに一つの条件、有利さ、属性、力ではありうるし、実際しばしばそうなっている。とはいえ、と声はすぐさま付け加える、文学に関しては根本的にそれらの特質だけでは不十分なのだ。なぜなら書くことはつねに、まったく別の何かを要求するのだから。そこで声はやみ、こちらは孤独な途上に置き去りにされる。別の何か、別の何かというこだまが響き、やがて消えていく。前方にある、別の何か。書くことはつねに別の何かを要求する。明けるかどうかもわからないこの夜のただなかで。

二時間後、心はまだ揺れ動いていた。試練は終わりに近づきつつあった。元気を出して砂場の野獣みたいに体をぶるぶるっと揺すり、ベンチ上での観念的な思弁漬け状態を脱した。アフリカン・レストランに戻ってみると、コーラ奏者は例の曲を果てしなく演奏していた。ムジンブワは前と同じテーブルに根を生やしていた。本の残りはあともう少し。ぼくは濃いコーヒーを頼み、待った。

二十分後、彼はこちらに目を上げた。怯えと感嘆の念が目に表れていた。彼は言った。ちくしょうめ、続きはどこだ？　続きは存在しないらしい、とぼくは言った。彼のまなざしには悲しみの影が広がった。彼を悲しませているのが『人でなしの迷宮』が痛ましくも未完に終わったことなのか、その美しさが宙づりにされたことなのか、ぼくにはわからなかった。そうやってしばらく、お互いに重苦しく黙りこくったままでいた。もうすぐ閉める時間なのでと店長が言いに来た。コーラ奏者は楽器をしまった。ムジンブワが勘定を払って、われわれは店を出た。

二、三分ほど、一言も発しないまま路上を歩くうちに、突然ムジンブワが、まるで神の顕現を経験したみたいに興奮した口調で、『人でなしの迷宮』を同じ世代の連中にどうしても読ませなければならないと言い出した。この本はわれわれを解放してくれる。ぼくは答えなかった。しかしその沈黙には「そのとおり！」というふるえるような感動がこもっていた。

それにしても、『人でなしの迷宮』のような、それ以上何も付け加えることはないという印象を与える本が、何千年にもわたってたくさん書かれてきたのだ。それなのにいったいなぜ書き続けるのか、書こうとするのか？　われわれは作家の生涯をめぐるロマン主義のために書くのではないし——そんなのはもう戯画でしかない——、お金のためでもなく——それは自殺行為だろう——、栄光のためでもないし——いまの時代、流行遅れのそんな代物よりもセレブを目指すほうが価値がある——、未来のためでもなければ——そんなこと頼まれてもいない——、世界を変えるためでもなく——変えなければならないのは世界ではない——、人生を変えるためでもなく——人生は決して変わらない——、社会参加のためでもない——それは英雄的作家たちにまかせておこう。芸術の無償性を称えているわけでもない——芸術がつねに儲けを生む以上、そんなのは幻想にすぎない。われわれは何ものではいったいどうして？　わからなかった。そしておそらくそこに答えがあった。われわれは何もわからないから書くのであり、書くこと以外、この世で何をすべきかもうわからなくなったと言うために書くのである。希望をもたず、でも安易に諦めることなく、粘り強く、へとへとになりながらも喜びを感じて。ただ一つの目標、それはできるだけ立派に、つまり両目をしっかり見開いたまま終わること。すべてを見て、何一つ見逃さず、まばたきせず、まぶたの後ろに逃れず、何もかも見ようとして何も見えなくなる危険をおかすこと。証人や予言者のようにではなく、歩哨（ほしょう）がそう願うような見方で見ること。歩哨はただ一人、ふるえながら堕落した悲惨な都市を見張っているのだが、それでも彼は、自らの死と都市の終焉（しゅうえん）が暗がりから光となってほとばしり出るそのときをうかがっているのだ。

それからわれわれは、アフリカの作家（あるいはアフリカ出身の作家）としての、フランス文壇での居心地がよくもあり、しばしば屈辱的でもある曖昧な状況について延々と語り合った。やや不当ではあったが、アフリカ人の先輩作家たちを、よく目立って標的にしやすいせいでさんざん非難した。われわれが苦しんでいる事柄の責任を彼らに負わせた。つまり、自分たちの出自を語ることができない、あるいは（同じことだが）その権利がないという感覚の責任を。それから、彼らは他者の視線に閉じ込められてしまったと非難した。捕食＝視線、網＝視線、沼＝視線。それは罠をしかける視線であり、その視線にさらされて彼らは本物——つまり異物——であることを求められながらも、類似物——理解可能——であること（さらに言えば、彼らのいる西欧社会で商品化が可能であること）も求められた。われわれは勢いよく、すなわち容赦なく批判を繰り広げ、とても途中でやめるわけにはいかなくなった。ゆえにわれわれは嘆いた。先輩たちのある者は口当たりのいいエキゾチシズムの黒人趣味に迎合し、またある者は自伝的フィクション（オートフィクション）を選んだ結果、自己のちっぽけな存在を超越できないまま、周囲からはアフリカ人であるように、ただしアフリカ人でありすぎないようにと命じられて、いずれ劣らず不条理なそれら二つの命令に従おうとして作家であることを忘れてしまった。これは重大な誤りであり、彼らの裁判を続行するに十分な罪だった。次第に流血の臭いが立ち込めてくる中、われわれは断言した。彼らは危険をおかそうとはしなかったし、しばらく主流を外れて、マイナーな詩の領域に身を置こうともしなかった。そしてわれわれは、彼らが自分たちを戯画化したこと、社会参加などという古びた主張や、純粋な作家などといういささかブルジョワ的な高踏趣味に迷い込んだことを非難した。世界を写すだけでそれを解釈したり再創造したりすることのない生気のないリアリズムを咎（とが）め、芸術家の自由の権利のもとに隠された彼らのエゴイズムを唾棄した。そして凡庸さによって文学を侮辱するたぐいの小説を山ほど書いた先輩たちの首を、大鎌で次々に切り落とした。自分たちの置かれた文学的状況の意味をともに問うことを諦め、テクストの革新的美学に向けた状況を作り出すことができなかった者たちに死刑判決を下した。彼らは文学によってものを考え、自らを省みるにはあまりに怠惰すぎ、文学賞やお世辞や社交的ディナーやフェスティヴァルや小切手や流通経路にあまりに流されすぎて、お行儀のいい文学を老いぼれ扱いしたり無効にしたりできなかった、読み手としてもあまりに能力に欠け、また仲間意識が強すぎて、互いの作品をちゃんと読んだり、何がまずいかを堂々と論じ合ったりすることができず、あまりに臆病すぎて、小説によって、詩によって、あるいはほかの何によっても断絶を作り出すことができなかった。日記文学、0点、評論、0・5点、SFとミステリ、付点つき［落第のしるし］0点×2。さいわい演劇はそれよりはずっとまし、だが書簡となると0、0、0点、根源的虚無。どうしようもなく曖昧な冒険や、二つの椅子のあいだで落ち着きのない尻の問題を抱えながら、本人たちは何も感じないかのようである。ああ、あんなにも褒められ称えられ賞を与えられ、フランス語圏文学の新たな血としてもてはやされた先輩たちよ、ああ、先輩たち、黄金の世代め、ケツ喰らえ。ぼくらは彼らの作品をむき出しの光のもとに置き、火に近づけてみた。すると貴金属はたちまち溶け出して、にせもの、まがいものだったことが判明し、指のあいだにはねばつく泥が残った。彼らの本の多くは言われていたほどの、あるいは人々が願ったほどの値打ちがなく、時のふるいにかけられて残るのはスター・ウォーズのヨーダの手の指の数ほどでしかなさそうだった。彼らが書いたのは期待されていたとおりのこじんまりとした良書でしかない。われわれは遺言なしで遺産相続人とされたのであり、彼らはみんな自由だと信じて書いたのに、じつは手首にもくるぶしにも首にも精神にも、頑丈な鉄の枷がはめられていたのだとわかった。ああ、栄光に満ちた先輩たちよ、ああ、ああ、だが罪があるのは彼らだけなのか？　われわれは突如、芝居がかった調子で自問した。彼らに情状酌量の余地はあるのか？　われわれは寛大なところを見せ、忌まわしい共犯者たちが喚問されることとなった。まずはアフリカ人読者層の一部。簡単に判決を下してすぐさま処刑した。世界最悪の読者たち、本を読まず、怠惰で、グロテスクで、マイノリティならではの頑固さを備えている。自分たちのことを書いてほしがってばかりいるが、そんなのはできない相談だ。それから西欧の（あえて言おう——白人の）読者たち。なかには非常な読書家も大勢いるが、慈善を施すようなもので、楽しませてほしい、アフリカ人持ち前の奔放さというやつを活かして広大な世界について聞かせてもらいたいというのだ。ペン先でリズムを刻むアフリカ人、月影でお話を聞かせるわざに長けたアフリカ人、物事を複雑にしないアフリカ人、ストーリーで感動させるすべをいまなお心得ているアフリカ人、フランス人作家の多くがはまり込んでいる、うぬぼれた自己中心主義にいまだ陥っていないアフリカ人、ああ、素晴らしきアフリカ人、彼らの作品とカラフルな個性、長い歯と希望に満ちた盛大な笑いが西欧の読者は好きなのだ。続いて、批評家（大学、ジャーナリズム、カルチャー関係）の一隊が死刑台に進み出て、彼らの華奢な首にも重いギロチンの刃が落とされた。

この世で最も退屈な批評家たち、〈問題系〉だの〈主題系〉だのにしがみつき、概括的な狭苦しいトンネルの中を、作品は動物のように進ませられ、なかには重苦しい概念や脂まみれの専門用語、無味乾燥な主題で息が詰まり死んでしまう者もいる。かくして、穏やかな空、白雪のように輝く空の下、われらが先輩作家たち、読者たち、批評家たちの頭部が、出身地も肌の色もごちゃまぜになって、まるで不気味な星座か小さなムクドリの大群のようにわれわれの頭上を漂っていた。そしてこのときようやく、赤く染まった平原、不意に静まった戦場のただなかで、われわれは古代の野蛮人もかくやの姿で血煙を上げ、血まみれになり、疲れ果てながらもいまだ少々暴力に酔ったまま、もはや作家ではなくなった連中、いよいよもって本が読めなくなった連中――かつて読めたことがあったとしての話だが――の死屍累々たる四囲の土地を見渡して、このときようやく、自分たちがあまりに残酷だったことに罪悪感を覚えたのである。これほど厳しい、一方的で、傲岸な批評を、彼ら、彼女らに下したわれわれはいったい何者なのか、彼ら、彼女らなしではわれわれは存在しなかっただろうに。先輩たちには何も負っていないと言い張りながら、われわれはその実、彼らに対して莫大(ばくだい)な、巨額の負債を抱えているのではないか？　いったい何様のつもりなのか。何様、何様。われわれの言葉は果てしないこだまとなって響いた。とはいえ、答えはとうにわかっていたのだが。

いったい何者なのか？　そう、ようやく文学に足を踏み入れたかどうかなのに、自分たちには何でも許されていると思い込んでいる若い愚か者たちだ。若手といってもすぐに年寄りになり、いずれオオカミの子たちがやってきてずたずたに食いちぎられるだろう。だって世界はそんなふうに回っているんだから。そうとも、世界はそんなふうに回り、そのなかでわれわれの存在など何でもない、単に文学の無限のなかの埃(ほこり)でしかない。わかっている、それならば、なぜこんなに傲慢で、思い上がって、不公平なのか、ひょっとすると先輩たちほどの値打ちもないかもしれないのに？　そう問いかける良心の声が聞こえた。われわれはこう答えた。なぜならわれわれは、きっとあらゆる作家たちと同様に、何も見つけられず何もあとに残せない苦しみを感じているのだから。結局、われわれが批判しているのは自分たち自身であり、われわれが表しているのは高いレベルまで達することができないことへの恐れなのだ。それはわれわれが出口のない洞窟の中にいるような気がしていて、ネズミのように追いつめられて死ぬのではないかと怯えているからだ。

別のバーのテラス席に場所を変えて、例の本について話し続けた。T・C・エリマンのことを同世代の他のアフリカ人作家たちに教えてやらなければならないから、何日かしたら、だれかの家で落ち合おうと、あやふやな約束をして別れた。

## 七月二三日

同世代の文学仲間――パリに暮らすアフリカ作家の若手陣営という意味だが――のうち、ぼくが好意を抱いているのは、ムジンブワを除けばベアトリス・ナンガだ。ほかにも確かに、フォスタン・サンザがいた。このコンゴの巨人に最初に会ったときには、黙示録の先触れ役ではないのかと思った。だがフォスタンはそれよりもなお恐るべき存在だった。つまり、知る人ぞ知る詩人なのである。彼は五年前に七十二ページの詩集『野生のモモタマナ［熱帯の半落葉高木］』を出した。長短短の六歩(ろくぶ)格(かく)（長短の後に句切れ）で書かれた偉大な叙事詩であり、古語がちりばめられている。だが稀なものに対する嗜好(しこう)は彼の場合、皮相ではなかった。気取ろうとして古語を用いる詩人はたちまち正体がばれる。ベッドでの女性のように、ふりをしてもすぐわかるものなのだ（と思う）。『野生のモモタマナ』は読まれなかった。サンザはその経験でひどく傷ついた。読者がつかなかったからではなく――その点ではサンザの期待は満たされてさえいた。一二〇人以上の読者のいる詩は、彼にとって信用ならないものだった――、もはや詩の言葉が信じられなくなったからだった。何も言い表すことなどできない。そう彼は言っていた。以後、彼はかつて初恋の対象だった数学の純粋な抽象性のうちに真実を追い求めるようになった。高校で数学を教えながら、批評しか書かなくなった。それはしばしば、文学的なペテンの数々を、英知と審美眼と厳格さをもってこきおろすためだった。彼にとっての批評のお手本はエチヤンブル［フランスの作家、比較文学者、文芸批評家（一九〇九－二〇〇二）。『ランボーの神話』（一九五二）で知られる］だった。

（現代アフリカ文学で最もよく知られた作家の一人であるウィリアム・K・サリフの最新刊『黒檀(こくたん)の黒』が出たときにサンザが書いた記事を思い出す。二十年前、サリフは偉大な小説『砂のメランコリー』を発表して世界的に認められた。四十ヵ国の言語に翻訳され、シルボ［カナリア諸島のラ・ゴメラ島で用いられる口笛言語］にまで訳されたのだ。ハリウッドはすかさず映画化権を買い取った。バルガス＝リョサ、ラシュディ、トニ・モリソン、クッツェー、ル・クレジオ、スーザン・ソンタグ、ウォーレ・ショインカ、ドリス・レッシング。彼らは口を揃(そろ)えて『砂のメランコリー』を傑作として称賛した。怒りっぽい天才肌のミスター・ナイポールでさえ、アフリカ人の手になるこれほど深遠な小説をいつの日か読むことになるとは思っていなかったと認めた。

　二年後、サリフは二番目の小説を刊行した。これがあまりに悲惨な失敗作だったので、最も寛大な人々はこう弁護した。結局、巨匠たちでさえときおり失敗を犯したではないか。だがそれに続けてさらに二冊、いずれも呆然(ぼうぜん)とさせられるような作品が出た。矢継ぎ早の刊行と同じスピードで、サリフの株は下落した。最初の本には代筆者がいたのではないかとも疑われた。サルマン・ラシュディは手短な、必殺のコメントをツイートし、スティーブン・キングとジョイス・キャロル・オーツがそれをリツイートした。老ノーベル賞作家ナイポールは嘲笑しつつ、「アフリカ人サリフの第一作の質の高さに、わたしは驚かされたものだった」と始まる一文を草した。冷酷な言葉を並べ立ててから、いにしえの原則、尻尾に毒あり（イン・カウダ・ウエネヌム）に従って、最後はこうしめくくった。「文学における凡庸は本性のごとしである。たとえ一冊目では隠しおおせたとしても、それは必ずや駆歩（ギャロップ）で戻ってくる」。スリラーとロマンスを混ぜ合わせたようなサリフの作品の内容は、お粗末で不消化なものとなっていったが、読まれ続けていたのは確かだった。壮麗な『砂のメランコリー』のことをだれも忘れていなかった。しかしサリフという作家を重要視する人たちは減る一方だった。ぼくは彼の新刊が出るごとに、そこに最初の本の美しさ、少なくともその痕跡を見出（みいだ）せるのではないかと期待して読んだ。だが『砂のメランコリー』の輝かしさは永遠に失われてしまったらしかった。

　サリフの最新作が、作家としての地位を確保した人物の本であれば読まなくても褒める手合いによる、いつもながらのうわべだけの礼賛の合唱に包まれたとき、サンザが耳ざわりな批評を発表した。末無川（マリゴ）［熱帯地方の下流が地中に没する川］に投じられた敷石とでも言うべきか。だれもがそれぞれの立場に応じて痛打を浴びせられた。哀れなサリフとその『黒檀の黒』はもちろんのこと、ジャーナリストや批評家たちに対しても容赦なかった。彼らはあらゆる本は平等で、趣味の主観性だけが区別の基準なのであり、悪い本などない、愛されなかった本があるだけだとする説を受け入れて、もろもろの本の単なる紹介役に徹している。作家たちはといえば、自分たちの仕事から言語や創造に対する要求を追い払って、絶対権力をもつ独裁的な抽象観念たる「読者」のために、少しも努力せずに読める現実の平板なコピーを作ることに甘んじている。そして読者の大群は、単純な感情を結びあわせてやさしい文章の鋳型に流し込んだ安直な楽しみ、娯楽を求めている――その文章とは、サンザによれば、単語九つを超えることはめったになく、もっぱら直説法現在形で書かれ、あらゆる従属節を排除しているのだ。そして市場の召使いたる編集者たちは、特異な文学的個性を応援するよりも、フォーマットどおりの製品を作り出して販売するのに忙しい。以上は批判としては昔からあるものだが、それをフォスタン・サンザは才筆によって一新した。明らかに、許されるふるまいではなかった。攻撃された者たちはすぐさま、激しく反撃した。エリート主義者！　反動家！　傲慢！　馬鹿！　本質主義者！　気難し屋！　不寛容！　お高くとまったやつ！　図式的！　ファシスト！　インテリ！　戯画的！　嫉妬深い！　頭でっかち！　偽善者！　だがサンザは攻撃したときと同じ勇敢さで反撃に耐えた。）

仲間にはエヴァ（あるいはアヴァ）・トゥーレもいた。このギニア系フランス人の女性インフルエンサーについては、言うべきことがたくさんあると同時にほとんどない。エヴァ・トゥーレは企業家にして、同時代のあらゆるよき大義のために戦っている。自己エンパワーメントのコーチ、ダイバーシティモデル、銀河系にとっての模範である。やはりと言うべきか、なにしろ文学における節操のなさは、この時代の最も広くいきわたった病の一つなので、彼女は書きたいという願望を抑えられなかった。こうして闇夜の底から『恋はカカオの実』が生まれ出た。ぼくにとっては文学の観念の徹底的否定としか思えない本。催眠性のある、まったくくだらない小説だった。これがまたものの見事に当たったのである。インスタグラムのフォロワーが二十万人いるのだから、エヴァ・トゥーレには彼女に由来するものなら何でも神聖な塗油のように受け止める忠実な支持者層が存在した。この広範な熱狂的読者は、彼女のためならば死ぬことも辞さず、どんな勇敢な批評家をも後ずさりさせた。サンザでさえ、女神の作品を相対化しようとする異端者に対して信徒たちがＳＮＳ上で浴びせかける悪口雑言の嵐を避けるため、いったんは『恋はカカオの実』の書評を書きながらも発表を見送ったのだった。

というわけで、これら両名がいたが、それよりもベアトリス・ナンガである。ムジンブワとぼくは、彼女こそがわれわれの中でだれよりも、最も独特な文学世界を築いていると考えていた。急いで付け加えるが、ぼくらのいずれも、少なくともぼくの知るかぎり、彼女と寝たことはなかった。とはいえ二人ともそうできたならと望んでいることは、話しているうちにお互いはっきりとわかったのだが。ベアトリス・ナンガは三十歳、元パートナーと親権を分かちあう息子が一人いる。出身はカメルーン。美人かどうかは知らないが、いつだって重苦しいまでの官能的なオーラに包まれている。声域（テシトゥーラ）の広さを誇るその声はぼくの全細胞をすくませた。豊満なその体を目にすると血が逆流した。彼女はエロチックな小説を二冊刊行している。『聖なる尖塔（せんとう）アーチ』、タイトルは『イレーヌのコン』［小説家、詩人ルイ・アラゴン作のポルノ小説］の一文から取られている。そして『臀部（でんぶ）愛好者の日記』。これをぼくは片手で読み、全霊を傾けて愛した。ベアトリスは熱烈なカトリック信者である。ある日ぼくに、わたしの好きな体位はキュビスム風天使、いつか一緒に試そうねと言った。どんな体位なのかと懸命に調べてみたが何の結果も得られなかった。ダリの彫刻に同じ題の作品があるが、天使の姿勢はおよそ性的なものではない。ベアトリスのその場の思いつきだろうか？　キュビスム風天使なんてはったりにすぎないのか？　謎だ。

　仲間は以上のとおり。われわれのあいだに集団として芸術的冒険に挑む意識や願望があるとは思わない。運動として一体をなしてはいない。一人ひとりが自分の文学的運命へと向かって孤独に歩んでいる。それでもぼくは、目に見えない何かがみんなを固く、いつまでも結びつけているという印象を抱いている。それが何なのかはわからない。おそらくは、大失敗が待ちかまえているというおぼろな感覚だろうか。それとも、文学に早く活力を取り戻さなければ、今後ずっと文学の暗殺者とか、悪くすれば墓掘り人（殺すのは簡単だが、墓に埋めるとなると！……）と呼ばれる屈辱を味わうことになるのではという漠とした思いだろうか。それとも、われわれのうちのだれかは今後長いあいだ、文学の怪物と相まみえることになるだろうが、それ以外は途中で道に迷うかリタイアするに違いないという恐ろしい予感だろうか。はたまた、どこにいてもそこが自分の場所だという顔をしながらも、じつはヨーロッパで居場所を失い不幸になったアフリカ人であるという暗黙の了解だろうか。だがおそらくわれわれは、こうした一切はある日、乱痴気パーティーで幕となるという確信（ないし希望）だけで結ばれているのかもしれない。

かくして昨日、業界のゴシップをおさらいし、教養のにじむ無駄話を快活に交わしたのち、ムジンブワが会合の真の理由、エリマンの件を切り出した。

サンザだけがその名前に聞き覚えがあった。ムジンブワに促されてぼくが来歴を語って聞かせると、みんなは半ば魅了され、半ば困惑した様子で聞いていた。話を終えると、沈黙が訪れたが、そのときムジンブワが、だれに催促されたわけでもなく『人でなしの迷宮』を朗読し始めた。そして三時間にわたり疲れも見せずに読み続けた。朗読が終わると、呆然自失の沈黙がしばらく続いたのち、にぎやかな議論が始まった。みんなはむやみに激高して意見を言いあった。そこには欺瞞（ぎまん）があった。罵り言葉が飛びかった。

激しく、情熱的で、互いに一歩も譲らない議論が深夜まで続いた。こんなふうに一冊の本について一晩中議論できるならば、世界はまだ捨てたものではないと思えた。ただし、一晩中文学について議論を交わす者たちというのは何とも喜劇的で、むなしく、滑稽で、無責任でさえあるのかもしれないと、十分意識してもいたのだが。世の中にはさまざまな衝突が満ちあふれ、地球は窒息寸前で、飢餓や渇きで死んでいく人々がいて、孤児たちが親の死体を眺めている。ほんのちっぽけな、細菌かネズミ並みの人生を送る人々がいる。不潔な、流れの詰まった下水道での腐敗臭漂う暮らしを永遠に余儀なくされている人々がいる。現実というものがある。外にはそんなクソの大海原があるのだ。ところが、アフリカ作家であるわれわれは自分たちの大陸がその大海原を漂っているというのに、そこから救い上げるべく具体的な戦いに身を投じる代わりに、『人でなしの迷宮』について語り合っているのだった。

ある晩、サンゴールの詩が実際に持つ価値について、へとへとになるまで議論したことがあった。ぼくはムジンブワに打ち明けた。自分たちが文学について、まるで自分たちの命がかかっているかのように、あるいはそれが地上で最も重要な事柄であるかのように話していると思うと、どうにも恥ずかしくてたまらない気持ちに襲われることがあるんだと。ムジンブワは一瞬黙ってからこう言った。わかるよ、ファイ、おれも同じように感じることがある。自分が恥知らずで、何だかくだらない人間になったような気がするんだ。少し間を置いてから、こう続けた。それに、そんなに文学のことばかり話すのは、自分たちに文学が生み出せないから、自分たちの文学の世界が空っぽだからではないかと疑われてもしかたがない。自称文学者のうち、文学について講釈を垂れるほうが実際に書くよりも得意なやつは山ほどいるし、自分の詩のみすぼらしさを、難しげな文学的解説や参考文献やむやみな引用癖やむなしい学識で覆い隠そうとする詩人もたくさんいる……。本当だよな、ファイ、本当にそうだ。夜な夜な本について語り、文壇とそこで繰り広げられるちっぽけな人間喜劇について議論するなんてのは、うさんくさいことだし、不健全で、退屈で、物悲しくさえあると思われても当然だ。でも、もし作家が文学について語るのでなければ、つまり作家が自分の内側から、実践する者として、文学に取りつかれ、占拠された者として、恋する者として、凶暴なまでに狂った男または女として、文学が自分にとって本質的なものを意味する男または女として——たとえ本質的なものがエピソードや与太話に姿を変えることがよくあるにせよ——、作家が文学について語るのでなければ、いったいだれが語るっていうんだ？　これはきっと我慢ならない、ゲスでブルジョワ的な考え方かもしれないが、受け入れなければならない。それがおれたちの人生なんだ。おれたちは文学を作り出そうとしている、そう、だがそれについてしゃべってもいる。なぜならそれについてしゃべることもまた、文学を生かしておくことだから。文学が生きている限り、おれたちの人生も、たとえ無駄な、悲劇的なまでにコミカルで無意味なものだとしても、完全に失われはしない。あたかも文学が地上で最も重要なものであるかのようにふるまわなければならない。めったにないこととはいえ、それでもなお、ときには、それが現実となる。そのとき、だれかがその証人にならなければならない。おれたちはその証人なんだよ、ファイ。

そんな彼の言葉ですっかり心が慰められたわけではなかったけれども、とにかくぼくはその言葉を大事に取っておいた。

われわれは議論を続けた。ムジンブワとぼくは堂々たる傑作だと言い、ベアトリスは知的すぎると断定した。サンザはときおり天才的な輝きを放ってはいるが救いようのない作品だと言った。エヴァ・トゥーレは大した意見を言わなかったが、実際大したことを考えていないことはその目を見ればわかった。深夜三時ごろ、彼女は集合写真を撮ろうと言い出し、すぐさまそれをハッシュタグつきでネットに上げた。#エクリチュール、#ニュージェネレーション、#読書、#ステイチューンド、#文学ディナー、#迷宮、#エンパワーメント、#アフリカ、#夜の果て、#ブックアディクト、#ノーフィルター、#エヴァファミリー。

その夜はそれで終わったが、それからの数日、たびたび、だれかの家かバーに集まっては問題の本について意見を交わし、作家としての夢を語り合った。

## 七月三一日

今夜はこの世でいちばん苦手なことをやったぞ、日記よ。両親に電話をかけたんだ。母さん――なんかあったの？　ぼく――いや、順調だよ。母親――ほんと？　息子――ほんとさ。彼女――何もないのに電話を？　彼――そうさ、どうしてるかと思って。母さん――おやおや、ラチール、心配になっちゃうよ。ほんとに、大丈夫なの？

動画付きで電話をするときは、両親は隣り合って坐り、どちらの顔も少しずつ写るようにスマホを持つ。こちらには二人合わせた顔が見えるわけだ。老いのしるしが目に入ってつらくなり、画面をオフにしたくなる。だがそんなことをしても無駄だろう。声だって老け込んでいる。時の壁には深い亀裂が走っているのだ。もっとたびたび電話するように心がけると、いつもどおりの約束をする。とはいえ、自分がそうしないことはわかっている。やっぱりたまにしか電話しないだろう。母はしょっちゅう、冗談交じりに、おまえは家族の意識が弱いと言う。つらい冗談ではある。そこには暗黙の非難がこめられていた。父はそれに関して何も言わないが、その態度がすべてを物語っていた。二人とも、こちらがだんまりを決め込んでいるのが理解できないのだ。しかし単純なことだとぼくには思えた。たいていの子どもたちが人生のある段階で両親に対して果たすべき務め、忘恩の務めを果たしているだけなのだ。

そこにはまた、おめでたい面もあった。そうやっていれば、両親を意のままに操れると思い込んでいたのである。電話するのを後回しにし続けているのは、きっとぼくが、すぐまた両親に会えるだろう、だから毎日電話する必要などないと信じて疑わなかったからだ。ここを引き揚げて両親のもとに帰る日は近いはずなのだから。しかしその日とは亡命の砂漠にゆらめく幻影にすぎない。だから、近々会えるのだからという根拠のない理由で電話を先に延ばすごとに、実際には隔たりはいっそう大きくなっていた。ぼくは移民の最終段階を迎えていた。もはや単に帰国が可能だと信じているだけではなかった。すぐにでも帰国できると確信し、そうすれば家族から遠く離れて過ごした時間を取り戻せると思っていたのだ。そんな悲劇的な希望がぼくを生かすとともに殺しつつある。もうすぐ実家に帰るんだ、あちらでは何も変わらず、一切を取り戻せると信じているふりをしている。帰還の夢など完璧な小説にすぎない――それゆえ、くだらない小説なのだ。

何かが死に絶えつつある。ぼくがあとにした世界は、背中を向けたその瞬間に消え失せた。かつて住んだその場所に、子ども時代の思い出を宝物のように埋めてきた者としては、そんな贈り物をしたのだから、あの世界が破壊されることはないと思い込んだ。あの世界はぼくの過去に対して永遠に忠実でいてくれると思い込んだ。だがこれほど現実離れしたことはなかった。かつて愛した世界は忠実であると、契約書にサインなどしていなかった。ぼくがいなくなるとすぐ、時のトンネルを遠ざかっていった。ぼくはいまその廃墟を眺めている。悲しいのは、その世界が破壊されたことではない。その世界は生きていた、つまり死すべき運命だったということなのだ。悲痛な思いに駆られるのは、それがこんなにもやすやすと破壊されてしまったせいだ。あとにしてきた世界には、破壊に対抗する手段を授けたつもりだったのに。

亡命者は地理的な隔たり、空間的距離に取りつかれている。だが彼の孤独の本質をなすのは時間である。彼はキロメートルに罪を着せるが、彼を殺すのは日々の時間なのだ。時間が両親の顔を損なうことなく流れていくと確信できたなら、両親の顔から何千キロ離れていようが耐えられただろう。だがそれは不可能なのだ。しわが刻まれ、視力が落ち、記憶はあやふやになり、病気に脅かされずにはすまない。

人生をどうやって修復すればいい？　書くことによって？　物語、書かれたもの。現実との相似性に期待をかけ、言葉が本来もつはずの力を秘めた単語の絶対的配列に助けを求める。それは内面の隔たりを縮めてくれるだろうか？　だがいまのところ、隔たりは言葉や言葉の魔術にはおかまいなしに広がっていく。

去っていった者たちの中には、二度と帰らないよう願ってやるべき者たちがいる。帰ることが彼らの最も深い願望であるというのに。そのせいで彼らは悲しみもだえる。ぼくは両親に会えないのを寂しく思うが、電話をかけるのは怖かった。時は過ぎ去っていく。そして、両親が日々の出来事を話すのを聞けないのが悲しいのと同じくらい、それを聞かされるのが怖い。なぜなら彼らの人生に何が本当に起こっているのか、心の底ではわかっているからだ。それはあらゆる人生に起こっていることである。彼らは死に近づきつつあるのだ。電話をしないことでぼくは苦しんでいる。電話をしてもやはり苦しむだろうし、苦しみはさらに増すかもしれない。

両親にはぼくに話して聞かせたいことが山ほどあった。ささやかな喜びや苦労、わんぱくな弟たちのこと、国の緊迫した政治状況。だがそのどれも聞く気になれなかった。意味のある唯一のことについて、両親は沈黙を守っている。両親は演技をし、こちらも演技をする。騙し合いだ。ぼくはやや冷淡な口調で、げんなりしながら、通話を手短かに切り上げてしまう。

## 八月四日

ルームシェアの相棒スタニスラスは、ぼくらの文学サークルに加わるのを拒んでいたが（心中、あまりにブルジョワ趣味だと思っていたのだ）、とうとう『人でなしの迷宮』を読んだ。判定は簡潔だった。「翻訳困難」。あいつの批評基準からすると、最大級の賛辞といってよかった。

本と作者について質問してきたので、知っていることを答えた。すると興味を示し、新聞雑誌資料館で調査してみるべきだという。一九三八年の雑誌類を参照すれば、何か見つけられるのではないか。ぼくは、八年前パリに来たとき、『人でなしの迷宮』の足跡を求めて調査を試みたことがあると答えた。特に読みたかったのは『概説』のT・C・エリマンの項目で言及されていたブリジット・ボレームによる調査の記録だった。でもぼくの試みはことごとく失敗に終わった。ただしボレームについては、「両世界評論」誌で長年、文学欄を担当し、何冊か作家論を刊行してから、フェミナ賞の選考委員となり、一九七三年から一九八五年に亡くなるまで選考委員長を務めていたことが判明した。

――なるほどね。スタニスラスはぼくの話を聞いてから言った。だが、おまえはいまでは本を出して、大新聞でも取り上げられたんだから、資料館に入れてもらいやすくなったんじゃないか？

――そりゃ違う。アフリカ人ゲットーの外では作家として認められてなんかいないよ。大新聞に記事の載った若きアフリカ文学のホープなどというのは、資料館側にとってはどうだっていいことだ。アフリカの作家として外の世界で名声を博してるわけじゃ全然ないんだし。

——それがおまえの願いなのか？　外の世界で文学上の名声を博すのが？

そうなのだ。この国にいるアフリカ人作家で、そんなことをおおっぴらに認める者などだれもいないだろう。だれもがむっとした様子で否定するはずだ。しかし結局、それはわれわれの大勢にとって夢の一部をなしている（それこそが夢という場合だってある）。つまり、フランス文壇で騎士（シュヴァリエ）の称号を授けられること（表向きはそれを馬鹿にしたり、侮辱したりするのがいいとしても）。恥ずかしいことだが、それがわれわれの夢見る栄光でもある。隷従であり、象徴的な意味での栄達の有害な幻想でもある。そうだとも、スタン、それがわれらの悲しき現実、みじめな夢のみじめな内実。中央から認められること、それだけが重要なのだ。

だがそれではあまりに絶望的で、シニカルで、苦々しく、不当なので（あるいは逆に、あまりに真実なので）、スタニスラスにそう答えるのはやめて、次のようにだけ言っておいたが、これまた正確な事実ではあった。

——ぼくは単にいい本を書きたいだけさ、スタン。そのほかに本を書かなくてよくなるような本、ぼくを文学から解放してくれるような本。『人でなしの迷宮』みたいな本のことさ。わかるか？

——ああ、わかるよ。でも、あんたらアフリカの作家や知識人は、認められるってことに用心しないとな。フランスのブルジョワが、やましさを感じないために、あんたらのだれかを担ぎ上げることがあるだろう。成功したアフリカ人、モデルとなるようなアフリカ人の誕生だ。だが結局は、作品の値打ちがどうあれ、あんたらはよそ者なんだし、ずっとそのままなんだよ。ここの人間じゃないんだ。でもおれは思うんだが——間違いだったら言ってくれ——（だれかが「間違いだったら言ってくれ」と言うのは、もうそいつを止めることができないときなんだとぼくは思った）、おれは思うんだが、あんたらはもう、本当の意味では祖国の人間じゃない。だがそうすると……いったいどこの出身ということになるんだ？

そこでやつは黙った。こちらの答えを待っていたわけではない。自分が言ったこと、さらに付け加えるべきことを考えていたのだ。やがてまた話し出した。

——もちろん、わかってるさ。おまえらの仲間にはこう言ってるやつもいる。自分たちは世界市民だ、国境など超えているんだって！　いやはや！　国境を超えた普遍的存在とは……。そんな幻想をメダルみたいに掲げてみせる連中がいる。そして自分たちの選んだ相手の首にそのメダルをかけてやるんだ。だがそれは、吊るし首にするためさ。そしてメダルをかけてくれないなら、泣いて頼んでも無駄だ。普遍的なるものは地獄しかない。メダルなど焼き捨てろ。それを掲げる手も一緒にだ。植民地主義時代の名残をむしり取れ、そして何も期待するな！　古くさい代物はすべて火に投じろ！　熾火に、灰に、死に捧げろ！　石油で書け！

——お説ごもっともだと思うよ、スタン。だがそんなことはアフリカの作家たちだってわかっている。みんな人間なんだ。政治的英雄でもイデオローグでもない。すべての作家は住む場所、出自、肌の色にかかわらず好きなことを自由に書けなくてはならないだろう。アフリカ人であろうがイヌイットであろうが、作家に要求すべき唯一のことは、才能をもつことだ。それ以外の要求は横暴でしかない。愚劣でしかない。

スタンは数秒間、唇の端に笑みを浮かべてぼくを見ていた。やつが何を言いたいのかはわかっていたし、実際、少ししてからこう言ったのだった。「おまえ、うぶだなあ」

八月五日

日記よ、今晩はいろいろなことが起こった。ベアトリス・ナンガがムジンブワとぼくを夕食に招待してくれた。彼女はいつもどおりだった。強烈な魅力あふれる女性というやつだ。

――あんたたちだけに会いたかったのよ。彼女はボトルを開けながら言った。サンザとエヴァ・トゥーレも面白い人たちだけれど、でもあんたたちは、それとは別という気がするの。言いたいこと、わかるでしょう?

いささか上の空な調子で相槌を打った。ベアトリスのところに来たときはいつもそうだが、居間を見下ろす巨大な十字架にすっかり注意を奪われていた。ぼくはイエスを見つめた。すると、はりつけになって人類の悪を全身で受け止めているその姿を見たときいつも浮かんでくる思いが、またしても浮かんできた。〈自分はこんなところで何をしてるんだ〉イエスはそう思っているんじゃないか。直接尋ねてみることができたならと幾度も夢見た。主よ、あなたが十字架の上で苦しみ、絶命してから二千年も経ちました。まことに称えられるべきことですが、しかし結果はご覧になったでしょう。そこで質問させていただきたい。〈もう一度やらなければならないとしたら、どうしますか?〉

答えはなし。ぼくらは食卓に移った。ベアトリスは手作りの〈ンドレ〉［ナッツ、肉や魚の煮込みに苦味のあるンドレの葉を加えたカメルーン料理］を出してくれた。すぐ、『人でなしの迷宮』をどうするべきかという話になった。彼女は、あの本をわれわれ若手作家の気取ったサークル内に留めておくべきではない、一般大衆にも読めるように再版の道を探るべきだという意見だった。ムジンブワは反対だった。両者は言い争った。ぼくは意見を言わずにいた。

デザートになると、くつろいだ雰囲気になり、ベアトリスは音楽をかけた。いつもの儀式だけど、スピリチュアルなものも漂う。ぼくらは電流が走ったように体を動かし始めた。夜はようやくお年頃、まだ若いマンゴーの実のように緑だ。それからすべてが和らいだ。熟した月はまるで空から落ちてきそう。ぼくらは綿のようにふわふわした時間の腕にぶらさがる。それは豪奢(ごうしゃ)な夢への入口、ただしその夢を見るには目を覚ましていなければならない。室内では話し声が減っていく。やがて——遅くまで飲んでいるグラスの鳴る音や、通りから昇ってくる漠とした笑い声、歌と歌のあいだに交わされるそつのないやりとりのほかは——、太古の言葉しか聞き取れなくなった。ため息、ゆっくりとした身ぶり、視線、軽い接触、誘いかけ、呼びかけ、怒ったふり、秘密のしぐさ、そんな言葉にならない言葉のみだ。やがて、酔いながらも頭ははっきりしているという感覚のほかは何もなくなってしまった。踊っている拍子にだれかが——ぼくが?——体をぶつけてグラスが落ち、割れた音が聞こえた気がした。あとはもう、時間は消え去った。それこそが真の夜というものだ。

するとと起こるべきことが起こった。女主人が提案ないし示唆したのだ(要求したのだったかもしれないが、もう覚えていない)。みんなでセックスしよう。でもここではだめ。十字架があるから。来て。そして彼女はきびすを返し、寝室に向かった。ムジンブワは夢遊病の犬のように、何歩かついていった。ぼくは動かなかった。彼は立ち止まり、こちらを振り返ってぼくの意思を悟った。

——おまえ、バカはやめろよ。いまはやめておけ。来るんだ。ついにキュビスム風天使の顔を拝めるんだぞ。肖像画を描き直してやろうじゃないか。天使の名前がミシェルなのかジブリルなのかリュシフェルなのか、とうとうわかるんだぞ。めくるめく3Pが待ってる。来いよ。

ぼくはいやだと頭を振った。そしてて<ruby>こ</ruby>でも動かないと示すため椅子に腰を下ろした。ムジンブワは一瞬ためらう様子だったが、忠告とも脅しとも思える調子で言った。ファイ、女ってのは、ことを急(せ)かす男なら許してもくれるが、機会を逃す男は絶対に許さないんだぞ。

――ロッコ・シフレディ［イタリア出身のポルノ映画監督、俳優］にでもなったつもりか。

――ちがう。

――ロバート・ムガベ［ジンバブエの元大統領、三七年間にわたり独裁的に政権を維持］か。

――ちがう。

――わかったぞ。DSK［ドミニク・ストロース＝カーン、フランスの政治家。性的スキャンダルで失脚］だな！

――いい線いってるが、ちがう。タレーラン［十八、十九世紀フランスの辣腕政治家］だ。

それから彼は運命の待つベアトリスの寝室へと去り、ぼくは居間で一人、肘掛け椅子にだらしなく沈みこんでいた。酔っぱらった頭で、うっすらと寂しさを覚えつつ、タレーランについて自分の知っていることといったら、片脚が不自由だったことと、大変機知のきく男だったとされていることくらいだと考えていた。数分過ぎると、考えを変えて二人に合流したくなったが、自尊心に引き留められた。決心を変えるのは滑稽なだけでなく、恥ずべきことだ。名誉と誓いがかかっているのだし、もう決めたことじゃないか。そこでぼくは坐ったままでいたが、少しすると、規則的に間をおいて、二人順番に、ベアトリスが吐息を洩らし、ムジンブワがうなるのが聞こえてきた。前戯開始だなとぼくは判断した。それからベアトリスのうめき声しか聞こえなくなった。彼女の肉体（具体的には、あの力強い太腿）がムジンブワを窒息させていたのだが、ときおり彼は頭を万力のあいだから出して肺いっぱいに空気を吸ってはまた未知なるものの中へ潜っていった。そしてベアトリスの秘部に蓄えられている露をむさぼるように吸い上げる。そんな一切がはっきりと聞こえ、まざまざと見えた。互いに熱しあう彼ら二人の体、間隔が短く、荒々しくなっていく息づかい。肌にみっしりと浮かんだ汗、塩の結晶。見たくもないのにすべてが見えてしまう。抵抗しなければ、気持ちをしっかり持って、何か別のことに考えを向け、寝室からの物音など耳に入らないようにするんだと自分に言い聞かせた。そんな決心が二人をいっそう刺激したかのようだった。精神を集中できる事柄を探し始めたとき、ベアトリスがもだえ始め、ムジンブワもあえぎ出し、ベッドはきしみ、体と体がぶつかり合ってスリッパとスリッパを打ち鳴らすような音を響かせた。クソ、始まったとぼくは言い、気を逸らすか熟考させるかしてくれるテーマを探そうと頑張るのだが全然うまくいかない。精神をベールで覆おうとしても、ベアトリス（夜鳥みたいに鳴き続けている）とムジンブワ（リンガラ語で詩的かつ卑猥な語を叫び、前に彼から教わった単語がいくつか聞き取れた——〈ンコロ、パンボラ・ボル・ドヨ。ヤンゴ・ネ・ムトゥ・エコ・スンガ・モキリ〉……）が騒ぎ立てるせいで、ベールは煙草用の巻紙みたいにびりびりに裂けてしまった。とにかく、滑り出し快調のようだな、とぼくは思った。リズムがいい、少しも単調ではなく、変化に富んでいてしかも無理がない。だがジェガーヌ、しっかりしろ、そんなことに気を取られるな。たとえば何か読むのはどうだ、本に戻るんだ、ほら。そこでぼくは『人でなしの迷宮』を開きたくなった。読みふけって現実を逃れようと思ったが、考え直した。無駄な努力だとわかっていたからだ。こんなにうるさくては本など読めないし、音は小さくなるどころか逆に高まっていた。肉体の愛の騒音、若く逞しい体の世俗声楽曲（カンティレーナ）、猛烈なセックスの機械室からぶんぶん響いてくるうなり。その音をぼくは聞いていた、しかと聞き届けていた。ベアトリスがサイのようにわめき、ムジンブワがサルのように叫び立てる。〈ボマンガ、ベア、ボマンガ〉そしてぼくはいつもながらあまりに臆病で、屈折して、控え目で、浮いていて、頭でっかちで、あまりにエドモン・テスト［ポール・ヴァレリーの小説『テスト氏』の主人公、知性の権化］的なせいで、誇り高く愚かな孤独にはまりこんでいるせいでこんな羽目に陥っているのを悔しく思った。だから目をつぶって、苦しみを甘受することに決め、こいつが通り過ぎていって終わりを迎えるまで待つ覚悟をした。なぜなら一切は結局は過ぎ去るのだから。すべては遁走（とんそう）し、立ち去り、流れ去る。〈パンタレイ〉［万物は流転す］と賢者ヘラクレイトスが言ったとおりだ。よし、とぼくは思った。目を閉じて待とう、〈パンタレイ〉だ。ところが布団をひっかぶる子どもよろしく、まぶたの裏側に引きこもると同時に、一つの考え、というよりも一つの強烈な欲求が生まれてきた。あいつらを殺さなければならない。ナイフを握って寝室に入り、一体となった肉体に刃を突き刺してやらなければならない。寝室にはもはや、大いなる欲望によって結びあわされた「一体」しか存在しないことは明らかだった。ぼくは排除されている、だから突き刺してやらなければならない。手際よく、落ち着いて、正確に、プロの殺し屋のように。心臓を一突き、腹を一突き、大動脈を一突き。そして心臓をもう一突きし、周囲にこれほどの害悪を及ぼす頑丈な代物が拍動を止めたことをちゃんと確かめる。それから性器、そして脇腹にも一突き。もちろん、顔には手を出さずにおく。なぜなら顔は神聖な領域であり、この神殿をいかなる暴力も侵すべきではないからだ。「顔」とは「他者」のしるし。わたしを経由してあらゆる人類へと発せられる苦悩に満ちた呼びかけの像。ぼくは少しばかりレヴィナス［エマニュエル・レヴィナス、フランスの哲学者（一九〇六－九五）。「顔」の他者論で知られる］を読んでいた。だが顔以外のあらゆる部分を攻撃してやる。そうやって「一体」の味わっている快楽を終わらせてやる、さもなければ腹上死という究極の法悦の中で、死への快楽を味わわせてやるぞ。自分を苦しめる騒音――ベアトリスはわめき、ムジンブワもわめいていた――から解放されるために、ぼくはそんな願望を抱いた。そして見よ、わが陰鬱なる意図に、神のご意志がいかに答えてくださったかを。キッチンの食器棚の上には大きなナイフが転がっていて、そいつを摑みさえすれば決着をつけられるはずだった。これから何が起こるかを思ってぼくはにやにや笑い出した。そしてどんな三面記事にも負けない複雑でおぞましい筋書きを作り上げた。ところが、立ち上がってナイフを取りに行こうと考えたまさにそのとき、間近に、だれかの気配を感じた。目を開けてみると、壁の大きな十字架の上でイエス・キリストがもぞもぞと体を動かしていた。キリスト教の信者ではなく、セレール族の純粋なアニミズム信奉者であり、パンゴル［祖霊］とローグ・セン［至高の神］を何よりも信じる人間ではあっても（〈イルミ・イン・ローグ・ウ・ヤル！〉）、ぼくは反射的に十字を切り、そして待った。不思議なほど怖くはなく、少し驚いただけだった。とはいえぼくは幽霊や超自然の顕現を信じているので、イエスが釘をはずし終えて十字架から下りてくるのをじっと待った。彼が置かれた状況を考えてみるなら、キリストはそれをじつに優雅に、敏捷（びんしょう）にやってのけた。それからぼくの正面のソファに坐り、目深にかぶっていた血まみれのいばらの冠を持ち上げて、優しげな青い瞳をぼくに向けた。避難所のようなそのまなざしの内にぼくはすぐさま逃げ込んだ。その間に寝室のベッドの先が壁に激突した。〈ト・リアマ・ティ・ンザラ・エシラ、ンゾト・ナ・ヨ・ナ・ヤンガ、エトゥタナ・モト・エペラ、ママン〉。だがそんなことはもうどうでもよかった。重要なのはそこにいる人物だけだったから。彼は口を開くことなく語りかけた。〈心の声（ウオクス・コルディス）〉で語り、それが魂のあらゆる悲惨を癒やしてくれるように思えた。殺人衝動も、苦悶（くもん）も、みじめったらしい嫉妬も、孤独も消滅させてくれた。彼のみがその秘密を知っている、単純だが深い言葉によってである。寝室からは、尻を叩（たた）く音に合わせて叫び声が響いてきたが、それに邪魔されず彼の言葉を聞き取ることができた。ぼくはキリストの言葉に耳を傾け、教えにあずかり、どんな作家でも自分で書けたらと願うようなたとえ話に耳を傾けた。彼は延々と語ったあげく口をつぐみ、ぼくらは二人そろって寝室の様子に注意を向けた。クライマックスが近づいているらしく、鋭い叫び声の合唱をとおしてだれが何をしているのかを聞き分けることは、もはやできなくなっていた。ぼくはイエスを見た。一瞬、彼のまなざしの内に、自分も寝室に行きたいという願望を見て取ったように思ったが、それはぼくが夢でも見たのだろう。あるいは一瞬、悪魔に取りつかれでもしたのだろう。なにしろ人の子イエスは、続いて長三度（ちょうさんど）の叫びが響く中、もう行かなければならない、他の迷える魂たちが待っているからと言ったのだ。彼が立ち上がると、神々しい輝きに目がくらんだ。二千年来はりつけになっていた十字架に戻るのを手伝ったほうがいいかどうか、彼に尋ねた。たとえば、肩車をするとか。だが彼は笑って（キリストの笑い声はなんと心慰める善きものであることか）、「大丈夫だと思う」と言った。そして実際、彼はちゃんと一人で、うまいことまたはりつけにされた。どうやったのかなどと聞かないでほしい。ぼくにはわからないが、とにかくやってのけたのだ。結局のところ、彼は驚くべきわざをいろいろとやってのける能力の持ち主なのである。彼は目の前でふたたび手足を釘づけにされた。そしてベアトリスとムジンブワが雷鳴をとどろかせながら絶頂に達したそのとき、キリストは二千年来の受難の苦痛に満ちた顔に戻る前に、ぼくを見てこう言った（今度は口をはっきりと開けて）。――〈やっぱりまたやっただろうと思うよ〉

　彼はこの崇高な言葉とともに、ほかの質問をする暇を与えずに（たとえばぼくは「実体変化」［ミサの際、パンとぶどう酒の実体が消滅し、キリストの身体と血に変わるとするカトリックの教義］の御業（みわざ）について教えてほしかったし、ゴルゴタの丘の上からの眺めはどうだったかも聞かせてもらいたかった）、去ってしまった。そしてアパルトマンは恐ろしい空虚に沈んだ。神が去ったあとの世界の不安に満ちた空虚。彼が降りてきてからどれくらいの時間が経ったのか？　何とも言えない。彼が去ってから、自分がどれくらいの時間、肘掛け椅子に押し黙ったまま坐っていたのかもわからない。寝室からはもう何の音も聞こえてこなかった。肉体にはすでに眠りが訪れていた。あるいは死か。そのうちわかるさ、とぼくは独りごちた。そして立ち上がると『人でなしの迷宮』を手に取り、家に帰った。

## 八月六日

目が覚めても頭にもやがかかっていた。昼過ぎにムジンブワが電話してきた。昨晩の話になって、予想どおり、なぜ一緒に寝室に来なかったのかと尋ねられた。ンドレが胃にもたれていたんだと答えた。嘘だろう、あまり考えすぎず、もっとセックスすることを学ぶべきだと彼が言った。考えておくよ、とぼくが答えて、二人とも黙った。キュビスム風天使について質問しかけたが、思い留まった。ムジンブワは何であれ秘密を明かそうとはしないはずだ。話題を変えたほうがいいと思い、資料館の上層部に知り合いがいるかどうか尋ねてみた。知り合いが一人いるから、数日中に紹介してやると約束してくれた。そして彼は言った。

――エリマンが何者だったのかを知りたいのかどうか、自分でもわからなくなってきた。好きな芸術家にはあまり近づきすぎないほうがいいだろう。遠くから、黙って称賛の念を送る。そういう優雅さをもたなくちゃな。そう思わないか？　未完とはいえ、『迷宮』だけでおれには十分だ……。だが、おまえは探し出したいわけだな。ようやくわかったよ。

――なにがわかったんだ？

ムジンブワが言った。実際のところ、本の続きというだけでなく、おまえは文学それ自体を追求しているつもりなんだろう。でも、文学を追求するのは、いつだって幻想を追求することだ。文学を追求する、それはクソを追求することさ。わかるだろ、ファイ。文学を追求すること、それは、それは。彼は言葉に詰まった。そこで慌てて、悲しみか苛立ちを込めてこうしめくくった。要するに、要するに、要するに。

ぼくはこだわらなかった。ほかの話をしてから電話を切った。それからさんざん迷った末、ベアトリスにメールを書くのはやめることにした。愛が昇華されてある段階に達すると、肉体の愛は悲劇的な誓いに変わるなどと彼女に説明するのは無理だった。二つの肉体が互いに語りあい、聴きあい、認めあう。そして特に望みもせず、意識さえしないうちに、黙って忠誠を誓いあう。だが、愛ほど不公平なものはないので、一方の肉体だけが固い誓いを立てるということも起こる。もちろん、ある日別れのときが来る。すると誓いを立てたほうの肉体だけが、思い出にすぎない相手に捧げた言葉の重さを抱え込む。邪魔な誓いを死体のように引きつぎ、深夜、それを振り捨てようとしても助けてくれる友はいない。お荷物を抱えて肉体から肉体へとさまよい歩くが、決して平和を見出すことはできず、やがて平和など決して訪れないのだと諦めてしまう。だれをパートナーにしようとも、相手は失われた理想との比較の上でしか存在しない。どんな肉体と出会おうとも、あらかじめ失望を予期しているだけに、失望はいっそう避けがたいものとなる。やがて、失望は避けがたいと思うせいで、外でのどんな経験も諦めるようになる。だが幻滅の意識以上に、誓いを破ることの苦しみ――勝手に立てたその誓いを、相手はもう忘れているだろうが――に麻痺させられ、いわば波止場に引き留められるのだ。目の前には欲望の大海原が広がり、誘いかけてくるのに。ただ一人、誓いに背くことをなおも恐れている。ロマン・ガリはほかのどんな愛にも決してふたたび見出すことができなかった母親の愛を描くのに、夜明けの約束について語った［フランスの作家ロマン・ガリの自伝的小説『夜明けの約束』（一九六〇）］。肉体の愛について、そこには夜の誓いがありうるとぼくは言いたい。一年以上前、ある女性のためにその誓いを立てたのだ。

無理だ。そんなことをベアトリス・ナンガに説明することは無理だろう。嘲笑を浴びせられるのがオチだ。
その女性はもういない。彼女の封印は強力で、ぼくにはそれを破る手立てがない。彼女がいなくなってから、あらゆる女性の肉体におじけづいてしまう。その手ごわい幻を前にしては、最も奥深い欲望さえ屈服させられる。ベアトリスと寝たいと思っているあいだは、肉体はベアトリスを求めていた。だがその機会が訪れるとたちまち、肉体はかつての貞潔を思い出す。すると肉体は消えてしまう。

彼女と出会ったのは、いかにもパリという場所でだった。ラスパイユ大通り、柵で囲まれた公園のベンチの上、ドレフュス大尉の記念碑の下。大尉はへし折られたサーベルを掲げている〔ユダヤ人陸軍大尉ドレフュスは一八九四年、スパイ容疑の冤罪を着せられて逮捕され、軍籍剝奪式でサーベルを折られた〕。大尉の足元には鳩が群がっていた。彼女はサンドイッチのかけらを鳩に投げていた。会話のきっかけとして、こう切り出すほかはなかった。鳩に餌をやることはパリ市役所によって禁止されていますよ、マドモワゼル。彼女はこちらに目を上げた。恐ろしく高慢な、軽蔑に満ちたまなざし。軽蔑されたってかまわなかった。なぜならそれでやっと彼女の顔をすっかり拝むことができたのだから。ぼくは容赦なく反論を浴びせられたが、すぐにもっと穏当な話題に切り替えて会話のきっかけを作った。そのときぼくはクンデラの新刊小説を読んでいた。登場人物の男が言うには、女は男よりも頭がいいことが多いから、誘惑するためには冴えたところを見せようと頑張って馬鹿にされるよりも、冴えないままでいるほうがましなのだ。その教えを活かして、ぼくは彼女を感心させようなどとはせずに、退屈させないよう努めた。その二つのあいだを狭い道がくねっていった。薄暗く危険とはいえ、とにかく道が続いていた。その道を進んでいき、逸れないよう機敏な応対を心がけた。

数分ののち彼女は立ち去った。名前も電話番号も知らなかったが、いつかまた会える可能性に賭けた。大学にほど近いこの公園に、しょっちゅう読書しに来ていたのだが、これまでにも彼女を見かけたことがあった。だから最後ではないことを期待したのだ。三日後、同じ場所でベンチに坐っていると、彼女のほうが気づき、話しかけてきた。前回よりもゆっくり話ができて、お互い警戒心もなくなった。そして今回は、別れる前に名前を教えてもらった——アイーダ。電話番号を交換したのはもっとあとになって、公園で偶然に会うだけでは満足できなくなってからのことだった。偶然に会うというよりはデートのようなものになってきていたし、本格的なデートへの期待がふくらんでもいた。

それからはごく普通の、いたって平凡な段階が続いた。将来の関係のための序説である。最初のディナーはお互いの経歴について基本的な情報を集める機会となった。ぼくは彼女がフォトジャーナリストで、都市部での反乱や市民の抵抗運動が専門であることを知り、彼女はぼくが文学の博士論文をなかなか書けずにいる身であることを知った。彼女の父親はコロンビア人、母親はアルジェリア人で、三人きょうだいの末っ子。ぼくは五人きょうだいの長男。食事面では、彼女は完全菜食主義者。ぼくはレアのステーキ一辺倒。彼女は共産党支持者。ぼくはアナーキストと一緒に住んでいる。彼女の目標は偉大な報道記者になること。ぼくの目標は、単に、作家。熱心なメールがたゆみなく、時間を問わず交わされた。それから二度目のディナー（ヴィーガン）。恥じらったり、沈黙したり、屈託のない笑いを交わすのも初めてなら、真剣な態度になるのも初めてだった。

そこで初めてのキスに至るところだが、そうはならなかった。お互いにじらしあった。そしてついに告白。恋しく思っていると、どちらが先に言うのか？　ぼくだった。彼女は巧みに応じた。あなたもそうだったの。でもゆっくりがいいわよね。音楽にあわせて。初めてのコンサート。初めて体を寄せあって。ユマニテ祭［一九三〇年以来、共産党系の新聞「ユマニテ」紙が九月第二週末に開催する政治・文化のイベント］で、マニュ・チャオ［スペイン系フランス人の人気ロック歌手］のご加護のもとに。〈ラ・ビダ・エス・ウナ・トンボラ［人生は福引］〉、と彼は歌い、ぼくはそれを聞きながら愚かにも、そうだ、そのとおり、〈ラ・ビダ・エス・ウナ・トンボラ〉、そしてときには奇跡を引き当てると思った。漂う香り、揺れ動く体の触れあい、軽くハミングする女性の声。アイーダ。いまこのとき、彼女がかたわらにいてくれることにはどんな根拠もなかった。それはどんな幸運や長所や希望によっても、どんな虫のいい夢によってさえ、説明のつかないことだった。最初のキスが訪れた。ゆったりとした、何に急かされるわけでもなく、ただ機が熟したためにもたらされた、完璧なキス。それがひとふしのあいだ続いたのち、ぼくらは何もなかったかのようにリフレインに聴き入った。でもすべてがそれまでとは違っていた。最後の曲「メ・グスタス・チュ［わたしはあなたが好き］」が終わるころはもう夜で、雨が叩きつけるように降っていた。ぼくらは話す必要も、とてもいいコンサートだったねと言いあったり、キスの感触を反芻したりする必要もなかった。それはまだ唇にひりひりと残っていた。ＲＥＲ［パリ市内と郊外を結ぶ急行鉄道網］のＢ線に乗るとき、どこに行く？　と尋ねあう必要もなかった。車輛に乗り込みながら、どこに行こうとしているのかわかっていた。お互いに相手を目指し、言葉は抜きで、固く絡ませた指と指で熱っぽく会話を交わしながら。二人の顔に浮かんだ微笑の重みを表現しようとしたら、どんな文章も砕け散ってしまっただろう。ぼくらは彼女の家に行った。濡れ髪が彼女の顔を濡らし、ぼくの顔も濡らしたのを覚えている。ぼくらは愛をいくつもの輝く破片に分解し、そのかけらが天体を囲む環のようにぼくらを取り巻いた。

人生において、本当の意味で存在が変わるような機会はさほど多くはない。ぼくにとってそんな機会が訪れたのは二度。『人でなしの迷宮』を読んだのはその二度目でしかない。神秘的な危機ということで言えば、パスカルは「炎の夜」、ヴァレリーは「ジェノヴァの夜」を経験した。ぼくにとってそれはアイーダとの最初の愛の夜だった。そのとき灯された真実の光を曇らせることは、決してだれにもできないだろう。時間のベールによっても覆うことなどできない。その晩、ぼくは光に包まれてひざまずき、誓いを立てた。相手の魂に対する魂の忠誠を約束したのだ。ぼく一人が立てた誓いだった。

八月一〇日

新聞雑誌資料館で終日過ごした。ムジンブワの有力なコネのおかげで許可証を出してもらえたのだ。入口で携帯電話を取り上げられたが、ノートは取れた。ボレームの調査記録が一冊保存されていて、読むことができた。刊行当時の批評や、ボレームの調査から得た情報をもとに『人でなしの迷宮』を読み直した。

＊

ジェミニ出版は驚くべき小説デビュー作を刊行した。その作者はどうやら黒人、セネガル生まれのアフリカ人だという。本の題名は『人でなしの迷宮』、著者の名前はT・C・エリマン。率直に言おう。この作品はフランス人作家が変名で書いたものではないか。アフリカにおいて、植民地開発が教育面で奇跡的な成果をもたらしたのだと信じたいのは山々である。しかしながら、アフリカ人がフランス語でこのように書けたなどとどうして信じられよう？　まったく謎である。

それにしても、この小説では何が語られているのか。続編もあるはずなのだが。血にまみれた一人の王、黒人版ネロの物語である。（……）残るのは、Ｔ・Ｃ・エリマンなる不思議な名前の背後にだれが隠れているのかという問題だ。ありそうもないことだが、それがもし植民地の黒人だとしたら、われわれは通念どおり、黒人には魔力があるのだと考えざるを得なくなるかもしれない。

**Ｂ・ボレーム**
「両世界評論」

八月一一日

この件にエリマンはどうやら沈黙で答えたらしい。だが沈黙する作家とはいったいどんな存在なのか？

＊

「両世界評論」は昨日出た最新号で、創業したばかりの小さな版元から刊行された「驚くべき小説デビュー作」に触れている。「その作者はどうやら黒人、セネガル生まれのアフリカ人だという」。

われわれとしては疑う必要など感じない。『人でなしの迷宮』というこの素晴らしい本は、黒人の書いた傑作である。骨の髄までアフリカ的な一冊だ。(……)

というのもエリマン氏はまさしく詩人であり、そしてまさしく黒人であるのだ。(……)うわべは恐ろしい事柄を描いた作品とも思えるが、その下には深い人間性が見出される。(……)出版したエレンシュタイン氏の話によれば、作者はまだ二十三歳でしかない。今後われわれの文壇にとって重要な人物となることだろう。紋切り型の表現をあえて用いることにしよう。その若さと、詩的ヴィジョンの驚くべき煌めきゆえ、われわれが目の当たりにしているのはいわば「黒いランボー」なのだ。

**オーギュスト＝レーモン・ラミエル**

「ユマニテ」

一年前は、毎日が幸福で、毎週が充実し、いよいよ素晴らしいことが始まったという燃え立つような喜びを覚えていた。恋に落ちたのを実感し、このままいつまでも落ちていきたいと願っていた。アイーダはそこにどんな危険があるかを、彼女に言わせればタイミングよく警告してくれた。でもその「タイミング」では、もちろん手遅れだった。彼女を愛するようになってずいぶんたってから、だれかに愛情を抱くなどという贅沢は自分には許されていない、と言われた。仕事で、よそに行かなければならないの。それもたぶん長いあいだ。もうすぐ出発よ。

正直で、それゆえ残酷な言葉だった。ぼくは自分の気持ちを言い表せない子どもみたいに夢中で彼女を愛していた。二人のどちらにぶつけたものともわからない憤怒のような愛情だった。昼間、あるいは夜、一緒に過ごしながら、それが最後となるかもしれなかったから、そこには興奮と苦痛があり、抑えようとは思いつつ、希望も混じってしまうのだった。つまり、世界のどこかで革命ののろしが上がったのを取材しに行かずに、そばにいてくれるのではないかという希望だ。あらゆる革命の中で最大のものが、目の前で起こっているじゃないか——ぼくはきみに恋してしまったんだ、見てくれよ。彼女は顔をそむけた。ぼくは頑として諦めることを拒んだ。

ある日、絶望に駆られて、それとも希望に舞い上がって、運命の言葉、愛してる（ジュテーム）を口にした。返事はいっさいなかった。おずおずした「わたしもよ」も、容赦ない「わたしは愛してない」もなし。アイーダは返事をしてくれなかった。非難するのはお門違い（かどちが）だとわかっていた。この件に関して相互関係が保証されていないのは承知のうえだった。もし本当に正直なところを言うなら、ぼくは心の底で、期待しながらどっちつかずでいる状態をこそ愛していたのかもしれない。きっとここにもまた一人、愛のマゾヒストがいたというわけだ。ぼくは見えない相手と感情のコートでテニスの試合をしていた。ネット越しに「ジュテーム」を打ち込んでも、相手のサイドを包む夜闇に消えてしまう。ボールが返ってくるのかどうかもわからないまま、その疑念がもたらす苦しみから漠とした快楽を得ていた。なぜなら不確かさは絶望を意味しないからだった。始原の混沌からと同様、アイーダの沈黙から、たった数語で生命の光がほとばしるかもしれなかった。こちら側にはボールの備えはたっぷりあった。長期戦の準備はできていた。

だが、そうはならなかった。ある夜、アイーダから、母国アルジェリアに旅立つことになったと告げられた。歴史的な、民衆による革命が勃発しようとしていた。突如、ぼくらの余命は六ヵ月となった。もう手術できない進行癌(がん)の診断が下されたようなものだった。その夜、ひそかに『空虚の解剖』を書き始めた。恋愛小説、別れの宣告、離縁状、孤独の訓練――そのすべてを兼ね備えた作品だった。三ヵ月かけて書くあいだも、ぼくらは会い続けていた。いったい何のために？　同じ街にいるのに彼女に会えないのは、来るべき離別よりもっと耐えがたかった。ぼくは彼女を愛することを愛していた。愛することを愛していた。〈アマーレ・アマーバム〉。彼女を愛する自分を愛していた。彼女を愛するぼくを見る彼女を愛していた。存在はめくるめく入れ子構造の内に閉じ込められ、突如、ただ一つの次元に還元された。それは存在の衰弱ではなく、集中だった。全存在がただ一つのことに捧げられていた。もしこのとき、お仕事は何ですかと尋ねられたなら、慎(つつ)ましくも誇らかな、悲劇的調子で答えただろう。恋をしているだけなのです、と。わが人生はすでにして封印ずみだった。そして封印された身体とは、ひたすらな服従のことである。

ぼくは『空虚の解剖』をだれにも言わず、あっという間に書き上げた。小さな出版社に原稿を送ってみると、驚いたことに（この出版社から三ヵ月以内に返事が来ることはないと聞いていた）三週間後、できるだけ早く出版したいと言ってきた。『空虚の解剖』はアイーダが出発する三日前に刊行された。本は彼女に捧げられていたが、それでも引き留めることはできず、彼女はアルジェリアの革命を取材しに旅立った。出発前、これからも連絡しあえるかどうか尋ねた。バートルビー［アメリカの作家ハーマン・メルヴィルの同題短篇の主人公。「そうしないほうがいいのですが」が口癖］的な答えが返ってきた。そうしないほうがいいのだそうだ。連絡しあうとしたらいつか、よりを戻せるのではないかと、ひそかに期待をつなぐことになってしまうからとの説明だった。彼女としては、お互いが別の場所で、別の相手の顔を愛するようになることを禁じたくはないと。ぼくが欲するのは彼女の顔だった。でも愛ゆえに、それとも弱さゆえに、彼女の選択を尊重した。彼女はSNSのアカウントを消去し、メールを閉鎖した。そしてあちらに着き次第、電話番号も変えるし、手紙を書いても無駄だと言った。ぼくは何もかもわかったと言った。ダンスをリードするのはいつでも彼女のほうだった。そうやってある日、ぼくは一人、ダンスフロアに取り残された。音楽は消え残り、パートナーの思い出は風に吹かれて散っていった。孤独にはグラデーションなどない。孤独に対ししっかり備えておくことは決してできない。たちまち孤独の底に投げ落とされてしまった。でもぼくは誓いを立てた身だった。

八月一三日

エリマンはいわば最初の人間だった。楽園から追放されながら、楽園にしか避難所を見出せなかった。ただしそれは楽園の隠された側、裏側だった。楽園の裏側とは何か？　仮説——楽園の裏側は地獄ではなく、文学である。意味——エリマンは作家として命を奪われたのちも、書くことによって死ぬ（あるいはよみがえる？）ほかなかった。

＊

オーギュスト＝レーモン・ラミエルのような不真面目な社会主義者でなければ、『人でなしの迷宮』の内に、たとえ「黒い」と形容するにせよ、「ランボー」の作品を見出すことなどできなかっただろう。この本は未開人の口から出たよだれでしかない。自分を花火師の親方とでも思い込み、微妙な火加減の調節もできないのに言語の炎を操って、翼を焦がす結果となったのである。

（……）アフリカ人たちの粗暴さは想像上のものにすぎないわけではない。我々はそれを第一次大戦のあいだ、前線でドイツ兵のみならずフランス兵をも慄然とさせた、勇敢にして恐るべき黒人軍団において目の当たりにした。そのことがこの『人でなしの迷宮』でも確認できる。アフリカというだけで我々はいささか怯えていた。いまやアフリカはまさしく嫌悪を催す。植民地支配は継続されるべきであり、これら不幸な呪われた魂のキリスト教化もまた続行されなければならない。さもなければ、こういう作者の本がほかにも登場することだろう。

（……）気品を欠くこれらのページすべては、文明はいまだ黒人の青二才たちの血管に滲透していないこと、連中にできるのは略奪し、たらふく喰らい、やっつけ仕事をし、火をつけ、酔っ払い、姦淫の罪を犯し、木を偶像として崇め、人を殺すことくらいだと示している。（……）

**エドゥアール・ヴィジエ・ダズナク**

「ル・フィガロ」

八月一四日

今夜はサンザが夕食に招いてくれた。あまり気は進まなかったが、出かけて行った。自分の書いているもののむなしさ、いつわり、人生との隔たりばかりが思われた。シガ・Dの言ったとおりだ。文学とは何かだの、どうあるべきかだの、止まり木から偉そうなことを言いながら、世間を下に見てハヤブサのように飛翔しているつもりだった。だがそれは軍事パレードの飛行であって本物の戦闘飛行ではなく、サーカス的な見世物であって死に物狂いの戦いではなかった。ぼくは窓ガラスか盾の後ろに身をひそめるように文学の後ろに隠れていた。向こう側には人生があった。暴力があり、角(つの)の一撃があり、腹にこたえる衝撃があった。自分の体をさらして向きあい、パンチを喰らう覚悟をしなければならなかった。きっと、反撃だってしてやるぞ。少しばかり勇気が必要になりそうだった。裏取引きやトリック、取り決めはなし。勇気だけ。それが代価だった。

フォスタン・サンザの家では、あまり議論に加わらなかった。退屈な議論だと思えた。ベアトリスはこんばんはを言ったか言わないか程度で、あとは一晩中、話しかけてこなかった。みんな心ここにあらざる様子だった。サンザは論争の槍(やり)を何本か投げ入れようとしたが、一同の無関心と退屈のよろいに撥ね返された。エヴァ・トゥーレはインスタグラム用の写真を撮ろうともしなかった。今夜は何もかもが不調だった。たちまちおひらきになった。ベアトリスはぼくをじろりと睨みつけてからウーバーで車を呼んだ。エヴァは個人契約のタクシーを呼んだ。ムジンブワとぼくは歩いて帰った。途中、資料館で見つけた記事のことを話した。アムステルダムまで出かけるつもりかと聞かれて、そうするかもしれないと答えた。

――これは全部、本に書く価値がある、と彼が言った。おまえにもわかってるだろう。一緒に冒険に乗り出したいところだが、そうはできない。この数日、さんざん考えた。頭にあるのは別の本のことなんだ。おれ、RDC［コンゴ民主共和国］に帰るよ。その準備ができているのかどうかはわからない。でも行かなきゃならないんだ。

このとき、何か真面目な、あるいは励ましになるような立派な言葉か、それとも単に場の空気を軽くする冗談を言うべきだったろう。でも何も思いつかなかった。ぼくが口を閉じたまま、重い沈黙のひとときが過ぎた。それぞれが自分の本に気を取られていた。

　ムジンブワが祖国について話すことはめったになかった。ぼくが知っているのは、子どものころに叔母と一緒に戦争から逃げてきたが、その叔母は去年死んだということだけだった。逃げてきたときの状況や、両親について、フランスに来る前の暮らしについては話してもらったことがない。ある日、どうして自分の過去に触れようとしないのかと訊いたことがある。彼の答えは決して忘れないだろう。

――なぜならおれにとってザイール［コンゴ民主共和国の一九七一～九七年の国名］の思い出は不幸なものでしかないからさ。おれはザイールで人生でいちばん幸せな日々を過ごした。だがそう考えるといつだって不幸な気持ちになる。昔を思うと、それがもう過ぎ去っただけじゃなくて、それとともに一つの世界がまるごと破壊されたんだと思い知らされる。ザイールの思い出は不幸でしかない。悪い思い出はもちろん、良い思い出だって不幸なんだ。つまり、思い出ほど人を悲しませるものはないということさ。たとえ幸せな思い出であっても。

　それ以来、彼の人生のその時期について話を蒸し返す気には決してなれなかった。とはいえ、そこに彼の作品の謎を解く鍵があると感じていた。たとえば彼の作品にはいつでも、耳の聞こえない人物や、耳が聞こえないことに関する比喩表現が含まれている。それについて説明してくれたことはないが、ぼくの勘ではどうやら、ムジンブワにとって〈そこにすべてがある〉のではないか。

　ぼくらは依然、歩いていた。すると彼が沈黙を破った。

――おまえが作家になったきっかけは何なんだ、ファイ？　いまから振り返ってみて、あれこそは自分にとってものを書くことの始まりだったと言えるような出来事を、何か特定できるか？

――難しいな。たぶん、読書の経験かな。だがそれが本当に大事なことだったのかどうかはわからない。誕生をめぐるすごいエピソードなんかぼくにはない。たとえばハルキ・ムラカミみたいなね。彼が作家の天職に目覚めたときの驚くべき話を知ってる？　知らない？　野球の試合を見に行ったんだそうだ。ボールが、純粋なハーモニーを奏でるように宙を飛んでいった。その完璧な軌跡を見て、ムラカミは自分がなすべきこと、なるべきものを悟った。つまり、偉大な作家だ。そのボールこそが彼にとっては文学的啓示であり、しるしだったんだ。ぼくにはそんなボールも、しるしもなかった。だから、作家になるきっかけを聞かれたら、読書経験というほかないわけさ。で、おまえは、自分がなぜ作家になったかわかってるのか？

わかってる、と彼は答えた。だがぼくらはちょうど十字路にさしかかって別れるところだった。彼はそれ以上、作家になったきっかけについて話すことができなかった（あるいはその気もなかった）。単に、調査の次の段階は何なのかとぼくに尋ねた。まだはっきりとはわからないと答えた。もうすぐシガ・Dに会いにアムステルダムに行くことになりそうだとはわかっていたのだが。彼は一週間後にコンゴ民主共和国に出発する予定だった。できるだけ準備なしで行きたい。行きあたりばったりにな、と彼は微笑みながら言った。でもその微笑みを見てぼくは少し悲しくなった。

出発前にもう一度会おうと約束した。徹底的に飲みながら、ぼくらの愛する詩人や小説家の作品を一緒に読もうじゃないか。友だちになった二人の若い作家が、未知なるものに向かって出発しようとするとき、互いに別れを告げるのにそれほどふさわしいやり方はない、とぼくらは言いあった。しかし心の底では、そんな文学的な痛飲の宴は決して催されないだろうとわかっていた気がする。今夜別れたら、ふたたび会う機会は当分ないだろう。次なる夜の集いを信じるふりをしたのは、今夜の終わり際を楽なものにするためでしかなかった。お互いに電話くらいはかけるだろうが、会いはしないだろう。次に会うときには、お互い別の人間になっているだろう。ひょっとしたら、大人になっているだけかもしれない。

＊

いまや有名になった『人でなしの迷宮』（エリマン氏作、ジェミニ出版刊）は、アフリカ文明とは何かを例証する作品だという意見を数日来、耳にする。この本をめぐって、イデオロギーを異にする評者たちの意見は対立しているが、少なくともアフリカ的な作品であるという点では一致している。だが我々としては、それはこのうえなく誤った読み方であると言いたい。この本は何であろうが、アフリカ的ではまったくない。

我々が期待したのは、より地方色に富み、異国趣味の豊かな、そして純アフリカ的な魂に分け入っていくような作品だった。（……）作者は教養人である。だがこの作品のどこに真のアフリカがあるというのか？

本書の大きな弱点は、それがあまりに黒人的でないことだ。作者の才能は明らかだが、むなしい文体練習や教養の誇示に終始し、より我々の興味を引いたはずの、かの土地の脈動を聞かせようとしなかったのは遺憾である。『人でなしの迷宮』の解決篇となるはずの次作で、それが鳴り渡ることに期待しよう。

**トリスタン・シェレル**

「パリ評論」

## 八月一五日

一人の作家について、何を本当に知ることができるのか？

＊

『人でなしの迷宮』が引き起こしている、賛否相半ばする数々の反応を前にして、我々はシャルル・エレンシュタインとテレーズ・ジャコブに話を聞きたいと考えた。これら二人の若い編集者はジェミニ出版を創立し、率いている。問題の本の版元である。

ブリジット・ボレーム（以下ＢＢ）――『人でなしの迷宮』は覆面作家の作品だという噂が流れていますが……。

シャルル・エレンシュタイン（以下ＣＥ）――パリではいろいろな噂が飛びかいますから。そもそも、噂を流すのは多くの場合、あなたがたジャーナリストですよね。全部が真実とは限りません。それに、あらゆる作家は覆面をかぶっているとも言えます。エリマンではなく、だれか名のある作家が変名で書いたという噂のことをおっしゃりたいなら、それは馬鹿げた話です。

ＢＢ――なぜですか？

テレーズ・ジャコブ（以下ＴＪ）――だって実在の人物ですから。エリマンは実在します。

BB――本当にアフリカ人なのですか？

TJ――セネガル出身のアフリカ人です。本の背表紙に書いてあるとおりです。

BB――彼はあなたがたと大体同じ歳のようですね……。

CE――それは違います。彼のほうが少し年下です。どちらにしても、年齢が作家を作るわけではありません。

BB――彼はどこにいるんです？　今日もなぜあなたがたと一緒に現れないのですか？

CE――孤独を愛する男ですから。それに、自分がアフリカ人であるせいであらゆる種類の論評に身をさらすことになるとわかっていますからね。好意ある論評ばかりとは限りません。

BB――この作品が新聞雑誌で評判になっているのは、何といっても作者がユニークで謎めいた人物であるせいですよね。だからおわかりでしょう、本を書いたのが確かにT・C・エリマンだという証拠が必要なんです……。作者が沈黙しているせいで、作品に疑いが投げかけられています。

TJ――エリマンもそのことを意識しながら、あえて危険を冒しているのです。

BB――とはいえ少なくともお二人の口から、もう少し彼について語っていただけませんか。何をしている人なのか。どうやって知り合ったのか。どんな人物で、どこで暮らしているのか。

CE――彼とは偶然、カフェで知り合いました。去年のことです。私たちのよく行くカフェがあるのですが、行くたびにエリマンがテーブルに向かって、脇目もふらず猛烈な勢いで書いている姿を見かけていたんです。これは作家だなと思いました。感じでわかります。ある日、話をしたのです。エリマンは非社交的で、なかなか人を信用しない男ですが、私たちは友だちになりました。そして自分が書いているものを読ませてくれたんです。読んでみて気に入りました。この本の冒険はそうやって始まったのです。

BB――この本をめぐる騒ぎについて、彼はどう思っているのでしょう？

TJ――それほど騒ぎになっているとも思えませんけれど。とにかく、私の知るかぎり、彼はまったく意に介していません。興味がないんです。

BB――彼は何に興味があるんでしょう？

TJ――あらゆる作家にとって興味があるはずのこと、つまり書くことです。読むことと書くこと。

BB――で、彼は本当にアフリカ人なのでしょうか？　しつこく訊いて恐縮ですが、本誌の読者にとってはなかなかありえないことなんですよ、アフリカ人が……。

TJ――……こういう本を書くというのが？

BB――……単に、書くということが。そして狭い文壇がこの話題で持ち切りになっていることが。「ユマニテ」紙でオーギュスト＝レーモン・ラミエルがエリマンに「黒いランボー」というあだ名をつけたことはご存じですか？

TJ――そういうふうに両者を結びつけるのは彼の自由ですが、責任もまた彼にあると思います。

BB――近いうちにT・C・エリマンに会えるものと期待していいでしょうか？

CE――すべては本人の意向次第です。でもまず無理でしょうね。

インタビューはそこで終わった。以上の内容をどう考えるべきかを言うのは難しい。シャルル・エレンシュタインとテレーズ・ジャコブは謎めいた友人の身元を秘密にしておこうと努めている。そこに逆説がある。我々は彼らの友人について多少は知っているが、しかし謎はまるごと残っているのだ。

B・ボレーム
「両世界評論」

八月一八日

一つの作品について、何を本当に知ることができるのか？

＊

『人でなしの迷宮』をめぐる一部の論評を読むならば、もはや疑いの余地はない。人々を困惑させているのは作者の肌の色である。作者の人種がスキャンダルを招いている。エリマン氏はあまりに早く登場しすぎた。いまの時代にはまだ、芸術を含むあらゆる領域における黒人の卓越を受け容れる準備ができていない。きっといつの日か、そんな時代が訪れるのかもしれない。さしあたり、エリマン氏は勇敢な先駆者、一個の範例たらねばならない。あらゆる人種差別主義者たちに対して、黒人も偉大な作家でありうると示し、語りかけ、証明しなければならない。本誌は氏を最も堅固かつ最も忠実に支持するものである。本誌の誌面は氏に開かれている。

レオン・ベルコフ
「メルキュール・ド・フランス」

八月一九日

母グモにメールを書いて、アムステルダムまで会いに行こうと思っていると知らせた。すぐ返事が来た。「ジェガーヌ・ファイ、待っています」

週末の列車の切符を購入。フランス共和国の奨学金万歳。

それからブリジット・ボレームの写真をインターネットで検索した。ほとんどが一九七〇年代の写真で、その十年間ボレームはフェミナ賞の有力選考委員だった。文学、マスコミの頂点に立った押しも押されぬ六十代の女性（一九〇五年生まれ）。写真のブリジット・ボレームはいつもレンズを見据えている。そのまっすぐなまなざしによって、未来に何かメッセージを伝えようとするかのように。

＊

**『人でなしの迷宮』あるいはペテンの真の始まり**

アンリ・ド・ボビナル

コレージュ・ド・フランス　アフリカ民族学講座教授

私はこれまで幾度かアフリカ、より正確にはセネガルの植民地に滞在したことがある。一九二四年から一九三六年にかけてのことだが、そのうち一九二九年から一九三四年のあいだに、バセール族という不思議な民族を発見し、研究した。バセール族と長く過ごした経験から、自信をもって言うことができる。T・C・エリマンの作品はバセール族の宇宙開闢神話の恥知らずな焼き直しである。『人でなしの迷宮』の筋立てはおおよそのところこの民族の創世神話をそのまま用いている。一九三〇年に私はその神話を聞いた。

それはいしにえの王がいかにしてバセールの王国を建国したかを語るものである。残虐で血に飢えたその王は、敵や、ときには自らの臣下までを火炙りにした。それから彼らの亡骸を肥料に混ぜて樹木を植え、その果実によっていっそう権力を増した。樹木はまたたく間に広大な森となり、王はいつまでも支配し続けるための果実を得た。ある日、独り森を散策していたとき、王は見知らぬ女（あるいは女神。バセール族の言葉では女と女神は同一語である）と出会い、その美しさに呆然となる。女＝神は森の奥深くへと入っていく。王はそのあとを追い、道に迷ってしまう。自らの撒いた不吉な肥料によって育った樹木のただなかを、王は何年もさまよう。かくして王は過去の罪と向き合わざるを得なくなった。というのも、どの樹木にも王によって火炙りにされた者の魂が宿っていて、王に語りかけてきたからだ。王は狂気寸前の状態に追い込まれ、あらゆる樹木の話を聞いてまさに死のうとしたそのとき、女＝神がふたたび現れ、理性と命を取り戻させる。王と女＝神はともども森から外に出る。王は、自分が何年ものあいだ姿を消していたものと思っていた。ところが森を出てみると、宮廷の者たちや臣下は、王は四、五時間いなかっただけだと言う。そこで王は、それが神々に課された試練だったことを知る。王は女＝神と結婚し、自らの民を「バセール」と名付けた。これは「樹木を崇める者たち」の意味である。

マルセル・グリオールとミシェル・レリスが一九三一年にバセールを訪れた際、私はこの素晴らしい神話を彼らに語って聞かせた。彼らが有名なダカール＝ジブチの民族学遠征隊を率いてきたときのことである。彼らはすっかり魅了されていた。レリスは『幻のアフリカ』において漠然とながら私のことに触れてもいる。

この神話とエリマン氏の本のあいだに気がかりな類似点があることはおわかりいただけただろう。氏が神話の物語をほとんどそのまま用いたことは明白である。それは剽窃と言うべきものだ。気高い（バセール文化を世に知らしめたいという）意図による行為だったのかもしれないが、それならばなぜ、おそらく氏自身もその出身であるバセール族をそれと名指さなかったのか。なぜ、もっぱら自分の想像力ないし才能による物語であるかのような書き方をしたのか？

私はエリマン氏の誠意に訴えたい。まだ氏に誠意が残っているなら、自らの非をおおやけに認めることは氏の名誉となるだろう。それで罪がそそがれるわけではなくとも、氏の威厳、そしてバセール族の威厳も回復されることだろう。

**アンリ・ド・ボビナル**

八月二一日

スタニスラスとパキスタン料理の店で昼食を取った。サモサを食べ終えて、彼が言った。

——一つ言い忘れていたことがある。きのう、ゴンブローヴィッチの日記を読んでいたんだ。五〇年代初めの日記で、そのころゴンブローヴィッチは、知ってるかもしれないが、アルゼンチンにいた。こんなふうに書いてるんだ。「サバトが、最近やってきたアフリカ人作家を紹介してくれた。不思議な男だ。どんな本を書いているのか確かめてやろう。サバトに本をもらった」。二ページ先には、問題の本を読んだとあり、こんなふうに書いている。「アフリカ人の本を読了。あらゆる本を読破したと言わんばかりのクラス一の秀才っぽい無駄な技巧が目につきはするが、彼の『迷宮』をさまようのは（たとえ人でなしであっても）喜ばしいことだった」。きっと偶然の一致だろう。別の本のこと、別のアフリカ人のことかもしれない。だがそれにしても、〈人でなしの……迷宮〉。ひょっとしたら……。エリマンが五〇年代にブエノスアイレスにいたかどうか、知っているか？

――いや、知らない。まだわからない。シガ・Dなら知っているはずだ。きっと教えてくれるだろう。

＊

アンリ・ド・ボビナル氏の記事によって事態ははっきりした。エリマン事件はいまだ収束に向かっていない。事実、同僚である民族学者の発言に興味を引かれたコレージュ・ド・フランスの文学講座教授ポール＝エミール・ヴァイヤン氏が、エリマン氏の著作を読んだうえで、本誌に連絡してくれたのである。

この碩学(せきがく)は、同書の内に狡猾(こうかつ)とはいえ明白な「文学的剽窃」の数々を見出して一驚した。本文の全体にわたっていわば裏張りをするように、ヨーロッパ、アメリカ、東洋の過去の作家たちの文章を書き換えたものがちりばめられていたのである。古代から現代に至るまで、その書き換え作業を免れた偉大な作品は皆無であるかのように思われた。（……）

ヴァイヤン氏はそうしたやり口をもちろん糾弾しているが、同時に諸作の断片をつなぎ合わせる作者の能力には感心させられたとも語っている。作者はそれらを自分の文章やオリジナルな物語に混ぜ込んでいるが、全体として理解不能になってはいないのだ。

**アルベール・マクシマン**
「パリ＝ソワール」

## 八月二二日

RDCに帰るムジンブワがこの地で過ごす最後の日。電話があって、すぐにわかった。あいつは遠く旅立つ前日に突然胸をしめつけられ怯えているのだ。とはいえ、彼が不安を抱いていることに安心もした。それはこれから出かける旅が、真の呼びかけに応えるものである証しだからだ。彼はぼくに、『人でなしの迷宮』を持っていけたらよかったんだがと言い、T・C・エリマン探しの成功を願ってくれた。ぼくは礼を言ってから、『帰郷ノート』〔マルティニックの詩人エメ・セゼールの名作（一九三九年）〕の真似はもうたくさんだから書かないでくれよと頼んだ。彼は、気をつけるよ、故郷から遠く離れて暮らしていた作家はだれでも、帰郷したと思ったらたちまちそんな泥沼にはまり込みがちだからな、と言った。ぼくらは笑い、それでおしまいだった。じゃ、またなと言って電話を切った。

そこでぼくはパソコンを開き、『人でなしの迷宮』を入力し始めた。猟犬か、探偵か、嫉妬深い男みたいに、一言一句の跡をつけていった。書記としてのわが尾行は、エリマンの文章のミクロ的核心にまで迫るものだった。テクストを書き写したのではない。ぼくがそれを書いた。ぼくが作者なのだ。ボルヘスのピエール・メナールが『ドン・キホーテ』の作者であるように〔ボルヘスの『伝奇集』（一九四四年）所収の短篇「『ドン・キホーテ』の著者、ピエール・メナール」」。四時間後、作業を終えた。それをムジンブワに「門出に寄せて」というメッセージとともに添付ファイルで送った。すぐ返事があった。「おまえ、狂ってるな。でもありがとう」それから、アフリカン・レストランに食事に行った。コーラ奏者が演奏しているのは流行りの歌で、残念な気がした。注文したマフェ［鶏肉をピーナッツバターのソースで煮込んだシチュー］を食べながら、自分がマリンケ語の古くさい単調なバラードを忘れがたく思っていることに気がついて驚いた。

＊

いまや認めなければならない。我々が大いに愛した本の作者、T・C・エリマンは剽窃家だった。それでも我々は、作者は偉大な才能の持ち主であると主張し続けたい――ヴィジエ・ダズナクのような愚か者たちがどう考えようとも。全文学史は偉大なる剽窃の歴史ではないか？　プルタルコスがいなかったならモンテーニュはどうなっていたか？　アイソーポス［イソップ］がいなかったならラ・フォンテーヌは、プラウトゥスがいなかったならモリエールは、ギリェン・デ・カストロがいなかったならコルネイユは？　おそらく真の問題は「剽窃」という語にあるのだ。もしその代わりに、より文学的かつ知的で、少なくともうわべはより上品な、「無意識的記憶」といった語を用いたならば、事態は別の展開を示していたのではないか。『人でなしの迷宮』は借用をあまりに誇示しすぎている。それがこの作品の罪だ。偉大な作家であるとはおそらく、自らの剽窃や発想源を隠すすべを知っているということなのだろう。

（……）

**オーギュスト＝レーモン・ラミエル**

「ユマニテ」

### 八月二三日

昨夜、エリマンの夢を見た。彼はこう言っていた。おまえはここで何をしているのか。孤独と沈黙をめぐる軌道の上で、おまえはいったい何をしているのか？　ぼくが何か立派な返事をしたことは確かだ。気のきいた、そして絶望のにじむ言葉、夢の中でしか思いつかないような、フローベールが書く手紙の末尾に見られるような、あるいは渋滞の最中にセネガル人のタクシー運転手が口汚く罵り、窓越しに唾を吐く合間に発する、輝かしい哲学的寸言のような言葉。そんな言葉を返したのは確かだ。もちろん、目が覚めたらもう思い出せなかった。そのせいで一日中、元気が出なかった。

＊

ジェミニ出版は『人でなしの迷宮』を書店からすべて回収することになった。また剽窃の被害を受けた著者数名の損害を賠償したのちに、破産を申し立てるとのことである。

同社の創立者、シャルル・エレンシュタインとテレーズ・ジャコブの両名は、依然T・C・エリマンについていかなる声明も出していない。作者は自らの事件に、不在と騒然たる沈黙の刻印を押したのである。

文壇では、このまやかしは面白がられるとともに困惑も招いている。一瞬、それはうまくいきかけた。文学賞の選考委員たちもしてやられた。T・C・エリマンはいわば彼らの信憑性、真剣さ、そしてひょっとすると彼らの教養にも疑いを投げかけたのである。

もしT・C・エリマンがアフリカ人であると判明すれば、困惑はいっそう深まるだろう。その場合、作者は彼を文明化したと自認する文化の管理者たちを、手ひどく侮辱したことになる。

事件の真相がいつの日か明かされることを願おうではないか。

**ジュール・ヴェドリーヌ**
「パリ＝ソワール」

## 八月二四日

スタニスラスは数日間、ポーランドに行っている。あちらにまだ家族が残っているのだ。エリマンの調査の進展について知らせるように言われた。

夕食の相手がいないので、うちに来ないかとベアトリスを誘ってみた。恐れていたことが起こった。彼女がOKしたのだ。ベアトリスが来てから、最初の数分は恐ろしいものだった。あまりに気づまりで苦痛なほどだった。ぼくらの上を次々に天使が通っていった［「天使のお通りだ」は会話中に沈黙が生じたときの決まり文句］。キュビスム風の天使ではまったくなかった。ムジンブワから最近連絡があったかと尋ねられた。ないね。きみのところには？　ないわ。無事着いたんだといいけど。そうだね。ここでまた沈黙。酒のお代わりを注いだ。ぼくはすぐさま飲み干した。テーブルに移ろうか？　ええ。料理を出した。彼女はそれを口に運んだが、何も言わない。ぼくは空になった皿に顔をうつむけていた。だが逃げていてもしかたがない。話をしなければ。とげとげしい、不愉快な言葉が交わされそうだった。膿を出すというやつだ。ぼくは剣を抜いた。

――このあいだ、寝室に行かなかったので怒ってるのかい、ベア？

――地上の男はあんただけというわけじゃないのよ、と彼女はせせら笑った。そしてあの晩、いあわせたのは、どちらかといえば自然の恵みを受けた男だったわ。しかもうまいことやる才能もあった。あんたは言うことを聞くべきだった（彼女はこちらの目をじっと覗き込み、さも冷酷なまなざしを向けたつもりのようだった。だがそれはぼくに言わせれば単に悲しげなまなざしでしかなかった）。でも、わたし、怒ってるわよ、確かに。肉体や欲望の問題だけじゃなかったから。

――それなら何の問題だったの？

彼女は魚雷のように攻め込んできた。

――あんたは決して自分の考えの責任を取ろうとしない。口先ではニュアンスだの、複雑さだのと言ってるけど。そういうのが、頭がいいとか、成熟してる、ものを考えているということだと思ってるわけ？　いちばん重要なことについても、いちばん平凡なことについても、あんたの考えはたえず揺れ動いている。何かしたいと思っても、次の瞬間にはしたくなくなっている。何かを思うと同時に疑っている。人生が万事「たぶん」なんだわ！　それがあんたの望み？　何を考えてるのか、さっぱりわからない。あんたにとって世界は、二つの深淵のあいだを細く縫っていく稜線なのよ。あの晩、最初はね、あんたが来ないので腹が立ったわ。がっかりさせられた。だってあんたにも加わってほしかったし、そうしたいって言ってたでしょう。でも考えてみると、あんたのこの世界での態度、この世界を前にした態度全般にがっかりなのよ。あんたにとっては何が大事なの？どんな欲望に従ってるの？　何に対して忠実なの？　『人でなしの迷宮』について議論しているときでさえ、何だか無関心な様子で、わたしたちが興奮している様子を見物するのが愉快とでもいう態度だった。でも、あんた自身の炎はどこに燃えてるわけ？　まるで幽霊が壁を通り抜けるようにして物事や人々を通り過ぎていくのが腹立たしい。相手があんたに愛着をもつと、あんたもしばらくは愛着を抱くように見える。でもある夜、あんたは出ていき、こちらが目覚めてみるとベッドの横が冷たくなっていて、どうして出ていったのか、どこに行ったのかもわからない。わかるのはただ、あんたがもう戻ってこないだろうということだけ。他人はお試し用の相手じゃないし、研究所の動物でもない。わたしは実験用のネズミじゃないのよ、ジェガーヌ。他人はいつでも手に入る文学の素材じゃないし、それをあんたが皮肉な微笑を浮かべながら心の中で文章に仕立てていけるわけでもない。ムジンブワにあってあんたにないものが何かわかる？　あんたたちには似てる点がたくさんあるけど、彼には他人を見ることができる。他人と一緒にこの地上にいる。セックスしなければならないときはセックスし、飲まなければならないときは飲み、できるなら人を励ましもする。自分の身を投じること、間違うことを恐れていない。一人の人間よ。だから作家としていっそう優れてる。熱情がこもってる。あんたは冷たい人。ほかの人間たちや世の中が見えていない。自分を作家だと思っている。でもあんたの内なる人間はそのせいで死につつある。わかってるの？

彼女はこれを全部ひと息で、舞台上でのパフォーマンスのように言ってのけた。だが、それがみな腹の底から出た言葉であることはよくわかった。声がふるえていた。涙もにじんでいるように思えた。彼女が口をつぐみ、ぼくは窓越しに夜の空を見た。不意にひどい疲れを覚えて、ため息が出た。

――きっときみの言うとおりなんだろう。

――ほかに言いたいことはないの？

――何もないよ。きみの言うとおりだ。

――あんたってほんとに何もわかってないのね。

そう言って彼女は立ち上がり、荷物を取った。ごめんよ、ベアトリス。そう言ったけれど返事はなかった。そもそもこれは、ぼくが頭の中でだけ言ったせりふだ。彼女は背中を向け、立ち去った。ぼくはベランダに出て下を見た。いつもは賑（にぎ）やかな通りだが、この夜はだれもいない。遠ざかっていくベアトリスのシルエットだけ。それを見ていると泣きたい気持ちになった。

八月二五日

アイーダは、二人が会った最後の夜、いかにも彼女らしい、切れ味鋭い調子で言った。

――きのう『空虚の解剖』を読んだわ。出発する前に話しておきたかったの。厳しい言い方だったらごめんなさい。最初に出した本をわたしに捧げてくれて光栄よ。でもあなたがまだ作家とは言えないのは明らかだわ。というより、自分がどんなタイプの作家になりたいのか、まだわかっていない。この本のどこにも、あなたらしさが感じられない。この本の中にあなたはいないんだわ。あなたがこの本に取りついているわけでも、この本があなたに取りついているわけでもない。この本には悪も、憂鬱もない。あまりに汚れがない、無垢（むく）でありすぎる。

悪の側に立って書くなんて、気取った考え方だと思えて、とぼくは答えた。本物の悪は書くんじゃなくて犯すものだ。アイーダ、そのためには行為が必要だよ。言葉や本や夢想ではなくて、行為なんだ。アイーダは何も言わなかった。ぼくはさらに続けて、自分は憂鬱を出発点として書くわけでも、憂鬱に到達するために書くわけでもないと言った。彼女がどう思おうと、無垢に向かう地上最後の道を見つけるために書くのだと。

アイーダは微笑んだだけで何も付け加えなかったので、ぼくらは残されたわずかな時間を言葉ではなく愛に捧げることができた。しかし彼女の言葉はぼくの胸に刻まれた。

そのやりとりから一年以上たったいまでも、自分の答えの愚かさを思うとげんなりしてしまう。悪は大問題だ。無垢は文学にはならない。憂鬱なしでは美しいものは何も書くことができない。文学を芝居にしたり、変装させたり、絶対的な悲劇や無限の喜劇に変えたりすることは可能だ。文学創造の提供するバリエーションやコンビネーションにおいてすべては許される。悲しみの揚戸（あげど）を引き上げてみれば、文学は穴の中から大笑いを噴出させるだろう。一冊の本の中に、暗く凍った湖に入っていくようにして入っていく。だが湖底からはにわかに祝祭の喜ばしい音楽が響いてくる。マツコウクジラのタンゴ、タツノオトシゴのズーク［フランス領アンティル諸島をルーツとするダンス音楽］、カメのトゥワーク［ヒップホップダンスの一種］、巨大な軟体動物のムーンウォーク。始まりには憂鬱がある。一人の人間であることの憂鬱。それを底まで見通すことができ、それを他の人々の内で共鳴させることができる魂、それだけが芸術家の——作家の魂なのだろう。

われながら混乱した、断定的なこれらの文章をアムステルダムに向かう列車の中で書いている。シガ・Dが待っている。『人でなしの迷宮』を持参した。資料館でのメモを記したノートも持ってきている。今晩にも、それとも明日になれば、もっと多くを知ることができるだろう。だがいったい何について？　だれについて？　『人でなしの迷宮』について？　あるのかどうかもわからない続編について？　エリマンについて？　シガ・Dについて？　ぼく自身について？

わが日記よ、人が探し求めるのは、決して啓示としての真実ではなく、可能性としての真実なのだ。それはヘッドランプもつけずに延々と掘り続けている鉱山の奥に見える光なのではないか。ぼくが追求しているもの、それは夢の激しさ、幻想の炎、可能なものへの情熱だ。鉱山の奥には何がある？　さらなる鉱山、つまり石炭の巨大な壁。そしてわれわれの斧(おの)、まさかり、力を込めた掛け声。そこに黄金がある。

目を上げてみる。あとを追っていける輝く星などない。空が流れていくばかり。ときに雨雲に覆われ、つねに沈黙した空が、世界の上を回っていく。星の地図はもはや読み解くことができない。空もまた一つの迷宮だ。それは地上の迷宮に劣らず人でなしである。

# 第一の伝記素[*]　本質的な書物についての三つのノート（T・C・エリマンの日記からの抜粋）

＊作品中に散りばめられた作家の人生と結びつく要素を意味する、批評家ロラン・バルトの造語

おまえは書物を一冊しか書きたくないと思っている。心の奥底では、重要なのは一冊だけだとわかっている。他のすべての書物を生み出すか、それとも予告する書物。おまえが書きたいのは書物の殺害だ。つまり他のすべての作品を殺す作品にして、先立つ作品を消滅させる作品。他の作品があとに続いて生まれ出ようとしたり、そんな愚かな考えを抱いたりすることを断念させる作品である。身ぶりひとつで、図書館のすべての書物を廃棄し、統合するのだ。

だが、絶対を目指すあらゆる書物は失敗を運命づけられている。しかもやがて訪れる失敗をはっきりと予見できるからこそ、その試みは胸を熱く鼓動させるのだ。絶対の欲望、虚無の確信。創造の方程式がそこにある。

本質的書物の不吉な野望とは、無限を相手取って輪(たが)をはめようとすること。その欲望とは、長きにわたる言説の最新の一文となりつつ、その最後の一語を発すること。だが最後の一語など存在しない。あるいは、存在するとしても、その書物のものではない。なぜなら最後の一語は人間のものではないからだ。

*

不在を目的とする書物は、いったいいかなるインクで書かれるのか。沈黙を生み出すという野心を明らかにした作品は、いかなる言葉によって展開されるのか。

無知の空虚。愚かしさの空虚。恐怖の空虚。だが空虚とは、際限なく自らを終わらせ続けるものであり、そこに居を据えようとする作家は、たえず連続する自死の途切れ目に、直観と明察の目もくらむような、致命的な切っ先を受け止める。すなわち――

本質的書物は死者たちの言葉によって書かれる。

本質的書物は忘却の時の内に書き込まれる。

本質的書物は非存在に同意する（存在でも不在でもなく）。

いまこの瞬間にも、空虚は自らの喉を裂く。刃が肉を切開する際の黙した叫びに、息も絶え絶えの頭から、最後の、恐るべき、恐ろしいほど静謐（せいひつ）な仮説が削り落とされるのを聞き取った気がした。いわく――

本質的書物が書かれることはない。

＊

本質的書物への途上では、沈黙することの誘惑は往々にして、語ることの誘惑と同様にむなしい。空虚な修道生活は、やかましいおしゃべりと同じく、確実に命を奪う。いずれの場合にも、本質的なものが、言語や世界を前にして人がとる態度に左右されるとの思いがある。だが本質的なものは、間隙の言葉に従うことから生まれる。内的な地震を引き起こすには、断層を見つけ、そこに働きかけなければならない。

これらすべての真実がおまえにはわかっている。沈黙か言語によって孤独の神秘主義にへつらうのみで、それに実質も、いわんや真実も付与できないのなら、ただちに死を選ぶがいい。むなしい隠遁（いんとん）、虚（うつ）ろなつきあいというものが存在する。ある種の沈黙は何ももたらさない。ある種の言葉が膨張したあげく崩れ落ちるのと同じように。決定的な言葉でありたいと願いながらも、事物の真の核心を支えるべき肝心な瞬間に基盤がぐらついてしまうのだ。沈黙ないし言葉で武装し、真実に、本質的書物に向かって進むことは、とりわけ勇気を必要とする。

もはや父の亡霊につきまとわれることもなくなったいま、自分の書物に着手するだけの勇気がおまえにはあるのか。父のような勇気、心に抱いていることを書く勇気があるのか。日記はここでやめて、おまえの書物に着手せよ。『人でなしの迷宮』に入っていけ。

# 第二の書

# 第一部　ウセイヌ・クマーフの遺書

# I

寝室。まだ足を踏み入れないうちに、寝室はむっとするような臭いを顔に吹きつけてくる。老いさらばえ病み衰えた体の臭い。最期が近づくとき、もはや慎みはいっさいなくなる。わたしは年老いた父しか知らない。だからなおのこと父を憎んだし、最後の数年間、父が寝たきりだった寝室のことも憎んだ。寝室と父はついには一体となっていた。改めて父のことを考えてみる。盲いた顔が浮かぶ前に、まず臭いが迫ってくる。臭いが目に見える。臭いに手で触れることができる。臭いがわたしの胃袋を摑んでひっくり返す。それからようやく、臭いが肉体になり、父の顔になる。生きているあいだ、父はわたしに臭いを押しつけてきた。墓の中からもまだ押しつけてくる。むかつくような吐息。ねばつく痰。尿失禁。糞便の洩れ。最低レベルの衛生状態。何もかもが腐っていくのは不可避だった。父は正視に耐えない老いぼれた腐肉だった。子どものころから、父に呼びつけられたその夜まで、それがいつだってわたしの知る父の姿だった。一九八〇年、わたしは二十歳。父は九十二歳。

わたしは寝室の亜鉛の扉を六回叩いた。それが決まりだった。まず三回——少し待ってから——さらに三回。それでも返事がなければ引き返す。父は眠っているか、用事があるかだ。あとで出直すほかはない。それが家の掟だった。ただし父の妻たちはそれを免除されていた。マム・クーラ、ヤイ・ンゴネ、タ・ディブはいつでも父の寝室に立ち入って、着替えさせたり掃除したりすることができた。三人の妻たちが父の枕元に入れ代わり立ち代わりして献身的に尽くす様子は、昔からずっとわたしにとって理解不能だった。子どものころ、そしてもう少し大きくなってからも、三人が不潔な部屋にいそいそと入っていくのは、死にかけた夫の世話をし、面倒を見るためではなくて、夫がまだ生きているかどうか確かめるためなんだと思って納得していた。三人のだれもが、ほかの二人に吉報を伝えたがっているのだろう。だれか一人が様子を見に行ったのち、三人が声をひそめて相談する様子をわたしは想像した。

――で、どう？　ヤイ・ンゴネが期待に声をふるわせて訊く。

――まだだめ。寝室から出てきたマム・クーラが力なく答える。まだ息をしてるわ。

数秒後、この知らせによる失望を呑み込んでからヤイ・ンゴネが言った。

――次はわたしが見に行く。あの人の無駄な苦しみを、神さまはきっと取り除いてくださるでしょうから……。

――神さまに聞こえるわよ。タ・ディブが言った。神さまはわたしたちの話をちゃんと聞いていらっしゃるんだから。

（だが神さまには何も聞こえていないに違いない、神さまは生き延びるため、そして精神の健康を保つために自分の鼓膜を破ったのだ）

三人の妻たちの父への態度に説明をつけるため、そんな作り話が長らくわたしの役に立ってくれた。でもきっとわたしの間違いなのだろう。よく知りもしない三人に、彼女たちの人生とは関わりのない理屈を当てはめていただけであり、彼女たちの人生とわたしの人生は、巨大な深淵で隔てられているのだろう。彼女たちは単に父を愛していただけなのかもしれない。何と言っても、父は彼女たちの夫だった。夫は天国への扉であると、彼女たちは生まれたときから頭に刻み込まれてきた。

マム・クーラ、ヤイ・ンゴネ、タ・ディブはわたしの継母たちだった。彼女たちがわたしを育ててくれた。なぜならわたしの母はわたしに命を与えた数分後に自分の命を失ったからだ。

でも、わたしはまた寝室の入口に戻ってくる。三回叩く。待つ。沈黙。また三回。わたしは祈る。父が眠っていますように。それとも死んでいますように。そして応答がいっさいありませんように。

――入れ。

祈りは通じなかった。大きく息を吸ってから、扉の前でサンダルを脱ぎ、寝室に入った。小さなハリケーンランタンが、くすんだ脆弱な光を室内に投げかけていた。実際に照らしているのはベッドの端だけだった。光の輪の外は薄暗い別の領域。そこに父の腐肉があった。悪臭を放ちながらベッドに横たわった父の姿がいまでもまざまざと思い浮かぶ。墓石の横臥像のように身じろぎもしないその姿。父にはまだ周囲のことがはっきりと意識できていたのだろうか。嗅覚はまだ働いていたのか、それとも胸のむかつくような臭いの中で嗅覚は衰えてしまっていたのか。寝室に入って数秒後、父は肘を突っ張って身を起こそうとした。そして思わずうめき声を上げた。過ぎ去った九十年の全重量がのしかかってベッドの中の父を縮ませた。かつては運動選手のようにがっしりした体格だった父にとって、いまやベッドは大きすぎた。父が布団を払いのけると、やせこけた腿がむき出しになった。肉のそげた横顔、はだかのひ弱な上半身、ぐったりと落ちた両肩、あばらの突き出た両脇腹が暗がりの中に見て取れた。父は一瞬、顔を後ろにそらした。首が重みを支えきれず頭が下に落ちてしまうのではないかと思った。それほど首は衰えて力なく見えた。父がこちらに体を向けようとしたとき、尿の臭いがぷんと漂ってきた。わたしは本能的に片手を顔の前に掲げて鼻を覆おうとした。一瞬、父が盲人であることを忘れて、そのしぐさを見られたのではないかと焦った。父はベッドの足元にやせてごつごつした腕を伸ばし、半ばまで砂で満たしたブリキの大きな壺を摑んだ。痰壺として使っていたのだ。父は咳払いをした。わたしはその続きを見るまいとして目をそむけたが、無駄な配慮だった。なぜなら音だけで、喉の奥深くから粘つく痰が吐き出されたことがよく伝わってきたからだ。壺を床に置く音がしたので、ようやくわたしは父に目を戻した。父の目は空疎ながら、しかと開かれ、すでにわたしを待ちかまえていた。

――おぞましいんだろう、マレーム・シガ？

父は話をするのが困難になっていた。話すときに口元を歪めるのが滑稽とも思えたが、でもそれは――わたし自身も含めて――だれもが年老いて、苛まれ卑しめられたときに味わうはずの、苦痛と弱さの投影なのだった。苦しげに顔を引きつらせるその男、憎らしい父の顔に、わたしは将来の自分の顔を見ていた。

――ぞっとするんだろう？

今度はもっと攻撃的な口調だった。わたしは答えずに、父の虚ろな視線に耐えようとした。父の全存在で視線だけがまだ活力を保っていた。若いころから父は目が見えなくなっていた。でもね、ジェガーヌ、父が両目を見開いてこっちを見据えるときには、思わず体がふるえたものよ。一切が老いと臭気の中で崩壊しようとしていたのに、そのまなざしだけは、体がくたばりかけていても健在だった。全身が廃墟と化したのち、父の最後の自尊心がそこにこもっていた。もう一度、父は口を歪めたけれど、攻撃的な調子はもう消えていた。その代わり、悲しげな、諦めたような感謝の念がにじんでいた。

――そうだろう、ぞっとするんだろう、シガ。だが、ほかの連中とは違って、おまえはもう、猫をかぶってそれを隠そうとはしない。目が見えなくともわしにはわかる。

父はまた横になった。視線から解放されてほっとしたわたしは、室内の鼻を突く臭いを吸い込んだ。胸が焼けるようだった。父は呼吸もままならない様子で、ひゅうひゅうという鋭い音が、胸からゆっくりと響いてきた。

——マム・クーラから、お父さんが会いたがっていると聞きました。

——そうだ。マム・クーラの話では、おまえは試験に受かって、首都で勉強を続けたがっているそうだな。反対はしない。反対しても無駄だろう。遅かれ早かれ、おまえは家を出ていく。遅かれ早かれ——と父は繰り返した——、おまえは出ていくだろうさ。おまえが生まれてきたときからわしにはわかっていた。わしはおまえの将来を占った。だからわかっているのだ。いつ出ていってもよい。クーラにはもう言ってある。おまえの居場所が決まれば、クーラがすぐに金を送ってくれるだろう。町には親戚の者もいる。そこに住んでもいい。話はもうつけてある。だがおまえが出ていく前に言っておきたいことがいくつかあったのだ。おまえはわしの最後の子だ。おまえの母親とのあいだの子はおまえだけだ。おまえがこの世にやってきたとき、わしはもうおまえの祖父と言っていい歳だった。年齢が離れていることは、確かに、わしらのためにはならなかった。だがわしがおまえをかわいがらなかったのはそのためだけではない。別の理由があるのだ。それをおまえが出ていく前に話しておきたかった。もうこの世で会うことは二度とないからな。

どの世であろうが、二度と会うことはありませんようにとわたしは思った。自分がそう思ったことを、はっきりと覚えている。そして、いまでもやっぱりそう思ってるのよ、ジェガーヌ。

そう言ってシガ・Dは黙った。もう深夜二時近かった。一時間前、ぼくは「母グモ」の家のブザーを押した。家まではGPSが導いてくれた。シガ・Dがドアを開けるまで、ぼくは入口の階段の上で数秒、固まっていた。前回、彼女と過ごした夜のことを思い出して、根を生やしたように動けなくなったのだ。彼女は冗談口を叩いてすぐに緊張を解いてくれた。そして何気なくぼくの唇の端にキスをしてから、身を離した。ぼくは例の文学的な胸元をかすめながら中に入った。

——お願いだから、とぼくはすぐさま言った。今夜の残りをかけて、T・C・エリマンについて知っておくべき事柄をすっかり話してもらえないかな。話せることは全部、話してほしいんだ。

熱望に駆られ待ちきれない様子を見て彼女は苦笑した。居間で腰を下ろすと、彼女に促されて、別に急ぐ必要もない事柄について報告せざるを得なくなった。たとえば、二作目の小説の進み具合(具合も何もあったものじゃない)について等々。それからようやく、こちらが焦燥のあまり地団太を踏みそうなのを見て、父親の寝室へと招いてくれたのだった。その前にこう注意された。長い話になるから、我慢して聞かなくちゃだめよ。とにかく、話は父の寝室から始まるの。

母グモはしばらく沈黙を保ったままでいた。父親のシルエットには、彼女の作品のそこここですでに出会っていた。しかしこの晩、彼と対面し、臭いに立ち向かうのは、まったく別の経験だった。いまや彼が目の前のソファに横たわり、足元では砂の入ったブリキの壺が粘つく痰を待ち受けているのがぼくにも見えた。シガ・Dは父親を見つめ、目は燃え上がっていた。話が再開された。

——両親に対する憎しみに忠実であり続けた作家は、ほとんどいない。意趣晴らしをしようとして、それとも単に両親との厄介な関係を問い直そうとして本を書いても、結局は愛情や優しさがあるところを見せて、純粋な暴力のほとばしりを弱めてしまうのが落ちなんだわ。なんてもったいない！ 人生がせっかく願ってもない機会を提供してくれているというのに、彼らは一切を、生みの親に対して抱く愚かな感傷の中に投げ込んでしまうのよ。なんて下劣で無駄なことだろう！ わたしはね、自分が父を憎み続け、弱気にならないことを願っているの。父は決して弱気になんかならなかった。最後まで、愛情を注いでくれようとはしなかった。わたしがそれには値しないと考えていた。それが父の教えで、わたしはその教えをしかと胸に刻んだ。それなのに、もし父を憎むのをやめたら、わたしの中にはいったい父の何が残るというの？　それこそは、父がわたしの奥深くに遺（のこ）したもの。その遺産にふさわしくあり続けなければならない。あてにしてくれていいわよ、ウセイヌ・クマーフ。これからもずっと、憎み続けてあげるから。

ソファの上で、娘の言葉に応答するかのように、ウセイヌ・クマーフは激しく咳込んで、衰弱した体をふるわせた。だが痰壺を摑むのが間に合わず、赤みを帯びた粘つく痰が喉から勢いよく吐き出され、シガ・Dの足元にべちゃりと落ちた。彼女は身じろぎもせず、話を続けた。

――「わしがおまえを愛さないのは、おまえが母親の命を奪ったからだと思っているのではないか」と父は言った。父さん、そのとおりでしょ。まさに父さんが言った言葉のとおりよね。

シガ・Dは続けた。

――そう、わたしは何も変えたりしていない。父の言葉どおりよ。「わしがおまえを愛さないのは、おまえが母親の命を奪ったからだと思っているのではないか」。そして実際、ジェガーヌ、わたしはそう思っていたの。父は早くからわたしに教え込んだ。マム・クーラ、ヤイ・ンゴネ、タ・ディブを自分の母親だと思え、だが三人のだれもおまえの母親ではない、なぜなら本当の母親、生みの親はおまえが生まれた数分後に死んでしまったのだから。父は非難がましい冷たい口調でそう言った。わたしは六歳だった。その日以来、思ったの。父がわたしを愛さず、罰し、話しかけず、他の大勢の子どもたちと扱いが違うのは、わたしが母親の命を奪ったからなんだって。自分が命をもらうだけでは満足せず、母親の命まで奪わなければ気がすまなかったんだ。わたしは何年もそんな説明にしがみついていた。むごい説明だったとは思うけど、父の突き放した態度、わたしに対する冷たさ、あどけないわたしの遊びや、たわいもないいたずら、願い事を頑として撥ねつけようとする姿勢の説明として、シンプルで納得のいくものだった。わたしが何か思いついたり、しでかしたりするのは、父の関心を引きたい一心からで、やさしくしてほしいなんて思っていなかったし、やさしさについては父は守銭奴なみにけちだった。わたしはただ、自分がいるということに対してごく当たり前の関心をもってほしかっただけだった。ときおり、うまくいったこともあった。父はわたしを猛烈に叱りつけたり、容赦なく叩いたりした。そんな日はわたしの子ども時代でいちばん心安らぐ日となった。それは父がわたしの姿を見て、わたしがいることを思い出してくれた日、わたしのことがどんなに嫌いかをまざまざと示してくれた日だった。わたしはその暴力にすがりついた。だってそれは父との稀な身体的接触の機会となったから。だからわたしはいっそう生意気な態度をとった。父が我慢できなくなるまでやってみた。決まりを破り、無遠慮なふるまい、不謹慎な口のきき方に磨きをかけた。反抗して、飛び出した。ひとえに、父がわたしを見てくれるようにと。殴られても、懲りなかった。さらに父を挑発した。わたしを見てほしかったし、愛情がないということを示してほしかったから。ときには死ぬほど殴られることもあった。もはや隣近所の人たちも助けに来ようとはしなかった。村人たちはあの娘は何かに取りつかれているのだと考え、治癒力を持っていることで知られる父に治せないのなら、だれにもどうしようもないと思っていた。義母たちにはわたしのふるまいのわけが理解できなかった。彼女たちは母親がいないことの埋め合わせをしようと何でもしてくれた。ときには自分たちの子どもよりも大切にしてくれた（おかげで兄弟姉妹からは黒い羊扱いされることになったけど）。孤児の境遇から何とか引き上げようとしてくれた。でもそんな努力は無駄だった。わたしは自分の内に母の死を抱え込んでいた。わたし自身が死そのものだった。なぜならわたしの生は死のおかげなのだから。父がそのことをあまりしょっちゅう思い出させてくれるものだから、ついにはどんなに幸せな夢の中でも、太陽とは別の天体が昇るのを見るようになったくらい。その天体というのは、体から切り離されて空に浮かぶ母の頭だった。最初に出した本に、母が孤独を教えてくれたと書いた。それは本当のこと。でも、逆説的な話だけど、わたしには決して独りでいることができなかった。心の底には母がいた。生きていくために母を呑み込んだ。そしていつだってお腹の中に母がいるのを感じていた。そのことがわたしを父に結びつけていた。どうやってもわたしから母を取り上げることなんかできない。父の憎しみまじりの無関心も、わたしをなだめようとする義母たちの努力も。それは不可能なことだった。産声を上げたときから、それがわたしのさだめだった。生まれた代償がそんなにも高くついたせいで、父に憎まれるというのが。少なくとも、その晩まではそう信じていた。だから父にも、ええ、そう思っているわ、と返事した。父さんがわたしのことを決して愛そうとしなかったのは、わたしが生きるのと引き換えに、母さんが死ななければならなかったからだってね。

――おまえの思い違いだ。ぼくには、シガ・Dの父親がそう呻く声が、ソファから聞こえてきたような気がした。その先を続けているのは、確かにシガ・Dの声だったとしても。わしはおまえの母親を愛した。ただ神のみがその命を奪った。おまえの母親が死ぬだろうとわしにはわかっていた。そして運命を受け入れた。わしには運命が見えていた。だがおまえがどうなるかも見えていた。そしてそれは、わしには受け入れがたいことだった。

――それはどういう意味なんだろう？　ぼくはシガ・Dに尋ねた。

――それはね、ジェガーヌ、父はわたしが生まれてくる前からわたしを憎んでいたということよ。だってわたしの人生がどうなるか予見していたんだから。

――予見していた？

――父はときおり、将来が予見できると言っていた。一種の啓示夢みたいなもの。わたしは絶対に信じなかったけれど。信じないのはわたしだけだった。地元の人たち、その地方全体に知れ渡っていて、みんなが将来を占ってもらいにやってきた。父はそうやって、他人に未来を教え、祈ったり謎めいた忠告をしたりして生活費を稼いでいた。政治家、企業家、闘士、夫に裏切られた妻、妻に裏切られた夫、失業者、病人、狂人、老嬢、不能の男。ありとあらゆるタイプの人間が家にやってきて、偉大な力をもつウセイヌ・クマーフと話し、祈りや護符を与えられて帰っていった。でも、占い師でさえ最後はミミズの餌食になるということも考えておかなければね。見てごらん、悪臭を放って、力もなく、何とも人間的で、ひ弱なあの姿を。そうなることも予見できてたのかね？　占い師には自分の最期、みじめな最期が予見できるものなのか？　見てごらんよ！

ソファの上では父親の幽霊が死にかけていた。ぼくがその悲痛なイメージから顔をそむけると、シガ・Dは笑っていた。ひとしきり笑ってから、決意も新たにまた話し始めた。猛烈な笑いの発作によって活を入れられたかのように。

――父は言ったわ。わしはおまえの将来を知った。そしてそこで明かされたことは本当だった。おまえは現実に、わしの夢の中でと同じものになろうとしている。だからわしはこの世界が許せない。わしの憎むすべてのもの、過去に捨ててきたはずのすべてのものを思い出させるような娘を与えられたことが許せない、と。いま、わたしは臭いも、死も、寝室も忘れている。ただ父の体から洩れ出ていたひゅうひゅういう音にしがみついているだけ。父はわたしにこう言ったわ……（シガ・Dは一瞬黙った。これから語ろうとする物語の最も重要な部分を見極めようとするかのように。ぼくは目を閉じた。声が聞こえてきた。シガ・Dの声なのか、それともソファから自分で自分の話をしようとする父親の声なのか、はっきりしなかった。相変わらずシガ・Dのアムステルダムの居間にいるのか、それとも父親の臭い寝室にいるのかもわからなかった。だが、どうしてぼくらは必ずや、ある決まった場所にいて、ある明確な瞬間に、身元のはっきりした声が語りかけてくるのでなければならないのか？　ぼくらはいつだって、物語の中では——でも、きっと、より一般的に存在のあらゆる瞬間において——、さまざまな声や場所のあいだ、現在・過去・未来のあいだにいるのではないか。ぼくらの深い真実とは、それらの声、時間、場所の単なる寄せ集め以上のものだ。ぼくらの深い真実とは、行きと帰り、認識と喪失、眩暈と安心の二重の運動を重ねながら、それらのあいだをたえず、疲れを知らずに動き続けるものなのだ。ぼくは目を閉じたままでいた。その声が話していた）……おまえはあいつらと同じだ。生まれる前から、災いの元となるだろう、母親の命を奪い、わしの人生を地獄に変えるだろうとわかっていた。なにしろ、わしが息をしているかぎり、おまえは自分がわしとは何の関係もない、あいつらの仲間なのだと思い知らせてくれるのだからな。どうしてそんなことがありうるのか？　血に尋ねるのだ！　肉体に尋ねるのだ！　時を超えて、遠く離れた二点を先祖と子孫、始祖と後継者と定める遺伝子の神秘に尋ねるがいい！　すべては祖母とともに始まる。すべてはモッサンとともに始まる。

## II

すべてはモッサンとともに始まる。モッサンの選択とともに始まる。これからおまえに話す出来事の最後に、わしは墓場の正面にあるマンゴーの木の下で、モッサンに改めて質問した。彼女は孤独と影と沈黙の世界に沈んで久しかった。それでもわしは永遠の問いをもう一度モッサンに発した。いったいなぜ、あの男なのか？

この日もまた、わしは答えが返ってくることなどまったく期待せずに話していた。ずっと前から、それはモッサンだけへの質問ではなくなっていた。神への問いでもあった。だが、それは何よりも自分自身に向けられていた。人はだれもが地上で自分の問いを見つけなければならないのだ、マレーム・シガ。それ以外にわれわれが生きていることの目的など考えられない。だれしも自分の問いを見つけなければならない。なぜか？　人生の意味を明らかにしてくれるような答えを得るため？　そうではない。人生の意味が明らかになるのは最後になってからだ。問いを探すのは人生の意味を見つけるためではない。純粋で情け容赦のない問いかけの沈黙と向きあうために探すのだ。どんな答えももたない問い。自分の運命の核心をなす濃密な謎に指で触れるために、だれもが自分の問いを探さなければならない。謎とはつまり、決して解き明かされることはないが、人生の基盤となる位置を占めるようなもの。

自分の問いを見つけられずに死んでいく者たちもいる。人生がかなり過ぎ去ってからようやく見つける者たちもいる。わしはずいぶん若くしてその問いが何かをはっきりと知るという幸運、そして呪いに恵まれた。以後、問いを探さなければならないという不安からは解放されたが、別の不安を抱え込んだ。問いかけの前に広がる沈黙にいつまでも取りつかれたままでいることの不安。だがその沈黙は空虚ではない。そこには問いに結びついた無限の仮説、可能な回答、緊迫した疑念の数々が常にひしめきあっている。

いったいなぜ、あの男なのか？

その日も、モッサンが質問に対していつもと同じ反応を示すものと思っていた。一枚岩の沈黙、そこには何も出入りできない。質問は儀式になっていた。挨拶代わりといってもいい。この世でわしら二人だけにしか意味のわからない符丁（シボレト）［ギルアド人が敵国エフライムの逃亡者を見つけるために言わせた言葉。旧約聖書士師記十二の逸話に基づく］のようなもの。問いかけたあとは、隣り合ったままそれぞれの世界に浸っていた。こちらは思い出と苦しみと屈辱、怒りと無理解に満ちた世界。モッサンの世界については、数年前に彼女がそこに閉じこもって以来、もはや何もわからなかった。

とはいえ、彼女にわしの声が届いていることはわかっていた。毎朝倦むことなく彼女のところへ出かけていったのも、その確信があればこそだった。実際には、彼女が聞いているという保証などなかったし、わしが横にいることに気づいているのかどうかもわからなかった。なにしろわしには彼女の姿が見えない。だがその面影はまざまざと心に浮かんでいた。彼女はまばたき一つせずに、立ち並ぶ墓石を凝視していた。痛恨や同情、苛立ちで口元を引きつらせてはいなかった。じっと動かず、押し黙り、別の天体のように遠く離れている。それがモッサンだった。すでにして目の前の墓場に葬られたも同然と思われたかもしれない。だが問いかけるたびに、彼女がこちらの言葉を聞いていることはわかっていた。わしにはわかっていた。どうして？　なぜならそれは彼女の問い、彼女の人生をかけた問いでもあったから。わしらは同じ問いを抱き続けることで結ばれていた。それはわしらにとって懲罰でもあり、人生を解く鍵でもあった。いったいなぜ、あの男なのか？

ずいぶん前から、モッサンは墓場の正面にあるマンゴーの老木の下で、はだかで、一言もしゃべらずに暮らしていた。わしはいつものように彼女の横に坐り、食べ物を入れた小さな包みをそばに置いた。服を持っていくのはもうやめていた。決して着ようとしないからだ。ある日（何年か前）、力ずくで服を着せた。わしが立ち去るや、彼女はすぐに脱いで破り捨てた。

何も言わなくなった最初のころ、わしは彼女を家から出すまいとした。夜はベッドに縛りつけて逃げられないようにした。すると一晩中叫び続けた。陰惨な叫び声で、まるでおぞましい拷問にかけられているようだった。数日後には自由にしてやるほかなかった。そのころはまだ少ししゃべっていた。家にいさせようとするのに対して、こう言った。病人がみんな治りたがっているとは限らない、ころんだ者たちがみな立ち上がりたがっているとは限らない。立ち上がったなら次にころんだときこそ死ぬかもしれないのだから。みなが普通の暮らしに戻りたがっているとは限らない。死でさえ嫌って近づかないような暮らしかもしれないのだから。立ち上がるなどもってのほか。そんなのは危険な惑わしにすぎない。ウセイヌ、わたしは救われたくなどない。戻ってきたくない。出ていかせてほしい。

　モッサンのそんな言葉や、夜の恐ろしい叫び声、飛び出していっては墓場の正面、マンゴーの老木の下に戻ることとの繰り返し。ついにわしも決心した。引き留める力などなかった。自分の無力をかみしめながら、彼女が次第に錯乱の淵（ふち）に沈んでいくのを見ているほかなかった。

　そうなってしまってから、無理やりにでも引き留めて、救うことができなかった自分を責めた。そこでわしは、これからはもう二度と、腕をこまねいて愛する者をむざむざ失うようなまねは決してするまいと誓った。ふたたびコーランの勉強と注解に打ち込み、同時に、伝統ある神秘の学にも入門すべく力を尽くした。それら二つの知恵に、わしは治癒する力、未来を見通す力、啓示の力を求めた。数ヵ月後、修行のため隣村に出かけて行った。宗教上の教育の仕上げを引き受けてくれたスーフィー［イスラーム神秘主義スーフィズムの信徒］のもとに赴いたのだ。師はわしにとって唯一の目である、内部の目でのみ見ることのできる神秘を知るための秘儀を伝授してくれた。わしは目に見えない光のもとで世界を見、読むことを学んだ。時間にはもはや何の秘密もなかった。時間はわしの背後にも前にもひらけていた。いずれの方向にであれ、時を織りなすねじれた糸をどこまでも辿（たど）っていくことができた。人々の負ったあらゆる傷、肉体の傷、精神の傷、存在の傷を癒やすための知識を得た。一年後に戻ったとき、わしはシェイク・ウセイヌ・クマーフ・ヤル・ゾオ・レ、つまり賢者シェイク・ウセイヌ・クマーフの名と称号のもとに知られる存在となっていた。

　モッサンは相変わらず、マンゴーの木の下、墓場の前から動かずにいた。何を待っているのか、わしにはわかっていた。そしてまた、待っているものが戻ってこないこともわかっていた。わしは新たに得た知識の力で彼女を呼び戻そうとしたが、うまくいかなかった。彼女は闇の中に深入りしすぎていて、生きたまま連れ戻すことは万に一つもできなかった。そこで、引き戻すのはもはや手遅れなのだから、せめて彼女の世界で付き添ってやろうと考えた。わしの記憶が確かなら、それは一九四〇年。モッサンが心の中の深い井戸に沈んでから二年たっていた。

　彼女とともに生きることを諦めたわしは、ようやく、ほかの女たちに目を向ける気になった。女たちを見つけるのはたやすかった。治癒師としての、神に仕える者としての名声は、村の外まで広がり始めていた。もう高齢とはいえ、娘を嫁にやるのを名誉とも幸運とも思う家族がいくらでもあった。わしにはわかっていたのだが、彼らにとってその結婚は悪運や病気、災いに対する保険を意味していた。わしの祈りがそれらを払い除けてくれるだろうというわけだ。まもなく、その年末、マム・クーラと結婚した。マム・クーラは十八歳だった。

　わしは妻たちみんなの父親と言ってもおかしくない歳だった。マム・クーラ、ヤイ・ンゴネ、タ・ディブ、そしておまえの母であるシガの父親でもありえただろう。それゆえ愛情はいっそう増した。彼女らを二重の意味で愛したからだ。妻として愛し、娘のような者として慈しんだ。夫でも父でもある境遇を年配になって知ったのは、わしにとっては幸運だった。若さゆえの過ちを犯す恐れなしに身を処することができた。成熟した男として経験することができた。なにしろわしはすでに以前、一人の女を深く愛したことがあったのだし、父親とは何かもよく心得ていたからだ。神秘を伝授されたことも、精神の平穏と知恵をもたらしてくれていた。モッサンだけがそれを乱していた。

彼女とともに生きることは、確かに諦めていた。だが身近に感じていたいという気持ちは捨てていなかった。だから結婚し、最初の子どもたちの父となり、妻たちがそばにいても、毎日、マンゴーの木の下にいるモッサンに会いに出かけた。そして毎日、彼女のそばで同じ幸福と苦しみを味わった。彼女はわしの内なる生きた傷だった。わしは喜んでその痛みを掻き立て、かさぶたができるのを望まなかった。いつまでも激しく疼き続けてほしかった。それが毎日、幸福な思い出と不幸な思い出、裏切られた希望、そして永遠の問いを抱えて彼女のところに通った理由だ。

スーフィーの師のもとで秘儀伝授を受けるために出発する前、モッサンが錯乱の合間に何度か、言葉を発したことがあった。理屈のとおった話し方だったから理解することができた。稀には、完全に明晰な会話をすることもあった。そんな折には、家に戻ってくる決心をしたのではないかと思わされた。だが決して戻ってはこなかった。それがわかるのは、十五分ほど明晰な状態が続いたのち、彼女が呆れるほどの混乱、あるいは病的な沈黙の内にいっそう深く潜っていくのを見るときだった。理性の光が射すたびごとに、闇の中へのより深い転落という代償を払わなければならなかった。

秘儀を伝授されて戻ったとき、モッサンはもう何も言わなくなっていた。村人たちから、彼女はわしが出発して数日後にしゃべらなくなったと聞かされた。以後、モッサンは墓場の前で黙り込んでしまった。目の見えない暗がりの中で、わしには彼女が見えていた。何をもってしても彼女の美しさを忘れることなどありえなかった。その面影は視力を失う前にわしの目が贈ってくれたプレゼントだった。今日でも、歳月が過ぎ去ったとはいえ、依然として彼女が見えている。

村でわしが名声を得たことは、彼女の身にも影響を及ぼした。村人たちは彼女も何らかの力の持ち主であり、わしが神秘的な理由からかたわらに坐っているのだと信じ込んだ。ふだんは頭の変な連中に対して容赦ない子どもたちでさえ、彼女のことは放っておいた。残酷な子らが石ころや罵り言葉を浴びせながら追いかけ、彼女が村を逃げ回るなどという光景は決して見ることがなかった。彼女が年老いたことはわしも感じていた。髪は白くなり、顔には深いしわが刻まれていた。

彼女の体に大きな打撃を与えたのは時の経過ではなかった。それは彼女の苦しみだった。心の苦しみは長年にわたって魂を完全に蝕(むしば)んでから肉体に襲いかかった。それでもわしはモッサンが美しいままであると確信していた。そのありさまに思わず怖気(おじけ)づかなかったならば、彼女をわがものとしようとする男たちだって大勢いたはずだ。彼女は裸身を公然とさらしていた。だがその体に近づこうとする者はいなかったし、いわんや触れようとする者などいなかった。彼女は死者たちに守られているのだと言われていた。死者たちの愛人、あるいはマンゴーの木の狂女というのがあだ名だった。

わしは近寄っても彼女が叫び出さない唯一の人間だった。それはわしに村人たちが噂するような神秘の力があったからではない。彼女に対して影響力などいっさいもっていなかった。ただ、彼女にはわしがだれだかわかった。わしはモッサンにとって、彼女が、そしてわしらがこうなってしまったもととなる時代を思い出させる最後のよすがだった。だが何よりも、繰り返し言うが、わしらは同じ問いを抱く者同士だった。村の最長老たち、わしらの物語を知る者たちは秘密の一端を知っていた。わしらはマンゴーの木の下で奇妙なカップルを形作っていた。はだかの狂女と盲目の魔法使いが、墓場の正面で隣り合っている。それだけで、無遠慮な者たちや邪魔者たちを怯えさせるには十分だった。

だが、あの日に戻るとしよう。先ほどからずっとその話をしようとしているのだが。一九四五年のことだ。モッサンが自分の世界に閉じこもってからほぼ八年がたっていた。そう、一九四五年だ。よく覚えている。もうすぐ戦争が終わると噂されていた。遠くから風に乗って情報が流れてきた。そしてあの日、それまでの十年間毎日そうしてきたように、わしはモッサンにあの問いを発した。いったいなぜ、あの男なのか？　彼女が身じろぎする音が聞こえ、それから彼女の手がわしの手に重ねられるのを感じた。そんな反応に驚きはしなかった。前夜、眠っているとき、彼女が戻ってくる夢を見たからだ。神がしるしを送ってきたのだ。そしてモッサンは実際、戻ってきた。彼女は最後にもう一度だけ戻ってくる気になったのだ。答えを言うために。

## Ⅲ

モッサンの答えはあとで教えてやろう、マレーム・シガ。いまおまえに言いたいのは別のこと、わしがおまえを愛さない理由についてだ。だがそれらは同じ一つの話なのだ。妊娠したおまえの母親の腹に初めて手を当てたとき、わしの頭の中に眩い光が差した。その光を浴びて、おまえの顔がやつらの顔のあいだに見えた。わしには、まだ生まれてこないおまえが、やつらの側の人間だということがすでにわかっていた。おまえを通してやつらが戻ってこようとしていた。

わしら二人のうちどちらが年長なのかは決してわからなかった。母によればわしのほうが先に生まれ出たのだという。ところがわしらのところの伝承では、双子が生まれると時間が逆転することになっている。母胎からあとに出たほうが年長とみなされるのだ。母ムボイルはわしらが子どものころ、いつも同じ話を語って聞かせたものだ。ウセイヌ・クマーフや、おまえの兄さんはね、おまえが喜ぶようにおまえを先に出させてやったのだよ。弟を喜ばせようだなんて、いかにも兄さんらしいやり方じゃないか。アッサン・クマーフはおまえの九分後に生まれた。だからおまえは九分だけ若いんだよ。わしらの母親はそんなふうに話したものだ。わしは、双子の兄弟であるアッサン・クマーフに、その九分以上のものを盗み取られたという思いを拭い去ることができなかった。アッサンは彼の影の外に出る可能性、そうする権利をわしから奪い取ったのだ。

わしらは一八八八年に生まれた。言っておくが――だがおまえはもう知っているだろう――わしは生まれながらにして目が見えなかったわけではない。見えていたこともあったのだ。人生の最初の二十年ほどは見えていた。だがそれについてはあとになってから話そう。というわけでわしらは一八八八年に生まれた。父親の顔は知らない。父親は漁に出て、大きなワニの顎に挟まれて死んだ。その恐ろしい伝説は子どものころずっとつきまとった。母ムボイル、おまえの祖母が妊娠六ヵ月のとき、父はなぜかはわからないが河の最も危険なところに一人で漁に出かけた。そこは怪物のなわばりだった。ムボイルは父について決して話そうとしなかった。そしてごく稀に、うっかり話題にしてしまったときには、母は隠そうとしたものの、父がいなくなってほっとしていることがいつも感じられた。まるで父をさらっていってくれた河の王者である巨大ワニに感謝しているようだった。父の遺骸はついに見つからなかった。だから墓参りするための墓も立てられなかった。少なくとも、わしらの子どものころの数年間は。

一八九八年の年末になって――わしらは十歳――、男たちが集団で三日間、河を探し回った。わしらを育ててくれた人物も加わっていた。目的はあたり一帯を恐怖に陥れていたワニを殺すことで、近辺で起こった原因不明の死亡事故や失踪事件は、たとえ河が舞台となっていなくとも、すべてワニのせいにされていたのだ。贖罪（しょくざい）の山羊（やぎ）が必要で、それがワニだったわけだ。河への遠征隊は、激烈な戦いののち、怪物を仕留めた。その際に三人が犠牲になってワニに食われた。手足を失った者も二人いた（一人は腕、一人は脚）。だがついにワニは殺された。

　とどめの一撃を喰らわせたのはわしらの叔父ンゴールで、わしらはトコ・ンゴールと呼んでいた。婚姻の掟により、兄であるわしらの父の死後、この叔父が母子を引き取り、わしらを育ててくれたのだ。トコ・ンゴールは兄ととても仲がよかった。兄の死を――物心つくとすぐ、話して聞かせてくれたのだが――叔父は深く悲しんだ。思うに、ワニが依然として生きていることが叔父にはたまらなかったのだろう。十年間、叔父はワニに対し執拗な怨念を抱き続けた。何度も一人で、命の危険をおかして退治しようとした。そしてついに成し遂げた。復讐（ふくしゅう）を終えた叔父が誇らしげに戻ったとき、わしはまだ子どもだったが、叔父が一変したのを感じた。病気が癒えて長年の苦しみから解放された人のようだった。だがその晩とりわけよくわかったのは、自分が思い違いをしていたということだった。何年ものあいだトコ・ンゴールを最も苦しめていたのは、ワニが依然として生きていることではなかった。それは墓前で涙するための墓がないということだった。

　凱旋（がいせん）してきてから、男たちはワニの巨大な死体を分け合わなければならなかった。驚くべきことに全長約七メートル、重さ一トンもある牡（おす）のワニだった。皮膚の一部を所望する者もいれば、歯や目をほしがる者もいたし、単に肉を望む者もいた。ンゴール叔父がほしがったのはワニのはらわただった。叔父は言った。兄の遺骸は何一つ残っていないが、それはワニの腹に収まったのだ。だから腹がほしい、腹の中身がほしい。一同はそれを叔父に与えた。叔父はワニのはらわたを取り出すと、墓場ではなく（それは無理な話で、人間の墓場にワニの腹の中身を埋葬するわけにはいかない）、墓場の正面のマンゴーの木の足元に埋めた。何年ものち、モッサンがその下に坐りに来ることとなるマンゴーの木だ。モッサンはそんな因縁は知らなかった。みんなその話のことを忘れていたし、わしも彼女に聞かせはしなかった。だがいいか、シガ。わしがモッサンに会いに行くとき、父のことなど考えてはいなかった。父は知らない人間だった。わしはモッサンのためにだけ行ったのだ。とはいえ、三十年たっても、わしはあのマンゴーの木が父の墓であることを忘れてはいなかった（父の名前はワリーといった）。父の体はとっくの昔にワニの腹に呑み込まれて消化されてしまっていたが、それを用いてトコ・ンゴールは兄を弔うために墓を立てたのだ。

アッサンとわしは、トコ・ンゴールとわしらの母親に、まるで王子さまのように育てられた。二人とも愛されていたが、わしらはお互いのことが好きではなかった。ともかくわしのほうは、兄が好きではなかった。兄が何と言おうと、あちらも同じだったと思う。ほかの人間がいる前では、兄は保護者然としてふるまい、思いやりある態度をとった。人に見られているときはいかにも仲よさげにするのだが、実際はそうではなかった。二人だけになると、兄の本性が現れ出た。わしのことなど眼中になく、軽蔑していて、言葉をかけるのは侮辱したり馬鹿にしたりするためだけだった。

わしらには何も共通点がなかった。外見上は確かに双子で、あらゆる点でそっくりだったが、性格となると何もかもが正反対、何もかもがかけ離れていた。双子は強い一体感で結ばれているというが、そんな感じは抱いたことがない。アッサンは魅力的な子どもらしさを発散していた。周囲を喜ばせ、よく笑い、素直で、おしゃべり好きで、喜ばしい健康さといかにも幸せそうな様子を見せていた。大人たちの称賛や感嘆を求めていた。同年輩の子どもたちはこぞって彼に心服していた。みんなの花形であり、リーダーだった。わしはもっと寡黙なたちだった。閉じこもりがち、怯えがちで、気難しかった。兄のような明るさや、生まれつきの闊達（かったつ）さ、陽気さがまったくなかった。幼いころから、大人たちがわしらを見てたえず比較していることにひそかに苦しめられた。遊びで兄に勝てるのはチェッカーをやるときだけだった。あとはいつだって兄のほうが強く、すばやく、ずる賢く、利口で、勇気があった。

ワニのはらわたを埋めた数日後、ンゴール叔父はわしら兄弟と母親を呼んだ。そしてそろそろ将来のことを考えなければならないと言った。

——おまえたちは、とトコ・ンゴールは兄とわしを交互に見ながら言った。地元のコーラン学校に通い始めたところだ。大切なことだ。イスラームを知らなければならん。それはわれわれのいまある姿の大本をなしている。われわれの伝統文化、イスラームの前からあった文化のことだって知る必要がある。だが同様に、これから何が起こるのかも知らなければならない。おまえたちの将来を考えなければならない。これから起こることとは、この国が白人たちのものになるということだ。おそらくもうすでに、この国は彼らのものなのだろう。言うも悲しいことだが、白人たちはわれわれを支配している。彼らは力と悪だくみによって、自分たちのほしいものを得た。おそらくいつかは解放のときが来るだろう。だがさしあたり、〈カタ・マアグ〉、大海原の向こうからやって来た者たちが居坐っている。それが長いこと続くような予感がするのだ。彼らが立ち去って、われわれが元どおりになる日を、生きて見届けることは、わたしにはできないだろう。おそらく、いまはまだ幼いおまえたちも、その日が来るまでにはとっくに死んでいるかもしれない。ひょっとするとその日は決して訪れず、われわれが時間をさかのぼって元どおりになることはできないのかもしれない。いずれにしろ、人間には魚が川の流れをさかのぼるように歴史の流れをさかのぼることはできない。人間には運命の果て、広大なデルタへ下りていき、最後は大海原に身を投げることしかできないのだ。われわれは別の人間になるだろう。われわれの文化は打撃を受けた。トゲが肉に食い込んでしまって、抜けば死んでしまう。だがトゲが刺さったままでも生きていくことはできる。体に刺さったトゲは勲章ではなく、傷跡、証拠、いやな思い出であり、将来またトゲが刺さるかもしれないという警告だ。別の形、別の色をした別のトゲが突き刺さるかもしれない。だがいま刺さっているトゲは、もはやわれわれの人生という大きな傷の一部になっているのだ。

ンゴール叔父は口をつぐみ、空を見上げた。叔父の話はわしにはちっともわからなかったが、叔父は続けた。

——確かなのは、もはやわれわれが、決してわれわれだけではなくなり、決して以前のようではなくなる、そんな将来に向けて備えなければならないということだ。そのことをおまえたちの父親、ワリーとよく話し合ったものだ。ワリーの魂が神のもとにあらんことを。それはワリーの心の底からの願いだった。つまり、生まれてくる子どもたち、少なくともそのうちの一人が白人(トウバブ)の学校に通うこと。白人の真似をするためではない。白人たちが、自分たちの考え方がいちばん優れている——それ自体、議論の余地がある——と言うだけでなく、それが唯一の考え方だと言い出したときに身を守るためだ。そんな主張は間違っている。

わしの頭の中では何もかもがこんがらがり、叔父が何を言おうとしているのかわからないままだった。ンゴール叔父はまた少し沈黙し、わしら二人を重々しい表情で見た。

——わかるか?

——うん、とアッサンが言った。

馬鹿だと思われないためにわしは嘘をついた。

——わかるよ、トコ・ンゴール。

母はわしが途方に暮れた様子をしていることに気づいたに違いない。母は自分の言葉の重さを意識しながら、それを優しさによって軽くしようとするかのように穏やかな口調で言った。

——叔父さんが言ったのはね、ネネ（母はわしらを愛情込めてそう呼んでいた）、あなたたちのどちらかが白人の学校に行かなければならないということなのよ。

わしはぞっとして叔父を見た。叔父は重々しい表情のままわしらの気持ちを探るように見つめていた。わしはアッサンのほうを振り返った。これほど恐ろしい話を聞かされているのに、兄はどうしてそんなに落ち着いていられるのか？

——おまえたち、何も言わないのか？ ンゴール叔父が尋ねた。

——ぼく、行きたくない、とわしは啜（すす）り泣いた。

——いいよ。そんならぼくが行く。わしが返事するとすぐに、アッサンが言った。ぼく、白人の学校に行くよ。

数秒後、トコ・ンゴールが言った。

——ローグ・センの称えられんことを。おまえたちの母さんもわしも、そうするのがいいと思っていたのだ。アッサン・クマーフ、おまえは外の世界に出て別の種類の知識を求めるがいい。そしておまえ、ウセイヌ・クマーフ、おまえはここに残って、われわれの世界の知識を守るのだ。

その夜、わしは相矛盾する感情に揺さぶられて眠ることができなかった。一方では、兄は家を出ていかなければならないのだから、邪魔者がいなくなって嬉しかった。だが他方では、兄が出ていくことは大きな不幸の予告であるとも感じていた。わしらの世界に裂け目が生じつつあった。そしてそこから何が入ってくるのか、そこから何が出てくるのかはまだわからなかったのだ。

## Ⅳ

先を急がなければならない。胸が苦しい。ひゅうひゅういう音がおまえにも聞こえるだろう。

それに続く数年はわしにとって幸せな日々だった。アッサンはたいがい家にいなかった。北部にある白人の学校で勉強していた。宣教師の寄宿舎に入っていたのだ。雨季の初めに家に戻ってきては、また出ていった。あとは一年中、わしはンゴール叔父と母と一緒に暮らした。兄など忘れて二人に甘え切ることができた。母が〈ネネ〉と言うとき、母がわしのことだけを考えてくれているのが伝わってきた。母の愛情をまさにいま独り占めしているのだと思うと、胸がいっぱいになった。写真に写るのもわしの顔だけで、アッサンは仲間外れだった。大きくなってもアッサンの性格は変わらなかった。それどころか、白人の学校で受けた教育のおかげで、人を魅惑する力をいっそう増していた。しかも新たな武器まで備わっていた。

兄は村で初めて、大都会の白人の学校に行った一人だったから、戻ってくるとみんなの興味の的だった。都会の話をし、白人たちのことや彼らの習慣について語って聞かせた。白人たちの学識や、びっくりするような秘密を伝えた。彼は優雅さ、おしゃれ、雄弁を磨いていた。わしらの言葉を話しながらフランス語の単語をおりまぜた。つまらないことを言うときでさえ、重大なことのような気配をまとわせた。それが他の連中を魅了した。アッサンは昔から人々の関心をそそる、才能ある子どもだった。フランス人学校は彼を学問と教養を備え、自信に満ちた少年、さらには青年に成長させた。だがそれ以上に、黒人でありながら白人の子に仕立て上げたのだ（結局のところ、それがフランス人学校の使命だった）。

一九〇五年、トコ・ンゴールは敗血症で死んだ。くるぶしに負った重い傷の手当てのしかたが悪かったせいだ。いまわの際に、アッサン・クマーフとわしが立派に育ってくれて誇らしいと言った。アッサンは西欧の学問を学び、ウセイヌ・クマーフはわれらの文化に根を下ろした、責任感の強い、丈夫な腕のいい漁師だ。おまえたちで母親の面倒をちゃんと見るようにと叔父は言い残した。だが母ムボイルは一年後、叔父のあとを追った。一九〇六年、熱を出したと思ったらすぐに逝ってしまったのだ。

そこで、アッサンとわしの二人だけが残されることとなった。叔父と母の死によって兄との距離が縮まり、お互いの悲しみが兄弟を結びあわせるのではないかとわしは期待した。だが期待は裏切られた。アッサンはわしと同じく、ンゴールと母ムボイルの死でつらい思いを味わった。しかし兄はそれを自分一人で抱え込み、わしの側も同様だった。わしらが分かちあったのは、だれとも分かちあえない追悼のつらさだけだった。隔たりはいっそう深まった。それはもはや九分間の差などではなく、世界いくつ分もの差だった。境遇の違いに、お互いに対して抱く根深い敵意のようなものが加わった。兄は自分が生まれた世界から遠ざかろうとしているのだとわしは思った。兄のほうはわしが元の世界に埋もれ、そこに閉じこもっていると思っていた。やがてどんな対話も成り立たなくなった。母の死後、兄は村に帰ってきても、わしに通り一遍の挨拶をするだけになっていた。

兄はヨーロッパの本を山ほど持ち帰り、それに埋もれていないときは、彼の受けている教育とそれが村人たちにかきたてる感嘆の念のおかげで、安易な快楽にありついてはむさぼっていた。酒を飲み始め、宗教を忘れた。そもそも兄は、自分は宣教師たちのところでキリスト教に改宗して、い

までは ポールという名だとわしに語った。そんなのは関わりのない話だし、ポールなどという知り合いはいないと言ってやった。わしにとって兄はいつまでもアッサン・クマーフだろう。兄は祖先を忘れた。ンゴール叔父や母の墓にお参りに行くところを一度も見かけなかった。それよりも娘たちのあとを追いかけるのを好んでいた。というよりむしろ、娘たちのほうが——少なくともその何人かは——彼のあとを追いかけていた。

わしらの同年代のうち、兄の魅力に抵抗できる娘はごくわずかだった。なかでも最も美しくて男を寄せつけず、兄に惹(ひ)かれる様子を見せない娘がモッサンだった。そのせいで兄は彼女を気に入ったのだ。そしてそのせいで、他にも理由はあったにせよ、わしも気に入った。モッサンは二歳年下だったが、三歳年上に見えた。子どもっぽさが抜けて、その美しさが輝き出した様子は、まるで千年続いていた夜の圧政に太陽が反乱を起こしたようだった。わしらが思春期の末期でぐずぐずしていたとき、彼女はもう女、立派な女になっていた。アッサンとわしだけが彼女を欲していたのではない。村の男たちでその資格のある者たちはみな、彼女を欲していたと言って間違いではないだろう。そのころ、彼女の輝かしい美しさは日常の話題になっていた。モッサンはそれを楽しんでいた。自分が美しいことを知っていた。自分が欲しがられ、うらやましがられ、妬まれていると感じていた。彼女は欲望の対象、みんなの夢としてふるまうすべを身につけていた。手が届くところにあるかと思えて、駆け寄ると地平線のように退(ひ)いていく。誘惑の戯れをとおして、彼女は自由に生きるとは何を意味するかを学んでいった。モッサンはだれのものでもなかった。だからだれもが彼女は自分のものになると思っていた。わしもそう思っていた。

モッサンの何がわしを惹きつけたのか。あんなに不品行で、無礼で、遊び好きで、男を寄せつけない娘、わしとはまったく性格の違う娘だというのに。だが、自分の正反対と思えるような性質に惹かれたというありきたりな話ではない。わしがまず惚れたのは、うわべではわからない何かだった。彼女の内側にひそんでいるはずと想像したもの。たぶんわしは、自分が勝手に思い描いた姿に恋をしたのだろう。だが恋に落ちるというのは、ほかの場合もたいがいそうしたものではないのか。恋に落ちたあとで本人を知ることになる。そのとき、相手が自分の想像していたとおりだとわかれば、一致のせいでいっそう相手が好きになるし、違っていたなら、恋はその驚きを糧とし、違いをものともせず育まれるのだ。

わしはモッサンを愛していた。だがそれはわし一人ではなかった。二、三年のあいだは辛抱強く、自分の力を示して彼女を引きつけ、競争相手たちを一人ずつ、断固として遠ざけなければならなかった。一九〇八年、二人だけが残された。兄とわしの二人だ。モッサンが最初、無関心だったことが、兄の支配欲をいっそうかきたてた。兄は征服者だったから、抵抗を示す領土にのみこだわった。

わしには時間面での優位さと地の利があった。アッサン・クマーフが町に戻りさえすれば、村にいるモッサンを誘惑するのにたっぷりと時間をかけることができた。わしは彼女を口説くうえで辛抱強さを唯一の切り札とした。モッサンを驚かせたり、まやかしの約束でたぶらかしたりすることは考えなかった。あるがままの自分、何一つ飾らない自分の姿を見せた。慎ましく、何の特権もなく、たっぷり持ち合わせているものと言ったら、苦悩と沈黙と迷いだけ。それでも、自分たちの土地に対する愛着や、素朴な誠実さといった精神的な長所もあった。双子の兄のような才能や知性はない。だが兄にはない別のもの、人生においてそれもまた価値となるものが自分にはあると思っていた。アッサンは、帰ってくるとモッサンを独占した。山ほど贈り物をし、大都会を夢見させる甘い言葉で彼女をうっとりさせた。白人教師たちに教わったばかりの言葉を教えて、彼女もその言葉を読んだり、数を勘定したりできるようにした。モッサンを挟んで、わしらが体現する二つの世界、正反対の二つの世界がまたしても対立した。

二十二歳のとき、わしは盲目になった。漁に出かけたときのことだ。その日わしは一人で、大方の漁師たちが単純しごくな理由から恐れている支流に来ていた。そこは、かつてわしの父ワリーを殺したワニが住んでいた場所だったのだ。ワニの伝説は退治されたあとも生き残った。そのワニには子孫がいると噂され、それを見たという漁師たちも何人かいた。ワニは本当はこの河の精霊であり、殺したと思ってもじつは殺すことなど不可能なのだという噂もあった。岸辺で洗濯をしていた女たちがワニのぞっとするようなわめき声を聞いたとも言われていた。いずれも裏付けのない話だった。別のワニがいたのかもしれないが、ンゴール叔父がわしらの目の前ではらわたを取り出した例のワニと関係があるとは思えなかった。水辺の精霊(バンゴル)のことはわしも信じていた（いまでも信じている）。わしは伝統を大切にする人間だし、漁師だった。そしてこの土地の漁師ならだれでも、河ではときおり超自然の存在と出会うものだとわかっている。

というわけで、わしは神話と思い出に満ちた河の支流にいた。網を投じようとしたそのとき、何かが、かたまりのような何かが舟にぶつかった。突然強い衝撃を受けてわしはバランスを崩し、水に落ちた。数秒間、目に見えない何かの力で水底に引きずり込まれるような感覚を味わった。周囲に大きなものなど何も見当たらない。水は泥土で濁っていた。だがやがて、水底へと引き寄せる強力な何ものかを一人で相手にしているのだとわかった。

わしにはわかった。今日だったのか。ンゴール叔父に、十歳か十一歳で漁の手ほどきを受けたときに言われたことを思い出した。

――河はな、ウセイヌ・クマーフ、いつかきっと、そこに通ってくる者の力を試そうとするものだ。試されるとき、このままでは死んでしまうと思うだろう。恐怖を感じて、もがこうとするだろう。だが忘れるんじゃないぞ。そんなとき、河は沼のようになり、慌ててもがけばもがくほど泥の中に引きずり込まれる。だから戦ってはならない。

——戦おうとしたらどうなるの、トコ・ンゴール？

——河はおまえを自分にふさわしくないと判断し、おまえを殺すだろう。

そこでわしは抵抗をやめ、水に身をゆだねた。目をつぶり、眠りに落ちた。長い夢の中に、叔父や、人間の体とワニの頭を持つ怪物、母、アッサンが出てきた。ある者とは話をし、そうでなければ単に視線や微笑み、思いを交わし合った。だがそのとき何を話したかは思い出せない。何か大事なことだったのは確かなのだが。水底での夢にはモッサンも神々しい姿で現れた。彼女ははだかで、わしは見とれながら、水になって彼女の体を撫(な)でるように包み込み、そのいちばん奥深くまで入り込むことを夢見た。

目覚めると、わしは何事もなかったかのようにまた舟の上にいた。舟からいっさい出なかったかのようだったが、一つだけ変化があった。わしにはもう何も見えなくなっていた。気づくには数秒かかったが、それを当然のこととして受け入れた。それは生き延びたことの代償だった。さっきの試練の末に本当なら死ぬはずだったのだとわしは理解した。水中で見た夢のはしばしの意味がいくらか明確な意味を帯びてきた。たとえばワニ男は明らかに、父と、父をむさぼり喰ったワニとが合体したものだった。目は見えなくとも何とか村まで帰ることができた。もうあの水辺で自分の身に何か起こることはないとわしにはわかっていた。迎えてくれた村人たちは、わしを水に引きずり込んだのは伝説の怪物の幽霊かその子孫で、殺さなかった代わりに目を取ったのだと思い込んだ。それは正しかったのかもしれないが、わしには連中が何と言おうがどうでもよかった。重要なのは、新たなハンディキャップにもかかわらず、まだモッサンに対してチャンスがあるかどうかということだけだった。モッサンに会ったとき、わしの不運はすでに耳に届いていた（小さな村のこと、噂はすぐさま駆けめぐった）。彼女は言った。

——目が見えなくなったのね。

——もうきみが見えない、とわしは答えた。

彼女は笑い、そんなの大したことじゃない、これからはわたしがあんたの目になってあげると言った。

——もうきみが見えない、とわしは繰り返した。

そのとき、試練にあって以来初めて、そして唯一このときにのみ、盲目になったことへの悲しみと怒りが襲いかかってきた。わしは涙に暮れた。

続く数年、彼女は毎日会いに来て、彼女がじつに親身になってくれたので、わしは兄との恋の戦いに勝ったものと信じていた。彼女は毎日会いに来て、わしが暗闇を飼いならすのを助けてくれた。わしに体を許したわけではないが、尽くしてくれた。アッサンはときおり家に戻ってきた。わしに同情してくれたからか、それとも彼の顔が見えなくなったせいだったのか、この時期、兄は我慢できる相手になっていた。兄は大学入学資格試験（バカロレア）に合格し、教育者になるための勉強をしていた。いずれ村に戻って、地元の子どもたちみんなを教えたいと言っていた。都会では白人街の植民地風の小邸宅に住んでいた。試験で優秀な成績を収めた結果、植民地政府が貸し与えたのだ。作家になりたいとも言っていた。わしのほうは漁師をやめて漁網を作ったり繕ったりする職人になったが、もうけは悪くなかったから、小金を蓄えることができた。一九一三年、二十五歳の年、わしはモッサンに結婚を申し込んだ。

——それはできないわ、ウセイヌ。ごめんなさい。でも結婚はできない。

――ぼくを裏切るのか。約束はどうなる？

――あんた一人の約束でしょう。あんたが勝手にした約束じゃないの。

わしは彼女の不実をなじった。彼女は、あんたのことが好きだから、結婚などするまでもないと言った。そもそも、いまのところだれとも結婚したくない、自分にはこの村にいても何もない、北部の大都会に行って何か別のものを見つけたいと思っていると言った。

――見つけるって、何を？

――人生のもっと別の可能性。

――あいつのところに行っちまえ、とわしは怒って言った。あいつは結婚なんか申し込まないぞ。体だけが目当てなんだ。そしてきみはあいつに体を許すのさ。そうしたいんだろう、ずっと前からそう思っていたんだろう。自由を大義名分にして伝統に背を向け、色欲にふけり、それを恥じもしないんだろう。あいつもそう見抜いて、白人の話ばかり聞かせてきみの頭を変にしてしまった。きみは自由なんかじゃない。自分を見失った黒人娘、道義にもとる娘でしかない。

わしにそんな手ひどい露骨な言葉を浴びせられて、モッサンは去っていった。何も答えずに行ってしまった。それは負けじと罵り返されるよりももっとつらいことだった。

しばらくのあいだ、彼女がどうしているのかはわからないままだった。兄はもう村に帰ってこなかった。そこから判断して、二人は大都会で一緒に暮らしているのだろうと思った。その考えがわしを苦しめ始めた。夜な夜な、二人が幸せなカップルとして都会の灯り(あか)と夢のただなかで暮らしている様子を想像した。固く抱き合っているところを想像し、死ぬほどの無念を味わったが、死ぬなどという安易な解決策は拒んだ。深夜、わしは大声でモッサンを呪ったり、戻ってきてくれと子どものように希(こいねが)ったりした。

もちろん、二人を探しに出かけて行きたいと何度も思った。だがわしは高慢な男だった。モッサンがいなくなったことで狂気すれすれの状態に陥ったが、孤独と悲嘆に沈んだ自分が、みじめな有様で哀願するのを見たら、兄の口元には満足げな微笑が浮かぶだろうと想像した。それを思うだけで、マレーム・シガよ、わしには耐えられなかったのだ。あいつにそんな喜びを与えるくらいなら、狂い死にしたほうがましだ。いくらモッサンを愛していようが、そこまで自分を貶めることはできなかった。それに彼女が出ていく前に、あんな毒のある言葉を吐いておいて、いまさら何と言えばいいのか？　詫びの言葉でも述べるのか？　そんなことをしても一度言った言葉は消えないだろう。時をさかのぼって自分の出生をなかったことにすることなど、人間同様、言葉にだってできない。わしはあんなことを言ったのを後悔していた。だがそのときもなお、心の底では同じように思っていた。モッサンは自由の幻想に身をゆだねている。アフリカの女なのに、挑発的な生き方をして人前で煙草を吸いさえすれば、アッサンに見せてもらった雑誌の中の白人女たちのようになれると思っている。あいつに読んでもらい、訳してもらった本に出てくる女たちのようになれると思っている。空約束にたぶらかされているのだ。だがそんな彼女をわしは愛していた。嫉妬、苦しみ、孤独、倨傲、そして愛に心をしめつけられた。そのころから、わしは問いかけ始めた。いったいなぜ、あの男なのか？

## V

モッサンが出ていってから三、四ヵ月後のある日、わしは苦しみのあまり、ついに節を屈し、大都会に向かった。大都会について何一つ知らず、モッサンと兄がどこに住んでいるのかもわからなかった。だがとにかく出かけたのだ。

着くまでに一昼夜かかった。そこは活気に満ちたやかましいところだった。わしは混沌とした、豊富で熾烈な、見事なまでのエネルギーを周囲に感じた。人を死ぬほど疲れさせもすれば、死体をよみがえらせもするようなエネルギーだ。硬貨一枚と引き換えに、街路をうろついていた子どもが案内役を引き受けてくれた。わしはその子の肩に手を置き、一緒に歩き出した。どこに連れて行ってほしいのかとその子が尋ねる。白人たちの住んでいる地区に連れて行ってくれと頼んだ。掃き溜めと腐ったものの臭いに辟易させられたが、都会の分厚い喧騒を貫いてときおり海の香りが届き、慰められた。わしは都会に魅了された。先を進むあいだ、自分が何をしに来たのかも忘れて、周囲に心を奪われるがままになっていた。子どもは盲人に付き添う以外何もせずに金を稼げたのですっかり満足し、わしの歩調に合わせて歩いていた。市場を通りかかると、そこでは物売りと客、警官とやくざ者、犬、ロバ、羊、猫が共同体をなしていた。肉の匂い。獲れたての魚の匂い。香辛料の匂い。海の塩の混じった風。そしてまた掃き溜めと下水。それから人々の声、議論。真剣で陽気であけすけな、はたまた超然とした口調。

人々は天気の話をし、今年の雨季はひどいことになりそうだといって先祖の霊の加護を祈り、まもなく街にやって来るはずの奇跡を起こす導師を褒めたたえ、有名なるサリマタ・ディアッロの尻の揺れ具合を語り、それから格闘技の次の試合について、子どもを海に引っ張り込んだ精霊について、ほかの子どもたちがそんな目にあわないようにと女神にお願いするときに捧げるべき生贄について、白人の総督がご乱行ののち、酔っぱらって現地の〈ドリアンケ〉［金持ちの派手な女］の陰毛を口髭にからませた姿で現れた件について、神の慈悲について、そして人の運命の避け難さについて語った。とある広場では、激しい言い争いの合間に、チェッカーの駒をボードに置く乾いた音が聞こえてきた。わしはしばし立ち止まって、喧嘩（けんか）や嘲りの文句、挑んだり、雪辱を誓ったりする言葉に耳を澄ませた。かつて自分もこのゲームに夢中だったことを思い出した。

救急車かパトカーのサイレン。騒動。罵り、あれこれ論評する言葉。また立ち止まった。火事？　泥棒？　いや、一人の男が逮捕されたのだった。堂々たる路上生活者で、憎まれ、恐れられると同時に人気者でもあるらしい。放免させようと人々が群がり、あんたも加わるようにと知らない女に言われた。そんな脇道に入るわけにはいかないのでと答えた。女は意地悪そうにチッチッと舌打ちしながらわしを臆病者扱いし、いまの世の中にもう男はいないのかと、青トウガラシなみに辛口の言葉を発した。軟弱な、女々しい、クジャクみたいな男、女みたいな男ばっかり！　腑抜けばっかり！　雄々しく勇敢な、昔の男たちはどこへ行った！　戻ってきて、あたしらの街の王子さまを自由の身にしてほしい！　自分などお役に立つことはできないと答えた。盲人だし、この街の人間でもない。すると女は、この世に生きている男なら、とりわけあんたのように若い男だったら、目が見えないだのどこの出身だのは関係がないと言った。そうですか？　そうさ、目の見えないお方（シルマクサ）、間違いないよ！　どこだって、どこの出身だろうが、男なら金玉さえついていればひと仕事できるし、戦うことだってできる。言いあいのあいだに、案内役の子の肩からうっかり手を放してしまった。その子は群衆にまぎれて行方をくらました。わしは去っていくガミガミ女に向かって、白人たちの住んでいる地区はどこかと大声で尋ねた。橋を越えて北へ行きな！　夜になったら気をつけなよ、あんたはよそ者なんだから！　気をつけるって？　何に？　だれに？　女の返事はあたりの喧騒にかき消された。

善きサマリア人（びと）［困っている相手に憐れみをかける者。ルカによる福音書、第十章の挿話から］が橋を渡る手引きをしてくれた。そこは植民者地区、別世界だった。沈黙と、秩序と、静寂と。舗装道路に自分の足音が響いた。白人（トゥバブ）の話す言葉も聞こえてきた。彼らの声には落ち着きが感じられた。落ち着きのほかは何もなし。ここは彼らの居場所、彼らにとっては自分たちの居場所――これからも、ずっと。トコ・ンゴールが言っていたとおりだ……。手掛かりを得ようとしたが、わしらの言葉がわかる者に聞いてみても、最初のうちは何の助けにもならなかった。だがわしは諦めなかった。とうとう、アフリカ人の新米教師が、島の北部で妻と暮らしているという情報を得た。教師の名前はわからなかったが、見たことはあるというので、わしに似ていたかどうかと尋ねた。ためらいなく、似ていたと答える者もいたが、まったく似ていないという者もいた。とにかくその唯一の手掛かりを追うしかないと思った。夜が訪れるころ、教師の家を見つけることができた。家の前には番人がいた。わしらの同類だった。番人はわしの挨拶に冷ややかに応じ、アッサンの住まいはここかと尋ねると、アッサンなどという人はいないと答えた。わしはかつてアッサンから、今後はその名前を名乗ると聞かされたカトリックの名を何とか思い出すことができた。

――ムッセ［＝ムッシュー］・ポールに何の用だい？

――会いたいんだ。家族なんだよ。あれはわたしの兄だ。

――だんな（サ・ワァイ）、ムッセ・ポールにきょうだいはいないよ。

――いるって言ってるじゃないか！　まるで尻の片割れみたいによく似てるのがわからないのかい？

――かもしれんがね。

――そうだとも！

――まあそうかっかしなさんな。尻の片割れがみんなよく似てるわけでもあるまいし。尻の裂け目は鏡ってわけじゃないんだ。

――わたしらは双子なんだよ！

――そうなのかもな、にいさん。だがムッセ・ポールから兄弟の話など聞いたことがないんでね。どちらにしろ、客があるとは聞いていない。予約があるのでなければ家には入れられない。

――自分の親族に会うために、なぜ予約する必要があるというんだ？

――ここではそうなってるんだ。前もって知らせなければならん。確実に会えるようにな。わかるだろう、いまあの人は留守にしている。前もって知らせておいたなら、いい時に来れたはずだ。

――家の中で待たせてもらおう。

――だめだね、帰ってくれ。

――それなら、ここで待つ。

――そんなわけにはいかん！

――なぜだ？　それならいったい、どこで話をする？　道はあんたのものでも、あんたの親父のものでも、あんたの祖先のものでもない。ムッセ・ポールのものでもない。白人のものでもない。民間の知恵を知ってるだろう。〈ムベッド・ミ、ムベッドゥ・ブウル・ラ〉これは王さまの道、道ではだれもが王さま。待たせてもらうことにするよ。

――兄弟（ムボック）、わかっちゃいるが、でもあんたは帰ってくれ。厄介事も、あんたもいらないんだよ。

――奥さんがいるんだな！

――奥さんがどうした？

――その人の名前はモッサンだろう。

――そんなこと知ってるよ。

――ほらな、わたしは二人を知っているんだ。嘘などついていない。わたしは彼の弟だ。モッサンにわたしが来ていると伝えてくれ。名前はウセイヌだ。

――だんな（サ・ワァイ）、とっとと帰りな、さもなければ力ずくで帰らせるぞ。おれが見えないんだろうが、いいか、おれなら片腕だけであんたを地面から持ち上げられるぜ。

――モッサンの知り合いなんだぞ！

――マダム・モッサンもお留守だよ。白人の友だち二人と旅行に出かけた。帰ってくるまでおれが番をしてる。そういうわけさ。

――いつ戻ってくる？

――聞いていない。

わしはどうしたものかわからず、しばらく黙ったままでいた。街に長いあいだいるわけにはいかなかった。村での仕事があるし、貯金のおかげで少しは滞在できるとしても、都会が自分向きにできていないことはわかっていた。都会にいると何か得体の知れぬ脅威にさらされているような気持ちになった。わしがふと考え込んだのを見て、番人はいよいよ、さっさと立ちのけと迫った。わしはふつふつと怒りが胸に湧きあがるのを覚えた。それは番人ではなくわし自身、自分の愚かさに対する怒り、自分がみじめな光景を繰り広げていることへの怒りだった。本当のところいったい何を期待してやって来たのか？　自分を辱めに来たのはなぜなのか？　別の男の愛を選んだ女への愛は、こんな一切に値するものなのか？　尊厳と名誉はどこにいったのか？　わしはモッサンとアッサンを呪い、番人には何も言わずに立ち去った。

冷え込んできて、わしは暗闇の中、昼間がゆっくり夜に蝕まれようとしているのを感じた。祈りを呼びかける声が遠くに聞こえた。駅まで戻って村に帰るにはもう遅すぎた。寝場所を見つけなければならない。だが知り合いはだれもいない。今度は案内人なしでさっきの橋を渡り、下町に向かった。そこでなら格安で宿が見つかると聞かされていた。人に宿屋を教えてもらった。宿泊費の安い、簡素だがまともな宿で、夕食まで付いていた。それを食欲もなしに食べた。部屋に戻ろうとしたとき、宿の主人が鍵を渡しながら、相手をする女はいらないかといきなり訊いてきた。わしは考えもせず、お願いしたい、しかもいちばん人気のある、いちばん値段の高い女にしてくれと頼んだ。奮発したのだ。当時は、悲しみか絶望に駆られてそんなふるまいに及んだのだと思っていたが、いまになってみると、それがとりわけ怒りにまかせての行動だったことがわかる。怒りをだれか他人にぶつけたかった。娼婦(しょうふ)なら役に立つだろうと思ったのだ。その夜来た女はわしの憤怒を受け止めた。わしは残忍に、荒々しく女を貫いた。女が出ていく前に名前を尋ねた。それが女にかけた最初の言葉だった。

女が、サリマタ、と言い、わしはサリマタ、何？　と訊いた。サリマタ・ディアッロと答えたので、街で尻が話題を呼んでいるのは、あんただったのか、と尋ねた。すると、ええ、わたしよ、どうしてだかわかったでしょ、と言うので、確かにな、と答えた。

女は立ち去った。わしはとても眠れないだろうと思っていたが、深い眠りに落ちた。翌日になると、サリマタ・ディアッロと寝たことを後ろめたく思った。自分を恥じながら村に帰り、モッサンや兄の様子がわからなくてもしかたがないという気持ちになった。ある意味では、そのほうが気が休まった。わしはここでの暮らしに戻った。

数ヵ月後に戦争が始まり、フランスもその最前線に参戦することとなった。もちろん、フランスの飼い犬たちもそれに巻き込まれた。なかでもいちばん忠実なわしらの国はもちろん参加した。パリから白人たちに伴われて、立派な黒人のフランス人代議士が、母なる国フランスのために戦う男たちを募るべくやってきたのを覚えている。代議士の演説を聞いているとアッサンの話を聞いているような気がしたが、アッサンよりも巧妙で、より聴衆の心をとらえる力があった。代議士は白人のために召集に応じる者たちにいろいろなものを約束した。栄光、祖国の感謝、メダル、金、土地、富、そして英雄たちの天国での永遠の生。いやはや、あれこれ約束したものだ。約束するすべに長けていた。そして大勢が彼の言葉を信じた。

　わしには何の言葉もかけられなかった。体の不自由な者など彼らには何の助けにもならなかったろう。必要とされていたのは、飛んでくる弾丸や敵をしっかり見極め、敵の頭に狙いをつけて射止めるための目を持つ男たちだった。しかしその目はまた、友が倒れるのを目撃し、塹壕（ざんごう）に一人取り残されて泣くための目でもあった。だれも助けに来ないような境遇に陥ったとき、自分の国でもない国のために、不条理な殺し合いのただなかでなぜ死んでいかねばならないのかと思わずにはいられないだろう。村の多くの者たち、わしの世代や上の世代の者たちは、フランスの黒人代議士とその仲間を信じた。彼らは出征し、女子どもがあとに残された。

　それから一九一四年末のあの晩が訪れた。決して忘れることはない。わしが夕べ（ティミス）の祈りの準備をしていたとき、中庭で足音がした。

——だれだ？

——おれだ。

やつの声ならばすぐさま聞き分けることができた。

——何をしているんだ？

——おまえに会いに来たんだよ。

——一緒にいるのはだれだ？

答えはない。

——一緒にいるのはだれだ？

——わたしよ。モッサンよ。

彼女の声は変わってしまっていた。かつての瑞々しさや勝気さは消えていた。恐ろしい沈黙がまた訪れた。わしらはそれぞれが、苦い思い出、返事のない問い、憎しみと愛の生み出す三角形の頂点だった。お互いに結びつけられていることがわかっていたし、それゆえお互いを嫌っていた。アッサンが言った。

——おまえの助けが必要なんだよ、ウセイヌ。

わしはせせら笑った。兄がすぐに言った。

——笑ったっていい、おまえにはその権利がある。おれがおまえだったら、やっぱり笑ったと思うよ。これまでのなりゆきを考えてみれば、おまえに助けを求めるだなんて、現実とも思えない。

——何とも皮肉な話だな。

——ああ。だが、それでもおまえに助けてほしいんだ。だっておまえはおれの弟だからな。選択の余地があったらこんなことはしなかった。

——選択の余地があろうがなかろうが、知ったことじゃない。おれにはもう兄貴などいないんだよ、アッサン。

——おまえがどう思おうと、おれがどう思おうと、おれたちは兄弟なんだ。血は肉体よりも遠い泉から流れ出る。遠い過去から流れてくる。その奔流の歴史に運ばれているのは、おれたちだけじゃない。おれたちを結びつけているものは、おれたち以外にも関わりがあるものなんだ。

――おれたち以外のだれに関わりがあるっていうのか、わからないね。何が言いたい？　長々とおしゃべりしている暇はないんだ。お祈りの支度をしなけりゃならない。

――おれはフランスに出発する。戦争に行くんだ。

――それがどうした？　それがあんたの道なんだろう。おれの道ではない。

――おれたち、子どもができたんだ。

わしは呆然となって、二の句が継げなかった。数秒後、兄がふたたび先を続けた。

――モッサンとおれの子どもがもうすぐ生まれる。おれが帰ってくるまで、だれか信頼できる人間のもとに預けたい。これまでおまえとおれは、決してわかりあえなかった。お互いのことが決して好きではなかったと思う。だがおれの一番の秘密を託して、その秘密をちゃんと守ってくれるだろうと思える相手がいるとしたら、それはおまえだ。

――あんたは偽善者だ、アッサン・クマーフ。

――そう思いたければそう思うがいい。だが答えてくれ。おれがいないあいだ、モッサンと子どもの面倒を見てくれるか？

――あんたは偽善者だ、前からわかっていた。だが無責任でもある。妻と子どもを残して、どうしてフランスのために戦いになど行けるんだ？

――戦うのは子どものためでもある。フランスのためだけじゃない。フランスのために戦うのは、子どもが平和な世界で育っていくためなんだ。

――子どものために戦うだなんてきれいごとはよせ。これまでだって、ほかの人間のために戦ったことなど決してなかったじゃないか。あんたにとって大事なのは、自分自身なんだ。フランスに認めてもらうことなんだ！　もっともらしい言い訳はやめにしろ。自分の子どもよりフランスのほうを選ぶんだと白状しろ。せめてそう言うだけの勇気を持て。そんな話を聞かされて、彼女は信じたのか？　え、モッサン、どうなんだ？　あんたに聞いてるんだ。あんた、子どもの将来のために戦いに行くというこいつの話を、信じてるのか？　こいつは嘘をついてるんだぞ！　それなのにあんたは、みすみす旅立たせるのか？

――おれは嘘などついてはいない。

――こいつはあんたを捨てようとしているんだ。

――妻も子も、捨てようなどとはしていない。

――モッサンに話をさせろ！

――おまえに会いに来たのはおれだ。

――モッサンも一緒にいるじゃないか。それに子どもを宿しているのはモッサンだ。

――行きましょう、アッサン、とモッサンが言った。わたしが言ったとおりでしょう。

彼女の声はずいぶん弱々しく感じられた。以前とは別人のようだった。数ヵ月来、彼女のことを思うたびに、深く密（ひそ）やかな怒りがわしの胸を焦がし、苛むのだった。モッサンが出ていってからというもの、自分の憎しみを浴びせかける機会が訪れる日のことを夢見てきた。彼女にかきたてられた嫌悪、彼女を失った落胆ゆえの激情を遠慮なくぶつけてやれる日のことを夢見てきた。その日がついに到来したのだ。モッサンはわしの前にいた。だが彼女の声が何とも弱々しく、諦めをにじませていたため、わしの胸は憤怒ではなく、説明のつかない憐（あわ）れみの念で満たされた。

――今度ばかりは、とわしは言った。ほかの人間たちのことを考えろよ、アッサン。おまえの子どもの人生を考えてやれ。

――行かなくてはならないんだ、と兄は言った。

——なぜだ？

——それが義務だからだ。

——この戦争のことなど、何も知らないだろう。おまえの戦争じゃないんだぞ。

——いや、そうなんだ。おれたちみんなの戦争なんだ。たとえ遠くの話のように思われてもな。おまえの戦争でもある。勝敗はすぐにつく。

——何も知らないくせに。

——白人の士官たちがそう言っていた。彼らにはわかっているんだ。

——そいつらは神さま（ローグ）じゃない。何もわかってなどいない！

——フランスはアフリカの息子や兄弟の助けを借りて、すぐに勝利を収めるんだ。

——息子？　兄弟？　そうじゃない。おまえたちはフランスの奴隷だ。フランスのために死にに行くんだ。フランスはおまえたちのことなど忘れるさ。

——おれは死なない。

——未来のことを云々するな。おまえに未来はわからない。

——子どものためにきっと帰ってくる。

——子どものためには戦争に行かないほうがいい。

——おれはもう兵籍登録にサインしたんだ。出発する。北フランスに行くことになる。そこがおれの居場所だ。

——あんたがどこにいようが知ったことか。どちらにしろ息子からは遠いだろう。あんたはいったい、どういう人間なんだ？

するとアッサンは乾いた笑い声を立てた。そして言った。

――おれを裁かないでくれ、ウセイヌ・クマーフ。おまえがそう思っているのとは反対に、おまえはおれのことを何も知らない。おまえはおれが何者か、おれの心が何によって動かされているか知っているつもりでいる。でもおまえには何もわかってはいないんだ。人の魂の中に潜れるわけじゃないだろう。おまえが完全な真実だと思っているのは、無数の断片のうちの一つでしかない。おまえ自身、無数にちらばっている影のうちの一つでしかない。この何年か、おれが何を犠牲にしなければならなかったかなど、おまえにはわからない。おれが通り抜けてきた道はぬかるんでいた。そのあとに続こうとする者はきっと泥まみれになるだろう。おれを裁くな。おまえの良心の法廷など……。

――大げさな文句や教訓はやめにしてくれ、アッサン。おれはあんたを裁く。そうだとも、なぜならおれはあんたを知っているからだ。あんたのことを、あんたよりもよくわかっている。それも大昔からだ。あんたは軽蔑すべき人間だよ。あんたも心の底ではわかっているんだろう。それとも本当にわかってないのかもしれないが。もしそうなら、気づくのができるだけ遅くなるようにと、心から願わずにはいられないよ。せいぜい長生きしてから悟るがいい。なぜならそのときはもう、いまのように自分に耐えるだけの力が残っていないだろうからな。

するとと、モッサンが泣き始めた。アッサンは答えなかった。モッサンに何か言葉をかけているのが聞こえたが、はっきりとは聞き取れなかった。きっと慰めていたのだろう。中庭で演じられているドラマに一役買おうとするかのように、村は分厚い沈黙でわしらを取り囲んでいた。モッサンは相変わらず啜り泣いていた。そのとき、わしの心が言葉を発した。わしは言った。

――モッサンが望むなら、ここにいてもいい。だがアッサン、あんたが本当に戦争に行く決心をするなら、明日できるだけ早く出発してくれ。この家のことはわかっているな。空き部屋が二つある。どちらかを選んで使ってくれ。

それからわしは自室に戻り、祈りを上げたのち、延々と沈思黙考して、自分を導いてくれるよう神に願った。一時間ほどして自室から出ると、中庭にはモッサンしか残っていなかった。

――アッサンは？

――町に戻る最後の荷馬車に乗り遅れないよう、さっき出ていったわ。まだ言いたいこともあったけど、船があさって出るから。旅路に備えるために、今夜町に戻らなければならない。あんたにさよならと、それからお礼を伝えてほしいと言われたわ。

――あいつにお礼など言われる必要はないし、さよならだの、別れの挨拶だのも、どうだっていい。あいつを助けたいわけじゃないんだ。それからあんたにも、お礼など言ってほしくない。弁解も聞きたくない。

――それはこちらも同じことよ。

そこでわしは、かつて彼女に言ったむくつけき言葉を思い出して、それを恥じた。続く沈黙の中で、わしらは協定を取り交わした。わしは怒りと恥辱、そして喜びのあいだで引き裂かれながら自室に戻った。モッサンが戻ってきた。だが、アッサンとの愛の結晶を宿して戻ってきたのだ。いったいなぜ、あの男なのか？

## VI

四ヵ月後の一九一五年三月、子どもが生まれた。父親は出発する前に、もし男の子ならトコ・ンゴールの二番目の名をつけてほしいとモッサンに言い残していた。つまり、叔父が決して使おうとしなかったイスラーム名、エリマン。生まれてきたのは男の子だった。わしはイスラーム以前からの伝統に従った名であるマダグを授けた。エリマン・マダグ・ジュフ。

おそらくもうわかっているだろうが、アッサンが息子の顔を見ることはなかった。戦争から戻ってこなかったのだ。何の便りもなかった。遺体がどうなったのかもわからない。時間の中、歴史の中で迷子になったに違いない。一九一四年から一九一八年にかけて、圧し潰され、呑み込まれ、消されてしまったあまりに多くの者たちと同じように。ときおり、やつについて考えることがあるが、怒りも、憐れみも、何も感じない。もはや軽蔑すら感じない。いなくなってしまったことを悲しいとも思わない。生きているあいだ、愛したことはなかった。死んでからも愛したことはない。わしらの人生はそもそもの始まりから、絡まり合っていたのに、互いに接点のないまま過ぎたとも言える。あれはフランスへの愛のために何も見えなくなった男だった。やつの中ではその愛が何よりも大きかった。それがついにはやつをむさぼり喰らった。自分が戻らないと、最初からわかっていたのではないだろうか。死ぬことをひそかに願っていたのではないかとさえ思う。やつにとって、自分が白人になるには、白人のところで、白人の戦争で弾丸を受け、あるいは銃剣の一突きのもとに死ぬこと以上のやり方があったろうか？　やつが夢見ていたことは、この人生でかなうはずもなかった。別の人生が必要だった。つまり白い知識人の肌をまとった人生だ。なぜならそれがやつにとって、存在を完成させることの極致だったのだから。それは父になることでもなければ、モッサンを愛することでもない。本を読んだり書いたりする頭のいい白人になることだ。だからやつはきっと、夢の世界で生まれ変わることを願って、自ら望んで死に赴いたのだ。ときおり、死に際はどんなふうだったのかと考えることがある。最後にどんな考えが頭をよぎったのか。わしらの子どものころを思い出したろうか。それとも、トコ・ンゴールのこと、わしらをネネと呼ぶ母ムボイルの声や、わしのこと、モッサンのこと、勉強を教わった白人宣教師たちのこと、自分が捨てた息子、顔を見ることもなかった息子のことを思い出したろうか。孤独に死んだのか。即死か。苦しんだのか。死ぬことを意識するだけの時間があったのか。そんなことを考えるのはアッサンに同情しているからではない。人間の最後の瞬間というものに魅せられているからだ。そのときにだけ、収支決算が可能になる。後悔は妥当な後悔、告白は正直な告白となり、自分自身の真の姿を見ることができる。わしらの人生は、それが逃れて行こうとするそのときに初めて、わしらのものとなるのだ。

エリマンの子ども時代についても、その後数年のモッサンとの暮らしについても長々とは話すまい。モッサンが戻ってきてからの数週間は、どちらにとってもとてもつらかった。同じ家で暮らしながら、わしらは相手に対する恨みや過去の傷がもたらす深い溝で隔てられていた。やがてそれを時間が癒やしてくれた。エリマン・マダグが生まれた。わしは何年も前にンゴール叔父がそうだったのと同じ立場に立たされた。兄の子に責任を負う立場になったのだ。

わしはエリマンを愛していたのか？　いまでもわからない。あどけない声の中に、アッサンの声を聞く思いがする日もあった。あの子の無垢な笑いに、アッサンの姿が見えることさえあった。あの子の純真さに触れるにつけ、まるで神経が疼くように、兄に対して抱いていた憎しみがそっくりよみがえるのを感じることもあった。子どもが自分のあずかり知らぬ過去について責任があるなどと主張することができるだろうか。子どもは生まれる前の出来事を継承しなければならないのか。親の罪に関して子どもを咎めることができようか。おまえには先祖たちの存在の名残がある、彼らのしわざを受けついでいるなどと責められようか。そう問えば、大半の人間はそんなことはできないと答えるだろう。彼らはおそらく正しい。だが、わしはそうは思わない。そんなふうには思わなかった。むつきにくるまったエリマン、まだ乳飲み子でしかないエリマンに触れたとき、わしは、この子が父親とどうして無関係でありうるだろうと考えた。なぜこの子が、過去の罪を許されているというのか。自分の背負った歴史と関係のない、まったく新しい人間なのか。アッサンは、血は遠くの源に発するもので、その流れは個人を超えていると言っていた。ならばエリマンは、単なる父子のつながりを超えてアッサンに結びつけられているのではないか？　そんな問いに、わしはそのとおりと答えたものだ。エリマンはアッサンの精神が抱いた観念だった。アッサンの肉体から出た肉体である前に、エリマンはアッサンの欲望の果実だ。少なくとも、やつが一人の女に抱いた肉欲の行き着いた先がエリマンだった。かつての兄という人間の奥深い部分がエリマンのうちに、湖の底、血の湖の底の泥のようによどんでいた。エリマンは、たとえ父の来歴に異を唱え、別の道を歩むとしても、やはり父の来歴を継いでいるのだ。やがては父を憎み、このうえなく下劣な人間とみなすようになるかもしれない。それでもなお、自分の内なるアッサンから受け継いだ部分を取り除くことはできまい。それは肉体的な部分だけでなく、神話的な部分――だれもがそこから生まれてくる虚無の部分――でもあった。ここでもまた、ンゴール叔父の言葉が思い出された。叔父が語っていた、われわれの文明の肉体に刺さった、もはや抜くことのできない白人文明のトゲのことは、アッサンやエリマンについても当てはまっていた。

　エリマンはどこへ行くにもアッサンの影と記憶を引きずって行くことになるだろう。彼はアッサンの影と記憶そのものだった。それだけの理由で、彼にいつまでも兄を思い出させられるだろうとわかっていた。彼は決して兄を厄介払いできないだろう。ある人物の来歴がわしらにとって恥辱であるとき、わしらには決してそれを厄介払いできない。望まれない子どものように深夜、捨て去ることは決してできない。わしらは、それと戦うのみ、つねに戦うのみであり、勝つための唯一の方法は、なおも戦い続けること、そいつとともに生きて、その存在を認めることだ。たえず来歴を指し示し、名指し、それが仮面をつけてわしらを籠絡（ろうらく）しようとするときにはそれを暴き出すことなのだ。おぞましい話だと思うか？　そう思うのはおまえの勝手だ。子どもに向かって、おまえは自分の親の姿が永遠に投影される鏡のおもてであり続けるだろう、親を殺したり忘れたりしたところで無駄だなどと言うのは恐ろしいことだと、シガ、おまえはそう思うだろう。だが結局のところわしは間違っていないとわかっているはずだ。おまえはそう悟るために打ってつけの立場にいるのだからな。頭の中でいくらわしを殺そうが、それを望もうが無駄だし、おまえの書く本の中でいくらわしを殺そうが無駄なのだ——わしの予知能力など信じないだろうが、おまえが将来本を書いて、その中でおまえが言葉によってわしを殺すのを、わしは見通したのだ。いまも未来も、このわしはつねにあり続けると覚悟しておけ。わしはおまえのトゲだ。それを引き抜けばおまえは死ぬだろう。そしてわしは死んでもなお、あり続ける。

　エリマンはアッサンから逃れるわけにはいかない。わしもそうだし、モッサンもそうだ。これからわしらはみな、二人の顔が同じ一つの顔にならないよう、心の中で戦うことになる。エリマンは一生苦しむのだろう。母親に抱かれたエリマンの泣き声を初めて聞いたとき、わしが思ったのはそういうことだった。

では、わしは彼を愛したのか？　時おり、愛情を感じるときもあった。憎むよりは慈しんだと言える。そう、中庭で遊ぶ声や、母親に話しかける声が聞こえてきたとき、憎らしく思うこともあった。だが、わしは彼を愛した。モッサンを愛したから、あの子も愛したのだ。何ヵ月にもわたる怒りも、モッサンへの気持ちをいささかも変えなかった。モッサンを憎んだ期間によって、彼女への愛が消え失せるどころか、むしろ彼女への愛の深い理由や必然性が明らかになったように思えた。彼女への愛を破壊の危難にさらすことで、結局この失望の期間は愛をさらにかきたてたのだ。だからわしは、彼女のために、彼女とともに、エリマンを精いっぱい育ててやろうと決心した。

わしらはエリマンが七歳になったら、父親について真実を教えてやることに決め、そのとおりにした。たやすくそうできたのは、エリマンが並はずれて明敏で才気があり、好奇心旺盛で頭がよく、早熟で、人の話をよく聴く子だったからだ。そうしたすべての点で、あの子は父親に似ていた。父親も早くからそんな能力を示していた。だがエリマンがそうした能力を見せるのは、単に人を魅了しようとしてではなかった。父親とは反対に、エリマンは——わしにはすぐにわかったのだが——抑えきれないほどの知性に加えて、大きな憂鬱を抱えていた。遊ぶのが好きな、活発で愛想のいい子どもだったが、孤独や影への好みもあった。父親には決してなかったものだ。ほかの子たちと仲よく遊び、同じように笑い、同じようにふざけもした。だが、村を取り囲む林に一人で姿を消したり、母親に外で遊んできなさいと言われても家に閉じこもっていたりすることがよくあった。そんな点からして変わっていた。はつらつとした陽気さはまわりを引き込まずにはおかず、すでにして非凡な精神の輝きがあった。だがごく幼いころから、沈黙を固く守ることもできた。わしにはあの子の姿は見えずとも、それを知り、感じ取ることができた。ときおり話しかけてくるだけで、そうした気質をすぐに察知できた。とかく忘れられがちだが、子どもにも子どもなりの憂鬱がある。そしてよきにつけ悪しきにつけ、それを大人以上に強烈に経験するものだ。なぜなら人生のその時期、何も中途半端ではすまないからだ。まだ柔らかな魂の中へ、世界は大変な勢いで、あらゆる入口から殺到してくる。こちらの年齢のことなど考えてもくれない。それから世界は同じように猛烈に立ち去っていく。そこでようやくわれわれは、理解し、逃避し、自分を閉ざし、装い、術策を用い、早く傷を癒やす手立てを学ぶ。あるいは、死ぬことを学ぶのだ。時間はいつでも教え導いてくれる。だが、時間から学ぶためには時間が必要だ。そして子どもはまだ時間の始まりに立っているにすぎない。

時間の始まりにいながら、エリマンはそうした一切を早くも感じていた。理解してもいたのだろう。あの子がわしに、暗さについて、闇の中で生きていくことについて尋ね、世界をどう感じ取り、ものをどう認識しているのかと問うてくるたびに、わしはそう思った。視覚以外の感覚をどんなふうに研ぎ澄ませているのか、昔見たものの記憶はあるのか、彼の母親の顔を覚えているのかと尋ねられた。ある日、こんなことを言った。

――トコ・ウセイヌ、生まれつき目が見えなくて、ものを見たことがない人と、叔父さんみたいに、最初は見えていたのに途中から見えなくなった人と、どっちのほうが気の毒なの？　ものを見たことがなくて、見てみたいと願っているのと、見たことがあるのと、どっちのほうがもっとつらいの？

何日か考えてみたが答えが出ない。そこでエリマンの意見を聞いてみた。

――ぼくはね、最初は見えていた人のほうが気の毒だと思うよ、トコ・ウセイヌ。

――なぜだ？　以前は美しい世界を見ることができたのに、いまはそれを失ってしまったからか？　喪失感や心残りのほうが、願いよりもつらいものだから？

――そうじゃない、とあの子は答えた。美しい世界の思い出の中で生きているから、そのほうが不幸せなんだよ。世界は変わっていくからその思い出はもうなくなっているのに、そうとは知らずにいる。世界の美しさって、毎日変わっていくものでしょう。でもそれ以上に、最初は見えていたのに見えなくなった人が不幸なのは、思い出のせいで想像することができないからなんだ。忘れないことにばかりエネルギーを使うから、前に見たものを作り直したり、見えなくなったものを作り出したりできるということを忘れてしまう。そして、目が見えても見えなくても、想像力のない人は必ず不幸なんだよ。でも叔父さんはそうじゃないよね。最初は見えていたけど、でも叔父さんにはいまでも、見るべきものを想像することができるんだから。

　そのころは十歳くらいだったはずだが、早熟な子どもだった。モッサンはあの子に尽くしていた。わしが恐れていた（というよりひょっとすると、心の奥底で願っていた）のは、モッサンが自分の息子を憎むのではないかということだった。息子にアッサンの面影を見て、そのせいで息子を放擲（ほうてき）するのではないか。息子を見ていると、父親が自分たち二人を捨てたことを思い出すのではないか。捨てられたのはとりわけ、彼女のほうだった。妊娠した彼女を一人残して、アッサンは世界の果ての、彼女よりも、そして生まれてくる子どもよりも愛する国へ戦争をしにいったのだ。ここでエリマンと彼女と一緒に暮らすよりも、彼の地で一人で死ぬほうを選んだのだ。だがモッサンは息子を熱愛した。エリマンを父親の来歴、自分に背を向けた男の来歴だけにゆだねたくないと願うがゆえに、母として力をふりしぼり、子に尽くすことができたのだ。

　エリマン自身については、彼が父親のことをどう考えているのか、本当のところはついにわからなかった。憎んでいたのか？　父親のことを知りたいと思っていたのか？　無関心だったのか？

わしに父親について尋ねることはついぞなかった。母親に尋ねたことがあるのかどうかはわからないが、ともかく、わしには何も尋ねなかった。

あの子が十歳になるまで、わしは母親と合意の上で、コーランの基礎と伝統文化の基本を教えた。ローグ・センが至高の精霊、パンゴルが祖先の霊。わしは二つの文化［セレール族古来の文化およびイスラーム文化］によって作られた。それらを知ってほしかった。いつものように、あの子はどちらにも関心を寄せ、熱心に、貪欲にそれらの基礎を学んだ。わしは普通なら大人になってからでなければ身につけないような知識を伝授した。たくさんのこと、おまえには想像もつかないようなことを教えてやった。だがあの子はたちまち吸収し、次々に質問し、わしにさんざん知恵を絞らせた……。もっと遠くへ、たえずもっと遠くへ進みたがった。わしは防戦一方だった。若くしてすでに、何かを求めているようだった。新しい知識を早く学んで消化し、そこに答えを、秘密を見つけたがっている様子だった。あの子は、自分の問いを胸に抱いて生まれてきたのではないかと思うのだ、マレーム・シガよ。そうだったのではないか。あれは先を急ぐ子どもだったし、そのまま青年になった。飢えていた。何かを待ちながら気を張りつめていた。あの子のうちで何かが沸き立っていた。心の中の地平線で何かが揺れ動き、早くそこまで到達したがっていた。あの子がいくつもの前世を経てこの世に生まれたことをわしはいささかも疑っていなかった。だが他の人間とは異なり、前世で学んだことを何一つ忘れていない。そんな印象を、いつもあの子から受けていた。

あの子が十歳になると、モッサンはわしの意に反して、フランス人学校に入学させた。わしらの村から数キロの村に宣教師たちが学校を開いていた。白人の学校に行くのに都会まで出ていく必要はもうなかった。アッサンのことがあって、わしは宣教師の教育に反感を抱いていた。単に恐れを抱いていただけではない。忌み嫌っていたのだ――それはおそらく恐怖の究極的な形なのだろう。

白人（トゥバブ）たちがアッサンをどうしたか、どんなふうにそそのかしたかを考えるなら、そんな教育はわしらアフリカ人の最も奥深くにあるものを破壊する役にしか立たないと思えた。わしらが十年かかってエリマンに植えつけようとした事柄を、白人の学校は根こそぎにしてしまうだろう。だがなぜかわからないが、モッサンはどうしてもわしの言うことを聞こうとしなかった。それがアッサンの遺志だったのか？　そうではない、単に自分は息子にも西欧式の教育を受けさせたいのだと彼女は言った。一夜、わしらはその件をめぐって言い争った。それはモッサンが戻ってきて以来、わしが彼女に怒りを覚えた稀な例だった。アッサンが死んだ虐殺の地に息子を送り込むのかと、彼女を非難したのを覚えている。あんたには記憶というものがないのか？　アッサンがどういう扱いを受けたか考えてみろ！　あんたがどういう目にあったか考えてみろ！　彼女は穏やかな口調で、エリマンはアッサンではないと答えた。そのときわしは、ある意味でモッサンは、エリマンをとおして、アッサンに仕返しを試み、アッサンの記憶を消そうとしているのだとわかった。エリマンをアッサンと同じ道に送り込んだうえで、息子は泥まみれにならずに父の歩んだ道を進むことができるのだと、アッサンに証明してみせたかったのだ。

　フランス人の学校で、エリマンは驚くべき能力を発揮した。彼の教育にあたった宣教師たちは、エリマンが教えられたことをたちまち吸収してしまうのに驚き、ある日、わしらに会いにやって来た。それはわしらにお祝いを言うためだったが、同時に、エリマンの勉学、記憶、思考の才能がどこから来たものなのか尋ねようとしてのことでもあった。わしはモッサン一人に答えさせておいた。答えの中身はわかっていた。実際、彼女は延々とアッサンについて話し、彼もまた才能に恵まれていたのだと述べていた。父親の遺伝子なんです、と彼女は宣教師たちの学校を率いるグルザール神父に語った。神父は通訳を連れて、原付スクーターでわしらの家までやって来たのだ。モッサンがアッサンについて話すのを聞きながら、彼女の一部は永遠に彼とつながったままなのだろうとわしは悟った。そう思うと悲しかったが、表情には何も出さないようにした。体面を保とうと努力はしたものの、彼女はわしが傷ついたことを見て取ったのだろうか？　それはわからないが、アッサンとその遺伝子について触れたすぐあとで、彼女はエリマンが学校に通うようになる前、最初はまず叔父からコーランとアニミズムの文化について習ったのだと付け加えた。それがこの子の頭を目覚めさせて、勉強が身につくようにしたのでしょうと説明した。グルザールはわしを称えたが、褒められるべきはエリマンただ一人だったとわしは心から思っている。その晩、モッサンは大喜びで、息子への誇らしさでいっぱいになっていたのを覚えている。だがわしは、グルザール神父の熱意あふれる訪問に、不安をかきたてられていた。甥（おい）がこれからどうなるのかが、避け難い事態として見えてきた。西欧の学校の申し子として、父ほど自己を失うことはないにせよ、やはり新しい知識とフランス語の魅力に夢中になるだろう。エリマンは大きな本棚のあるグルザール神父の家で多くの時間を過ごした。エリマン・マダグは本に魅せられた。字が読めるようになるとすぐ、グルザールは彼を定期的に自宅に招いたのだ。

　ここでしばし脇道に入る。モッサンとわしは結婚したのかどうかと、おまえは訊きたいだろう。結婚はしなかった。彼女は決して結婚しようとしなかった。だが一九一八年、アッサンについて何の報（しら）せもないまま戦争が終わったとき、わしは彼女に、寝室を一緒にするよう頼んだ。彼女は受け入れた。一九二〇年、彼女は妊娠した。だがその子は育たなかった。死児として生まれてきたのだが、これは当時、わしらの村ではしばしばあることだった。それ以来、いくら試みても子どもはできなかった。愛する女とのあいだの子どもを持てないのは、わしにとって悲しいことだった。モッサンもまた悲しんでいたが、エリマンの教育に多少の慰めを見出していた。彼女は、わしらのあいだに子どもが生まれないのなら、それを受け入れるべきだと言い、子孫を残すためにわしが別の妻を娶るなら自分は反対しないと言った。わしは彼女に、わしの側に問題があるのかもしれない、わしが不妊の理由かもしれないと言った。モッサンは、それは違う、死児を産んで以来、自分の体の中で何かが変わったのを感じると言った。当時、わしには自分が彼女以外の女を娶ったり愛したりできるとは思えなかった。だから、モッサンにはしきりに勧められたものの、別の妻を持つことはせず、彼女と同じように、自分の幸せを彼女とその息子のうちに見出そうとした。なぜなら彼らが運命によってわしに与えられた家族だったからだ。

　そうやってわしらの暮らしは続き、エリマンはつねに優秀な成績をあげ続けた。やがて彼は村の人気者の一人になった。父親からは頭脳と押し出しのよさを、母親からは美貌と穏やかな力を受け継いでいた。だがわしからは？　あの子はわしから何を受け取った？　別の事柄、別の知識を受け取ったのだ。

## VII

　一九三五年、二十歳で大学入学資格を取ったのち（グルザール神父によれば、現地民として前例のない優秀な成績での合格だった）、エリマンはフランスで勉強を続けないかという申し出を受けた。彼はわしらに相談してきた。わしは反対だった。彼の父親の手と影をまたもそこに感じたのだ。だがモッサンはぜひ行くようにと励ました。彼女の意思を変えさせることはできなかった。息子の将来をあまりに楽しみにしている様子だったので、わしは自分の抱いている恐れを口にすることができなかった。グルザール神父にはつてがあり、何もかも手配した。神父が若き天才とも言うべきアフリカ人生徒の並はずれた素質を力説したおかげで、あの子は一流の寄宿学校に受け入れられることになった。植民地政府が優秀な現地民に出す奨学金が何種類かあったが、神父はその一つを獲得してくれもした。奨学金のおかげでちゃんとした暮らしができるはずだった。あの子は当時のフランスで最高の学府に入るための受験勉強をするという。それは知識人、思想家、作家、共和国大統領、大学教授を輩出している名門だった。モッサンによれば、エリマンは目を輝かせてその学校の話をしているという。そのときから、彼が出発するほかないことがはっきりした。父親と同じだ。

こうして、一九三五年の雨季が終わるころ、エリマンは家を出ていった。出発の前日、わしらは中庭で一緒に晩を過ごした。モッサンは歌を口ずさんでいた。わしはエリマンが何か言いたそうにしているのを感じていた。それとも、彼のほうが何か言ってほしそうにしているのか。おそらく、彼は初めて、自分が父親の歩んだ道を歩いていること、自分がいまや父親にとって命取りになった段階までやってきたことを理解したのだろう。そしてわしらに、自分はどうするべきか、これから何が起こるのか訊きたかったのだろう。父のようになって終わるのが怖かったのか？　わしにはわからない。彼は何も言わなかった。モッサンも黙り込んだ。大きな、非常な悲しみが深々と夜を浸すのが感じられた。ひょっとするとそれはわし一人の悲しみだったのかもしれないが。

――心穏やかに行くがいい、息子よ。いまのままのおまえでいるのだ。そうすれば何もかもうまくいくだろう。自分がどこの出身なのか、自分が何者なのかを忘れるな。母をここに残していくことを忘れるな。

――忘れないよ、トコ・ウセイヌ。約束する。

涙があふれそうになっている様子だった。わしはそれ以上何も言わないことにした。すでに十分、重苦しい雰囲気になっていたからだ。しばらくして、あの子が言った。

――きっと戻ってくるよ、母さん。行方知れずになったりしない。きっと戻ってきて、母さんに自慢してもらえるようにする。

――そうね、エリ。戻ってくるわよね。待ってるわ。わたしはあんたの母親ですもの。あんたは立派な人間になる。これまで何度も夢で見たわ。でも、きっと戻ってきてね。

彼女はまた歌い出し、それからはもうだれも何も言わなかった。やがてわしらは疲れてきた。アッサンの顔がわしらの上に漂っていた。その顔はかわるがわる、微笑んでいたり、不安そうだったり、険しかったり、血まみれだったり、晴々としていたり、優しそうだったり、謎めいていたりした。


フランスに渡った最初の年、エリマンは家に手紙をよこしていた。しょっちゅうではなかったが、二、三ヵ月に一度は便りがあった。手紙にはパリでの暮らしについて、向こうでの出会いや、驚かされたことを綴り、新しくできた友人について、向こうで知り合った白人やアフリカ人について書かれていた。受験する予定の試験にも触れて、勉強が大変だがためになると書いてあった。グルザール神父は手紙を受け取るとわしらのところに持ってきて、通訳にそれを翻訳させた。モッサンは手紙を手元に置いて、それを本当に読めはしなくとも、何時間も、幸せそうな、そして悲しげな様子で眺めて過ごすことがあった。そして手紙は全部、自分の部屋に持っていくのだった。

一九三七年以降、エリマンからの手紙は間遠になっていき、やがていっさい音沙汰がなくなった。何の報せもないまま数ヵ月たつと、モッサンは神父に会いに行き、自分の代わりに息子に手紙を書いてくれるよう頼んだ。神父は手紙を書いたが、エリマンから返事はなく、無音のままだった。その数ヵ月を思うとわしの胸は痛む。なぜなら、モッサンが病み衰えていったのはそのころからだとわかっているからだ。エリマンが突如として音信を絶って、彼女はアッサンの失踪と沈黙をもう一度経験しているような気持ちにさせられた。アッサンの場合は、一通も手紙をよこさなかったのだが。それがモッサンの悲劇（わしの悲劇の一部でもある）の始まりだった。アッサンとエリマン、彼女の選んだ男と、その結果生まれた息子は、二人とも出ていった。別々の人間でありながら、二人は出ていったきり戻らないという運命をともにしていた。そして同じ夢を抱いてもいた。自分たちの文化を支配し虐待した文化に加わって学者になるという夢だ。

　これをどう説明すればいいのだろう。遺伝子に書き込まれた個人的欠陥のせいだろうか。白人文明が及ぼす誘惑の力のせいなのか。無気力からか。自分自身を憎んでいるせいなのか。わしにはわからない。そしてわしの無知こそは悲劇の核心をなしていた。白人たちがやって来て、わしらの息子たちの最も優れた者らの頭がおかしくなってしまった。完全に狂ってしまった。主人である白人たちへの愛ゆえに狂ってしまった。アッサンとエリマンはそうした狂人たちの仲間だった。モッサンを一人置き去りにしていき、彼女も徐々に狂っていったのだ。

　わしが何を言いたいか、わかってきただろう、シガよ。繰り返し言う。おまえが母親の胎内にいたとき、わしは母親の腹に手を置いた。すると頭に閃（ひらめ）いたものがあった。その閃きの中でわしは、やつらの顔のあいだにおまえの顔を見た。エリマンとアッサンの顔、出ていった者たちの顔だ。おまえが生まれてくる前から、わしにはおまえがやつらのあとを追うだろうとわかったのだ。おまえの運命はわしらの文化から遠く離れたところへ向かうだろうということがな。おまえもまた、フランス人の言葉のうちに知性を求めるだろうとわかった。おまえは作家になるだろう。わしがおまえを愛さなかったのは、おまえを産んで母親が死んだからではない。おまえがこの世にやって来ることで、わしにとって最もつらい古傷の痛みがまたもかきたてられ、最も苦い記憶がよみがえるからなのだ。おまえは一家の三番目の呪われた者、地上でわしを最も苦しめた二人の継承者だ。本当のところ、おまえを憎んでなどいない。おまえが怖いのだ。おまえが母親の腹にいたときから怖かった。新たな悲劇の到来を告げていたからだ。アッサンはたぶん正しかったのだろう。血の神秘はあらゆる論理に勝り、個人の理屈を超えたものだ。おまえは生物学的にはわしの娘だ。だが精神に関しては、シガよ、精神、そして心に関してもおまえはエリマンの血、アッサンの血を引いている。やつらはすでにわしの家を破壊した。わしの愛する女を破壊した。そして、わしにはわかっていた、おまえも同じことをしでかすだろうと。何かを、それともだれかを破壊するだろうと。そういうことだ。これで、おまえにもわかっただろう。

声はそこで途切れ、長い間が空いた。ぼくは目を開けずにいた。ぼくはもとどおりアムステルダムにいた。運河を幾艘(いくそう)もの船が行き交っていた。船で浮かれ騒ぐ連中の中には、酔っぱらって大声で歌をうたう者もいた。聞き覚えのあるその歌は、アヤックスのサポーターたちの応援歌で、ヨハン・クライフに捧げられていた。この国のサッカー史上、最も偉大な選手だ。また声が聞こえ始めた。ぼくはその声を追って過去へと戻った。

話はもうすぐ終わりだ、マレーム・シガ。あと数分、耳を傾けてくれ。

一九三八年、エリマンから手紙が届かなくなって一年以上たった。彼がどうしているのかまったくわからず、グルザール神父に手紙を書いてもらったが何の返事もなかった。エリマンは消え失せてしまったかのようだった。そこでわしらは最悪の事態を考え始めた。死んだのではないかと思ったのだ。モッサンは心の井戸に沈んでいった。独りで話し、泣き、祈り、呟いているのをしょっちゅう耳にするようになった。夜、悪夢で目を覚ますこともあった。汗まみれになって、エリマンの名前を繰り返し呼んでいた。彼女は崩壊し始めていた。それは避けがたいことのように思えた。

一九三八年八月、ある出来事が起こった。グルザール神父の原付スクーターのエンジン音が聞こえた。しばらくすると神父が中庭に息を切らせて入ってきた。モッサンは留守だった。わしは古い漁網を繕っていた。

——手紙が来ましたよ、と神父が言った（この土地に来て数年たつと、神父はわしらの言葉を話せるようになっていた）。

——だれから？

——エリマンですよ。われらのエリマン、あなたの甥っ子。

わしはしばし、二の句も継げずにいた。

——その手紙をお持ちなんですか？

——そうですとも。だが、ウセイヌ、手紙だけではないのです。エリマンは別のものも書いた。あの子は本を書いたんです。

——本ですと？

——本ですよ！

——そうです！

——あなたの本棚にあるような？

——その本というのは、どこに？

——ここにあります。

——手紙も一緒ですね？

——そうですとも。訳してあげましょうか？

――それには及びません。あなたの学校の生徒に頼みますから。お隣りの息子はあなたがたの言葉をすらすら読めるのです。力を貸してくれるでしょう。ありがとう、グルザール神父。

――で、本のほうは？　その生徒に本をまるごと全部訳してもらうのは無理かもしれませんな。もしよければ、また来て、訳してあげましょう。

――お願いします。でもできれば、今日ではなくてまた別の日にお願いします。今日は手紙を読むだけにしておきます。

――どうぞお好きなように……。われらがエリマンは大物になりましたぞ、ウセイヌ。偉大な人物になりました。あの子のお母さんに、あの子は大物になったと伝えてください。

グルザール神父はわしに手紙と本を渡すと、急いで立ち去った。わしは両方を手でさすりながら、慰めと喜びを与えられていいはずなのに、悲しみで胸がふさがる思いだった。そうだったのか、エリマンは生きていたのか。生きていたのに、何の連絡もよこさずにいたのか。作家になって、これだけのページを執筆する時間はあったのに、一年間、母親には一ページも書きはしなかった。そのとき胸にこみあげてきた熱い憤怒をいまでも覚えている。モッサンには何も言ったり見せたりしないことに決めた。重大な帰結をはらむものだったとはいえ、決心するのはたやすかった。のちにそれが引き起こすことになった一切にかんがみてもなお、わしは後悔していない。必要があればまた同じようにしただろう。もう一度そうしなければならないとしても、わしはモッサンに息子の本と手紙を隠しただろう。息子が生きていて、本まで書きながらその間ずっと自分に一言の言葉もかけなかった。そんなことがわかったなら、彼女の現在の状態からすると、とどめの一撃となってしまう。そこでわしはエリマンの小説を自分の私物の中に隠した。エリマンはいま、わしらの人生にふたたび登場すべきではない。わしらの人生は彼が姿を消したせいですでに損なわれていた。わしにはその本を破り捨てるか燃やすかして、永久に抹殺することもできた。だがなぜそうしなかったのか？　なぜならこの本が非常に強力なものだと感じていたからだ。エリマンがそこに魂の一部を込めたことが感じ取れた。とりわけ、その本を手に取るとすぐ、それがいずれわしらの人生で、さらに一役演じることになるだろうとわかったからだ。どんな役なのかはともかく、わしにはわかった。そこでだれにも決して見つけられない場所に本を隠したのだ。手紙のほうは内容を知ろうともせず、即座に破り捨てた。手紙を破り、本を隠しながら、わしはモッサンを守っているのだと感じていた。

　その本に何が書いてあるのかはいまでも何一つ知らない。グルザール神父は家にやってきた数日後、原付スクーターで重大な事故を起こし、都会に運ばれた。そこで何ヵ月も手当てを受けたのち、頭部の怪我がもとで死んでしまった。村ではわしを除けば、エリマンが本を書き、手紙を送ってきたことを知っている者は彼女だけだった。神父はそれをモッサンには話さず、彼女はついぞ知らないままだった。わしは彼女にこの一件を話さないことに決めた。その後エリマンが延々と沈黙を守り続けたことで、自分の決心は間違っていなかったと確信させられた。本が出版されたあとも手紙を書いてこない。何の報せもよこさない。わしはあいつが本当にその本の著者なのかと疑いさえした。ひょっとすると別のエリマンではないのか。わしらのエリマンの身にはとうの昔に何か不幸が起こったのではないか。あるいは単に、あの子は出発前夜に母親にした約束を裏切ることに決めたのではないのか。誓いの言葉どおり戻ってくる代わりに、別の場所での、別の人生を選んだのではないか。

　一九三九年の初め、モッサンの状態が悪化した。錯乱にいよいよ精神を支配されて、毎日、マンゴーの木の下で過ごすようになった。そこからわしらが死児を埋葬した墓地を眺めていた。自分はその子のことを考えているのだと、ある日わしに打ち明けた――子どもは女の子だった。だが墓地を眺めながらアッサンとエリマンを想っていることも、わしにはわかっていた。二人の体は消え失せたわけだが、彼女は実際のところ、村の墓地を眺めながら、あれほど愛したのに自分を捨てた二人の体を埋めるための、心の中の墓地、頭の中にだけある墓を求めていたのだ。彼女の心が彼らの共同の墓地だった。一九三九年の中頃、秘儀伝授を受けようと、わしがスーフィーの尊師（シャイフ）のもとに出かけたとき、ヨーロッパで別の戦争が勃発したと伝えられた。だが、わしにとっての戦争はここにあった。モッサンの狂気に対して戦い続けなければならなかった。自分が彼女の面倒を見ようとわしは決意していた。そこからの話はおまえも知っているとおりだ。わしは失敗した。マンゴーの木の下に毎日のように出かけ、問いを発するが、モッサンは黙ったままだった。

　一九四五年のあの日に戻ろう。モッサンがわしの手に自分の手を重ねた。返事をするために戻ってきたのだ。わしは予知夢でそれを見て、待っていた。なぜあの男を選んだのかを聞くために、わしは三十年待った。わしではなく、あの男を。彼女は言った。

――わたしが選んだのはあんたよ。その証拠に、わたしはここにいて、あんたもここにいるでしょう、ウセイヌ、わたしと一緒に。でも、もう疲れた。明日また来てくれれば話すわ。今日はもう疲れた。わたし、地震が起こってほしいの。

　わしは彼女の声の響きにすっかり感動してしまったので――少なくとも五年間、一度も彼女の声を聞いたことがなかった――、胸中でひしめきあうさらなる質問を発して彼女を困らせようとは思わなかった。地震が起こってほしい云々という言葉の意味はさっぱりわからなかったが、気にしなかった。そこで家に帰り、翌日またやって来た。モッサンはもういなかった。そこらじゅうを何日も探し回った。彼女は消えてしまった。マンゴーの木のほど近くに住む村人たちの中には、夜、彼女が墓場に入っていくのを見たという者もいた。だが出てくるところは見ていないという。あまりにも伝説の始まりを思わせるような話で、わしには信じられなかった。捜索を続けたが、何週間かたつと（わしは都会にまで探しに行った）、もはや彼女は失踪したと思わざるを得なかった。この事件とともに、わしの人生の一ページが決定的に捲られた。わしは彼女の死を悼んだことはない。そんな考えを受け入れるにはじつに長い時間が必要だった。モッサンが出ていったという考えを受け入れるにはじつに長い時間が必要だった。三十年以上前から毎晩、わしはこの寝室の敷居をまたいで彼女が入ってくることを願っている。おそらくそれをなおも願いながら死んでいくのだろう。モッサンがいなくなってから何年かたって、おまえの母親と出会った。おまえは彼女がマンゴーの木陰を去ってから十五年後に生まれた。暗闇の中で、わしに見えるのはモッサンだけだ。なるほどわしはクーラ、ンゴネ、ディブを愛したし、いまでも愛している。おまえの母のことも愛した。だが夢に現れるのはモッサンなのだ。夢で見る彼女は、何十年も前、視力を失ったとき水中で見たとおりの姿だ。彼女ははだかで微笑んでいる。その姿に涙する夜もある。彼女を恨みに思う夜もある。どこにいってしまったのか、彼女が約束したとおり翌日会えたなら、何を話してくれたのだろうか。だが本当のところ、それはどうでもいい。彼女は答えを一つ、与えてくれたのだから。

わしはおまえに、こうした一切をそっくり話しておきたかった。おまえが自分の運命に向かって旅立つのはわかっている。おそらくおまえとは二度と会うこともないだろう。別れる前に知っておいてほしかったのだ。おまえに願いはしない、このわしを……。

——許しはしません、とわたしはありったけの勇気をふりしぼって言ったわ。お母さんのお腹にいるときから、わたしを愛することなどできないと決めつけたあなたの仕打ちを許しません。見ているだけで憎しみが湧いてきます。全力であなたを憎みます。子どものころ、愛されたいとあれほど願ったのだから、憎しみはその尽き果てた愛情の裏返しにすぎない。わたしの不幸は、結局、あなたを愛したことにある。決して分かちあってもらえなかったその愛情は、もうかけらも残っていない。いまさらそんな説明をしてくれたところで何一つ変わらない。いっそう軽蔑するだけ。わたしはあなたを許さない。

父は静かに答えた。

——わしは許しを乞いはしない、マレーム・シガ。ただおまえに知っておいてほしいだけだ。言ったとおりの理由から、わしにはおまえを愛することができなかった。もしおまえの心がそう命じるなら、一生わしを恨むがいい。わしは恨みはしない。自分がおまえの立場だったなら、わしだって憎んだだろう。だが覚えておくがいい。たとえおまえがわしを憎んでも、わしはつねにあり続けるだろう。これで終わりだ。あとはおまえに与えるべきものが一つ残っている。それがわしの遺言だ。おまえへの遺産だ。それでもう、おまえは旅立っていい。わしも同じだ。

——そこで、とシガ・Dは言った。父は枕の下に手を入れて、本を一冊取り出し、何も言わずにそれをくれた。そしてそのまま黙り込んだ。そうやってわたしは『人でなしの迷宮』を手に入れた。あんたに渡した本は、わたしの父が一九三八年からずっと、私物に隠して取っておいた本よ。そして一九八〇年の夜、打ち明け話を聞いた夜からずっと、この本はわたしと一緒だった。エリマン・マダグ、またの名をT・C・エリマン、つまりわたしの従兄が書いた本。

ぼくは目を開けた。母グモはソファを見つめていた。彼女の父親の体はもう動かなくなっていた。そして少しずつ消え始めたかと思うと、ついには、あえぎ声を響かせながら、砂と唾で満たされた忠実なる痰壺の影ともども、すっかり消えてしまった。

# 第二の伝記素　震動のさなかでの三つの叫び

……それにどうしてだれもかれもが、わたしに質問しなければ気がすまないのか、まるでわたしにはほかに抱えている問題がないみたいで、ちょっと腹が立つ、そう見えるとしてもうわべだけだと、ちゃんとわかってもらいたい、というのも結局、わたしのいる穴ぼこの底では、それが好都合なのだから、つまり大地の問いかけはわたしにとっては都合がいい、大地を揺すぶってやる機会だ、この件で大地が揺さぶられることはわかっている、それが大地にとってなぜそんなに重要だと思えるのかは知らないけれど、まあいい、それは大地に関わること、わたしは何であれ、それが人間や物事にとってなぜ重要なのかと問うのはやめにした、重要なんだろうな、それだけのこと、だれだって心に触れる何かを抱いて生きているんだし、他人からしたら理解できないことかもしれないけれど、何が重要か重要でないかは他人が決めることではない、だれにせよ一見、他人によく似ているように見えても、じつは何よりもまず、いつだって自分自身でしかない、だれも他人の心や頭の中には存在しない、そんなのはありえないことだ、特に頭に関しては、だって最悪なことは頭の中で起こるんだから、頭の中で起こることはカオス、ともかくわたしの頭の中はそうで、他人の頭の中もそんなにきちんと整理されているわけじゃないと思うし、完璧にバランスが取れた健全な精神の持ち主というふりをしているとしても、そんなのお笑い種だ、なぜならわたしは知っている、わかってるんだ、連中を眺めれば、頭の中のごちゃごちゃが連中の目まで下りてきて、そうなったらもう何一つ隠し立てはできない、目は秘密を守らない、目に何か隠しておけるなどと思ったら大間違い、でもいいさ、大地の問いから遠ざかってる、この問いがなぜ大地を揺らすのか、それについては思うところもあるけれど、詮索しないで答えてあげるとしよう、そして大地が動くことを期待しよう、そうすればわたしにはとてもありがたい、だから、何だか知らないが大地の問いに答えるとしよう、ほらうまくいった、大地が震動し始めた、つまりわたしにはよくわかっていたということだ、大地が怒ってふるえだすだろうとわかっていたのだ、でも、あたりがふるえるのがわたしは好き、世界がふるえると気分がよくなる――物がはっきり見えるようになる、まるで鼻の上にあれをのせたみたいに、メガネというのだったっけ、視力が回復する、手短に言えばわたしにとって物事のなりゆきはこんな具合、あたりが揺れると、わたしにとってはものがつなぎ合わされ、わたしのリズムや心臓の鼓動とぴったり合う、揺れないとわたしの体だけがふるえる、そうすると何もかもがずれてしまう、ただしわたしには現実のほうがずれているわけではないとわかっている、わたしがずれているから現実もずれているんだ、そう、わたしが最初のずれなのであり、わたしの中ではすべてが動いている、わたしの体が地震なのであり、マグニチュードはさまざま、わたしの気分次第、わたしが調和と安定を取り戻すには大地が動かなければならない、怒り、冷淡さ、笑い、渇き、喜び、病気、涙、興奮、何によるのでもかまわないけれど、わたしが生きるには大地がふるえなければならない、さもないとわたしは虚無に待ち伏せされる、大地が動かないとわたしの体だけが揺れ、わたしは虚無に脅かされる、でも本当を言えば別にそれでもかまわない、虚無は言われるほど恐ろしいものじゃない、ただしそこに長く留まりすぎてはならない、だって虚無の後ろにはもっと怖いものがひそんでいるのだから、でもわたしはその名前を知らない、それを呼ぶための名前、虚無のあとにやって来るものを呼ぶための名前はないのだろう、わたしはそいつを恐れている、恥ずかしくなんか思わない、わたしはそいつを避けるため、そいつを押し戻すために大地を挑発しなければならないのだ、問いに答えたのもそのためだけど、それはうまくいっている、わたしが譲らないので大地は揺れ始めた、よくはわからないけど、深刻な事態ではない、わからないというのは全然深刻なことじゃない、それにわたしはわかりたくなんかない、重要なもの、それはただ……わたしが思うに、わからないけど……本当にそんなに重要なんだろうか？ 重要なのはわたしだけ、そのほかは重要ではない、わたし、あの子の母、重要なのはわたしだけ、父親なんか本当は重要じゃない、あの子は二人のうち好きなほうを選ぶだろう、アッサンかウセイヌか、ウセイヌかアッサンか、重要なことじゃない、たとえ二人がまったく異なるとしたって、ほとんど同じことだ、重要なのはわたし、モッサン、母親、あの子の母親、

……うなりが聞こえる、わたしは具合がよくなってくる、具合がいい、揺れは深いところから起こっている、木の根っこが弓の弦のようにぴんと張っている、わたしは具合がいい、わたしはわたし、ほかのだれでもない、マンゴーの葉っぱが上のほうで揺れている、そしてやさしくささやきかける、おまえはおまえだよ、完全におまえだよ、だれもかれもが望んだモッサン、いまではあの男以外にだれも近寄る者のいなくなったモッサン、でも彼が来るのは彼自身のためなのか、わたしのためなのかわからない、彼の問いに対する答えを見つけようとしてなのか、わたしの問いを知ろうとしてなのかわからない、でもそんなのは大したことではない、彼は来てくれる、決していなくなることはない、彼はわたしを救おうとするけれど、何から救おうというのかはわからない、やって来て腰を下ろし、わたしたちは黙ったままそれぞれが過去のこと、自分たちの選択、たくさんの「もしそうだったら」を考える、それは責め苦にだってなる、もしこれこれのことをする代わりにこれこれのことをしていたなら、もしこう言う代わりにこう言っていたなら、もし、もし、もし、もう十分、行き着く先は後悔、過去を変え、時間を逆戻りするという不可能な夢の中に迷い込むば

かり、にがい気持ちにさせられかねない、にがい気持ちなど味わいたくない、苦しみながら待たなければならない、それだけでもう十分、大地のこのうなりがわたしにはありがたい、土地が怒るときわたしの中ではすべてが静まり、整えられ、すべてが動くとともにもう何も動かなくなる、ものがはっきり見える、だからわたしは墓地のほうを見る、わたしはもうずいぶん昔から墓地を恐れていない、そこに自分の場所があるとわかっている、自分の場所がもう準備されていて、墓石がすでに彫られているとわかっている、もし新たな報せを待っていなかったなら、とっくの昔にそこに入っていただろう、わたしは待つことの奴隷、だれもそんなものの奴隷にされるべきじゃないだろう、出ていったきりいつ戻ってくるかもわからない、たぶん戻ってはこないものを待ったりするべきではないだろう、でもわたしはまだ待っている、それにしても、いったいいつから待っているのか、いや、畜生、そんなことはみんなどうだっていい、どれだけ待っているかを計算するなんて、退屈でむなしいことだ、待っている期間とは時間や日や月や年を単位として数えられるものではない、魂が崩れていく、その崩れ具合を単位として数えるしかない、存在の失墜、魂の黙示録、精神と心の消滅、待っているあいだには、待っているからこそ、そんなことが次々に起こる、それでもわたしは相変わらず生きている、虚無に親しみ、虚無の後ろにあるものと戦いながら、それを言い表す言葉はないし、存在するとしてもわたしの知らない何かだが、ともかくわたしは生きている、沈黙の中でしっかりと生きている、墜落がこんなに長く続くとは驚きだ、そして人間が墜落していきながらまだ生きていられるのを見るのはそれ以上の驚きだ、でも自分がこれ以上もつかどうかわからない、もうもたないだろう、そのときはそのとき、どちらにしてもわたしは自分の運命の鍵を握っている、そしていつでも旅立てる、好きなときに舞台をあとにできると知っているから、まだ待っているのだ、でも頼みの綱がある、それを使うことができる、とにかくそれをふいにしたくないから、どうにもならなくなるその日までは放さずにいたい、苦しみが耐えがたくなるその日が来たら、立ち上がって何歩か進み、死者たちの国に入っていこう、そこではだれかがわたしを待ってくれてもいる、光輝く汚れのない小さな者、その子がわたしを待っている、それならばなぜ、ここに残ってその子を待たせなければならないのか、待つことがどれほど人を傷つけるものかわかっているのに、なぜなのか、わたしは知っている、それは愛しているから、単にそれだけのこと、わたしが待っているのは愛しているから、そしてお返しに自分も愛されたいから、たとえさんざん待っているのに地平線には何も現れないとしても、でもわたしはそのむなしい線を見るのをある日やめるだろう、そしてついに解放される、その日わたしは墓地に入り自分の場所に落ち着く、もうだれもわたしを苦しめないだろう、わたしが待たなかったとはもはやだれにも言えないだろう、わたしは待つことの底の底まで行った、地上のどんな水にも癒やすことのできない渇きの底まで行った、その渇きをしずめることができたのは帰還がもたらす一滴のみ、でもその一滴とわたしのあいだに果てしない砂漠が広がっていることはわかっている、とはいえ今夜は平和の夜、そんなことを考えたくない、大地が動き、わたしにはものがよく見える、具合がいい、具合がよくなっていく、それはみんなわたしが地下からの声に対して、エリマンの父親がだれかはわからないと言ったから、人々を苛立たせるのは本当に簡単なこと、わかりません、あなたがたが知りたがることなんか重要じゃない、重要なのはわたしの命ですと言ってやりさえすればいい、そう言ってやれば彼らは気が狂ってしまう、真実を言ったのか、彼らを苛立たせようとしただけなのかは関係ない、彼らは気が狂い、ふるえ出し、わめき出す、底の底にいるとそれが気持ちいい、穴ぼこの底でわたしはただ独り、こんなにも長いこと待っている、……でも本当だろうか、わたしが知らないというのは、わたしはあの子の父親がだれか本当に知らないのか、もちろんそんなはずはない、そうしたことは自ずとわかるもの、あるいは感じ取れるものだろう、ともかく確信がある、あの子の父親がだれだかわかっている、でもわたしは何も言わないだろう、なぜなら大切なのはわたしだから、いずれにせよそれは過去の話だし、物事はいまあるがままにしておくのがいい、この物語のだれもがそう思っているし、そのほうがいい、エリマンはアッサンが自分の父親だと思っていて、アッサンはエリマンが自分の息子だと思い、ウセイヌはエリマンが自分の甥だと、エリマンはウセイヌが自分の叔父だと思っている、ウセイヌはわたしのことを、自分を裏切ってアッサンに身をまかせた売女（ばいた）だと思っている、アッサンは子どもができたことを知りながら出ていき、わたしはすべてを見ていたし、真相を知っている、でも大地にはわたしは知らないと言っておいた、そうしなければ大地はうならないし、大地がうならなければ生きていくのがいくらか面倒なことになる、だからわたしは大地が聞きたくないと思っていることを言ってやった、そのほうが都合がいいから、でもじつは不思議、どうして大地全体がわたしの人生に口出しするのか、ウセイヌはどうしてあの男を選んだのかと尋ねるし、大地は父親はだれかと訊く、質問はやめてわたしをほうっておいてほしい、どうかほうっておいて、無理なお願いだろうか、ほうっておいてほしい、わたしはエリマンの母親で、あの子にとってはそれだけが大事なこと、あの子が出発する前にそう話したとおり、戻ってくるとあの子は約束したけれど戻ってこなかった、そしてわたしは待っている、なぜならわたしが待っているのはあの子であってアッサンではないから、もちろんわたしはアッサンを愛した、ウセイヌを愛したように、でもわたしが待っているのは言うまでもなくあの子、一方は自分の息子、他方は自分の甥だと信じているけれど、でも逆なのかもしれない、どちらにしても二人のそれぞれからあの子に何かが受け継がれている、でもだれにもわからない、それが大地を狂おしくさせる、大地がうなる、うなる、それがわたしには嬉しい、あんまり嬉しくて、いつか大地に話すかもしれない、あの夜、ウセイヌが大都会のわたしたちの家の前まで来たとき、わたしは彼が番人と話すのを聞いていた、アッサンは宣教師たちと地方を回りにいく前、番人にだれも入れないよう言い残した、わたしは二日前から一人で家にいて、退屈でしかたがなかった、そんなときウセイヌの声が表から聞こえてきて、彼だとわかったとき、わたしは彼の名前を叫びながら急いで迎えに出そうになった、でも彼とどんなふうに別れたかを思い出し、むごい言葉を投げつけられたことを思い出した、自分を見失った黒人娘、道義にもとる娘、そんな言葉を思い出してわたしはこらえた、会いたかった、彼と話して、どうしているのか訊きたかった、彼を愛しているけれど彼の兄のことも愛していると言いたかった、何年も村で彼、ウセイヌと一緒に過ごしたのち、いまは彼の兄と一緒に過ごしたいのだと言いたかった、わたしは二人のどちらかを選びたくはない、二人のどちらもほしい、なぜならわたしが求めている何かを二人とも持っているのだから、そう言いたかったのに、そんな言葉に耳を貸す男などどこにもいない、男たちはすべてを自分のものにするか、そうでなければ何もいらない、女の体をそっくり自分だけのものにしたいのだ、だから何も言わないことにした、それから思いついて、こっそりと、番人がウセイヌ相手に話し、追い払おうとしている隙(ひま)に家を囲む壁をよじ登って、向こうの通りに出た、わたしはまだ若くて元気で敏捷だった、門番は中庭に背を向けていたから何も見ず、ウセイヌは気の毒に何も見えないから何も見なかった、そしてわたしは外に出ると番人がウセイヌを追い払うのを待って、遠くから、こっそり彼のあとをつけた、ちょうど夜の闇が落ちてきて、彼は黄昏の街を歩いていき、わたしはそのあとをつけた、彼にはどこに行くあてもないらしく、わたしは驚いた、なぜなら盲人というのはいつでも、たとえ手探りしながらであっても、自分の行き先を正確に知っているものだと思っていたから、とにかくあとについていった、彼のそばまで行って話しかけるべきだと何度も思ったけれど、何かがわたしを引き留めた、そして距離を保ちながら機会をうかがっていると、その機会が訪れた、というのも長々と歩いた末に彼は下町のおんぼろな宿屋に入っていったのだ、わたしは少し待ってからその宿屋に入った、彼の姿はなかった、宿の主人にいま入ってきた男はどこにいったのかと尋ねると、食事の最中だが、いったい何の用かと訊かれた、そこでわたしはイチかバチかの賭けに出た、見ればもぐりの売春宿のようなところだったし、宿の主人ももぐりの売春宿の経営者のような男だったから、わたしはイチかバチかの賭けに出て、お金に困っているのだけれど、さっきの男、つまりウセイヌが通りですれ違いざまに、はした金を稼ぎたければ一緒に来るがいいと言ったので、わたしは少しためらってからその提案を受け入れることにした、だから彼よりちょっと遅れて来たのだと説明したが、宿の主人はその話を本気で信じたわけではないようだった、あるいは信じたとしても、こちらの計画をそのまま実行させるつもりはなかった、主人がわたしに、ここは売春宿ではない、とはいえ宿代を払う気があるのならと言ったから、わたしは彼に、もし話にのってくれるのなら稼ぎの半分を渡すと言った、そこで彼はためらうふりをしてから承諾して言った、あんたは若いしいい体をしている、男は喜ぶだろう、彼はわたしに、宿の前で待っていろ、手筈(てはず)が整ったら迎えにくると言い、わたしは宿の外に出て、まるで本物の売春婦みたいに夜闇の中で待った、欲望のぎらつく視線をこちらに投げかけながら通り過ぎる男たちを眺めていた、だがその欲望には男たちの自己嫌悪、それともわたしに対する嫌悪が入り混じっていた、正解がどちらだったのかはわからないけれど、一つだけ確かなのは、男たちはわたしを気に入ったということ、わたしは彼らに欲望を抱かせたということだった、サリマタ・ディアッロというのはおまえだなと言って話しかけてくる男もいた、違いますと答えると、腰つきが同じだと言い、いつかその腰にまたがってやると言って立ち去った、とても奇妙だった、なぜならわたしはとんでもなく恥ずかしかったのに、同時に何も怖くはなく、かつてないほど誇らしい気分で、聖なる娼婦、神々しい、神聖な娼婦、堕落した魂たちの救済に必要な存在になったみたいな気持ちだったのだ、通行人たちに誘いをかける手前まで行っていたとき、男が、つまり宿の主人が戻ってきて、いいぞ、あいつはたっぷり食べ、たっぷり飲んだ、とどめを刺してやれ、値段は決めておいた、これこれの部屋にいると教えてくれた、わたしはバカみたいに、ありがとうと礼を言って、その部屋に向かった、扉を叩くと、ウセイヌが入れと言った、わたしは部屋に入り、ベッドの上の彼の体を見た、薄暗がりの中、はだかで、準備ができていた、顔はほとんど見えず、彼は何も言わずにいたが、怒っていることが伝わってきて、わたしはいまは会話などするべきではない、彼は話をしたくないだろうしわたしも同じだと考えた、わたしの望んでいるのは別のことだった、服を脱いで彼のところに行くと、彼は怒りと欲望に駆られてのしかかり、わたしをわがものにしようとし、奪い取ろうとしたが、しかしそんな簡単な相手ではなかったのだ、その部屋で絶望し憤怒のはけ口を求めていたのは彼だけではなかった、つまりわたしもまた自分のうちに溜め込んだすべてを弾けさせ、わたしたちは戦うようにして愛を交わしたが、わたしはその衝動の中に失われた絆の真実を見つけた、わたしたちはそのベッドの中で、自分たちのあらゆる体液でベッドを濡らすほどに戦った、わたしだと気づくかと思ったのに、彼はそれまでわたしを相手にしたことがなかったし、そもそも興奮しすぎていたので、わたしがうめき声を上げてもその声に気がつかず、わたしの匂いにも、わたしの手にも気がつかなかった、要するに完全に何も見えない状態になっていたのだ、目だけでなく、全身が盲目状態だった、でもわたしは彼に支配されるがままではいなかった、立派に応戦して、あげくの果てにわたしたちは疲れ果て、息を切らせ、二人ともぐったりとなった、わたしは息を整えながら暗がりの中で彼を見た、彼は美しかった、話しかけたかったけれど言うべきことは何もなかった、そこでわたしは立ち上がり、服を着たが、立ち去る前に彼がわたしの名前を聞いた、どうしてかわからないが、通行人に言われた名前がすぐ思い浮かび、サリマタという名前が口を突いて出た、サリマタ、何、と彼が言った、サリマタ・ディアッロとわたしは言った、サリマタ・ディアッロのことは知らなかったけれど、彼女を知っている男が、豊かな腰つきのせいでわたしを彼女と勘違いしたのだったが、ウセイヌはそれならあんたが街じゅうの男たちの話題を独占している尻の持ち主かと尋ねた、ええ、わたしよ、どうしてだかわかったでしょ、と答えてそれをしおに、声で気づかれないうちに部屋を出たけれど、結局のところもし一晩中話したとしても彼は何も気づかなかったと思う、わたしは部屋を出て金も受け取らずに宿から逃げ出し、家に戻るとわたしが出かけるところを見ていなかった番人はひどく驚いた、気にしなくていい、わたしは鳥だから空を飛べるのよと言うと、番人は迷信深く臆病そうな目を見開いてそれを信じた様子で、わたしはそうやって家に帰りアッサンを待った、彼は翌日戻ったので、わたしは留守の夫を恋しく待っていたよき妻として彼に身をゆだね、その三ヵ月後、わたしは自分が妊娠していること、二人の男を相手に寝たそれらの夜にできた子であることを知り、アッサンに赤ちゃんが生まれると教えると彼は大喜びし、自分が父親であることを疑っていなかったが、それなのに数日後、彼はこれから戦争に行く、子どもとおまえをここに残していかなければならない、そのほうがおまえたちのためだからと告げた、わたしにも理解できた、アッサンとはそういう人なのだ、彼はフランスを愛していた、だからわたしは彼を恨みには思わずに出発させた、戦争は長く続かない、無敵のフランスが神のおかげで勝利を収めると彼は信じていた、そしてすぐ戻ってきて息子の誕生に立ち会えると思っていた、でもわたしには、この人は二度と戻ってこないだろう、どんな形であれ、自分の愛する国、そのためなら死んでもいいと思っている国に留まり続けるだろうとわかっていた、だからわたしは彼を出発させた、以後わたしにとって大切なのはわが子だけになった、そしてアッサンがわたしを村に連れて帰り弟に預けようとしたときでさえ、わたしはとにかく子どもが大事なのだと自分に言い聞かせた、そしてウセイヌにないがしろにされても、子どもが大事という気持ちを支えに耐えた、無理からぬこととはいえ、彼がわたしたちを家から追い払おうとしたときもわたしは耐えた、そしてあの夜、わたしたち、赤ちゃんとわたしを家に置くことにウセイヌが同意したときもわたしは耐えた、その前にアッサンは心に触れるような調子でわたしにさよならを言い、戻ってくるまで子どもの世話を頼むと言い、生まれてきた子が男の場合、あるいは女の場合、こういう名前をつけてほしいと頼み、わたしはすべてを引き受け、アッサンは出発した、悲しげに、でも出発できる幸せを感じながら、そしてわたしはウセイヌと残された、子どもが生まれてきて、エリマン・マダグと名づけられた、それはわたしの子ども、父親は重要ではない、アッサンかウセイヌか、父親は重要ではない、重要なのはわたしがあの子を愛していること、わたしはあの子を愛した、まるで自分一人で宿した子どもであるかのように、そして実際わたしはあの子を一人で宿したのだ、あの子を愛し、あの子もそれを知っている、いまあの子が地上のどこにいようともあの子はわたしが愛したことを知っているし、自分を待つ母がいることを知っている、ときおり母を忘れることがあっても、心の底では、わたしが待っていることを知っている、そしてわたしのあの子への愛は生物学上の父親がだれかを知ることなどより重要なのだ、わたしはそれがだれかを知っている、そしてわたしの子がそれを尋ねたなら、あの子にだけは教えてやろう、ほかのだれにも、雄々しい声で尋ねてくる大地にだって教えはしない、とりわけ大地には教えてなるものか、いつまでも言ってやる、知らないと、大地がうなり、ふるえるように、そしてわたしの具合がよくなり、ものがはっきりと見えるように、果てしなく待つことのそのまた果てまで行き着くための力を見出せるように、わたしのかわいいエリマン、おまえはどこにいるの、おまえはどうなったの、エリ、帰ってきておくれ、約束どおり、帰ってきておくれ、わたしがマンゴーの木の向かいにある墓地の、決められた場所に移ってしまう前に、

# 第二部　調査する女たち、調査される女たち

I

シガ・Dが黙り込んでからずいぶんたった。沈黙が夜明けまで続くのではないかとぼくは思った。それを願ってさえいたかもしれない。この物語に出てくる人物たちはだれもが欠落を抱えていた。そこからほとばしり出る実存的な問いが放つ光はあまりにまばゆく、意味を読み取ろうとする者の目をくらませてしまう。ウセイヌ・クマーフ、トコ・ンゴール、アッサン・クマーフ、モッサン、エリマン……。突如として開かれた過去の人物たちのシルエットが、複雑で魅惑的な振り付けのダンスを目の前で踊り始めた。

当時彼らは、自分たちが未来のためにもがいているのだと意識していたのだろうか？　より正確には、自分たちの人生がいつの日か、死んでからはるか後になって、別の人間たちに取りつくことになるかもしれないなどと思っていたのだろうか？　そのときぼくは、ブリジット・ボレームが写真上で見せていたまなざしを思い出した。後世に向けて呼びかけるようなそのまなざし。いま聞かされた物語の登場人物たちは、ボレームのように、未来に向けて信号を送ろうと考えていたのだろうか？

ぼくは独りごちた。ジェガーヌ、もちろん、そんなはずないさ。馬鹿言うなよ。うわべはその反対を示唆していても、そして存在は未知なるものへと運ばれていくにせよ、心の底ではだれも未来のことなど考えてはいない。ぼくらの深い関心は過去にかかわるものだ。未来へ、これから自分がなっていくものへと向かいながら、人は過去のこと、かつて自分がそうであった存在の謎にかかずらう。それは陰気なノスタルジアなどとはまったく関係がない。それは単に、二つの問いのあいだには同じ性質の不安がひそんでいるということなのだ――〈これから何をする？〉〈かつて何をした？〉二番目の問いのほうがいっそう深刻だ。それはあらゆる修正の可能性、新たなチャンスの可能性を閉ざしてしまう。〈かつて何をした？〉という問いの中には、永遠に取り返しがつかないという弔鐘（ちょうしょう）の音が響いている。それは激情に駆られて罪を犯してしまった真面目な男の発する問いだ。男は犯行ののち我に返り、頭を抱える。〈おれは何をしでかしたのか？〉男には自分が何をしでかしたのかわかっている。だが彼の不安、彼の恐怖はとりわけ、しでかしたことをなかったことにしたり、償ったりはできないとわかっていることから来る。過去は〈変わらぬもの〉〈償い得ないもの〉の悲劇的意識を植えつけるからこそ、人を最も不安に誘うのだ。明日への恐れは、期待が裏切られるかもしれない、きっと裏切られるだろうとわかっていてもなお、可能なものやなしうるもの、開かれたもの、奇跡への希望をいつだって、わずかではあれ含んでいる。だが過去に対する恐れには、不安の重さのほかに何も含まれていない。そして後悔や悔悟でさえ、取り返しのつかない過去を変えるには十分でない。それどころか、後悔や悔悟のせいで取り返しのつかない過去には永遠の刻印さえ押されてしまう。人はかつてのことを悔いるだけではない。とりわけ、その悔いが今後ずっと続くことを後悔するのだ。

だから違う、とぼくは思った。あれらの人物たちは、きみが彼らを眺めているいま現在に向けてもがいていたのではないよ、ジェガーヌ。きみは彼らのメッセージを必ずしも理解できずにいるが、そもそも彼らにはきみにメッセージを送るつもりなどなかった。彼らは自分たちの過去の行為について気を揉んでいた。そして彼らはすでに人生を終えた。きみが彼らに負わせようとする重荷は、きみだけにかかわるものだ。それはきみの欲望、きみの問いなんだ。エリマン、モッサン、ウセイヌ・クマーフ、そしてアッサン・クマーフは、きみに何も求めてなどいない。きみが時を経て彼らを追いかけているのであって、逆ではない。人はいかにも明白なこととして、過去が現在に取りついて離れないのだと考える。その命題を逆転させても同様に真実だし、そのほうがいっそう正しいとさえ思うべきだろう。過去の人々に取りつき、決して安息を与えまいとするのはぼくらのほうなのだ。ぼくらこそがぼくらの物語の真の幽霊であり、幽霊のそのまた幽霊なのだ。

——わたしは何度も、この話を本にしようと試みたわ。シガ・Dが不意にそう言った。でもいまだに成功していない。たぶん、あまりに身近な、あまりに私的な話だからなんだと思う。これまで、私的な経験にもとづいて全作品を作り上げてきた作家としては、困ったことよね。でもわたしは急いではいない。いつかきっとこの物語を書く。なんなら、あんただっていいじゃない。どう、あんたが書いたら。

シガ・Dは口をつぐんだ。ぼくの反応を待っていたのだろう。でもぼくは何も言わなかった。ぼくが小説を書いているから、この話も書けばいいと言いたいのか？　書いてほしいと頼んでいるのか？　書くつもりがあるかと訊いているのか？　ひょっとすると、そのためにぼくがやってきたと思っているのかもしれない。しばらくして彼女はまた話し始めた。

——父はあの腐った部屋でこの話を語って聞かせてから三日後に死んだ。一家は喪に服し、中庭に集まった人々が泣きぬれていたのを思い出す。にせの涙か心からの涙か、義母たちは悲嘆に暮れ、あるいはそう見せかけ、兄弟姉妹は呆然自失していた。わたしはひそかに、喜びをかみしめていた。初めて『人でなしの迷宮』を読んだ。墓地の向かいにあるマンゴーの木の下で読んだのは、本がそこから生まれ出た過去の一端に浸りたかったからかもしれない。何度も読み返した。そのたびに興奮し、驚かされた。でも最初に何度か読んだときのショックは、あとで感じたものとは比較にならなかった。絶対的な権力の誘惑ゆえに人々を焼き殺す「王」の物語をとおして、エリマンは個人的な物語を語っているのだとわたしには思えた。彼自身、彼の家族、わたしたちの一族の物語。この本はわたしに向けて書かれていた。あらゆる重要な本が必ずや、わたしたちに向けて書かれているのと同じように。父は埋葬された。わたしは父の墓に行かなかった。行ったら泣いていた。だからわたしは逃げた。義母たちに別れを告げた。義母たちには、わたしが二度と戻らないとわかっていたと思う。橋は断たれた。それからわたしは首都に向かった。とうとう自由の身。戦う準備もできていた。荷物の中には、ただ一つの宝物としてあの本が入っていたわ。わたしは哲学科に登録した。母方の叔父の家に数週間暮らしたのち、大学の寮に入ることができた。寮の費用を払うお金もなかった。でもそんなことはかまわない。だってわたしは世界に飢えていたから。その果実を力いっぱい搾って、生命のしずくを最後の一滴まで啜りたかった。わたしはいっさい危険を顧みずに世界に飛び込んだ。

——あとで『黒い夜のためのエレジー』に書いたことは、そのころ経験したこと？

——そう。

彼女はまた沈黙した。ぼくはシガ・Dの最初の本である『黒い夜のためのエレジー』を思い出していた。作家としての彼女を知らしめた一冊である。彼女の全作品のうち、ぼくのいちばん好きな一冊でもあった。それ以来ずっと、彼女の作品はセネガル社会の大方の人々にスキャンダラスとみなされるようになったのだが、皮切りとなったのがこの本だ。そこには哲学を学ぶ若い女子学生マレームの暮らしが綴られていた。マレームは破滅を招きかねないような性的欲望の持ち主だが、大きな孤独を抱え、愛し愛されたいという欲求に悩み、死への深い願望に浸っている。次々と身近に現れる肉体のうちに、あるいはさまざまな恋愛経験のうちに、絶対的なものの実現を求めている(冷淡なセックスと無垢で痛ましい恋愛探求の息を呑むような混交から、恐るべき両義性が生じ、それがこの本の美しさになっていた)。この探求が彼女を高めるのか、貶めるのか、人生の強度を増加させるのか、消失させてしまうのかは定かではなかった。マレームはそのすべてを同時に望んでいるようだった。それもいたるところ、大学で、男たち、女たちを相手に、孤独な快楽のうちに。そして首都の街中でも性に飢えた女という評判に引き寄せられて、大勢の人間がマレームに群がった。物好きな連中、匿名の者たち、社会の周辺にいる者たち、慎ましい者たち、馬鹿騒ぎを好む連中、放蕩者たち。それだけでなく、メディア業界の有名人たち、政治家、そして宗教に身を捧げた女たち。彼女らは仰々しく徳を誓いながら、その裏に隠された罪深い秘密の人生において淫蕩を重ねていた。マレームは肉体という鏡に自らの生きる社会の性的貧困を映し出した。それが欲求不満を抱え、病み、主張や願望と現実との隔たりによって打ちのめされた社会であることを見出した。彼女は自らの失墜を語り、どんなふうに大学から追い払われたかを語った。一夜の客として訪れ、肝心なときに硬くならなかった立派な教授(その晩彼がしなびた一物にむなしく活を入れようとしている間、彼女は自分で自分に快楽を与えなければならなかった)が、彼女はキャンパスを堕落させると非難し告発したのだ。彼女は外の世界での彷徨と、自己の内部でのさまよいを描いた。最初の自殺未遂の顚末を描いた。真夜中、人影のない通りで大量に出血した彼女の前に、見知らぬ男が通りかかった。その顔さえちゃんと見ないうちに彼女は気を失ったが、二度と会うこともないその男に命を救われたのだった。退院後、通り過ぎるあらゆる男たちの顔にその見知らぬ男の顔を探し求めたと彼女は記し、孤独と狂気の発作を綴った。二度目の自殺未遂、だが大西洋は彼女を拒み、吐き出した。ダラル・クセル精神科病院に入院させられ、白い壁の中に閉じ込められて、白衣の男女、統合失調症患者たちや、何かに取りつかれた者たち、自分を見失った者たちに混じって、意気消沈と純粋な歓喜のあいだを振り子のように揺れながら三ヵ月間過ごした。退院してダカールに戻ると、さらなる渦が彼女を飲み込む。恐ろしい幻覚や都市の街中での錯乱を彼女は書いた。夜、石炭のかけらを集めて首都の壁に発作的に詩を書きつけた。詩の着火を告げる、きらめき光る言葉、生が存在を焼き尽くす、燃えるような隠喩。混沌――混乱ではなく混沌――が彼女の精神を支配し、うわばみのように長い文章の奔流があふれ出す。彼女はノアの洪水以前の時代の語句が押し寄せる大洪水のただなかで溺れた。はるか以前の時代の言葉が、湯気を立てて湧き出してきた。あたかも彼女の腹の鍛冶場で鋳造されたばかりであるかのように。だが、それらが湯気を立てているのは、消し炭の中に長いあいだほったらかしにされていたせいだと彼女にはわかっていた。彼女自身の言葉とはいえ、それは彼女の腹や彼女の来歴よりも古かった。未生の「夜」から彼女の夜までつながる、ありとあらゆる腹の来歴よりもさらに年輪を重ねていた。それは文法体系という親をもたない言葉、独自の文法体系を待ち望む言葉だった。彼女はうわばみを抱きしめ、うわばみの言葉を学んだ。快楽を抑圧するあらゆるものに対する嫌悪を丸呑みにした。一度も行ったことのない、毎晩の夢で垣間見た別世界への欲望を丸呑みにした。愛に対するまっさらで強烈な渇きに喉を焼かれた。彼女は自らを滅ぼしたいという誘惑との戦いを語った。はるかに年上の一人の女性、遠くハイチからやって来た詩人にしてダカールで高級官僚の地位にあった女性が、一夜、石炭のかけらを握って詩のイメージを書きつけようとしていた彼女を、どんななりゆきで見出したのかを語った。女性詩人は、ずっとあなたを探していたと言った。何週間も街じゅうを駆けずり回ってあなたを探していた、あなたは溶岩のような燃え上がる純粋さでわたしを圧倒したのだからと言った。彼女は女性詩人との友情の始まりを語り、その詩人にどんなふうに興味をかきたてられたかを語った。詩人は彼女を〈コラソン〉［スペイン語で「心」］と呼び、あなたは夏の晩のメランコリーのように美しいと言った。彼女は綴った、詩人とともに過ごした長い夜のこと、ともに書き、語り、ときに二人とも黙り込み、また稀には喧嘩もした夜のことを。それらはお互いを発見し、忘れてしまっていたようなやり方で愛しあった夜でもあった。彼女は星一つない夜、ハイチの詩人が自宅で言った言葉を書き留めている。「今日の夜は街の上に黒々と広がっているわ、人生が、わたしたちの上やまわりに黒々と広がった夜であるのと同じように、でもあんたはその黒い美しさを、〈カリニョ〉［スペイン語の愛情を込めた呼びかけ］、石炭を使って書いた、黒い夜に捧げる一篇のエレジーをね。そしてそのたった一つの星を追ってわたしはあんたを見つけたのよ、〈コラソン〉」。詩人はダカールを去る前に（別の任務がアメリカで待っていた）、この土地ではなく別の場所、パリで勉強を続けるために手を貸してあげると言った。見知らぬ男が裏通りで死から救ってくれたように、詩人は彼女を狂気から救ってくれた。その詩人との別れがどれほど辛いものだったかを彼女は語った。二人は別れ際に誓いあった。それぞれがともに、この詩的な関係、完璧に詩的な関係に忠実であり続けることを。その関係とは、嘘偽りのない言葉、本質を裏切ることのない言葉、たとえあらゆる戦いはつねに敗北で終わるとしても、決して戦いをやめない勇気をもつ言葉の表現へと開かれた関係だった。彼女はハイチの詩人が旅立つとき、記念に詩を贈ってくれたことを語った。そして数ヵ月後自分もパリに出発し、詩人の助けで大学に登録し、家賃を一年前払いで小部屋を借りることができた。彼女は一切を赤裸々に、セネガル社会にとっては耐えがたい、しかし何よりも彼女自身にとってむごたらしいほどの真率さで語った。そのことでセネガル社会は彼女を許さなかった。彼女に対する自分たちの頑（かたく）なな態度のお返しをされたこと、〈マスラ〉の掟を破ったことを許さなかった。これは慎ましさや、角を立てないデリカシーを意味する言葉なのだが、ぼくらの国では耳ざわりな真実は口にせず、暗示するにとどめたり、みなの名誉のために隠したりすることもしばしばなのだ。ところが彼女、シガ・Dは単刀直入に、〈マスラ〉抜きで語り、淡い光ではなく白日のもと、正午の強烈な陽光のもとで語った。一九八六年に彼女の本が出たとき、その真の主題と思えるものを見抜いた人間はほとんどいなかった。『黒い夜のためのエレジー』はシガ・Dとセネガル社会との確執の始まりとなった。それはいまなお続き、深刻さを増している。シガ・Dは自国に一度も帰っていない。おそらく死ぬまで帰らないのではないか。だが彼女のあらゆる作品において、たとえ別の光景、別のイメージ、別の情熱が描かれていようとも、その核心にはセネガルの光景、イメージ、情熱が刻まれている。

——本の中で言っていないのは、とシガ・Dは話を続けた。わたしを救ってくれた三人目の人物がいたということ。通りがかりの見知らぬ男、ハイチの女性詩人のほかに、エリマンがいた。少なくとも、彼の『人でなしの迷宮』があった。毎日、神さまが新たな一日をもたらしてくれるたびにあの本を読み返していた時期があった。内容はすっかり暗記してしまった。だからわたしは地獄でも生きていけた。地獄を通り抜けるやり方はいくつかあるけれど、その一つが、一冊の本をまるごと暗記すること。わたしはそれをやった。そのあと本は捨ててしまってもよかった、だって記憶しているのだから。でもあの本をお守りのように持っていた。わたしは何もかもなくしたけれど、なくしたことが結局は豊かな財産になった。それでもなお持っているいちばん貴重なもの、もはや失うことのできないもの、それが『人でなしの迷宮』。あの本はもうわたしから切り離せないものになった。エリマンはわたしの愛人。彼のことはだれにも、ハイチの詩人にだって紹介しなかった。彼女には身内以上の深い絆を感じていたのだけれど。あの本はわたしの秘密、執着の対象、わたしだけが知ったり見たり愛したりできるもの。錯乱のさなか、海に身投げしたくなったり、眠れなかったり、酔いどれたり、みじめにも気高い孤独を抱えて、野良犬と食べ物のごみを奪い合ったり、あぶく銭と引き換えに汗まみれの体にのしかかられたり、狂気の地下道をさまよったりしていたときも、あの本を開いては朗読した。そうやって、死なずにすんだ。手首を切ったときでさえ、死は自分を求めていないとわかっていた。血の海に横たわりながら、わたしは自分の一部となっている文章を口ずさんでいた。見知らぬ男に助けられても驚きはしなかった。その男がエリマンだと確信していた。死の淵で呟いた文章が彼を、あるいは彼の霊を呼び出したのよ。ちらりと見た気がしたのはエリマンの顔だったのかもしれない。確かにそうだったとまでは言えない。男の顔を本当に見たわけではない。でも腕に抱かれたときの感覚は覚えている。それは自分の愛した、自分の知っている男の腕に抱かれているという感覚だった。

シガ・Dは話をやめて目を閉じた。未知の男とはいえそんなにもよく知っている男が、すぐかたわらにいたときの感覚を思い出そうとしていたのだろう。

――そう、彼だった。あれは間違いなく彼だった、と彼女は目を開けながら、穏やかに確信を込めて言った。彼の本はわたしの行く先々どこにでも付き添った。エリマンはわたしの従兄、わたしの血族だった。彼の物語はわたしの物語でもあった。わたしたちは単に本を読むという以上の深い何かによって結ばれていた。それは告白、あるいは家族の精神分析だった。彼は語りかけてきた。エリマンは語りかけてきた。語っている事柄はわたしも知っていることだった。だからわたしは彼の声にしがみついた。そしてわたしも、いまのあんたと同じように、いったい彼には何が起こったのか、どこに去ったのか、何をして、どんな人生を生き、苦しみ、沈黙し、何を隠したのかが気になり始めた。こういう人物がこんなふうに消えてしまうはずがないと思うけれど、そうでもないのか。どんな人物でもこんなふうに消えてしまえるものなのか。とはいえ、何も遺さずに消えるなどということがあるのか？　跡形もなく？　そんなことは信じられなかった。いまでも信じていない。

いなくなってしまったあとにも残り続けるものは必ずある。ひょっとすると、人や物は消え去ったあとになって初めて本当に存在し始めるのかもしれない。そう思わない？　いなくなったなんてわたしは信じない。わたしが信じるのは痕跡だけ。見えなくなっていても、跡をたどることはできる。父の思い出の中にエリマンが何を残したかはもう知っていた。でもわたしは、ほかの人たちの記憶のうちにも彼が宿っているはずだと確信していた。ほかの人たちの人生にも痕跡を残しているに違いないと思っていた。それを見つけなければならなかった。追跡して、見つけなければならなかった。心の底では、ジェガーヌ、心の奥底ではわかっていたのよ。勉強を続けたらどうかというハイチの女性詩人の提案をわたしが受け入れたのは、たとえ彼女を愛していたにせよ、彼女のためではなかった。わたし自身のため、つまり自分の国から逃れるためでもなかった。そうじゃない。提案を受け入れたのは、エリマン・マダグのためだった。わたしは彼を探しにフランスにやってきた。到着したのは一九八三年、ダカールの街で石炭のかけらを握りしめ、崖っぷちでよろめきさすらうような三年間を過ごしたあとのことだった。

Ⅱ

ブリジット・ボレームは自分の調査結果を本として出版した。刊行の数週間後、彼女は調査に協力して話を聞かせてくれた女性の墓前に佇み、墓石を見つめるうち、驚くほど落ち着かない気持ちになったんだそうよ。そして、故人が自分に打ち明けてくれたのは本当の話だったんだろうかと疑問を抱いた。晩秋の曇り空の下、小さな村の墓地でそう思えたんだって、ブリジット・ボレームはわたしに話してくれたわ。

——あの人の証言が真実かどうかなんて、そのときまで一度も考えたことがなかった。あなたは訊くでしょうね、彼女にインタビューして何年もたって、そのときにわかにそんな疑問が湧いたのはどうしてなのかって。

もちろん、ブリジット・ボレームはわたしに向かってそう言っていたんじゃないのよ、ジェガーヌ。彼女は自分自身に話しかけていた。でもその様子を見ながら、わたしもまた、ブリジット・ボレームが『黒いランボーの正体はだれだったのか』を刊行したあとになって、重要な情報源である女性の言葉が真実かどうか、その女性の墓前で初めて疑問に思ったのはどうしてだろうといぶかしく感じた。だってそんなのはジャーナリストにとって基本中の基本でしょう。そのとき、ブリジット・ボレームの問いかけを前にしてわたしが思ったのは——重要な情報源が死んでしまって、そこで初めて、エリマンについて話すことのできる人間は、自分の知るかぎりもうだれもいないということに気がついたからではないか。そう、ジェガーヌ、わたしはそう思った。ブリジット・ボレームは、いまやエリマンの人生が絶対的沈黙に包まれることになるという事実に直面してめまいに襲われた。なにしろ彼の人生を伝える最後の記憶の保持者がいなくなったのよ。最後の証言が真実だったのかどうかが、彼女にとってにわかに重大問題となったことも、それで理解できる……。

——でも、それは証言が真実かどうかという問題と何の関係もないよね、とぼくはシガ・Dに言った。その女性が本当のことを言ったかどうかと問うことは、彼女が生前のエリマンを知る最後の人物だったと意識することと何の関係もない。ボレームだってそれはよくわかっていたはずじゃない？

――それは違うわ、とシガ・Dが答えた。二つの真実は結びついている。少なくとも、わたしにはそのとき、二つは結びついているんだと思えた。死んだ女性はフランスでエリマンと交渉のあった最後の人物だった。それは彼女が述べたことが永遠に真実として扱われることを意味していた。きっと彼女が語った自分たち二人のあいだの話には、いくらか嘘も含まれていたかもしれない。後悔していることだってあったろうし、自分なりに事実を改変した部分があったかもしれない。でも彼女は死んでしまった。もはや後悔も、改変もありえない。エリマンについての彼女の証言は永遠に確定されてしまった。ボレームはそれを自分の本の中で伝えた。たとえ完全な真実とは言えなくとも、その証言は後世にとっていつまでも真実であり続ける。そうではないことを、ジェガーヌ、あんたとわたしはいまでは知ってるわよね。エリマンの物語はその後も続いていた、ほかにも彼を知る者たちはいたし、彼の人生が一九三八年で終わったわけではないとわたしたちは知っている。でもそれは、一九四八年のブリジット・ボレーム、墓の前に佇んだ彼女には知りようのないことだった。彼女が出版した調査結果はほとんどが関係者の証言に依拠していた。それが嘘だったと判明したら、本自体、価値がなくなってしまう。きっとそのことが彼女を不安にさせたんだとわたしは思った。

――なるほど、とぼくは言った。きっとそうだったんだろうね。

――ところが違ったのよ。そうじゃなかった。とにかくその日、ブリジット・ボレームにそう納得させられた。少し間をおいてから、彼女は言った。今年は一九八五年ですね、マドモワゼル。わたしがあの本を出したのは四八年……　それとも四九年だったかしら？　いえ、四八年だったわね。あなた、あの本をお読みになった？

――はい、昔の本を古本屋で安く手に入れました。

――そうね、もう古本屋でなければ手に入らないでしょうね……。あの本はだれの興味も引かなかったんですよ。四八年にはエリマンのことなどみんな忘れていました。もう彼の話など聞く耳をもたなかったの。あの本を出した数日後に、ただ一人の証人が亡くなった。四八年、そう、その女性が亡くなったのは十一月初めでした。間違いないわ。数日前にあなたからの手紙が届いて、会ってほしいと言われて、そのとき初めて、あの人のお墓に朝方、お参りしたときのことを思い出したのよ。どうして急に、彼女から聞いた話は本当の話だったのだろうかと疑う気持ちになったのか。あなたの手紙が届くまで、その疑問に対する答えは出なかった。でもいまでは答えを知っている。それは、インタビューをしたとき、わたしが目の当たりにしたのはひどく苦しげな女性だったから。そしてその苦しみ方のせいで、この人は本当のことを言っているんだ、嘘などつけないはずだと思った。インタビューのあいだ、一瞬たりとも、彼女が嘘をついているかもしれないとか、真実を隠しているかもしれないなどと思わなかった。とりわけ彼女が、嘘を言うにはあまりに純粋すぎると思えた。でもお墓の前に来て初めて、苦しみと真実のあいだには必ずしも相関関係などないことに気づいたの。苦しんでいるからといって真実を語るわけではないわよね。たとえ、その苦しみの内容や、理由や、結果についてであっても。苦しみのせいで真実を歪めることだってあるでしょう。お墓の前に来て初めて思った。あの人は故意にだろうとなかろうと、真実を歪めていたのかもしれない。真実を言い残したつもりで死んでいったのかもしれないけれど、じつは自分の苦しみを表現しただけだったのかもしれない。わたしはあの日、お墓の前でそう考えた。お墓を見ながらそんな考えに心を苛まれた。雨が降り出していた。わたしは彼女と過ごした一日のこと、彼女が自分とエリマンのあいだの真実をわたしに語ってくれた日のことを思い出していた。『人でなしの迷宮』とそれが被(こうむ)った不運をめぐる真実の話。あるいは、彼女が真実の話だと信じていたこと。やがてわたしは、その墓地での予感、にわかに抱いた疑念がまったく根拠のないものではなかったことを知った。でもそれから何が起こったのかを知っているのはわたしだけ。これまでそれをどこかに書いたこともなければ、話したこともない。わたしの調査結果にはその気になれば補遺をつけることができたし、そうするべきだった。でもそうはしなかった。それは、この件に関してみんなはもうどうでもよくなっていたから。そして、その話をするのが怖かったから。あなたがわざわざやってきたのは、わたしが知っていることを知りたいと思ってのことでしょう？

——そうだったの？　とぼくは尋ねた。一九八五年にブリジット・ボレームのところに出かけていったのは、そのためだったの？

——ジェガーヌ、あんたの場合とは違って、わたしが本当に魅了されていたのは、作家としてのエリマンではなかった。人間としてのエリマンだった。あんたの場合、その二つは混ざり合っているんでしょう。わたしにとっては違う。それについてはもう議論したから、やめておきましょう。わたしが探し求めていたのは人間としてのエリマンであって、『人でなしの迷宮』の続編ではなかった。剽窃のスキャンダルなんか、大して興味はなかった。わたしが興味を引かれる部分、彼に惹きつけられる部分は、彼の沈黙なのよ。

——ぼくにとってもそうさ。彼の沈黙こそが謎の中心なんだ。

——たぶんそうなんでしょうね。でもジェガーヌ、それは同じ沈黙じゃないと思う。わたしが言いたいのは、母親や家族に対する沈黙ということ。彼はモッサンとの約束を守らなかった。それがなぜなのかを知りたかった。どうして二度と戻ってこなかったのか、母にも、叔父にも——つまりわたしの父親だけど——どうして便りをよこさなかったのかを知りたかった。絶対的な亡命を選んだ理由は何なのか、それがわたしの探し求めていた事柄。『黒い夜のためのエレジー』を書きながら、エリマンの不在の影に取りつかれて、それは日に日に激しくなっていった。だから調査に乗り出す決心をした。すぐに出会ったのがブリジット・ボレームの名前。彼女の本を探して見つけ出し、読んでみた。そして手紙を書いた。彼女に嘘はつかなかったわ。

自分はエリマンの従妹(いとこ)で、彼について調査をしていると手紙に書いたの。

——で、それから?

——わたしは答えたわ。そうなんです、マダム・ボレーム。

——ブリジットと呼んでちょうだい。

——はい、ブリジット。お邪魔したのはそのためです。あなたがご存じの事柄をぜひ知りたいと思って。

彼女は興味を引かれたらしく、面白がるような表情を浮かべてわたしを見た。そして言った。

——エリマンの親戚に会うことになるなんて、想像もしていなかった。親戚がいるなんて知らなかった。そんな話はだれも聞かされたことがなかったと思うわ。

シガ・Dはぼくに、『黒いランボー』の正体はだれだったのか——ある幽霊の冒険』の内容を覚えているかと尋ねた。すっかり頭に入っているし、新聞雑誌資料館で取ったノートも手元にあると答えた。シガ・Dは話を続けた。

——そう言いながらブリジット・ボレームは立ち上がって、本棚のところまで行ったわ。いまでもそのときの彼女の、歳のせいで背中は少し曲がっていたけど、よく知られていたとおりの装いをした、相変わらず優雅な姿を思い出す。ビロードのパンツ、麻のブラウス、首にはスカーフを巻いていた。髪は昔からのショートカットで、粋な細長いシガレットホルダーを指のあいだに挟んでいた。それこそは戦後のあらゆる前衛の戦い、ヨーロッパの再生を賭けたあらゆる過激な活動、あらゆる異議申し立ての緊迫した場に立ち会ってきた代物だった。そして深いメタリックグレーのまなざし……。今日ではあまりお目にかからなくなったようなカリスマを放っていたわね。彼女は本棚の小さな本を取るとわたしに差し出した。

——ちょっとこの本を読んでいただけるかしら？　もうお読みになったのはわかっているわ。それでももう一度、わたしのためにもう一度、読んでいただきたいの。わたしはもう何年も読み返していない。いまでは思い出せなくなったところもある。

わたしは本を受け取った。ブリジット・ボレームはふたたび椅子に腰を下ろし、煙草に火をつけた。そこでわたしは彼女自身の本を彼女のために読んで聞かせた。

## Ⅲ

### 『黒いランボーの正体はだれだったのか——ある幽霊の冒険』B・ボレーム著

十年前、フランス文壇を揺るがす出来事が起こったことは今日、すっかり忘れられているかに思える。それも無理からぬことだ。その間に戦争があったのだから。しかしながら一九三八年の秋は、奇妙な文学的事件の話題でもちきりだった。『人でなしの迷宮』とその作者、T・C・エリマンをめぐる事件である。

簡単に振り返っておこう。一九三八年九月、セネガル出身の作者による『人でなしの迷宮』

がジェミニ出版から刊行された。これはあらゆる点で驚くべき書物だった。その主題、その文体、そして作者はまったく無名の二十三歳のアフリカ人。彼の才能はある有名批評家をして「黒いランボー」と言わしめた。作品を支持する者もいれば誹謗(ひぼう)する者もいた。数週間を経て、アンリ・ド・ボビナルというコレージュ・ド・フランス教授にして探検家、ブラックアフリカを専門とする民族学者が雑誌に記事を発表。セネガルの一民族の創世神話を剽窃して小説に仕立てたとT・C・エリマンを非難した。この批判記事から数日後には、やはりコレージュ・ド・フランス教授であるポール＝エミール・ヴァイヤン氏のコメントが公表された。氏は作中に古典的文学作品からの無数の借用が含まれていることを明らかにしたのである。氏の記事は『人でなしの迷宮』とその著者が葬り去られる端緒を開いた。まもなく、この作品の少なくとも半分は、引用とオリジナルの巧妙な混ぜあわせによるものであることが判明した。ジェミニ出版を相手取って数件の訴訟が起こされた。ジェミニ出版は罪を認め、賠償金を払った上で廃業した。まもなく戦争の影がわが国および世界に漂い始めた。この事件全体を通して、T・C・エリマンは一度も新聞雑誌での発言を行わなかった。いったい彼は何者だったのか、実在人物であるのかどうかもわからないまま、彼は自らの作品とともに消えた。戦争が勃発し、この本をめぐるスキャンダルは忘れられた。

だが私はこの事件を忘れなかった。そして作者を探し出そうと決心した。元編集者たちに連絡を取ったが返事はなかった。彼らは裁判ののちパリを去ったという情報もあった。

一九三九年初め、私はパリの黒人学生や黒人知識人たちを探ってみようと思いついた。エリマンの本をめぐる論争のあいだじゅう、彼らが沈黙を守ったことは私にとって大いなる驚きだった。彼らには両大戦間に存在した各種雑誌を通して自分たちの意見を述べることができたはずなのである。とりわけ「正当防衛」誌〔一九三二年、マルティニック島出身のパリ留学生たちが創刊。共産主義とシュルレアリスムに依拠するラディカルな姿勢を示したが一号のみで廃刊〕のことが私の念頭にあった。私はレオポール・セダール・サンゴール氏の話を聞くことができた。「自分はあの恐ろしい小説をさほど評価しているわけではないが、あの本をめぐっては新聞雑誌に馬鹿げた事柄がいろいろと書かれていました」とサンゴール氏は語ってくれた。馬鹿げた事柄とは何を指すのかと私は尋ねた。すると氏は、句点や読点まではっきりと聞き取れるようななめらかな口調でこう答えた。「アンリ・ド・ボビナル教授に、バセール族について尋ねてごらんなさい。専門家だと言っておられますが。ボビナルさんがバセール族について言っていることは正しいのかもしれないが、問題が一つあります。バセール族が暮らしているのはセネガルではないのです。間違いありません。ゆえに、二つのうちいずれかでしょう。ボビナル氏はセネガルに行ったことなど一度もなく、セネガルの人々のことも知らないのか。これは恥ずべきことです。しかし、もしセネガルに行ったことがあって、自分の研究対象をバセール族だと勘違いしたなら、そちらのほうがもっと恥ずべきことかもしれません。いずれにせよ、思い違いか、さらに言えば作り話ということになります。それにしても、エリマン氏はすっかり沈黙していますが、どうしてこんなペテンを暴かずにいるのか、理解できませんね」

仰天して、私は翌日すぐコレージュ・ド・フランスに出かけていった。アンリ・ド・ボビナルと会って、バセール族についてのサンゴールの断言を突きつけてみたかったのだ。ところが驚いたことに、アンリ・ド・ボビナルはくだんの記事を発表した数週間後、突然の心臓発作により、一九三八年末に亡くなったと知らされたのである。

他方、この事件に関わったもう一人のコレージュ・ド・フランス教授であるポール＝エミール・ヴァイヤンは健在だった。『人でなしの迷宮』における文学的剽窃を明らかにした人物である。私はアンリ・ド・ボビナルについてサンゴール氏が語った言葉を伝えた。するとヴァイヤン教授はこう述べた。「サンゴールさんのおっしゃることはもっともです。『人でなしの迷宮』についてのボビナルの記事は事実を歪めるものでした。晩年、ボビナルは人種差別的な考えに凝り固まっていました。アフリカ現地民の文化をあれほど愛し、擁護した人物だったというのに。この矛盾は、あの人物の深い謎を示しています。アフリカ人作家のあの本が出て、ボビナルは我を忘れてしまったのです。そこでバセール族の創世神話なるものをでっちあげ、作者はそれを剽窃したのだとした。彼は自分がそんな策略をめぐらせたことをわれわれの共通の友人に打ち明けていました。ボビナルの死後、私はその友人から真相を聞いたのです。ボビナルは嘘をついていた。本当の剽窃は私が発見し、公表した部分で、あれは文学的な剽窃です。だが、それにもかかわらず私は、エリマン氏は一人の作家であるといまでも確信しています」

ポール＝エミール・ヴァイヤンは以上のような事実を明かしてくれた。そのとき、私はサンゴール氏の問いを思い出した。エリマンと彼の編集者たちは、ボビナルの記事が作り話だと知りながら、なぜそれに対し反論しなかったのか？　T・C・エリマンの沈黙、無実よりも中傷のほうを選ぶという重い結果をもたらしたその沈黙は、いかなる秘密を隠していたのか？

私はそれを知りたかった。だが戦争が起こり、調査がいっさいできない状況となった。私は戦争と、ナチズムに対する抵抗運動によって、エリマンへの執着から引き離されたのである。

本年、つまり一九四八年の初めになってようやく、私は『人でなしの迷宮』についての調査を再開できた。数週間にわたる調査ののち、パリでジェミニ出版に勤めていた三人の社員の一人、アンドレ・メルル氏と会うことができた（他の二人は、ピエール・シュヴァルツ氏――ダッハウ強制収容所に送られた――およびクレール・ルディグ嬢。彼女は同社で秘書を務めたのち、水平対独協力［ドイツ兵と性的な関係をもつこと］のかどで頭を丸刈りにされた）。アンドレ・メルルは『人でなしの迷宮』が出たとき、ジェミニ出版の会計係だった。私が面会の目的を告げると、シャルル・エレンシュタインとテレーズ・ジャコブのほかは、社のだれもエリマンに会ったことはないと語った。私はメルルに、その二人に会うすべが見つからないのだと言った。

すると彼は、社のオフィスで最後に会ったとき、二人は言い争いをしていたと教えてくれた。エレンシュタインは自分たちのような人間、つまりユダヤ人にとってパリがもはや安全な街ではなくなったので、出ていきたがっていた。テレーズ・ジャコブは逃げ出さずにパリに留まりたがっていた。結局、エレンシュタインがジャコブを説得して、パリから出ていくことになった。どこに向かったのかとメルルに尋ねると、彼の答えはこうだった。

――二人の別荘がある田舎の二つの村が候補に上がっていました。カジャール［フランス南西部のロート県の村］と、それからロワール・アンフェリユール県［フランス北西部ブルターニュ地方、現在のロワール＝アトランティック県］のタロンです……。

私はためらいなくカジャールに向けて出発した。ロート県はドイツ占領下、当初は自由地帯に属していた。一方、ロワール地方には一九四五年五月までナチがひしめいていたのである。

ユダヤ人カップルにとってはタロンよりカジャールのほうが生き延びるチャンスがあったと判断した私は、アンドレ・メルルとの会見から数日後、ロート県の美しい谷間を訪れていた。

しかし到着して二日目には、住民たちの話から、シャルル・エレンシュタインとテレーズ・ジャコブは、戦争初期にはその村で過ごしていたにせよ、終戦までいたわけではないということが判明した。隣人だった女性によれば、二人は一九四二年に別れたという。シャルルはその年に村を出た。テレーズも結局は去っていったが、それは終戦後の一九四六年になってからだった。むろん、二人がどこへ行ったのか、その女性には知る由もなかった。「ここにいたとき、二人はひっそりと暮らしていました」と女性は語ってくれた。「礼儀正しい人たちでしたが、村人とはあまり口をききませんでしたね。それに二人はお互いの間でもとても寡黙だったようでした」

私は三日目にカジャールを発ち、タロンに向かうことにした。そこでシャルル・エレンシュタインとテレーズ・ジャコブのさらなる足跡が見出せないかと願ったのである。

冬の終わりだった。タロンの厳しい寒さが骨身に染みた。大西洋からの風がたえず通りに吹きつけていた。とりいそぎ宿を見つけると、シャルル・エレンシュタインかテレーズ・ジャコブという人を知らないかと宿の主人に尋ねた。主人は知らないと答え、尋ね人なら市場に行ってみるといいと教えてくれた。

荷物を置くとすぐ外に出て、徒歩であたりを見て回った。海辺のリゾートを舞台にするミステリー小説にぴったりの場所だった。そもそも、跡形もなく消えてしまった作家を追って、深い霧に包まれた文学的な謎の調査にのめりこんでいる私自身、ミステリー小説の登場人物になったようなものではないか。

海までのあいだに広がる草の生えた砂丘を越え、浜辺に下りた。岸に沿って建つ魚の貯蔵庫は展望台のように見えた。太陽が沈もうとしていた。こう思ったのを覚えている——T・C・エリマンはこんなふうに、海に沈む夕日のように音もなく消えていったのだ。そのとき、ひどい疲労感がのしかかってくるのを感じて、エレンシュタインかジャコブの情報を求めて港の居酒屋を回るよりも、宿に戻って休むことにした。明日から調査開始ということにしよう。私は宿で夕食を取り、寝る前に『人でなしの迷宮』を何ページか読み返した。

朝四時ごろに目が覚めて、もう眠れなくなった。五時ごろになって、日の出を見にいくことにした。岸辺には先客が一人いた。おはようございますと挨拶すると、その女性はさっとこちらを振り返った。少し驚いたのだろう。あたりはまだ少し暗かったが、だれかはすぐにわかった。テレーズ・ジャコブだった。彼女も私がだれかわかったに違いない。しかし私たちは黙ったままでいた。太陽が昇ってからようやく、彼女が言った。

――私を見つけましたね。

その声は記憶の中の声とは違っていた。以前は神経質で早口だったはずが、優しく、心の安らぎさえ感じさせるような口調になっていた。私は彼女の顔を見た。頬がくぼんでいたとはいえ、相変わらず若々しく美しい顔立ちだった。

――こんにちは、ジャコブさん。私のこと、覚えていらしたんですね。

――覚えていますよ、ボレームさん。

――どうぞ、ブリジットと呼んでください。

――覚えていますよ、ブリジット。エリマンについて、シャルルと私を相手になさったインタビューは、愉快なものではなかったけれど。あなたはシャルルを探していらっしゃるのでしょうね。でももう、私しかいないのです。

彼女は激しく咳込み、しばらく収まらなかった。肺が少し弱っているのだと弁解した。そしてもっと暖かいところで話しましょうと言った。私はそれを招待の言葉と受け止め、彼女についていった。途中、さっきより落ち着いてはきたものの、なおも咳が続いていた。十分ほど歩いてから、青く塗られた小さな一戸建ての家に着いた。客間に落ち着くと、話を録音してもいいかと尋ねた。さしつかえないとのことだった。私は機材（いつも持ち歩いている小型レコーダー）を置いた。そして周囲をしげしげと見回した。

――ここはシャルルの両親の家でした。彼女はコーヒーと地元のお菓子クイニェット［小型のパイ菓子］を運んできてそう言った。両親はここで亡くなったのです。シャルルは一人息子でした。

――なるほど。で、シャルルさんは、いまどこに？

彼女は私の前に腰を下ろし、煙草に火をつけてから答えた。

――シャルルは行ってしまいました。

――行ってしまった？　というと？

――だから、単に行ってしまったんです。

その点にこだわるのはやめておいた。私にとって興味があるのはエリマンであり、エレンシュタインとテレーズ・ジャコブの私生活ではなかった。エリマンと彼の本のみ。だからシャルル・エレンシュタインについては深入りしなかった。私も煙草に火をつけた。この日最初の一本だった。そしてしばらく、二人は黙って煙草をふかしていた。

――あなたがたのだれかが、いつかまたやって来るだろうとわかっていました。そしてあなたがいらっしゃった。きっとあなたは、『人でなしの迷宮』に取りつかれたままなのでしょう。これからも決して解放されることはありませんよ。やすやすと縁を切れる本ではありませんから。エリマンは……。

彼女はそこで口をつぐんだ。録音に加えてノートを取ってもかまわないかと私は尋ねた。かまわないとしぐさで示して、彼女は言葉を続けた。

――エリマンは悪魔なんです。人に取りつくんですよ。でもあの人自身も取りつかれているんです。

そこでまた口をつぐんだ。私は先を促さなかった。彼女自身の望むリズムで、自分から語ってもらったほうがいい。

――シャルルと私がエリマンと知り合ったのは、どんななりゆきからだったとお話ししたか、覚えていらっしゃる？

――インタビューでのお話ですか？　カフェでお会いになったということでしたよね。覚えています。

――嘘をついたのです。偶然カフェで出会ったわけではありません。最初の出会いは、パリの名門高校（リセ）でした。エリマンは二十歳、母国からやってきたばかりで、高等師範学校（エコール・ノルマル・シュペリウール）受験の準備クラスで勉強していました。毎年の学期初めの慣わしで、そのリセから高等師範学校に進んだ卒業生たちが後輩を励ましに母校を訪れたのです。その年選ばれた卒業生の中にシャルルと私も入っていました。私たちはちょうど出版業に乗り出したところでした。エリマンはもちろん、その学年で最も注目を集める存在でした。そのころパリには黒人学生が増えていましたが、私たちのリセではまだ珍しかったのです。みんなは彼がどんな話し方をするのか聞きたがり、実力のほどを知りたがっていました。どんな人物なのか、自分たちが思い描いているイメージどおりなのか、知りたかったのです。

新入生たちは自己紹介するように促されました。一人ずつ挨拶しましたが、みんなが待ちかまえていたのはエリマンでした。自分の番が来たとき、静まり返ったみんなを前にして、彼は明るく澄んだ声で言ったのです。「ぼくはエリマンといいます。セネガルから来ました。作家になりたいと思っています」それら三つの文章が、リセの屋根付き運動場にピストルを撃ったように響き渡りました。数秒間、沈黙が続いてから、生徒や教師、卒業生たちのあいだにざわめきが起こりました。さまざまな感情の入り混じった、漠然としたざわめきでした。彼が自分たちの言葉を話せることに驚愕している者たちもいました。呪文かおまじないみたいに彼の名前を繰り返す者たちもいました。エリマン……エリマン……。セネガルというのはどこにあるのか(あるいはそれは何なのか)と自問する者たちもいました。しかし核心部分は最後の一文に含まれていました。「作家になりたいと思っています」。そこには何か純粋なものがありました。青二才のくせして早くもスタンダールやフローベールになることを夢見ているとは、何と愚かで生意気な若造なんだと言われかねないところだったでしょう。とりわけその場所では、うかうかと口にできない一文でした。高等師範学校受験の準備クラスまで来ると、多少文章をひねくり回せるからといって作家になりたいとはおこがましいとわかってくるものですから。でもエリマンがそう言ったとき、それは単なるうぬぼれから出た言葉ではないと私は感じたのです。この子はきっとそれを証明するだろう。やりとおすだろう。やがて嘲りの言葉(文明化の段階において類人猿と大差のない黒人が作家になりたがるとは!)を浴びせられることになっても、それに抵抗するに違いない。彼の声とまなざしには、何というか……火のように燃えるものがあったのです。シャルルと私はそれを感じ取りました。

一年目、彼はリセの寄宿生になっていました。シャルルと私は彼がうまく学園生活をスタートできるかどうか注目していました。すぐにわかったのは、新しい環境に慣れることなど彼にとっては何の苦労でもないということでした。これまでもずっとここで暮らしてきたような感じでした。祖国セネガルでしっかり準備をしてきたとでもいうかのように。私たちが話を聞いていた教師たちによれば、エリマンは立派な文学・哲学的素養の持ち主だということでした。いったいどうやって身につけたのでしょう？　ヨーロッパ人の想像の中では、アフリカといえば呪術師ばかりで、黒い大陸の話となるとすぐそれが持ち出されますが、エリマンも呪術師の一人だったのでしょうか？　一つ確かなのは、学識の面でも人格的成熟の面でも、彼が年下の同級生たちをはるかに凌いでいたということで、それゆえ尊敬されてもいたし、憎まれてもいました。

ある日、秋休み［十一月一日の万聖節の前後、十月下旬から十一月上旬にかけての時期］が近づいたころ、シャルルが私に、エリマンには率直に考えを打ち明けたほうがいいだろうと言いました。そこで会いに行ったのです。

——我々は出版をやっているんだ、とシャルルが彼に言いました。また会いに来たのは、このあいだの「作家になりたい」という言葉が忘れられなかったからなんだ。いまでもそう思ってるの？

そこで私が付け加えました。もし何か、原稿があれば、ぜひ読ませてもらいたいと。彼は私たちをじっと見てから、たまに外出の機会があれば必ず行っているというクリシー広場のブラッスリーの住所を教えてくれたのです。

——秋休みのあいだは、毎日午後三時にそこにいると思います。

それから彼は立ち上がり、挨拶して、出ていきました。

秋休みに入った最初の日、私たちはその店で彼に会いました。そしてほぼ休みのあいだじゅう、クリシー広場のその店で、午後の同じ時刻に会ったのです。まだ友だちになったとは言えませんでしたが、初めて私たちが本当に意見を交わしたのはその店ででした。

エリマンは自分のことや家族のこと、セネガルでの暮らしや、どうやって教養を身につけたのかについては決して語ろうとしませんでした。彼にとって興味があるのは現在だけで、現在とは自分の本のことでした。最初はそれについても話したがらず、準備が整ったら朗読したいと言っていました。とても物静かで、穏やかな彼が、文学について語り合うときだけは別だったのを覚えています。興奮して、獰猛な獣か、闘技場の牛みたいに体を動かして。秋休みの終わりには、私たちは友だちになっていたと思います。彼は特にシャルルと親しくなっていました。ときおり作家の評価をめぐって派手な議論になることはあっても、お互いの文学的な趣味が一致しているとわかったのです。私が疲れているときなど、シャルルが一人で夕方、エリマンに会いに行き、深夜になって戻ることもありました。私たち三人は友人同士だったとはいえ、彼ら二人のほうがよりわかりあっていたのです。気心が通じていたと言っていいでしょう。私は別にそれを妬ましくは思いませんでした。学校が始まってもときおり会っていました。エリマンによると、本の執筆は進んでいるということでした。私たちは急かしたりしませんでしたが、早く読みたいものだと思っていました。

すべての根源となる出来事が起こったのは夏になってからでした。彼は私たちに、北フランスに行くつもりだと告げたのですが、理由は言いませんでした。シャルルは自分たち二人も一緒に行こうかと提案しました。でも私にはほかに予定ややりたいことがありました。シャルルはぜひとも彼についていきたがり、とにかく途中までは一緒に旅をすると言いました。そうやってシャルルはエリマンに数週間、四週か五週は同行してから戻ってきました。

——その北フランス旅行の目的が何だったか、いまではご存じなのですか？　エリマンの行き先はどこだったのです？　その数週間のあいだ、二人は何をしていたのでしょう？

——戻ってきたシャルルに尋ねてみたのですが、旅行中のことを話さないと約束したかのように、言葉を濁すのです。私に問い詰められて、シャルルはようやく答えました。それで、彼がエリマンとの旅について話しづらかったわけがわかったのです。友人の私生活に立ち入るような気持ちがしたのでしょう。

——彼はどう答えたのですか？

——エリマンはセネガル歩兵だった父親の遺骸を探しているのだということでした。父親は第一次世界大戦中、北フランスで消息を絶ったのです。

——見つかったのかどうか、ご存じですか？

——それがまったくわからないんですよ、ブリジット。シャルルはそれについてあまり話そうとしませんでした。話してくれたのは、北フランスの第一次大戦中の前線や戦地に近い村を、あちこち回ったということだけ。特にソンム県やエーヌ県の村です。それがすべてで、その旅行のことは二人の胸の内に収めておきたいのだと私は感じました。だからそっとしておいたのです。シャルルにはもう質問しませんでした。夏休みの残りはシャルルと一緒に、カジャールとタロンで過ごしました。エリマンはパリに戻っていました。彼に再会したのは九月になってからです。

——エリマンからも、父親を探していることについて何も話は出なかったのですか？

——ええ。私はひそかに、父親について彼が何か見つけられたらいいと思っていました。エリマンがフランスに来たのはひょっとしたらそのためだったのかもしれませんね。父親の物語を求めていただけなのかもしれません。いずれにしろ、その旅行で彼は解き放たれました。書きたいと夢見ていた小説を書くために必要な推進力を得たのです。そう、『人でなしの迷宮』はその夏に生まれたのだと私は思います。

テレーズ・ジャコブは口をつぐみ、物思いにふける様子だった。これまでずっと内に秘めていた真実をようやく言葉にし、理解することができたかのようだった。

——それから、どうなりました？　私は少しして尋ねた。

——それから、彼は高等師範学校の受験勉強を続けるのを断念したのです。自分はとにかく作家になりたいだけなのだと彼は言いました。その選択は先生たちみなを驚かせ、悲しませました。彼なら合格すると信じていただけに。エリマンはリセを退学して建設作業員の仕事を見つけました。私たちはもちろん、一緒に暮らさないかと提案しました。家に多少のスペースがあったので。でも彼は、私たちと友情で結びついてはいても、ここは一人で切り抜けたいのだと言いました。現場監督はあやしげな男でしたが、みすぼらしい部屋を闇で貸してやろうと持ちかけ、エリマンはその部屋を借りました。このときから、私たちが一緒に過ごした最も幸福な時期が始まったのです。勉強をやめてしまったエリマンは、新たな生活のリズムを見出しました。朝六時から正午までは現場で働き、午後、昼寝をしてから書き始めます。そして夜はカフェか私たちの家で落ち合います。それが彼にとってよいリズムのようでした。彼がいろいろな経験や自由、出会い、旅、何か素晴らしい事柄を渇望していることはまざまざと見て取れました。彼は芸術家と祝祭と陶酔の都パリの神話を体験したかったのです。さんざん議論した末に、シャルルと私はエリマンを、彼のまだ知らない私たちの世界に案内することにしました。

彼女はそこで、質問を促すかのように口をつぐんだ。私はすぐに尋ねた。

——どんな世界ですか？

——放蕩にふける者たちの世界ですよ。

そのときテレーズ・ジャコブは、挑むように目を光らせてこちらを見た。おそらく私が何か反応を示し、批判めいたことを言うのを待ちかまえていたのだろう。私はまばたき一つしなかった。

——シャルルと私は結婚していませんでした、と彼女はようやく話を続けた。とても自由な、快楽の掟以外には何の掟もない関係を築いていたのです。数年前から、放蕩者たちの集いに通うようになっていました。それは秘密と仮面と影の領域です。メンバーの履歴になどだれも興味がないし、正体さえどうでもいい。単にこちらをエロチシズムの同志にしたいだけなのです。

私は黙ったままでいた。彼女はさらに述べた。

——私たちはエリマンの私生活について、つまり性生活についてはあまり知りませんでした。きっとシャルルは何か知っていたのでしょう。彼のほうが親しくしていましたから。でも私は知りませんでした。恋愛相手の女性、あるいは男性はいないようでした。彼には文学しかないように見えました。そこである晩、私たちの家で、包み隠さずに話してみました。私たちが話し終わると、彼は長々と考え込んでから、自分もやってみたいと言ったのです。そこで彼を、選り抜きのメンバーの集まるパーティーに招いたのです。彼はたちまち人気を博しました。この種の集まりではみんな、新しいもの、未知の肉体、発見の興奮にこそ夢中になるのです。エリマンはそれらをすべて備えていたのに加えて、アフリカ人でした。教養や見識の豊かな人間が集まっていたとはいえ、アフリカ人とその性欲についての画一的なイメージは幅をきかせていました。彼はたちまち愛人として素晴らしいという評判を築き、引っ張りだこになりました。だれもがエリマンを知り、味わい、評判どおりの才能の持ち主なのかどうか試したがったのです。

——シャルルとあなたはエリマンと三人で関係をもったわけですか？

テレーズ・ジャコブはしばらく黙ってから、こう言った。

——ええ。最初は気が進まなかったのですが、シャルルがそれを望んだのです。彼は別の男が私と愛しあうのを見て興奮していました。前からそうでした。それがエリマンなら、いっそう興奮を誘われたのでしょう。

——それはどうしてだと思いますか？

——わかりません。きっと、エリマンを自分の双子のように思っていたからではないかしら。ただの仮説ですけれど。私にはわかりません。

——最初、気が進まなかったのはなぜでしょう。

——私たちの関係を壊すことになると感じたからです。でもそのことはまたあとでお話しします。エリマンは素晴らしい愛人でした。こちらの言うことをちゃんと聞いてくれて、想像力豊かで、疲れを知らず、飢えていて。必要に応じて乱暴にもなれれば、優しくもなれる。そしていつでもひたむきに情熱を注いでくれました。愛しあっているあいだ、彼のまなざしからはまるで自分の魂をこちらに託しているような感じを受けました。彼にだけできることがあったのです……それをできる男がほかにはまずいない……ほかの男にはその勇気がないような、あるいは、思いつきもしないようなこと。なんというか……そう……愛しあっているあいだ、彼は優しい風か、温かい、なま温かい水に変身して、こちらのあの部分、セックスに、身体じゅうに入ってくるみたいでした。こちらを満たしてくれたのです。そしてあふれ出した水はそのまま空へとせり上がっていくのです。一方、シャルルは想像力の倒錯者、エロチックな演出の名人でした。わたしたちのあいだであれ、他の人たちと一緒であれ、彼が編み出すシナリオは悦楽の仲間のあいだに非常な興奮を引き起こしたものです。心にあるのはもっぱら本のことばかりという尊敬すべき編集者のうわべの下に、彼はずっとそうした才能を隠していたのでした。

そのとき、彼女は新たな咳の発作に襲われて体を二つに折った。私は飲み物を手渡した。発作が収まると、彼女は言った。

——ありがとう……。話を先に進めましょう。エリマンの放蕩についてなど、あなたにとってさほど興味のあることではないでしょう……。

——とんでもない。私にとっては何もかも興味深いことです。

——それなら続きをよく聞いてください。一九三八年の初め、エリマンはそれまでより居心地のいい家具付きの部屋に引っ越すことができました。シャルルと私を初めて招いてくれたとき、本を書き終えたと告げられました。私たちがどんなに驚き喜んだかは、簡単に想像がつくでしょう。とにかく早く読みたくてたまらなかった……。彼が私たちに『人でなしの迷宮』を朗読してくれたのはその晩のことでした。

彼女はまた長いあいだ黙り込んだ。それから言った。

——素晴らしい。本も、エリマンの朗読も、とにかく素晴らしいと思いました。何もかもが素晴らしかった。最後にシャルルを見ると、目に涙を浮かべていました。私たちはこの原稿にいっさい手を加えないだろう、読点一つたりとも変えないだろうと私にはわかっていました。

——剽窃のことは気づかなかったのですか？

——いま申し上げるところでした。朗読を聴いていたときは、気づきませんでした。なにしろ文章に魅了されていたのです。

——エリマンは何も言わなかった？

——何も。数日後、彼に託された原稿を読み直して初めて、シャルルと私はいくつかの段落について疑いを抱いたのです。だれの目にも明らかな作家たちの引用でした。確かめてみて、借用の数々に仰天したのですが、でもそれが作品の中に大胆に溶かしこまれていることにも驚かされました。驚きから覚めると、私は『人でなしの迷宮』とエリマンの天才に対していっそう賛嘆の念を覚えたのです――そう、あえて天才と言います。他人の作品の断片を集めてまるごと一つの作品を書くためには天才が必要でしょう。少なくともコラージュの天才でなければできないことです。シャルルは私よりも慎重な態度でした。大変な手腕が発揮された作品であることはよく理解していたし、ストーリーの奇抜さも認めてはいても、それが窃盗であり、不誠実なまやかしであるという考えが頭から離れなかったのです。ユニークな、前例のない、深いオリジナリティをもつ本だけれど、すでに存在している本を足し合わせたものでもある。その両義性がシャルルには耐えられなかった。次にエリマンに会った夜、たちまち猛烈な議論になりました。シャルルはエリマンの剽窃を咎めました。エリマンは、文学とは剽窃のたわむれであり、この本はそのことを示しているのだと反論しました。エリマンは、オリジナルであることなしにオリジナルであるのが自分の目的の一つなのだ、なぜなら文学、さらには芸術をそんなふうに定義することが可能なのだからと言いました。そしてもう一つの目的は、創造の理想と引き換えでなら何でも犠牲にすることができると示すことだと。議論には果てしがありませんでした。シャルルはエリマンにまったく賛成できず、しかもその本が固有の美しさを備えていて、そこに含まれている他の作品の二番煎じなどではないことを否定できないだけにいっそう、苦しんでいました。このままの形で出版するわけにはいかないと彼が言うと、エリマンは言いました。「いいとも、それなら別の版元から出すよ」その晩、私は何も言わずに二人の争いを眺めていました。でも心の底ではエリマンに賛成でした。とうとう私がそう打ち明けると、シャルルは逆上して、そんなことだろうと思っていた、おまえはエリマンに狂わされたんだと叫びました。親友とはいえ、少しエリマンに嫉妬していたのかもしれませんね。

——それからどうなりました？

——数日間、シャルルと私はとげとげしい態度で議論を続けました。それからシャルルがエリマンを家に招き、本は自分が出版したい、ただし他の文学作品の引用にはカッコをつけ、書き直した部分はイタリック体で示すことと条件を出したのです。エリマンはもちろん断りました。シャルルはそれでも必死に説得を図り、どんなふうに書いたか説明するための序文か、まえがき、はしがきをつけることを受け入れさせようとしました。エリマンはむっとして拒否しました。理解しやすいように、それとも大目に見てもらうために、意図を前もって説明したり、手掛かりを与えたりするような作品ほど情けないものはないと言いました。彼は苛立ったまま出ていってしまいました。シャルルと私はあとを追いかけました。追いついたとき、シャルルは彼に、わかった、やってみようと言ったのです。

——どうして彼は意見を変えたのだと思いますか？

——さあ、どうしてでしょう。きっと、エリマンがそれまでに辿ってきた道のりを思い出したからかもしれません。

——出版しようと言われて、エリマンはどんなふうに反応したのですか？

——子どもみたいに泣き出しました。彼が感情をあらわにするのを見たのはそのときだけです。シャルルも涙していました。私たちは彼と最初に待ち合わせたクリシー広場のブラッスリーに行きました。そこでお祝いをし、それから家に戻って三人で激しく、酔ったように、喜びにあふれてセックスをしたのです。エリマンは自分の思いどおりにさせてくれてありがとうと礼を言い、『人でなしの迷宮』をT・C・エリマンという名前で出したいとその夜、私たちに告げました。Tはテレーズのイニシャル、Cはシャルルの C。私たちのファーストネームを自分のファーストネームに加えたいと思ったのです。三ヵ月後に『人でなしの迷宮』が出版されました。数日して、「両世界評論」に最初の記事が出たのです。それ以後のことはあなたもご存じですね。

――いえ、それがわからないのです。エリマンは新聞や雑誌の記事にどういう反応を見せたのでしょう。ボビナルやヴァイヤンの記事が出る前、他の書評に対してはどうでしたか?

――とても気落ちしていました。この期間、彼は自宅に引きこもって、かなり悲しげな様子でした。『人でなしの迷宮』についてあなたのお仲間の記者たち、そしてあなたご自身が書いた記事に、彼は打ちのめされてしまったのです。この人たちは何も理解していない、だれもわかっていない、弁護してくれる人たちでさえ読み間違いをしていると言っていました。あなたがたは本を読んでいないか、あるいはもっと悪いことに、ちゃんと読めていない、読めないというのは罪だと彼は思っていたのです。

――しかし当時、この本がゴンクール賞の選考委員たちのあいだで話題になっているという噂も流れていましたね。

――そうでした。ゴンクール賞選考委員長のロニー兄は小説の超自然的な面が気に入っていたんです。ロニー弟のほうは反対に、納得していませんでした。リュシアン・デカーヴは野心的な本、ひょっとすると野心的すぎる本だと考えていたようです。ドルジュレスはセネガル人歩兵たちと一緒に戦場で戦った経験の持ち主で、セネガル人に敬意を抱いていましたから、この本を応援するという口ぶりでした。レオン・ドーデはある記者にこう語ったようです。「あの本で気に入らない唯一の点は版元だ。エレンシュタインというのはユダヤ人だろう!」レオ・ラルギエは怪物的な言語で書かれた本だと言い、フランシス・カルコは文体があると評価しました。ポル・ヌヴーはまったく文体がない本だとみなしていました。とにかく、確かに評判にはなっていたのです。

——それでもエリマンは悲しんでいたのですか？

——ゴンクール賞のことなど、彼にとっては結局のところどうでもよかったのです。会うたびごとに、理解していない、それは罪だとたえず繰り返していました。私たちは無力を覚えました。私たちがいくら頑張っても、彼を慰めることはできないとはっきりわかっていたからです。そんなとき、あなたからシャルルと私宛に、インタビューを依頼する手紙が届きました。もちろんエリマンは断りましたが、私たちがあなたに会うことには反対しなかったのです。

——でも、結局のところ彼は何を悲しんでいたのでしょう？　ヴァイヤン教授がのちに見て取った事柄、つまり剽窃を、私たちが見抜かなかったことでしょうか？　それとも書き換えや、構成の離れわざを？

——十年もたったのに、まだわかっていないんですね。彼を悲しませたのは、あなたがたが彼を作家としてではなく、マスコミで話題を呼ぶ変わり種、例外的な黒人として、イデオロギーの戦場として見ていることでした。あなたがたの記事では、作品そのもの、その書きぶりや創造的部分についてはほとんど触れられていなかったのです。

——お言葉ですが、でもシャルルとあなたも、彼のことを例外的な黒人というふうに見ておられたのでは？

——それは違います、と彼女は厳しい口調で言った。私たちは彼のうちにたぐい稀な作家を見ていたのです。学識ある黒人などというのではなく。あなたがたとは違います。あなたがたにとっては、祭日の見世物の動物でしかなかった。才能ある作家としてではなく、人間動物園に展示する見本、卑しい好奇心の対象として展示したのです。そのせいもあって彼は人前に出ることができなかった。あなたたちが彼を殺したのです。

――彼を殺したのはアンリ・ド・ボビナルとポール＝エミール・ヴァイヤンでしょう。剽窃の件を持ちだしたのは彼らです。しかも、ご存じでしたか、ボビナルの記事は……。

――……嘘のかたまりだったのでしょう。ええ、知っています。ボビナルが死んだことも知っています。三八年に彼の記事が出たとき、私たちはすぐエリマンに会いに行きました。彼は、この教授は嘘を言っている、バセールはセネガルの民族じゃないのだからと言いました。ボビナルは架空の話をでっちあげたのです。シャルルは反駁するための記事を書こうとしましたが、エリマンはそれを断りました。沈黙を守りたい、今後いっさい反応するつもりはないと言ったのです。ある晩、私たちは彼に会いにいきました。空模様のあやしい夜でした。私たちは彼をエゴイスト呼ばわりし、この件は彼だけの問題ではないのだと言いました。私たち、彼の編集者であり版元である私たちにも直接関わることなのだと。シャルルは、エリマンが望もうと望むまいと、本と出版社と私たちみんなの名誉のために、記事を書くと主張しました。ジェミニ出版が防戦もせずに嘘のせいで敗れ去るなど、彼には我慢ならないことでした。エリマンはもちろん、彼の意思をひるがえさせようとしました。次第に口調が激して、とうとう二人は取っ組み合いを始めました。エリマンは雲つくような大男でしたから、彼が優勢でした。シャルルも果敢に向かっていきましたが勝ち目はありません。私はやめてと叫びました。でも二人は聞く耳をもたなかった。外は嵐になっていきました。たちまちけりがつきました。シャルルが打ちのめされ、顔を血まみれにして床に倒れたとき、エリマンが言ったのです。「何もかもおしまいにする。そうすべきだ」彼は私を見ました。そのまなざしにはたくさんのものが込められていました。懇願と祈り、苦しみ。涙も光っていたし、愛情も感じられました。でも彼は何も言わず、わずかばかりの荷物を摑むと嵐の中に出ていきました。それが彼を見た最後になりました。

沈黙の数秒が過ぎたのち、私は尋ねた。

――その喧嘩のあと、彼とはもう会わなかったのですか？　それきり二度と？

――ええ。ずいぶんあとになってから、消息が耳に入ってきましたけれど。殴り合いになったその夜、エリマンが出ていって、私たちはそのまま部屋にいました。彼のアパルトマンです。私はシャルルの具合を見て怪我の手当てをしました。彼は、何とも言いようのない馬鹿げたことだと言いました。涙を流しながら、自分のせいだ、エリマンにものを書かせようなどとするべきではなかったと言いました。シャルルのことが嫌いになったのはそのときです。彼の弱さを憎みました。とりわけ彼の偉そうな態度、傲慢さを憎みました。自分がいなかったならばエリマンは書かなかっただろうなどと、傲慢でなければ思えないことです。でも私は何も言わず、アパルトマンにエリマンが戻るのを二人で待ちました。その夜は戻ってきませんでした。次の日もです。私たちは自宅に帰りました。それから数日、エリマンは戻りませんでした。管理人に訊いても、もう何日も見かけていないというのです。私たちは最悪の事態を危惧し始めました。あらゆる場所を探して回りました。カフェ、バー、公園、書店、私たちが一緒に行ったことのある、彼の好きな場所を。私たちが案内した放蕩の場所も回ってみました。でも見つかりません。彼は消えてしまったのです。尋ね人広告でも出そうかと考えていたとき、ヴァイヤンの記事が出ました。それが私たちにとってはとどめの一撃でした。彼はまさしく剽窃箇所を攻撃し、私たちのこともやり玉にあげていました。マスコミは騒ぎ立て、すぐに法律問題も持ち上がりました。剽窃された作家の権利継承者の中から賠償金を要求する人たちが出てきたのです。シャルルと私にとっては、この事件で最悪の瞬間でした。いたるところから脅迫状が送りつけられ、司法の裁きも受け、世論の標的にされ、私たちが犯人ということになりました。なにしろエリマンはまったく姿を見せなかったのですから。作家が影も形もない以上、編集者を攻撃するほかないわけです。私たちは『人でなしの迷宮』をできるかぎり集め、すべて廃棄処分にしました。書店に並んでいたものや倉庫に収められていたものも、可能なかぎりみな回収しました。在庫は消滅しました。資金の残りで裁判費用や訴えてきた相続人への賠償金を払い、三人雇っていた社員の給料を払うと、もうお金はほとんど残っていませんでした。私たちはジェミニ出版を閉じ、住んでいた小さなアパルトマンを売り、シャルルがぜひにと願うのでパリを去りました。ロート県のカジャールでほとぼりが冷めるのを待つことにしたのです。私としては気が進みませんでした。そもそも両親から受け継いだカジャールの家が嫌いだったということもありますが、パリに自分たちの夢、青春を置き去りにするような気持ちがしたのです。そしてもちろん、エリマンも。

——裁判のあいだ、彼からは何の連絡もなかったのですか？

——いっさいありませんでした。私たちは対応に追われていたし、時間もなかったので、彼を探して家に行ったり、ほかを当たったりしなくなっていました。とにかくこの苦しみから抜け出したいという思いだけでした。彼は裁判に来なかったし、手紙も寄越さず、姿を消したままでした。私は死んだものと思っていました。そのほうがいいんだ、少なくともそれで沈黙の説明はつくと思っていたのです。

――裁判のあいだ、いったいどこで何をしていたのでしょう?

――わかりません。やがて手紙が来たときにも、それについて説明はありませんでした。

――手紙はいつ来たのですか?

――二年後、一九四〇年七月の初めです。私たちがカジャールに来て一年半たっていましたが、戦争のせいでまだしばらくは動けないとわかっていました。もちろん、彼の住所宛に手紙は出していました。でも一度だって返事は来ませんでした。それがある日、手紙が届いたのです。

――手紙には何と書かれていたのですか?

テレーズ・ジャコブはすぐには答えなかった。しばらく私を見てから、彼女は言った。

――私的な事柄です。

――どうかお願いです、マドモワゼル・ジャコブ。私は……。

――無理を言わないで、ブリジット。そしてマドモワゼル・ジャコブなんて呼ぶのはやめて、テレーズと呼んでください。その手紙は私的な内容でした。結びにこう書かれていたとだけ言っておきましょう。「すべてが成し遂げられた、そしてすべてを成し遂げるべきいま、ようやく自分の場所に戻ることができる」

――自分の場所というのは……セネガルですか?

――わかってないのね。戦争中だったのですよ。フランスは占領されていました。彼には当時、セネガルに帰国することはできませんでした。「ようやく自分の場所に戻ることができる」という言葉が意味するのはただ一つ、また書き始めることができるということですよ。

――では「すべてが成し遂げられた、そしてすべてを成し遂げるべきいま」というのはどういう意味でしょう？

——苦しみを味わい尽くしたのち、再出発するということです。

——苦しみとは？

——一九三八年に、あなたも含めてだれもが彼に味わわせた苦しみ、つまり理解されないという苦しみです。すべてが成し遂げられたというのは、文学においては理解されることは稀だが、それでも作家である以上、ついにまったく理解されずに終わらないよう全力を尽くさなければならないとわかったという意味なのです。理解されないことの苦しみから解放されて、自分は今後書くことができる、なにしろ自分はもう理解されることを望まないのだから。それが彼の言おうとしたことなのです。

——それもまた、あなたの解釈ですよね。

——別の解釈をしてくださってかまいませんよ。

——その手紙は取ってありますか？

——もしそうだとしても、あなたにはお見せしないでしょうね。

——返事は書きましたか？

——いいえ。エリマンは住所を書いていませんでしたから。それに私たち、シャルルと私は戦争の始まった当時、カジャールで暮らしていくだけで精いっぱいでした。大変な時代でしたよ。カジャールの家が好きではなかったことは、もうお話ししましたね。あの家には子どものころのいやな思い出があったのです。でも暮らしていくのがいよいよ難しくなっていた理由は、シャルルに対する腹立たしさが増す一方だったことでした。私はパリで暮らしたかった。あるいはどこでも、カジャール以外の場所で。でも彼が言うには、パリは巨大なネズミ捕りと化してしまった、田舎で少し待って、抵抗運動（レジスタンス）に加わる可能性を探ったほうがいいというのです。実際、レジスタンスのネットワークができていて、そこに連絡を取ろうと考えていた矢先に、シャルルが出ていってしまったのです。一九四二年のある日、彼は何も言わずに出ていきました。朝起きたらもういなかった。二日後に手紙が来て、どこにいるのかわかりました。どこだったにせよ、彼は戻ってきませんでした。戦地から送られてきたその唯一の手紙は、一種の別れの手紙でもありました。シャルルは償いをしたかったのだと思います。私に対して、そしてまた自分自身に対しても償いをしたかったのでしょう。エリマンを見捨てたことが自分でも我慢ならなくなっていたのでしょう。何も告げずに行ったのは、私が出ていかせなかっただろうとわかっていたからです。少なくとも、彼一人では行かせなかったでしょう。出ていったあとで届いたその唯一の手紙の中で、彼はもし三日待っても次の手紙が来なかったら、それは自分が死んだということだと書いていました。それきり手紙は来なかった。だから私は理解しました。もうどうしようもないのだと。だから戦争が終わるまでカジャールに隠れていました。そして自分なりのやり方でレジスタンスに協力しました。四六年、いまから二年前に、私はこのタロンの町に移ってきたのです。シャルルが恋しいですよ。愛していましたから。お悔やみなんか言わないでちょうだい。続けましょう。エリマンはどうなのかって、訊きたいのでしょう？　彼のことを愛していたのか？　ブリジット、あの人は愛しているなどと簡単に言えるような人ではなかったのです。愛することのできない相手だったというのではありません。でもあの人は静かな暴力を発散していた。そしてこちらとしては、自分がその暴力を消し去ってしまいたいのか、それを分かちあって励ましたいのか、それともその暴力から逃れたいのか、できるかぎり遠くに追いやってしまいたいのか、わからなくなってしまうのです。

——では一九四〇年七月の手紙以来、もう何の便りもなくなったのですね？

——いっさいありません。でも、シャルルが去ってから、エリマンがすぐ近くにいて、私の様子をうかがっていると感じたことが何度かありました。きっと私の思いすごしでしょう。シャルルと同じように、戦争のあいだに死んでしまったに違いありません。時とともに、彼が一九四〇年七月に私たちに宛てて書いた手紙は別れを告げていたのだと理解できたのです。

私は何も言わずにいた。かなり間が空いてから、彼女が私の顔を見て言った。

——ブリジット、これでおしまいです。お話ししたかったことは全部、お話ししたと思います。いわば私にとっても、すべてが成し遂げられたのです。

話を終えると彼女は、疲れた、咳が体にこたえると言った。インタビューは終了した。私は礼を言って宿に戻った。それから夜通しかけて、一睡もせず、ろくに食事も取らずにこの記録の第一稿を書き上げ、写しを作った。翌々日、それを読んでもらおうとテレーズ・ジャコブの家を再訪した。自分にはもう興味はない、原稿は好きなようにしてもらっていいとのことだった。そして彼女はさよならと言った。私のタロン滞在は終わった。

パリに戻って、私は証言の裏を取るために多少の調査を行った。たとえば、エリマンが一九三五年から一九三七年のあいだ、高校で優れた成績を上げていたことを確認した。そして彼の完全な名前、つまりパリ警視庁の外国人台帳に登録されていた名前を発見した——エリマン・マダグ・ジュフ。しかし私は基本的に、テレーズ・ジャコブの語った話に何も付け加えていない。読者が手にしているのがその記録である。

私の調査は結局、失敗だったのかもしれない。黒いランボーとは本当のところだれだったのか、と本書のタイトルは問いかけている。だが最後のページまで来て、答えは出ただろうか。本を閉じて、読者にはエリマン・マダグ・ジュフ、またの名をT・C・エリマンとは本当のところだれだったのか、わかっただろうか。私には自信が持てない。

彼のパリ到着や、『人でなしの迷宮』を書いて出版した時期のパリ生活について、さらに多少の事柄を知ることは可能かもしれない。彼の生涯が絶対的なまでに謎めいていることからすれば、それだけでもすでに重要な発見とはなるだろう。彼が小説を書いたやり方についても多少はわかっている。それは他の多くの小説にもとづき、完全に意図的に構築された作品なのである。

人間や作品について裁くのは私の務めではない。後世の読者が、いつの日かまた『人でなしの迷宮』に興味を抱くとしたら、彼らが裁きをつけるだろう。エリマンが騒動をどのように生きたかについては多少知ることができた。日々の暮らしぶり、性格、精神のあり方についても一部は判明している。優秀な、そして書物に取りつかれた人物だったこともわかっている。だがそうした知識すべてをもってしても、彼がいかなる魂をもつ人物だったかなど判断できるだろうか？

エリマンは一九四〇年以来、そしてテレーズ・ジャコブのもとに届いたという手紙以降、消息を絶った。私たちの国では一九四〇年以降、ご存じのとおり多くの、恐ろしい出来事が起こった。エリマンはおそらく、そうした悲劇的な出来事の流れの中に呑み込まれてしまったのかもしれない。だがそれを知るすべはない。いまもなお、彼がこの国のどこかで生きている可能性も否定できない。まさにいま、彼はこの調査記録をかすかな微笑を浮かべながら読んでいるのかもしれない。アフリカに帰ったのではないとも言い切れない。確かなことが一つだけある。テレーズ・ジャコブも言ったとおり、彼は文学の内に自らの本当の国を見出したのだ。おそらく彼にとって唯一の国を。

この記録の最後の文章を綴るにあたり、私はどこにいるのであれ、彼に思いを馳(は)せる。そしてまた、彼の友人だったテレーズ・ジャコブとシャルル・エレンシュタインのことを思う。この記録を彼らに捧げる。

# 第三の伝記素　シャルル・エレンシュタインの果てるところ

## 1

パリに戻ろうとするシャルル・エレンシュタインは、もちろん、エリマンがいまどこにいるのか知らないままである（まだパリにいるのかどうかもわからない）。とりわけ、エレンシュタインには自分を何が待ち受けているのか予想もつかない。ある種の噂は確かに耳に入っていた。しかし性格からも教養からも、シャルル・エレンシュタインはそんな噂を信じない男だった。彼は人間の節度と知性を信じている。ところが耳に入ってきた噂には節度も知性もない。ひたすら不快なだけだ。

とにかく、エレンシュタインは本物のユダヤ人ではない。ユダヤの伝統文化に親しんではいない。トーラー［ユダヤ教の律法］やタルムード［ユダヤ教の口伝律法と注釈の集大成］には、限られた、純粋に知的な関心しかもっていない。テレーズと同じく、彼の場合もユダヤのアイデンティティに呪縛されてはいないし、想像力がユダヤ的なもので満たされているわけでもない。自分はユダヤ人であると主張もしなければ、自分がユダヤ人だと考えることもほとんどない。ただし近年の反ユダヤ的風潮には悲しみを覚え、怒りさえ感じていたのだが。実際のところ、シャルルは、エレンシュタインという名前の中にユダヤのしるしを聞き取る他者たちによってのみ、自分がユダヤ人であると思い出させられるのだった。そして彼らにそう言われると、エレンシュタインは微笑みながら、自分では考えたこともないのですがと答えるのだった。

シャルル・エレンシュタインは親友のことを想う。ちゃんと別れを言わずじまいになってしまった。そのことが悔やまれる。だからパリに戻るのだ。過去の誤りを正すために（エレンシュタインはそうすることが可能だと信じる者たちの一人だった）。エリマンのために、またテレーズのために、そしていくらかは自分自身のために、彼はパリに戻るのだ。

数日前、カジャールで、彼はかつてないほどの罪悪感に襲われ、打ちひしがれた。もはやここで、卑怯者（ひきょうもの）のようにじっとしてはいられない、逃げ出してきて以来自分を軽蔑の目で見ているテレーズのもとにはいられないと思った。そこでテレーズには何も言わず、一人でパリに戻る決心をした。自由地帯と占領地帯の境界線をひそかに越える際、越境の手助けをした男は、死にに行くのも同然だぞと彼に言った。

一九四二年七月。テレーズと彼が最後にエリマンに会ってから（つまり三八年七月以来）、まもなく四年になろうとしている。エリマンは二人が送った手紙に一度だけ返事を寄越した。一九四〇年夏のことだった。別れの手紙とも言えるその返事の最後はこう結ばれていた。「すべてが成し遂げられた、そしてすべてを成し遂げるべきいま、ようやく自分の場所に戻ることができる」。二人が彼と会った最後の日、雰囲気が険悪さを増していき、惨事になりかけた例の嵐の晩を過ごしたのは、レピュブリック広場にほど近い建物の最上階にエリマンが借りていた一室でのことだった。

それがシャルルの知るエリマンの最後の住所だった。だからまずそこから調査を開始するつもりだった。

## 2

　予想はしていたものの（しかしあてがはずれたときのために心の準備をしておくことなどだれにもできはしない）、エリマンがもうそこに住んでいないと知って、シャルルはがっかりし、途方に暮れる。門番女（以前と同じ）から、エリマンは確かに、戦争前に出ていったと聞かされる。現住所を知っているかと尋ねると、門番女は、あのアフリカ人はいつだって口数が少なかった、でもパリの南、オルレアン門（ポルト・ドルレアン）のほうに引っ越すようなことを言っていたと答える。わずかな情報にすぎず、保証もないが、シャルルにとっては唯一の手掛かりだ。そこで彼は、エリマンの足跡とまでは言えない、密林の茂みの立てるかすかな音のようなその手掛かりを追うことにする。

　パリの街を歩み、幾度も立ち止まっては息を整える。何歩か歩くとすぐに胸がどきどきし始める。まだ若く、健康なエレンシュタインは、こうも息が切れるのは空気が違うせいなのかと思う。ようやく彼は、自転車で荷車を引いている男を呼び止める。肩幅の広いがっしりした男はパリをよく知っていて、逞しい脚で黙々と自転車を漕（こ）ぎ、彼をポルト・ドルレアンまで連れていく。荷車に坐って通り過ぎる街の様子を眺めながら、シャルル・エレンシュタインには自分の心臓がなぜむやみに鼓動を打つのかが徐々にわかってくる。目を閉じる。すると鼓動はほぼ普段のリズムに戻るが、もとどおりになったことでいっそう、深い不安にとらわれてしまう。それは街の様子が以前と違うからというだけではなく、街が自分を認めてくれないからなのだ。あるいは逆に、自分が街に完全に認められている、あらゆる通りに認知され、あらゆる建物に見つめられているという漠然とした感覚によるものだ。街全体が彼の名をささやいている。それが彼を怯えさせる。とにかく恐怖を抑えようとする。一人になったとき、ようやく恐怖が消える。ホテルの一室を借りることができた。ポルト・ドルレアンから数百メートルのクエディク通りにあるエトワール・ホテルだ。

少し気持ちが落ち着くと、エレンシュタインはテレーズを安心させ、いまどこにいるのか、そしてなぜ突然家を出たのかを説明するために手紙を書くことにする。手紙には続けて、パリでの一日目の様子も綴る。きみがいなくて寂しいと書き、明日の予定も知らせる（おもに、エリマンの影を求めてポルト・ドルレアン周辺を歩き回り、たぶんパリ市役所にも出かけるつもり）。手紙の最後に彼は、占領下のパリ、ドイツ人士官や兵士だらけで、ナチスのポスターやハーケンクロイツが目立ち、まばらな市民のあいだを黄色の星［いわゆる「ダビデの星」のこと］が行き交うパリを横断するうちに、死ぬかもしれないという感覚——「死ぬかもしれない」と書くか、「死にたい」か、「死ぬ可能性がある」か、どれにするかで延々と迷ったあげく、曖昧さの残る「かもしれない」を選ぶ——を抱いたと書く。

それから、恐怖を覚えながらも意を決して、手紙を投函（とうかん）しに行く。しかし外に出るともう街は彼の名前をささやいてはおらず、恐怖は薄れていく。彼は眠り、父親であるシモン・エレンシュタインの夢を見る。父はシナゴーグの中央通路に立って別の男と話していたが、それがだれかはすぐにわかった。総統その人である。やりとりの内容はわからなかった。二人はアラビア語、ドイツ語、ヘブライ語が混じったような奇妙な言葉で話していたが、それがいかにもヒトラーらしい芝居がかった大音声で話されると、赤く染まったプロペラがでたらめに回転するようなすさまじい騒音になった。シモン・エレンシュタインのほうは物静かな、落ち着き払った口調で応じていたが、無駄な身振りを交えないその様子は、腕を振り回す総統とは正反対だった。両者の雄弁術および佇まいのコントラストがその情景にコミカルな要素を与えていたのか、それとも悲劇的な感じを出していたのかは、シャルルには決めがたかった（少なくとも夢を見ているあいだは。というのも起きてみると、明白なことと思えたからである）。議論を戦わす二人から数メートル離れたベンチに、三番目の男がいた。祈っているのか、眠っているのか、それとも単に夢想にふけっているのか。エレンシュタインはその背中が自分に似ているような気がした。彼は男に近づいた。アドルフ・ヒトラーとシモン・エレンシュタインのあいだを通り過ぎたが、二人とも見向きもしなかった。あたかも自分は目に見えない客であるかのようだった。父を間近に見たとき、あなたたちは同じ顎の線をしているという母の言葉は正しかったと思った。総統の顔をじろじろ見ることはしなかった。その顔はあらゆる点で総統そのものであり、何の驚きもなかった。彼は口論を続ける二人から離れ、ベンチに坐っている男のほうに進んだ。もはや疑いの余地はなかった。それは彼自身だった。しかし男の前まで来たとき、彼が見たのは自分の顔ではなく、エリマンの顔だった。男が眠っているのではないこともわかった。男は死んでいた。シャルルは恐怖に駆られて叫び出したくなったが、突如、父の声が響き渡った（フランス語だった）。シャルル、おまえはもうこの男のために何もしてやれないぞ。そしてヒトラーが付け加えた（例の混淆言語だったが意味は何となくわかった）。おまえはもう自分自身のために何もしてやれないぞ。

　シャルルは汗まみれになって目を覚まし、しばらくのあいだ呆然となっていた。それから、こんなのは悪夢にすぎない、自分は悪夢も噂も信じないと独りごちた。彼はコップの水を飲んでまた眠った。朝まで安らかに眠ることができた。

3

当然ながら、人生を知る読者には予想がつくとおり、シャルル・エレンシュタインが翌日、偶然エリマンに出くわすなどということはない。とはいえ彼は昼過ぎに、予期しない出会いを果たす。アレジア通りの道端のベンチに腰を下ろし、パリに来たのは馬鹿げた、自殺的行為ではなかったかと自問していると、一人の女性が彼の前を通り過ぎたのち、引き返してくる。そばまで来て立ち止まり、「エレンシュタインさん?」と呼びかける。目を上げて相手を見ても、見覚えがない。一度も会ったことのない相手だとしか思えないが、女のほうはいかにも親しげな微笑みを浮かべて、知り合いであることを示すか、仄めかすかしている。彼は女の顔を手掛かりに記憶の底をさらってみるが、むなしい努力である。女が言う。

――シャルル、あなたなの?

――そうですが……。申し訳ない、そちらは……。

――わたし、そんなに変わってしまったかしら。わたしよ、クレール。マドモワゼル・ルディグです。

シャルル・エレンシュタインはなおも三十秒ほど迷ってから、ようやくマドモワゼル・ルディグの顔と名前が一致する。そして記憶がよみがえってくる。自分の創業したジェミニ出版で数年にわたり秘書をしていた女性の顔を忘れてしまったとは、われながら許しがたいことだと思う。しどろもどろになって弁解し、変わってなんかいませんよ(それは嘘だった)、考え事に気を取られていたせいです（それは本当だった）と言う。お詫びのしるしに何か飲み物でもおごらせてほしいと言うと、彼女は受け入れる。彼女は約束までまだ時間があったからだ。そして約束の場所である近くのブラッスリーに行こうと提案する。二人は数メートル先のその店に赴く。彼女は紅茶、彼はビールを注文する。話題はどうしてもジェミニ出版のことになる。会社がまだ安定していたころのこと。小規模出版社で、質の高さにはあくまでこだわっていたが（それゆえ）出版部数は限られていた。会話のはしばしに『人でなしの迷宮』の影がちらついたが、エレンシュタインもクレールもその本のことに触れはしなかった。ジェミニ出版が廃業したのち、仕事が見つかったかと彼は尋ねた。

――シャルル、仕事どころか、相手が見つかったんです。わたし、結婚することになりそうです。

シャルル・エレンシュタインはお祝いを言う。マドモワゼル・ルディグはありがとうと口では言うが、何か気づまりな様子である。シャルルはそれに気づき、何かわけがあるのかと尋ねる。彼女はためらってから答える。

――わたしの相手は……つまり、あなたならわかってくださると思うけど、だってあなたは開けた人だから。つまり彼は……ドイツ人将校なんです。でもほかの将校とは違うんです！　彼女はほとんど懇願するような調子で、急いでそう付け加える。

シャルル・エレンシュタインはしばらくのあいだ、何と言ったらいいかわからない。それからこう答える。

――そういうこともありますよ。あなたを裁こうなどという気はありません。

彼らは二人とも黙っていたが、エレンシュタインは彼女に、ジェミニ出版で一緒に働いていたピエール・シュヴァルツとアンドレ・メルルはどうしているか知っているかと尋ねる。クレールは知らないと言う。それから、また気づまりな雰囲気になるのを避けるため、彼女はかつての雇用主に、パリで何をしているのかと尋ねる。

――出ていく決心をなさったんだと思っていましたけど。また戻ってきたのですか？

――いや、パリから出ていったのは本当です。きのう戻ったばかりなんですよ。この近くの小さなホテルにいます。クエディク通りのエトワール・ホテルです。

――あそこならよく知っています。ジェミニ出版が廃業したあと、雇ってもらおうとしたんですが、結局は別のホテルが採用してくれました。

――なるほど……。わたしがパリに戻ってきたのは……。

先ほどのクレールと同じく、彼もややためらってから続けた。

――戻ってきたのは、エリマンを探しているからなんです。

――エリマン？

――そう、『人でなしの迷宮』の作者。覚えているでしょう……。あなたは、一度も会ったことがなかったと思うけれど……。

――ええ、会ったことはありません。でもヨーゼフは、彼に会ったことがあるんです。そう言っていました。

――ヨーゼフというのはあなたのお相手のドイツ人将校？

――ええ、そうです。彼はエリマンに会ったそうです。もしあの本がなかったら、ヨーゼフがわたしに話すことなんか決してなかったと思います。

シャルル・エレンシュタインはグラスを干す。クレールは話を始める。ジェミニ出版の廃業後、彼女はモンパルナス界隈（かいわい）の立派なオテル・パルティキュリエ［広壮な一戸建てを転用した高級ホテル］のフロントで働き始めた。三ヵ月もたたないうちに戦争が勃発した。四〇年にドイツ軍が前線を突破してパリに近づき、多くの同僚がパリを離れようとする中、彼女はパリに留まる決心をする。それはこの仕事が好きだから、そしてどこにも行き場がないからでもある。とにかくとても魅力的なホテルなのだ。だから占領軍はまもなくそこを接収した。将校たち、堂々たる将校たちがそこで暮らし始める。輝くようなブーツ、ぱりっとした制服、金のバレットのついた立派な肩章。閲兵式での古代ギリシアの執政官（アルコン）のように優雅で誇らしげな者たち。彼らの中に、ヨーゼフ・エンゲルマン大尉がいた。パリにおけるドイツ司令部のプリンスの一人である。公然たるフランス文化愛好者で、戦争前に何度もパリに滞在したことがある。フランスの詩に通暁しており、フランス語で読んでいる。ただしわからない単語やイメージに出くわすこともあるのだけれど——とりわけ、彼がほかのだれよりも優れた詩人だと考え、ロートレアモンやボードレール、ランボーの形作る神聖な詩的星座のさらに上位に位置づけている詩人、マラルメを読むとき、そういうことがしばしばある。

　しかし、彼の武勲の数々や、フランスとの戦いで見せた勇敢さからして、〈祖国（ファーターラント）〉に対する忠誠に疑いの余地はなかった。戦闘での断固として容赦ない態度においては他に抜きんでてさえいたが、そうした荒々しく勇猛なふるまいによって、自分に対する疑いを払拭しようとしているのだと受け止める者たちもいた。フランス敗北ののち、彼はふたたび穏やかで感受性豊かな審美家に戻った。事務仕事を片づけてしまうと、読書をしたり、珍しい作品を探しに出かけたり、自分の愛する街を散歩したりして時間を過ごす。孤独癖があり、人とつきあうよりも作品とつきあうほうを好む男なのだ。しかしときおり社交の場で、エルンスト・ユンガーと議論したりする姿も見受けられた。ユンガーと比べられることがしばしばあるが、ユンガーが備えているオーラや威厳はエンゲルマンにはないし、彼もそんなものを欲してはいない。読書をすること、詩を愛することだけで満たされている。

エンゲルマンはホテルのフロントで働くクレール・ルディグの姿をときどき見かけて、目を留めるようになる。彼女がフロントを追われ、代わりに純粋なドイツ人女性が雇われそうになったときには、ヴェルサイユ条約締結前にアルザスで生まれたクレール・ルディグは、フランス社会に完全に適応しているとはいえ、ドイツ人としての出自を忘れたことはないと熱弁をふるった。さらにエンゲルマンは、彼女はフランス語と同じようにドイツ語を流暢(りゅうちょう)に話すが、それもまた現下の状況に鑑みて疑いの余地なく利点となると主張した——彼女は体制にとって貴重な同盟者となりうるだろう。彼はフロイライン・クレールに心を惹かれていた。だが、いささか時代離れした礼儀作法の感覚に縛られて、長いあいだ行動を起こせずにいる。しかしある日、散歩に出かけたエンゲルマン大尉は、収集家から捨て値同然で買った本を携えて戻ってきた。そしてフロントのクレールに非の打ちどころのないフランス語で話しかけた（ただし以下の会話ではドイツ語に切り替えられたが、こちらも明晰きわまるドイツ語だった）。この本を買ってきたのだが、じつに素晴らしい内容で魅了された。あなたはこの本のことをご存じだろうか。

——それが『人でなしの迷宮』だったんです、とクレールが言った。わたしたちが出した『人でなしの迷宮』です。題を見て、そしてジェミニ出版のマークを見て、わたしがどんなに驚いたか、想像してみてください。ヨーゼフは私の表情を見て、辛い記憶を呼び覚ましてしまったのか、それとも何かよくない言い方をしたのかと思ったようでした。でもわたしは落ち着きを取り戻して、自分が驚いたわけを話しました。そんな偶然があるのかと、彼もびっくりした様子でした。でも彼が特に心を奪われたのは、この本をめぐる話のほうで、剽窃のしかたとか、だれもエリマンを見たことがないこととか、正体がだれなのかいまだにわかっていないこととかに興味を引かれていました。そして、この本の物語は、浄(きよ)めの火による精神的、芸術的な上昇の探求のアレゴリーになっているのだと説明してくれました。シャルル、実を言えば、わたしはまだ本を読んでいなかったのです。そのせいでこの日、ヨーゼフと本の内容について語り合うこともできなかったのですが、でも彼が文学について延々と語る言葉に耳を傾けていました。そのとき以来、わたしたちは毎日会うようになりました。彼はわたしに、無神経な男と思われないように礼儀正しく近づくための機会をずっと待っていた、その機会を『人でなしの迷宮』が提供してくれたと打ち明けました。繰り返しこの本について語り、本のテーマや本のたどった運命にどれほど魅了されているかを教えてくれました。彼はエリマンが黒人とは信じていなくて、手の込んだ文学的ないたずらという説に傾いていました。あなたのことや、あなたとエリマンの関係についても訊かれました。そしてあなたがいまどこで暮らしているのかと尋ねられました（わたしも知らないので、答えられませんでした）。あなたがこの一幕の仕掛人なのだと考えているようでした。それから何ヵ月かたったある晩、彼がすっかり興奮した様子でホテルに戻ってきて、こう言ったのです――見つけたよ。――何を？　何を見つけたの？　――T・C・エリマンを見つけたんだ。――本当に？　するとヨーゼフはちょっと奇妙な、調子の狂ったようなことを言い出しました。わたしにはよく理解できなかったけれど、とにかく彼は、偶然エリマンに会った、まるでマラルメの詩のように、さいころの一振りのように［マラルメの長篇詩『骰子一擲』一八九七年］というのです。六時間ぶっとおしで語り合った。驚いたことにエリマンはまさしく黒人だった。でも彼はイジチュールでもある［マラルメの散文詩『イジチュール』。詩人没後の一九二五年刊］。人間精神の階段を降りて物事の底までたどり着いたイジチュールなんだよ、ぼくの可愛い人（マイン・リープシェン）。海にさえ欠けている虚無の一滴を飲んだ男、イジチュールなんだ。夜のただなかへ隠遁した男さ。しかも最大の奇跡が起ころうとしている。エリマンは新たな本を書いている最中なんだよ、クレール、ぼくの大切な人（マイン・シャッツ）。ぼくは彼が「書物」を書いているところを見たんだ。世界がそこに到達するべき書物を［マラルメが一八九一年、ジュール・ユレによるインタビューで語った言葉

「結局のところ、世界は一巻の美しい書物へと至るために作られている」への暗示」。ヨーゼフはおおよそのところ、そんなふうに言ったんです。あんなに丈夫で逞しいヨーゼフが、熱にでも浮かされているのかと思って、額に触ってみたら、燃えるように熱いのです。そこでわたしが世話を焼き、眠らせたのですが、目を覚ましてまっさきに言ったのは、エリマンを帝国(ライヒ)の幹部たちに会わせたい、なぜならエリマンは秘密を握っている、解決法、彼らの病のための処方箋を知っているからというのでした。とはいえその時は彼が病人でした。結局三日間、床に臥(ふ)すことになりました。でも彼は、そうすれば気持ちが落ち着くからといって、『人でなしの迷宮』を朗読するようわたしに頼みました。そうやって朗読してあげながら、わたしはようやくこの本の内容を知ったのです。恐ろしい話だけど、最後まで読み通したくなる。選択の余地はありません。元気を取り戻すと、ヨーゼフはすぐ、エリマンに会った場所、彼が執筆しているところを見た場所をまた訪れました。確かカフェだったと思います。ところがエリマンはどこかに行ってしまい、行く先はだれも知りませんでした。数日間、ヨーゼフは狂ったようになっていました。エリマンの足跡を見失って逆上していたのです。さいわい、時が過ぎるとともに、正気が戻ってきました。エリマンのことや、わたしには何のことかさっぱりわからないイジチュールのことをときどき話題にしますが、でも回復してきています。どうして熱病に罹(かか)ったのか、自分でもわからない様子です。ときおり、ひょっとしてエリマンが戻ってはいないかとそのカフェに出かけています。でもエリマンの姿はもうありません。消えてしまったのです。

　クレールはそこで口をつぐむ。エレンシュタインは燃え上がるような思いを抱えて彼女をしばし見つめてから、尋ねる。

――それはみんな、いつの話なんです？

――もうすぐ半年経ちます。

――ここ、パリでのこと？

――ええ。

――ヨーゼフがエリマンに出会った場所というのが正確にはどこなのか、わかりますか？

――カフェだったと思いますが。でも残念ながら名前を覚えていないのです。ヨーゼフからは聞いたんですが、忘れてしまって。でも、待って……。あの人から、直接聞けばいいですよ。ほら、来ました。ここで待ち合わせをしていたんです。

エレンシュタインが振り返ると、ヨーゼフ・エンゲルマンが店内に入ってくるのが見える。立派な風采をしている。それは制服のおかげではなくて、もっと深く、内面に由来するものだ。カフェの客たちが彼を見る目には敵意がないばかりか、感嘆の念さえうかがえる。おそらくみな、あの人物は制服のせいで軍人に見えるが、中身は芸術家だとわかっているのだろう。クレールが立ち上がる。二人は抱き合い、ドイツ語でいくつか言葉を交わす。それからクレールはフランス語に戻り、エレンシュタインに微笑むと、ドイツ人将校に向かって言う。

――紹介するわ。こちらがシャルルさん、昔からの知り合いです。あなたもこの方のことは、知り合わないうちからご存じよ。シャルルさんも、これであなたと知り合いになれる。

エレンシュタインは立ち上がる。二人の男は握手を交わすが、そこに男らしさを誇示するような様子はない。エンゲルマン大尉は、どなたかわからないとはいえ（彼はクレールを見る）、とにかくお会いできて嬉しいと言う。

――シャルルは昔わたしが勤めていた出版社の社長で、T・C・エリマンの本を担当した人。『人でなしの迷宮』を出版した人なのよ。その話をしましょうよ。

二人の男は見つめ合ったままでいる。この瞬間から、自分たちが互いにつながれたことを意識している。

――T・C・エリマンの本を出版した方にお会いできて、どれほど嬉しいか、あなたには想像できないでしょう、とエンゲルマンが言う。気おくれがしてしまうほどです。あなたがうらやましい。原稿を最初に読んだなんて、特別なことです。

――ありがとうございます、大尉。あなたは最近エリマンに会うという特別な機会に恵まれたようですね。

――ええ、とエンゲルマンが答える。確かに、そういうじつに名誉な機会を得たのですよ、シャルル。わたしのことはヨーゼフと呼んでください。

ヨーゼフ・エンゲルマンは椅子を引き、ビールを頼み、クレールとエレンシュタインのかたわらに坐る。彼らはしばらく話をして互いのことを知ったのち、エレンシュタインがエンゲルマンに、エリマンにはどこで会ったのかと尋ねる。エンゲルマンは店の住所を教える。エレンシュタインはすぐさま理解する。それはエリマン、テレーズ、そして彼が初めて一緒に会ったクリシー広場のブラッスリーの住所だった。エンゲルマンはエレンシュタインがそこでエリマンに再会できるのではないかと期待している様子を察して、自分も行ってみたがエリマンはその後二度と現れていないようだと教える。そして、ブラッスリーの常連たちから聞いた話として、エリマンは何ヵ月も姿を見せなくなったかと思うと、ある日戻ってくるという調子らしいと付け加える。

エレンシュタインは、確かにあれはそういう男ですと言いながら、ひそかにこう考える。大尉、もしあなたがその後エリマンに会えなくなったとしたら、それは彼がもうあなたに会いたくないからですよ。彼は消えてなどいない、隠れているんです。そして彼を知っている常連客たちはみんな、彼が隠れるのを助けているんですよ。でも、ぼくには会いたいはずだ。ぼくは彼の友人だ。

エレンシュタインは、ブラッスリーの主人たちは自分のことならわかってくれて、エリマンの居場所を教えてくれるだろうと信じている。そう思うと大いに希望が湧いてきて、すっかり上機嫌になる。

エレンシュタイン、エンゲルマン、クレール・ルディグはやがてエリマンを離れて別の話題に移る。エンゲルマンは揺るぎない豊かな教養の持ち主だが、謙虚で繊細な態度のうちにそれをうかがわせるのみである。エレンシュタインは、あんな噂などまったくデタラメだ、この大尉こそその何よりの証拠ではないかと思う。一時間ほど話をしてから、シャルルは立ち上がっていとまを告げる。彼はエリマンがまた来るかもしれない（いや、来るに違いない）小さなブラッスリーに行ってみたいのだ。クレールにキスをし、自分に気づいてくれてありがとうと礼を言う。それからエンゲルマンの手を取ると、エンゲルマンは彼の手を力強く握りしめる。

——お会いできて本当によかったです、シャルル。エイゼンシュタイン、ですね？

——え？

——苗字はエイゼンシュタインとおっしゃるのでしょう？

——エレンシュタインです。

——ああ、そうですか。すみません。エレンシュタインですね。でもいずれにせよその苗字は……明らかに……。

シャルルにはその続きが読み取れるし、ドイツ人大尉のまなざしにもそれは表れている。

——……ユダヤ人の名前です、はい、とシャルルが言う。わたしは確かにユダヤ人です……（彼はしばし間を置く——そこには実際、天と地ほどの隔たりがある——それからあとを続ける）……ただし自分では、考えたこともないのですが。

二、三秒の間があってから、彼らは大笑いした。とりわけエンゲルマンは盛大に笑った。それが落ち着くと、エンゲルマンが言った。

——まったくもう、ユダヤ式ユーモアときたら！　考えたこともないけれどユダヤ人か！　でもそれもまた、ありうることですね。めったにはないだろうけれど、でもありえます。しかしご安心ください。ほかの人間が代わりに考えてくれますから。

エレンシュタインが言う。そうなのでしょうね、ええ。クレールはうなだれている。ヨーゼフ・エンゲルマンだけがふたたび大声で笑い出す。ようやくエレンシュタインの手を放す。クレールはさっとエレンシュタインの腕を取り、耳元でささやく。

——心配はありませんよ、シャルル。ヨーゼフは……おわかりでしょう……ほかの人たちとは違います……ほかの本当の……ね、噂のことはご存じでしょう。収容所だとか、近々一斉検挙があるとか、ユダヤ人の強制移送だとか……。愚にもつかない噂。そうよね（ニヒト・ヴァール）、ヨーゼフ？

——うん、そのとおり（ヤー・ゲナオ）だよ、おまえ（マイン・シャッツ）！　まったくもってお笑い種だ（ダス・イスト・アブソルート・レッヒャーリッヒ）！　愚かしい、馬鹿げた話だよ。

クレール・ルディグはドイツ人大尉を愛と信頼のまなざしで見つめる。ドイツ人大尉はシャルル・エレンシュタインの目を覗き込むようにして微笑む。エレンシュタインも微笑むが、自分がなぜ微笑むのかはわからない。たぶん相手に合わせただけだろう。勘定を払おうとすると、エンゲルマンがここは自分にもたせてくれと言う。これくらいはいいでしょう、と彼が言う。エレンシュタインは逆らわず、礼を言って店を出る。

彼はすぐさま、エリマンに会うため、エンゲルマンから住所を聞いた店に向かう。だがエリマンの姿はない。店主はエレンシュタインに気づき、街じゅうがナチスだらけになって以来、エリマンはあまり表に出てこなくなっていると教えてくれる。わかるだろう、肌の色のせいで……。危険な目にあいたくないんだよ。でもあんたの伝言を伝える方法は見つけられると思うよ。どこに住んでるのかは知らないが、だれもいないようなときを見計らって、ときおり顔を見せることがあるからね。

　エレンシュタインはクリシー広場のその店で何時間も粘る。エリマンはやってこない。エレンシュタインは諦めて帰ることにするが、その前に一筆書いて店主に託す。エリマンへのその手紙には、毎日夜六時からここできみを待つと記されている。きみに会いたい、テレーズも同じ気持ちだ、いやな別れ方になってしまって残念に思っていると書いてある。そして最後に、クレール・ルディグとエンゲルマン大尉のことにも触れている。この時期にドイツ人大尉に礼を言うことになろうとは想像もしなかったが、きみも会ったことがあるはずのエンゲルマンなる人物のおかげで、友よ、またここで再会することができそうだ。エレンシュタインは手紙を店主に渡すとホテルに戻り、今度はテレーズ・ジャコブ宛の手紙を書き始める。

（つねに慧眼な読者にはもうおわかりだろう。エレンシュタインはテレーズ・ジャコブ宛のその手紙をついに書かなかった、あるいは書いたにしても「影」がドアをノックしたことに気づいてそれを破棄したのだった。沈黙のうちに両目のみを光らせたその「影」は、エレンシュタインがエトワール・ホテルに戻ってくるのを辛抱強く待っていた。読者はまた、エレンシュタインがどんなふうに――そしてどこで――最期を遂げたかをご存じだろう。だが、夜と霧にもかかわらず、闇の中に輝く両目にもかかわらず、シャルル・エレンシュタインはだれの名前も、住所も、秘密も決して洩らしはしなかった。）

4

わたしが調査記録を読み終えたとき、とシガ・Dは言った。ブリジット・ボレームが身じろぎもせずに、あんまり長いあいだ目を閉じたままだったからね、ジェガーヌ、一瞬、わたしが読んでいるあいだに眠ってしまったのかと思ったくらいだった。咳払いでもしようかと思ったとき、ボレームが目をつぶったまま言ったの。

——悪くない言い回しもあるにせよ、全体としてこの本は完全な失敗だし、書きぶりもよくないわね。そう思わない？

わたしが何も言わずにいると、彼女は目を開け、こちらを見て言った。

——インタビューアーとして失格だわ。エリマンについて十年も考えてきたのに、四八年にタロンでテレーズ・ジャコブを見つけ出したとき、訊くべきことを何も訊けずに終わってしまった。本当にだめなインタビューアーだったわ。ありがたいことにもうこの調査記録を読む人はだれもいないし、T・C・エリマンが何者かなんて気にする人もだれもいない。

——そこで彼女はさも可笑しそうに笑い始めたの。わたしはね、ジェガーヌ、どう反応したものかわからなかった。彼女がわが身を笑い、本は失敗だし、一九八五年にはエリマンのことなどだれも知らないと言って笑うのを見てるほかなかった。

——それで、とぼくはシガ・Dに尋ねた。実際のところ、その本は失敗だったと思う？

——そうは思わない。そんなふうに言うつもりはない。「失敗」ではなくて「不完全」と言うべきでしょうね。少なくとも一人の人間の人生について、網羅的な調査などありえない。提示できるのは断片だけよ。それを貼り合わせて、人生の大きな部分をカバーすることはできても、足りない部分は残るでしょう。人生自体が、完全に調査しようなどという意図を受けつけないものなのよ。それも、調査の対象にできるような外側に現れた限りでの人生ということだけれど。心の動き、精神や魂の生命、内面の謎はまさに調査のしようがないものだわ。本人の告白か、あるいは推測、仮定によるほかない。それを知るとなると……。ブリジット・ボレームはエリマンの人生の一部分を明らかにした。わたしは父親の話で、彼の子ども時代の一部分を知った。わたしたちは人生の両端をつかまえたけれど、まだいくつもの断片が残っている。とはいえ、彼女の調査が失敗だったわけではない。そう思うわ。

――どうして失敗だと思うのか、彼女に聞いてみた?

――聞けずじまいだった。聞きたかったんだけど。笑いが収まると彼女は言ったの。

――エリマンがだれだったかなんて、もうだれも気にかけない。もちろん、あなたは別にしてよ。そしてわたしもまだ、少しは気にしている。でもわたしはもう人生の最後にさしかかっている。いまとなってはもっと気軽なことだけ考えていたい。長いあいだエリマンにつきまとわれてきて、ようやくそう思えるようになってきたの。

――つきまとわれるだって?

――わたしもまさしく、その言葉に反応したわよ、ジェガーヌ。あんたと同じようにね。つきまとわれるですか、と聞き返した。するとボレームは立ち上がって居間から出ていった。二、三分後、別の本を手に戻ってきた。『人でなしの迷宮』だった。すぐにわかったわ。本のページのあいだに封筒が二つ挟まっていた。ボレームはまた腰を下ろすと言った。

——実際、正確に言うなら、だれがだれにつきまとってきたのかはわからない。あなたの意見が聞きたいわ。わたしの本が出たあと、タロンの町があるサン＝ミシェル＝シェフ＝シェフ［フランス西部、大西洋に面したペイ・ド・ラ・ロワール地域圏の町］の役所から手紙が届いたの。開けてみる前から、テレーズ・ジャコブに関係のある手紙だと思った。彼女は肺炎の手当てを受けないまま亡くなったと書かれていた。訃報だったのよ。あの咳の発作を思い出したわ。彼女がわたしに遺したものがいくらかあるので、取りにきてほしいと書いてあった。そう、わたしに遺したっていうのよ。それが手紙が来た本当の理由だった。だからわたしはタロン、より正確にはサン＝ミシェル＝シェフ＝シェフに出かけていったの。テレーズ・ジャコブが遺してくれたのは小さな封筒二つだった。役所でそれを受け取って、パリに戻る前に、町の墓地に葬られたのかどうか尋ねてみた。やっぱりそうで、生前に自分で手続きをしていたの。そこで墓地に出向き、すぐに彼女のお墓を見つけたわ。灰色の石でできた簡素なお墓で、墓石のまわりの土には掘り返したばかりの新鮮さが残っていた。彼女は墓碑（セノタフ）［遺骸を納めない記念碑］の隣に葬られていた。碑文を読むまでもなく、彼女がシャルル・エレンシュタインを追悼して建てた記念碑だとわかった。さっきお話ししたとおり、そのお墓を見つめているうちに、テレーズ・ジャコブは真実を語ってくれたのだろうかという疑問が、初めて湧いてきたのよ。エリマンの残した足跡はあまりに少なかったから、わたしは見つけ出すことのできた唯一の証人である彼女にすがりついた。テレーズ・ジャコブはもう死んでしまった。そのときになってようやく、わたしの胸に疑いが兆した。正直に言えば、本当に疑っていたわけではなくて、単に、もっと質問しておけばよかった、もっと話を引き出せればよかった、もっと正確に話してもらえばよかったと思ったの。彼女の前でわたしは、おとぎ話に夢中で聞き入っている子どもみたいにふるまってしまった。明晰な批評意識をもって昔の話に照明を当てようとするジャーナリストとしての態度ではなかった。わたしは長いあいだ墓地に佇んで、不安な物思いにふけっていたけれど、そのとき雨が降ってきた。それで墓地をあとにした。パリに戻る列車の中では封筒を開けてみようとも思わず、ずっと胸に抱え込んでいたわ。帰宅して一人になってから、夜、封筒を開けたの。一つの封筒には手紙が入っていた。エリマンが一九四〇年七月にシャルルとテレーズ宛に出した、テレーズが見せてくれようとしなかった手紙。それはあとで読むことにして脇にのけておいた。

もう一つの封筒を開けると、白黒写真が一枚入っていたの。画面の手前、左端には若い男が正面を向くのではなく体をやや斜めにして立っていた。視線は右に向けている。画面右側、男の背後には若い女の横顔が見えていて、長い褐色の髪を風になびかせながら歩いている。女は遠くをまっすぐ見つめている様子。二人がいるのは浜辺で、バックには海が見える。海は少し荒れ模様で、波が泡立っている。左手奥には、切り立った岩壁の端も写っていた。上には雲ひとつない空がひろがっている。二人の服装からして、寒い日なのだろうとわかる。浜辺を歩く女がテレーズ・ジャコブであることは、すぐにわかった。写真を撮ったのはきっと、シャルル・エレンシュタインでしょう。写真を裏返してみたけれど、日付も場所も書いてなかった。一九三五年から一九三八年までのあいだに撮られたに違いない。きっと一九三七年だったのではないかと思うわ。エリマンとテレーズのあいだ、そして彼ら二人と、二人の写真を撮ったシャルルのあいだに、何かとても親密な、仲間同士の感じがあって、彼らの友情がまるで写真の中の空のように曇りなく晴れわたっていたころの写真に違いないと思ったわ。それとも、エリマンが放蕩者のサークルに迎え入れられた時期かもしれない。思い違いかもしれないけれど。わたしは初めて見るエリマンの顔に魅せられて、長々と写真を見つめた。自分はインタビューアー失格だと思わざるを得ない理由の一つがそれなのよ。四八年にテレーズ・ジャコブに話を聞いたとき、エリマンの写真を持っているかなんて尋ねもしなかった。

何年ものあいだ一人の男を探し求め、すっかり親しくなったつもりになって、自分が一度もその男の顔を見たことがなく、もし街ですれ違ってもわからないだろうということを忘れてしまうなんて、ずいぶん奇妙な話よね。というわけで、わたしは彼の顔を見た。大人の男の顔だけど、でもまだ若者らしさが残る、エネルギッシュな感じのする顔だった。実際には、写真に写っていたのは顔の半分側だけで、もう半分は影になっていてよく見えなかったの。だから見えていたのは片方の目、額の半分、鼻の片側、口の片方の端だけだった。それ以外には光が当たっていなかったから、想像するほかなかった。でも見える部分だけで、どんな顔立ちかは十分、察することができた。わたしはとにかくその顔を見つめ続けた。エリマンは奇妙な表情を浮かべていて、微笑んでいる（それともしかめつらをしている）けれど、何かに、あるいはだれかに気を取られて（面白がって）もいて、右側に視線が引き寄せられている。目を細めて、何か言おうとしているように見える。あるいは何か言っているところをシャルルが写真に撮ったのか。右目の上が影になっているのか、それとも彫りが深いせいか、眉弓がくっきりと見える。生き生きと訴えかけてくるような顔。何と言っても、きれいな顔だった。生き生きとしているからきれいなんだし、雄弁だからきれいなんでしょうね。でも実際には、写真に活気を与えているのはテレーズ・ジャコブが歩いている姿だったわ。一歩を踏み出す様子、風に吹かれる髪の流れ、水平線に向けられたまなざしが、この写真のもつ美しさと神秘を生み出していた。風が感じられたし、海の匂いや、空気の冷たさも感じられた。とりわけ、写真の瞬間の数秒後にはエリマンはテレーズのほうを向いて、彼女を眺め、それから海を眺めるのだろうという感じがした。そしてレンズの向こうには、そう、シャルルの姿が見えたの。彼の青い、そして微笑んでいるときでさえ悲しげな目、後ろに撫でつけられた金髪、写真を撮るときも唇にくわえたままの煙草。

——話の腰を折ってごめんなさい、ブリジット、とわたしは訊いた。その写真、いまでもお持ちなんですか？

——もちろん持っていますとも、マドモワゼル。いま手にしているこの本の中にあります。問題の手紙もここに保管してあるわ。写真と手紙はそれぞれ、ご覧の封筒に入れて、この『人でなしの迷宮』の古びた本のページに挟んであります。持って帰っていいわよ。

——そう言って、ブリジットはその封筒をくれたわけ？

——ええ。

——ということは、写真と手紙を持っているんだね？

——一方はあるけれど、もう一方はもうない。

——はっきり教えてよ。持ってるのは写真、それとも手紙？

——焦らないで。ジェガーヌ、わたしの知っているすべてのことを、あんたももうすぐ知ることになるんだから。

——どうぞ、どうぞ。そうせかさずに、もうしばらく優越感を味わわせてよ。

——ボレームのところでは、それからどうなったの？

——彼女に渡された二つの封筒を開けてみた。彼女がそうしたとおり、わたしも延々と写真を見つめたわ。エリマンを見たのは初めてだった。まさにブリジット・ボレームが言ったとおりで、とてもハンサムで、若いのに老成した様子だった。ほかのところで見たことのある何かを感じさせた。顔立ちをしっかり見きわめないうちから、どこがとはいえないけれど、わたしの父親と似たところが確かにあるという気がした。一目でそれがわかったの。

——で、それはやっぱり彼だったの？

——だれのこと？

――『黒い夜のためのエレジー』に出てくる、通りで血を流していたマレームを助けた見知らぬ男というのは、やっぱり彼だったのかなと思って。

――あんた、わたしの考えが読めるみたいね。いまのわたしじゃなくて、一九八五年にブリジット・ボレームの前で初めてその写真を見たときのわたしが考えたことを。エリマンの顔をまじまじと見ながら、病院に運んでもらったとき、生死の境で見たのはこの顔だっただろうかと考えたわ。答えを聞いたらきっとがっかりするだろうけど。もうわたしにはわからなかったの。写真のエリマンの顔を見ているうちに、通りで救ってくれた男の顔を自分がまったく見ていなかったことに気がついた。自分で勝手な顔を与えていただけだった。想像上のエリマンにもそれと同じ顔を与えていたんだけど、それは写真の顔とは違っていた。わたしにはもうわからないわ。通りで救ってくれた男がエリマンだったのは確か。つまり、その男のうちにはエリマンの精神が宿っていた。どう、わかる?

――ああ、わかるよ。でも先を続けてもらいましょう。一九八五年に写真を見たと。で、それから?

――それから手紙を読んだ。ゆっくり、とてもゆっくりと。不思議な、謎めいた手紙だったけれど、全部よくわかった。問題は、全部よくわかるからといって何もかもが明らかになったわけではないということ。口を挟みたいのはわかるけど、ジェガーヌ、黙っていて。謎かけをしようとしているわけでもなければ、あんたの頭を混乱させようとしているわけでもない。その手紙自体がそんなふうだったのよ。最後の一文はもう知ってるでしょう。「すべてが成し遂げられた、そしてすべてを成し遂げるべきいま、ようやく自分の場所に戻ることができる」。わかるでしょう、明解な文章だけど、いろいろと意味することができる。ボレームの本にもその曖昧さや、複数の解釈が可能であることについてはすでに書かれていた。文字どおりに理解するべきなのか、それとも象徴的に受け取るべきなのか。文字どおりの意味で、それとも比喩として読むべきなのか。どれか決めるのは難しい。エリマンの人生について多少知っていると、手紙のどの文章も曖昧さを帯びて、たえず二重の意味が浮かび上がってくる。長い手紙じゃないのに、繰り返し読むうちにずいぶん長い時間がたってしまった。するとボレームが言ったの。

――どう考えていいかわからなくなるような手紙でしょう?

――ええ。

――四八年にわたしも、とボレームは話を続けたわ。自分の家でその手紙を読んだとき、同じ印象を受けたわ。その夜以来、とても長いあいだ、わたしはたえずエリマンの見えない影につきまとわれているような、その影がそこらじゅうに見えるような気持ちを味わってきたのです。あるいは、その影を至るところに探し求めてしまうような気持ちを。本当のところはわからない。でも彼がどこかに、街か、世界のどこかにいる。ひょっとしたらわたしの心の中にしかいないのかもしれないけれど、とにかく彼はいると感じていた。そしてわたしの様子をうかがっている。ときどき、お腹のあたりを何かあたたかく、優しく撫でられるような感じがして、自分は守られている、傷つけられることなんかないという気持ちにさせられた。そうかと思うと、赤い目がわたしの額を睨みつけているみたいで、恐ろしい脅威がのしかかってくるように感じたこともある。わたしが調査などして彼を沈黙の隠れ処(かくが)から引き出そうとしたので怒っているんだと思うこともあった。逆に、調査に乗り出したことに感謝しているんだと思うこともあった。ほんの最近まで、わたしは自分が本当に独りだと感じたことはついぞなかったのよ。それは不快でもあるし、安心でもあるような感覚でした。彼の影に慣れるまでには時間が、長い歳月がかかったわ。最初の数年は堪えがたかった。ある日、またこの写真を見ていると、彼の目が動いてこちらをじろじろ見たような気がしたの。わたしに向けられたその目から、波の音に混じって彼の声が聞こえてきた。「次はおまえの番だぞ」って。

——次というのは、どういうことでしょう？

ブリジット・ボレームはしばらく黙ってから、穏やかな口調で言ったの。

——ひょっとしたら次はあなたの番かもしれないわよ、マドモワゼル、わたしの代わりを務めるのは。すべての意味はそこにあるのかもしれない。そう考えると論理的でさえある。きっとあなたが次の獲物になるんだわ。

——それでなんて答えた？　ブリジットが言おうとしたこと、理解できた？

——ええ、理解できたわ、ジェガーヌ。よくわかった。だからこう答えた。彼に来てほしいって。彼は怖くないし、死ぬのも怖くない。わたしは彼に会ったことがあるし、それ以来ずっと彼を見ているんですって答えた。

するとボレームが言ったの。

——それならば、彼は来ますよ。彼はたとえいなくたって、きっと来ます。

## 5

パリ、一九四〇年七月四日

僕のテレーズ、僕のシャルル

勇気でも、狂気でもない――『人でなしの迷宮』に入るには、地獄の業火ではなく、地獄に堕ちた者たちの血を味わってみなければならない。それが理解できていなかったとは僕は何という愚か者だったことか。そして何とものが見えていなかったことか、きみたちがサイクロンの目に押しつぶされようとしていたときに、僕は目を回して倒れていたのだ。

だが嵐といえば……。大嵐のさなかで降り注いだのは血だった。僕は黒い鳩を夜に飛ばした。鳩は戻ってきて言った。「大地は水よりもゆっくりと血を吸い込む」。そこで僕は自分も飲まなければならないのだと悟った。野獣のように舌を鳴らして飲まなければならない。「迷宮」の中央まで到達したいのならば、自分でも責任を負わなければならない。僕はそこにきみたちを投げ込み、ミノタウロスの角よりも恐るべき脅威に晒したまま見捨てたのだ。何のことを言っているのかはわかるだろう……。許してくれとは言わない。僕はきみたちのことを許す。きみたちには知る由もなかったのだ。僕にだってそんなつもりはなかった。いまや僕は見て、飲んで、知っている。わが「王」とともにいて、彼が自作を僕に書き取らせる。

水面で揺れる小舟の中の二人をのぞけば、罪人たちは一人また一人と、地獄の湖から引き上げられるだろう。僕も彼らとともにいるが、だれも僕を引き上げてはくれないだろう。なにしろ僕は湖の水なのだから。しかし無垢の果実を勧められたとき、それを味わってみようとはしなかった。ひょっとすると欠席裁判によって最後の審判が下されるあいだに、その味を忘れてしまったのかもしれないが。彼らは僕を見たこともない。その彼らにいったいどうして僕の首を斬れるだろうか。栄光の死刑台上で民衆の唾を浴びながら断頭された哀れな男、名も知れぬ実直な男だ。彼は叫び声を上げなかった。彼は――だがいったいだれだったのか――知っていた、自分の血によって「迷宮」が開かれるだろうということを。僕はわが「王」とともにいる。「王」は愛(いと)しい女にめぐりあうために王冠を僕に差し出す。

きみたちを愛している、わが友よ、きみたちを愛している。別の「迷宮」、さらに人でなしの迷宮がわれらの上にのしかかろうとしている。「迷宮」の中央では口が開いてまた閉じ、書物のあらゆる文章はその奥に呑み込まれてしまう。だが「迷宮」は、自分が毒を飲んだのだとは知らずにいる。最重要の書物とは殺すものであるがゆえに最重要なのだ。その書物を殺そうとする者は死ぬ。その書物とともに死を歩む者は死において生きる。

僕はいまや血みどろの「王」だ。ここ、わが「迷宮」の中で。わが火に焼かれて老いぼれどもは死ぬがいい。僕は新しいものを望んでいる。人がそれを僕に望むことも承知している。再開することも受け入れる。なぜなら再開しかないからだ。

さようなら、僕のシャルル。そしてきみにもだ、ぼくの魂、テレーズ。影に抵抗してくれ。生きてあれ。

すべてが成し遂げられた、そしてすべてを成し遂げるべきいま、ようやく自分の場所に戻ることができる。

エリマン

この問題の手紙を、ぼくはシガ・Dが見つめる前で四、五回読み返した。そして言った。

――こんなの、象徴派風に謎めかしたまったくくだらない文章じゃないか。嗤(わら)うべき秘密の術、予言者だかマイスター・エックハルト［中世ドイツのキリスト教神学者、神秘主義者（一二六〇頃－一三二八頃）］だかの悪趣味なパロディだよ。それともコンゴの福音主義的山師かな。そいつは女たちに取りついた悪魔を体の中から追い出すと称して、女たちを後ろからヤッてるところをフェイスブックでライブで流したんだよ。聖書片手にね。T・C・エリマンがこんなものを書いたとしたら、そのときまともな状態ではなかったんだと思う。本物の手紙だとは思えない。テレーズ・ジャコブが自分で書いたんじゃないかな。信じられないよ。なんて代物だ！　友人宛にだれがこんな手紙を書くものか。

——そんなこと言うのはあんたがわかっていない証拠だね。それとももっと悪いことに、わかっていると思い込んでいる証拠かもしれない。

——そんなことない。中身の空っぽな形而上学めかしたごった煮だと思うから、そう言ったまでです。

——あんたにあげるわ。

——この手紙をくれるって？　いらないよ。

——取っておきなさい。時間がたてば、そして何度も読み返せばきっと理解できるから。エリマンというのは読み返してやっと理解できる作家でしょう。『人でなしの迷宮』はそういう作品よ。手紙だって同じこと。

——写真のほうがよかったな。

——いい写真だった。でももうないの。

——そりゃがっかりだ。裏切られたような気分だな。この手紙は『人でなしの迷宮』の天才とは何の関係もない。

——エリマンには自分が何を書いているのかわかっていた。それがあんたには我慢ならないとか、理解できないとか思えるんでしょう。でもここに書かれた文章はことごとく、何かを正確に語っている。うわべは曖昧だったり、謎めいていたりしても。だからいまあんたに説明するのはやめておく。わたしだって、何年もこの手紙とつきあってきてさえ、理解できているのかどうか自信がないんだから。でも一九八五年、それをブリジット・ボレームの前で読んだとき、一つびっくりしたことがある。

——というと?

——地獄の湖に浮かぶ小舟に二人の罪人が乗っていて、ほかの罪人たちはみんな湖底に沈んでいるというところ。それは何か正確な事実に対応しているのよ。あんたの意見では、この罪人たちというのはだれだと思う?

——お説を拝聴するよ。ぼくにはこの手紙は理解不能だから。

——わたしも最初に読んだときはそうだった。でもこの部分に注意を引かれて、そこにしがみついたわけ。ボレームにそう言ってみると、彼女はゆっくりとした口調で言ったわ。「地獄の湖に浮かぶ小舟に乗った二人というのは、ポール＝エミール・ヴァイヤンとわたしのことよ」わたしは唖然としながら、ヴァイヤンと彼女のつながりを見つけたかったから、その解釈に照らしてもう一度手紙を読もうとした。するとボレームが言った。

——四八年にこの手紙を読んだときは、本当にさっぱりわからなかったわ。いくつかの箇所をのぞけば、ベールがかかったような表現になっているでしょう。それから何度も読み返してあれこれ考えるうち、最後の審判という表現は、一九三八年に『人でなしの迷宮』に対して寄せられた批評全部を指しているのではないかと思えてきた。そう考えると手紙の内容はかなり明らかになるような気がするけれど、現実と対比させて解釈できるようになるまでずいぶん時間がかかったわ。この部分に関しては、はっきりわかった。批評家たちは罪人であり、彼らが溺れる湖がエリマンなのよ。自分の調査結果を読み返すうち、その解釈で間違いないという確信を得たの。三八年当時、エリマンが、彼によれば読み方を知らない人たちのことを何と呼んでいたかご存じ？　ええ、そうよ。罪人と呼んでいたのです。より正確には、ちゃんと読めないのは罪だと言っていたのよ。

——そうだったね、とぼくはシガ・Dの話をさえぎって言った。ボレームの話じゃそうだった。でもそれは何の証拠にもならないよ。それは手紙を書いたのがテレーズ・ジャコブだということを示しているにすぎないんじゃないかな。エリマンの言葉を引用しているふりをして、罪人という単語を彼女が口にしているだけさ。あのくだらない手紙でそれを使ったのも彼女自身かもしれない。

——ちょっと待ってよ、ジェガーヌ。続きを聞いて。あの手紙にばかりこだわってちゃだめ。重要なのはむしろ、ボレームが手紙から出発して何を見つけ出したかということ。彼女の言葉に対して、わたしは質問した。でも、ブリジット、どうしてあなただけが、ポール＝エミール・ヴァイヤンとともに、湖底に沈まない批評家として扱われているのでしょうか？　ボレームはこう答えた。

——わたしも、二人だけ難を逃れる人物がヴァイヤンと自分だって、すぐに思ったわけではないのよ。何ヵ月かたってからそう思うようになったの。十年前に『人でなしの迷宮』についてパリのマスコミに出たあらゆる批評、書評のたぐいを読み直してからそういう考えに行き着いたのです。ポール＝エミール・ヴァイヤンは『人でなしの迷宮』の構造ないし構成を最初に理解した人。たとえ彼の目には、それが剽窃のかたまりと映ったとしてもね。少なくとも彼は、本の実質をなしているのが、ほかの作品の書き直しやコラージュだということを理解していた。わたしを含めてほかの人間はもっぱら、作者のことや、作者がアフリカ人だということ、代作者の能力あるいは無能力や、植民地化等々について語っていた。でも、ヴァイヤン教授が『人でなしの迷宮』について自分でマスコミに記事を書いたわけではないことを忘れてはならない。彼は自分の発見をアルベール・マクシマンという記者に話しただけ。だから教授は直接の責任は問われないということ。

――では、あなたはどうなのでしょう？　あなたの責任が問われないとしたらそれはどうしてなのか。あなただって、作品そのものとは別の事柄について発言したのでしょう。

――そのとおりよ。だから長いあいだ、なぜ自分は大目に見てもらえたんだろうと考えていたのです。しかも、わたしが最初に書いた批評は必ずしも作品に好意的なものではなかった。作者に対してもそうだった。わたしは肯定、否定のあいだで迷っていた。エレンシュタインとテレーズ・ジャコブに対するわたしのインタビュー記事だって、共感に満ちたものではありませんでしたよ。ヴァイヤンが比喩的に言って「悪」の水に溺れる運命を免れる理由はわかったけれど、それだけに、自分についてはその理由がわからなかったの。

――それから、どうなったのですか？

――それからね、マドモワゼル。ずっと考えているうちにやっとその理由がわかったのよ。はっきりした理由からでした。新聞雑誌であの本を取り上げた批評家のうち、わたしだけが女だったのです。いかにも机上の理屈でしかないようだけど……。

――……そんなの、愚かしい理屈だよ。

――……でもブリジット・ボレームはその可能性を無視しなかったのよ、ジェガーヌ。彼女は一九三八年に『人でなしの迷宮』が出たとき、本について記事を書いた批評家やジャーナリスト全員を探し出そうとした。

――それで？

――全員、死んでいたの。

――それで？

――それで、ボレームはわたしに言ったわ。全員が、マドモワゼル、一九三八年の年末から一九四〇年七月までのあいだに自殺していました。自然死というケースは一人だけ。アンリ・ド・ボビナル。彼は自殺ではなかった。バセール族の神話について嘘だらけの記事を書いた数日後、突然の心臓発作で死んだのです。享年は七十二でした。ボビナルのほかは全員、つまり全部で六人の男たち——レオン・ベルコフ、トリスタン・シェレル、オーギュスト＝レーモン・ラミエル、アルベール・マクシマン、ジュール・ヴェドリーヌ、エドゥアール・ヴィジエ・ダズナク——が自殺していました。全員が死亡、全員が自殺です。

そこでボレームは口をつぐみ、重々しい表情でわたしを見つめたの。わたしは言ったわ。あなたの考えでは……。

——いいえ、マドモワゼル。わたしの考えは後回しにしましょう。まずは事実だけに絞ります。事実は以下のとおりよ。エリマンの『人でなしの迷宮』についてマスコミで発言した者たちは、肯定的だったにせよ否定的だったにせよ、攻撃したにせよ擁護したにせよ、ヴァイヤン（彼は一九五〇年に八十二歳で安らかに死んだ）とわたしのほかは、全員死んでいる。一人は心臓発作。それがボビナルの場合で、あとの六人は自殺。この間、エリマンがどうしていたかについてはだれも知らない。そして一九四〇年七月、書評を書いた六人のうち最後の一人——アルベール・マクシマン——が自殺したまさにその日、一九四〇年七月四日に、エリマンは久々に手紙を書いた。その手紙で彼は湖底の七人の罪人と二人の生き残りについて触れている。一九八五年、長い年月が過ぎ去ったいまとなっては、わたしの考えなどもう意味はないかもしれない。年寄り女の思い込みです。それをいまからお話ししましょう。でも、あなたはどう思うかしら？

——そうだよ、シガ・D、きみはどう思うんだい？

——わたしはボレームに尋ねた。自殺というのは確かなのですか？　彼女は言ったわ。確かめたけれど、やっぱり自殺でした。それについては記録をまとめたし、それぞれのケースについて状況を書き留めておきました。わたしはそれを『自殺ないし殺人の報告書』と呼んでいるの。その記録をさしあげます。ぞっとするような内容だけれど。どう使ってもらってもかまわないし、破棄してもかまわない。では、質問に答えてくださいな。あなたはどう思う？　――そこでわたしは、わかりません、判断材料がそろっているわけでもないし、証拠がなければエリマン・マダグを訴えることはだれにもできないでしょうと答えた。それはエリマンに重大な罪を着せることになるとも付け加えたわ。自殺も何もかも、すべてはきっと……。

――偶然の一致？　偶然ですって？　マドモワゼル、偶然とは知られざる運命、目に見えない文字で書かれた運命のことよ。死者たちを結びつけているのはエリマン。この件についてわたしは偶然など信じない。率直に言いましょう。わたしは彼がみんなを殺したのだと思う。そう思っているの。殺したんだって。きっと直接手を下したのではないのでしょう。でも、みんなを自殺に追いやったに違いないと思う。どうやって？　心理的な迫害によって。わたしのこと、頭がおかしいと思うでしょう。そんなことを言い出すのは年寄りのフランス女しかいないって。でもいいわ、この歳になったら、自分の考えを隠さずに言えるのよ。信じようと信じまいと、どう見られようともかまわない。いいですか。わたしはエリマンが黒魔術を操っているんだと思っているの。これまでずっとそうじゃないかと思ってきた。ただしそれ以上考える勇気はなかった。自分も死ぬんじゃないか、自殺の誘惑に駆られるんじゃないかと怖かったし、毎晩耐えがたいような悪夢に彼が出てくることになったら、生きている心地もしなくなるでしょうから。実際にエリマンに会ったことは一度もない。でもさっきも言ったとおり、彼がそばにいると感じなかった日は一日もない。彼はいる、確かにそこにいるの。すぐそばに、そしてとても遠くに。わたしももう歳だから、長くは生きられない。

だから死ぬことを恐れずに思いどおりのことが言えるのよ。写真も手紙も、みんなもっていっていいわよ。どう使ってもらってもかまわない。もうわたしには必要がないから。これでもう、わたしがエリマンについて知っていることは、あなたもほとんどすべてご存じね。ほかにまだ言い残したことがあるとすれば、それはわたしが忘れてしまったからでしょう。記憶も少し怪しくなってきているから。それでは、マドモワゼル、これで勘弁してちょうだい。お話しできて嬉しかったわ。でもわたしは少し眠らないと。女も年を取ったら、あなたにもいつかわかるでしょうけれど、少し休まなければね。それにわたしは年を取っただけではなくて病気がちだから。ご存じかしら、わたしもうすぐ八十になるんですよ。

# 第三部　タンゴの夜、潮は満ちて

当時、わたしはナンテール［旧パリ第十大学、現パリ・ナンテール大学］で哲学を学びながら、週三日は夜、クラブで胸を出して踊っていた。生きていくためだった。ハイチの詩人が借りてくれた部屋の契約は八四年末で切れようとしていた。奨学金だけでは家賃以外の出費を賄うのもやっとで、さらなる収入源を見つけなければならなかった。大学の友人にマルティニック出身の女の子、ドニーズがいた。背が高くて、美人で、すらりと長い脚と美しいお尻の持ち主だった。この夏、わたしがすぐにでも何か仕事を見つけなければならないと話すと、ドニーズがセクシーダンスの働き口を教えてくれた。彼女自身が少し前からその仕事をしていたの。彼女が言った。

——いま、若い子を募集中なのよ。あんたなら条件にぴったり。それ以上だわ。給料、悪くないわよ。その胸なら、お客は夢中になっちゃうわね。

八四年秋の新学期、わたしはル・ヴォートランというそのクラブに出かけていった。五十がらみのリュシアンとアンドレという男女の経営者カップルに雇われて、その晩からすぐに働き始めた。すごくお洒落（しゃれ）なクラブというわけではなかった。中流のお客が集まる店。でも学生としてはかなりいい給料をもらえた。チップも入れると、十分満足のいく額になった。

わたしには立派な胸があった。見せるのは平気だったし、それが引き起こす反応を見るのも怖くなかった。つまり、感嘆、嫉妬、妄想、羨望、欲望、恐れ、反撥（はんぱつ）など。その胸は本物なのかって聞かれた。もう脱いでいるんじゃなければ、ブラウスのボタンを外して、ブラジャーのつり紐（ひも）を肩から滑らせ、興味津々で見つめる男か女の鼻先に胸を突き出してやる。それから一瞬、間を置くの。

その沈黙は、「どう思うか言ってごらん」とか「自分の目で確かめてごらん」というせりふに相当しているというわけ。

＊

ル・ヴォートランの十人ほどのダンサーのうち、わたしは唯一の黒人だった。ドニーズの肌の色はわたしほど黒くなかったので、アフリカ人とはみなされていなかった。とにかく、たいていの場合は。彼女は、自分は二つの色のあいだで居場所がないような気がする、と言っていた。容赦なく人の正体を暴き出す皮膚の力で、一方から他方へ揺れ続けているような気がするって。想像上のものなんかじゃないその分割線こそが、日々、さまざまな問題に関して、天国と地獄、美と汚辱、夜と昼、嘘と真実のあいだを分け隔てている。

わたしたちは一週間のあいだ、四つの小ステージの上でかわるがわる踊った。それぞれのステージのまんなかにはポール・ダンス用のポールがあって、床から天井まで伸びていた。わたしたちは客たちより少し高いところで服を脱ぎ、ショーが始まる。メンバーでちゃんとダンスを踊れるか、とにかくダンスらしく見せようとするのは、半分だけだった。ほかの子たちはマムシみたいに、それとも雨に打たれる旗竿（はたざお）の先の旗みたいに体をくねらせるだけだった。わたしはちゃんと踊れるほうに属していた。

もっと稼ぐために、ときどきル・ヴォートランの二階の個室で客の相手をする娘たちもいた。わたしは出番のあと、真夜中、一人で歩いて帰るのが好きだった。ときどきハーフェズのところに立ち寄ることもあった。同名の有名なペルシア人［十四世紀ペルシアの詩人］同様、彼も詩人だった。ただし作品のない詩人、あるいは作品が本になっていない詩人だった——そしてまた、ディーラーでもあった。

少し話をして、彼はおはこの存在哲学を聞かせてくれるのだけれど、それを要約するなら――現実にはその反対物などない、人間の存在において起こる事柄はすべて現実である。わたしには理解できたとは言えない。彼はそれ以上説明せずに微笑んで、ぶつを渡してくれた。わたしは家に帰ってそれを吸い、書いた。ハイチの詩人に手紙を書き、『黒い夜のためのエレジー』の執筆に取り組んだ。

ダンスのあとで書いたり読んだりする時間が、わたしにとってはその時期の真の慰めだった。それだけが、完全に無駄に過ごしたと感じない唯一の時間だった。

ナンテールで哲学を学びながら、ル・ヴォートランでストリップ嬢をやり、ハイチの詩人に手紙を書き、最初の本のアイデアをふくらませた。それを産み落とすには鉈でお腹を断ち割るようにしなければならないだろうと感じていた。それから本も読んだ。相変わらず『人でなしの迷宮』を読んでは、エリマンのことを想った。このクソのような人生の大海原での、わたしにとって唯一の灯台。

*

最初のうちは、彼を探せずにいた。自分の場所を確保し、自分を慣れさせ、そしてまた身を引き離し、社会との関係作りをそっくりやり直す。毎日それに追われていた。でも大事なのは心の中に彼を抱き続けること、彼が消えてしまわないことだった。彼の本を要石として、そのうえに自分の蔵書を築き始めた。ゴミ捨て場に捨てられたり、公園のベンチに置き忘れられたりした本を集めてきた。市や骨董屋で買うこともあれば、いらなくなった本があると聞いてもらいにいったこともある。とにかく『人でなしの迷宮』がすべてを支えていた。エリマンはその城の目に見えない王だった。秘密の部屋で眠っている彼を、わたしが起こしにいき、外に出してあげるのだった。

＊

ダカールの街をさまよった歳月の記憶は、悪夢や亡霊となって取りついていたけれど、それを詩的イメージに変えることができずにいた。傷はまだ口を開けて、処置を待っていた。わたしはそれを利用しさえすればよかった。でもそこにペンを浸してもペン先は乾いたままだった。何ヵ月たっても、思いどおりに事は運ばず、失敗の連続だった。

やがて、かなりたってからわたしは理解した。傷を負っているからといって、それを書かなければならないとは限らない。書こうと思わなくたっていい。書けるかどうかという話ではない。時間とは命を奪うもの、ですって？　そのとおり。時間は、自分の負った傷は唯一無二のものだという、わたしたちの心の中の幻想を滅ぼしてくれる。そんなものではない。どんな傷も唯一無二ではない。人間的なものは何であれ決して、唯一無二ではない。すべては時とともに恐ろしく平凡なものになる。そこに袋小路がある。でもその袋小路は、文学が生まれ出るためのチャンスでもある。

＊

ル・ヴォートランの個室での残業を拒んだために、わたしはたちまち、店で最も信頼される一人になった。リュシアンとアンドレはだれにも無理強いしようとしなかった。ノンと言えばそれはノンを意味していた。ただしル・ヴォートランではノンは一晩限りだった。次の晩にはまたあらゆる可能性が息を吹き返した。戯れと誘惑が繰り返された。時間がたてば何とかなるんじゃないか、建前の厚い壁にも徐々にひびが入るんじゃないかというわけ。人の心は変わるもの、渇望や弱さや貪欲につけこもうというわけだった。
わたしの返事はいつだってノンだった。お上品ぶってるとか、計算ずくだ、値段を吊り上げたいんだろうと言われたり、不感症だなと言われたりした。退屈のせいだと見抜く男はだれもいなかった。

まもなく、個室に行くのを断るのはドニーズとわたしだけになった。黒人娘二人(この場合、ドニーズはもちろん黒人ということになった、というか黒人に戻った)が拒んでいる。そこで、エキゾチックな欲望のメカニズムが猛然と働き出した。そしてあだ名が次々につけられた。紅衛兵ならぬ「黒衛兵」「双子のシスター様たち」「ブラック・バージンズ」「ヤレない女たち」「修道女たち」などなど、もう忘れたわ……。ドニーズと一緒にそれを面白がっていた。リュシアンとアンドレはわざとわたしたちを同じ日に出演させた。常連さん以外にも、好奇心に駆られて、あるいは「黒い錠前」——これもまたあだ名の一つ——を吹っ飛ばしてやろうと意気込んで、大勢の客が来るだろうとわかっていたから。

*

その男が来るようになったのは八五年の初め、一月半ばのことだった。わたしたちの新しい演目に惹かれてだったのか? それはわからない。最初のうち、わたしは目を留めなかった。ある晩、ドニーズが教えてくれた。踊っている最中に彼女が頭を少し振ってその男のほうを示した。そこでわたしは初めて男を見た。片隅に独りで、周囲に背中を向けて坐っていた。ダンスが終わって、更衣室で落ち合うと、ドニーズが言った。
——見た? アフリカの王子が来てたわね。

――いままで全然気がつかなかったわ。

――あんた、目が見えないのか、それともよっぽどぼんやりしているのかどっちかね。いままでだって、黒人のお客はけっこう来てたけど、あの男みたいなのは、黒人にしろ白人にしろ、一人もいなかった。あの男、一週間前から毎晩やってきて、同じ席に坐ってるのよ。

わたしは、全然気がつかなかったと繰り返した。でも結局、それも不思議ではなかった。なにしろ男は背中を向けて、壁を向いて坐っていたのだから。ドニーズが言うには、それだけでも十分目立つじゃないのということだった。なるほどそうかもしれない。でもわたしの目には入らなかったというだけのこと。

――ほかの女の子たちもみんな噂しているわよ、とドニーズ。妄想をかきたてられるよね。すごいお金持ちなんじゃないかな。

――どうしてそう思うの？

――あんたったら、しらばくれてるんでしょ。一目見ただけで、ここには場違いだってわからない？　あれは外交官よ。それとも大臣か。高級そうな葉巻なんかふかしてるじゃない。ひょっとしたらどこかの大統領かも。札束でぱんぱんにふくらんだスーツケースをエリゼ宮に運んでる連中というのがいるらしいけど、その一人かもしれない。フランスとアフリカの元植民地の複雑な関係とか何とか、そういうの、あんたのほうがよく知ってるでしょう？　あの男、あんたと同じアフリカ人よ。あいつをものにしたら、わたしも呼んでよね。そうしたらシェストフだのヤスパースだのの本の上で寝るのはもう終わり、この部屋ともおさらばよ。考えておいてね。

わたしは何も答えずに微笑んだ。ヤスパースは愛読していた。その男を見たとき、黒人だということにさえ気がつかなかった。金持ちじゃないかなどとは思いもしなかった。ちらりと見た瞬間に印象に刻まれた唯一のことは、いかにも孤独そうに見えるということだった。とはいっても、ル・ヴォートランで飲んでいる客には孤独な客などたくさんいて、それぞれの悩みや酔いに打ちひしがれた様子をしている。この店にはそういう客しかいないと言ってもいいくらいだった。でもその男が背負っている孤独にはどこか別のものが感じられた。ひょっとしたら記憶をあとから作り替えているのかもしれない。本当のところはわからない。でも思い出すたび、彼の背中を自分の目で見たその瞬間を思い出すたびに、彼の孤独の色合いがまざまざとよみがえってくる。彼が周囲に漂わせているオーラがわたしにも感じ取れた。それは乳白色を帯びた緋色の輝きで、薄い緑の膜で裏打ちされていた。その緑については何とも形容しがたいし、あんな色合いの緑はまったく見たことがない。でも思い出してみると、そう、ヴェロネーゼの絵に使われている緑という感じだろうか。一瞬それを目でとらえてから、わたしはまたダンスに精神を集中した。知らない男のまわりにオーラが見えるとは、われながらかなり疲れてるんだと思いながら。

帰り際、店内は閑散としていた。男が坐っていたテーブルを見ると、もう姿はなかった。

＊

続く数日、男は現れなかった。二週間、三週間、五週間たっても戻ってこなかった。わたしはドニーズをからかった。女の子たちがあの男に熱を上げて、褒めそやし、妄想を逞しくしたせいで、あの孤独な男の身の上に「うわさ口」の不吉な力が及んでしまったんだって。これはいわゆる邪眼に似たものだけど、わたしたちの国では、何と言っても「うわさ口」以上に希望を打ち砕くものはない。わたしはそんなあれこれをドニーズに説明してやった。あんたは大金持ちのアフリカの王子を逃がしてしまったのよ。これでもうわたしたち、ドイツ人哲学者たちの本を読んでは、ル・ヴォートランのポールのまわりで際限なくお尻をくねらせているほかないわね。

＊

八五年二月、わたしは狂気だか正気だかの発作に襲われて、原稿を焼き捨てた。『黒い夜のためのエレジー』をどうしても書けなかった。というよりも、自分が書いたものに満足できなかった。原稿を破棄することだけが唯一可能な道だと思った。何かが足りなかった。わたしはいつも、一冊の本はその作家が破棄したものの総計にほかならない、あるいは作家が書かずにおいたすべてのものの結果にほかならないと考えていた。そういう本のための準備がまだ整っていなかった。だから本の材料になるはずだったものを全部火に投じた。さしあたり書くことをやめて、エリマンについて調べ始めた。

最初に読んだのがボレームの調査記録だった。何週間も探し求めた末に、セーヌ河岸の古本屋で見つけることができた。一冊だけその店に残っていた。

それから、古物商やオークション、河岸の古本屋や印刷物専門の露店なんかを手当たり次第に漁って、戦前のあらゆる雑誌、特にエリマンについての記事を掲載した三八年の雑誌を集めた。ル・ヴォートランのギャラを注ぎ込んだおかげで、当時の記事をすべて手に入れて読むことができた。ブリジット・ボレームがまだ健在であるのは知っていた。彼女はフェミナ賞を取り仕切り、偉大な文芸評論家にしてレジスタンスのヒロインという二重の栄光に包まれていた。彼女に手紙を書いて、本当のことを打ち明けた——わたしはエリマンの従妹で、彼について調べています、どうか助けていただきたいのです。

＊

ボレームに手紙を出したその日、男がル・ヴォートランにふたたび現れた。わたしたちが踊っているあいだに入ってきた。フェルトの帽子を目深にかぶっているせいで顔が隠されていた。悠然と店内を横切り、また奥の席に坐った。いつもどおり、こちらには背中を向けて。だから顔立ちも見分けられなかった。でも今回はじっくり見たので、優雅ないでたちや、ゆっくりと帽子を脱いでコートを椅子の背にかけるしぐさににじむ育ちのよさを見て取ることができた。緋色と緑のオーラはもう見えなかったけれど、孤独の深さに変わりはなかった。向かいの席は空いていた。存在論的に言ってからっぽだった。つまり男は、彼の向かいに坐る者などいまだかつてだれも存在しなかったし、彼の前のあらゆる椅子はつねに虚無によって占められているという印象を与えた。彼は自分の孤独の果てまで達し、もはや何も期待していないようだった。孤独に耐えながらも心の底では運命か偶然の出会いが孤独を追い払ってくれることを願う他の者たちとは違い、彼は孤独がどうにも変えられないものであり、何もそれを追い払うことはできず、出会いがあったとしても結局何も変わらないだろうと悟っているような印象を与えた。

ドニーズは男が入ってきたときにもちろん気づき、すかさずわたしに笑いかけ、何かを仄めかしからかうような目配せをおくってきた。やる気満々だった。

やがて男はふと立ち上がり、大きな帽子をかぶるとリュシアンとアンドレに会いにいった。彼らが話し合っている様子をわたしは目の端で見ていた。わたしたち、ドニーズとわたしのことを話し合っているのだということが、なぜかはっきりと伝わってきた。ドニーズもまた、その光景をちゃんと目に入れていた。数分間話し合ったのち、男はテーブルに戻らず、リュシアンに先導されて個室に通じる階段を上っていった。アンドレがわたしたちにダンスをやめて舞台から下りてくるよう合図した。

——あの人があんたたちに会いたがってる、と彼女は三十年におよぶ煙草とアルコールのせいでかすれた声で言った。あんたたち二人とも、来てほしいそうよ。リュシアンが六号室に案内したわ。廊下のいちばん端、落ち着いた場所がお望みなのよ。娘さんがた、いつものとおり、決めるのはあんたたちよ。これまでは、答えがノンだったことはわかってるわ。わたしはそれを尊重するし、リュシアンだってそう。でも、忠告させてもらえるなら、これは経験から言うんだけど、なにしろわたしはあんたたちがやってることを、毎晩、二十年間毎晩やってきたんだからね。そのうえで忠告するなら、この機会を逃すなということね。それから、これはお金とは何の関係もないわよ。もちろん、あの人はお金持ちでしょうよ。でもいま問題はそのことじゃないの。あの人には何か別のものがあるという気がする。二分間話しただけでそれが感じられる。まあ会ってみればわかるわよ。

このとき、リュシアンが下りてきた。いつものように、何も言わなかった。口数の少ない、しぐさやまなざしで意思を伝える人だった。しばらく彼の目を見ていた。何か言いたげだったけれど、唇からは何も洩れてこなかった。

——で、どうする？　とアンドレが言った。

わたしはドニーズを見た。彼女同様、わたしも興味を引かれていた。でも何かがわたしを押しとどめていた。それが何なのかはわからなかった。ひょっとしたら男の孤独が伝染するのが怖かったのかもしれない。それとも自分ではわからない何か別のことだったのか。

——どうする？　とアンドレが繰り返した。

わたしはノンといった。ドニーズの返事はウイだった。

わたしは彼女がゆっくり階段を上っていくのを見て、思った。なんてすらりと背が高い、きれいな子なんだろう。わたしは彼女の長い脚を見つめ、彼女の腰つきが語るなまめかしい物語を読み取り、彼女のお尻を眺めた。魅力の盛りにある、わたしを含めてあらゆる女の子がうらやむほどのお尻だった。むきだしの両肩の揺れるさまを追い、うなじにも目を留めた。すべてを見つめて、仲間の美しい体に対する感嘆の念に浸りながら、わたしはいやな予感も抱いていた。でも、その点についてもやはり、あとから印象を作り替えるのはたやすい。きっと予感なんか何もしなかったのだろう。わたしの心をとらえていたのは、男の待つ六号室に向かうために階段を上っていくドニーズの、まばゆいまでの女らしさだけだったのだろう。

その晩、わたしは疲れを感じて、アンドレとリュシアンに早退を申し出た。二人は了解してくれた。そこでわたしは家に帰り、ハイチの詩人に手紙を書いた。その内容はもう覚えていない。

＊

二日後、ドニーズはナンテールの授業にもル・ヴォートランにも姿を見せなかった。欠勤の知らせがあったのかとアンドレに尋ねると、体調を崩したが、よくなり次第店に戻ると電話してきたという。この夜、わたしは一人で踊った。友人がいないことを実感した。孤独な男も来なかった。

＊

翌日、ブリジット・ボレームからの返事を郵便受けに見つけた。彼女は会うことに同意し、一週間後自宅に来るようにと書いていた。

ジェガーヌ、そこでわたしたちが語り合った事柄に関しては、もう何もかも知っているわね。それについてはまたあとで触れることにする。ブリジット・ボレームに会う前に、わたしはドニーズのところに行った。彼女から何の知らせもないまま三日が過ぎていて、わたしは心配になり始めていた。

彼女はパリ南郊の、手狭だけど暖かな一部屋に住んでいた。わたしはその部屋をよく知っていた。そこに何度も招いてもらって、食事をしたり、授業の復習をしたり、話をしたり、あるいは若い男の子たちに会ったりしていた。おしゃべりでやたらと知識をひけらかす学生たち。彼らは読んだこともないか、読んでも理解できず、きっといつになっても理解できないだろう哲学者たちを得意になって引用した。たいていはうんざりさせられた。でも、彼らにもう話のたねがなくなってあとはセックスするほかないとなれば、一晩か二晩なら問題はなかった。

ドニーズの家にやってきた。呼び鈴はついていない。ノックをする前、わたしは部屋の中から歌が聞こえてくるような気がした。歌声は消えていき、歌詞の最後のくだりと、優しく、重々しい調子をあとに残していった。知らない曲だった。わたしは扉の前に立ったまま耳をそばだてた。でもすでに静まりかえっていた。きっとラジオだったのだろう。とにかくドニーズは部屋にいるんだ、とわたしは思った。まず三回ノックしてみたけれど、数秒たっても応答がないので、また三回ノックした。父親のぞっとするような部屋の前での儀式の記憶が、いまだにわたしに取りついていた。ドニーズは依然としてドアを開けない。留守なのか、それとも眠っているのか。すると不思議にも、そう思っただけで、それまで感じていた重苦しさから解放されたような気がした。そのために来たのに、ドニーズに会うことがにわかに、突飛な、危険なことであると思えたかのように。いま来た階段を大急ぎで降りようとしたが、そのとき扉がゆっくりと、音もたてずに開いた。まるでだれの力によるのでもなく、ひとりでに開いたみたいな、扉に意思があるかのような感じだった。わたしは扉が幽霊の手で引かれるか押されるかして開くのを見ていた。そこにドニーズが現れた。最初はまず腕、それから片方の肩、そして最後に顔。あるいは顔の片側。顔のもう片側は、体の片方と同じく、扉の陰に隠れていた。わたしは彼女の顔の片側をじっと、何も言わずに見つめたまま、何とか彼女に微笑みかけようとした。でも、微笑むことができたとしても、それはいわば死の微笑だったと思う。一方、ドニーズの顔の片側に、わたしはどんな表情も読み取ることができなかった。階段の踊り場には湿った隙間風（すきまかぜ）が吹きつけていた。

　お入りよ、とドニーズが言った。そこじゃ寒いでしょう。彼女はわたしを通すために扉の後ろに身を引いた。室内は薄暗くて様子がはっきりとはうかがえなかった。狭い廊下が居間に通じていた。窓は閉まっていた。すべては平常で、平穏、冷静だった。とはいえわたしは心の奥底で、この部屋はだれであれ、入ってくる人間に切りつけようとしていると確信していた。この部屋は蛮刀（マチューテ）のようなもので、刃は研ぎたて、あとは切り裂くための餌食を待つばかりだと感じた。――お入りよ、とドニーズがまた言った。扉の後ろにいて姿は見えない。彼女の声だ、でも彼女らしくないと思った。そちらに――ドニーズにではなく、その声に――背を向けたままでいるのは自殺行為だと、本能的に直感した。お入りよ、そんなところにいないで。その声はすっかり調子はずれになっていた。まるで祈りのようでもあったけど、それは地獄の神に向けられた祈りだった。わたしは声に従って中に入った。そのとき、扉の後ろで待っていたのはドニーズではなく、別の何ものかなのだとわかった。その存在が室内にまざまざと感じられた。扉の後ろの片隅には目をやらないまま、敷居から三、四歩進んだ。背後で扉が閉まった。正面の廊下が果てしなく伸びていって、決して居間に到達しないような気がした。わたしは自然そのものの様子を装って後ろを振り向いた。ナイフの刃の冷酷なきらめきか、リボルバーの黒い銃口か、それとも絞首台の綱の輪差（わさ）結びが目に入るものと覚悟していた。

　そんなことはいっさいなかった。そこにいるのはドニーズ一人で、ナイトブルーか濃いグリーンのガウンが美しい肢体を覆い隠していた。やせたことがすぐ見て取れた。調子はどうかと訊くと、あと何日かは休んでいなければならないのだけれど、と言いながら滑るように近づいてきて、間近で止まった。わたしはじっと動かずにいた。彼女はわたしの肩に手を置いた――その手は冬に戸外に置き忘れられた金属製の手袋みたいに冷たかった。反対に彼女の目が燃え立つようであることにもすぐ気がついた。彼女は言った。いちばんつらい段階は過ぎたわ。きのうは体を動かせず、目を開けることとさえできなくて、熱に浮かされたまま、じっと目をつぶって何時間も過ごしたの。そんなとき、まぶたの裏には本当に恐ろしいものが次々に現れるのよ。どうか死にませんようにとお祈りしたわ。熱は少しずつ下がったし、往診に来たお医者さんが薬をくれた。あと何日かすれば治ると思う。来てくれてありがとう。彼女は一瞬わたしの腕を摑んでから手を引っ込めた（でもしばらくのあいだ、彼女の手の冷たい重みが残った）。そして彼女は先に立って部屋の奥に進んだ。廊下はいつもの長さに戻っていた。

　一つだけの部屋を、彼女は大きな日本の屏風（びょうぶ）を使って二つのスペースに分けていた。最初のスペースが居間とキッチンで、奥のスペースが寝室にあてられていた。シャワーとトイレも奥にあった。わたしはソファに坐った。ドニーズが紅茶を淹（い）れると言うので、疲れさせたくないからわたしが淹れると言ったけれど、彼女は自分で淹れたがった。わたしは部屋の品々を注意深く見渡した。このあいだ来たときから何も動いていなかった。それなのに、このアパルトマンにいるのはわたしたちだけではないという感じが強まった。扉の後ろにいる気配がした何ものかが、このときもまだいて、そのせいですべてが変わってしまっていた。本棚の本の並び方、食器棚のティーカップの数、ポスターの文字の大きさ、サイドボードの上の写真で微笑むドニーズの両親の顔。そんな一切の核心部分が侵されていた。ドニーズは湯沸かしのところで紅茶の支度をしていた。わたしは仕切りの屏風を見た。その何ものかは屏風の向こうの隅にいるはずだった。わたしはその相手が緊張して押し黙り、一触即発の状態になっているのを感じた。

そうやって様子を探っているところにドニーズがやってきて、ティーカップを手渡した。彼女はわたしの正面に坐って、しばらく、二人とも口をきかないままでいた。二人ともカップに口を付けもしなかった。カップを膝にのせたまま、何かに視点を定めようと対象を探したが、何もかもが逃げ去ってしまう。紅茶から立ち昇る湯気で顔が下から温(ぬく)められたけれど、カップを握った両手は冷えたままだった。やっとわたしは紅茶を一口飲み、ドニーズに大学の話をした。彼女が欠席したキルケゴール入門の授業のノートを貸す約束をして、『哲学的断片』について話した。わたしが黙ると、彼女が質問してきたけれど、それはキルケゴールについてではなかった。

――それで、お店は？

――お店？　うまくいってるわよ。あんたが来なくてみんな寂しがってる。

彼女がそんな答えを期待していたのではないのはわかっていた。でも彼女のほうも、目をらんらんと輝かせている大本の質問をしたわけではなかった。〈あの人はいつもの席で、壁を向いて坐っているの？〉それがドニーズの知りたいことだった。でも尋ねる勇気がなかった。しばらくのあいだ、わたしは彼女の内心で繰り広げられている激しい戦いを眺めていた。その質問を口にすることができるだろうか？　屏風の後ろの何ものかの存在にもかかわらず、そんな勇気を出せるだろうか？　そのとき、何ものかの存在はいよいよ明らかなものとなり、屏風を突っ切って部屋中にあふれ出すように思えた。ドニーズは怯えた様子で言った。わたしもみんなに会えなくて寂しいわ。しばらくして彼女はカップを手から落とし、カップは床で割れた。紅茶が足元にこぼれた。彼女はすぐに笑って言った。なんて不器用なのかしら！

わたしは立ち上がり、カップの破片を拾って床を拭いた。ドニーズは今度はわたしにまかせておいた。彼女の足元に近づいたとき、ささやき声が聞こえてきた――帰って。わたしは目を上げて彼女を見た。本当に彼女が言ったのだろうか？　断言はできなかった。彼女は寝室のほうを見つめていて、わたしがいることやタイル張りの床の上に紅茶がこぼれたことはすっかり忘れてしまったようだった。わたしは立ち上がった。そのとき、勇気を出して屏風の向こうの寝室側に入ってみるべきだったと思う。そこにだれがいるのかを確かめるために。でもその勇気はなかった。わたしは恐怖にとらわれていた。ドニーズに、もう行くからよく休んでねと言った。彼女はほっとしたように見えたけれど、いま考えてみると、そのとき彼女のやせた顔に浮かんだのは安心ではなくて絶望の念、あるいは助けを求める気持ちだったのではないかと思う。でも確かなことはわからない。わたしはまたすぐ会えるといいなと言った。彼女はわたしの声に驚いて体をびくっとさせた。わたしは彼女を抱擁してから、駆け出したくなる気持ちを抑えて扉に向かった。

でも扉を開ける前に、もう一度彼女のほうを振り返った。彼女は目で何か言おうとしていたけれど、恐怖のとりこになったわたしには、何を言おうとしているのか理解することも推測することもできなかった。外に出て、階段を降りようとしたとき、入り際に聞こえたのと同じ声、同じ歌の終わりの部分が部屋から響いてくるような気がした。われながらどうかしていると思い、もう後ろを振り返りはしなかった。

＊

ブリジット・ボレームと会ったのは、ドニーズを見舞いにいった二日後のことだった。わたしはボレームのところからエリマンの手紙と写真を持ち帰った。それと一緒に、ボレームから話を聞かされたおぞましい資料も持ち帰っていた。覚えてるでしょう？　文芸評論家たちの逝去の詳細を記した資料のこと。わかるわね？　彼女はエリマンがみんなを自殺に追いやったのだと固く信じて、自殺者たちの記録を文書にまとめていた。そう、例の『自殺ないし殺人の報告書』。読んでみたい？簡潔で暗示的な、省略体で書かれた部分もあれば、しっかり書き込まれた部分もある。両方が混じったものもいくつかある。どうしてなのかは知らないけれど。ほら、これよ。

＊

**レオン・ベルコフ**（一八九〇年－一九三九年四月一四日）　ユダヤ系ロシア移民の息子。哲学を学ぶ。第一次大戦勃発により教授試験を放棄（第十二機甲連隊）。退役後、ジャーナリズム。両大戦間期、パリのさまざまな新聞雑誌に執筆。文芸時評、哲学関係の書評。一九二〇年代半ば以降、文学・哲学の書評をやめて政治畑に。初期のドレフュス擁護派を受け継ぎ、モーラスとブールジェを相手に論争。フランスにおける反ユダヤ主義を激しく糾弾。一九二七年、数篇の記事。のちの進展と照らし合わせるなら、それらはショア〔ナチスによるユダヤ人大量虐殺〕を予言したもの（あるいはそれを直観的に感じ取ったもの）とみなし得る。
『人でなしの迷宮』。ベルコフは最初、議論の外にいた。やがてエレンシュタイン、テレーズ・ジャコブに対するわたしのインタビューが出た。ベルコフが反撃。正義への愛と人種的迫害への嫌悪を示す。新聞雑誌の記事が作品や文学的作業をないがしろにして逸話や伝記的事実ばかり追いかけることを嘆く。わたしのインタビューを偏向した凡庸な内容と決めつける。自らの記事のしめくくりでエリマンを擁護。反論するようエリマンを励ます。
一九三八年末から激しい頭痛に悩まされる。一九三九年初頭、何度も意識を失って入院。元気を取り戻し仕事に戻る。一九三九年四月一四日、評論を執筆中（『わが闘争』に正面から反駁する哲学的論考）、机に向かったまま死んでいるのを九歳の息子が発見。リボルバーを口にくわえて自殺。遺書のたぐいはいっさいなし。

**トリスタン・シェレル**　一九三九年三月二日、深夜零時三十分、トリスタン・シェレル（一八九八年ブレスト生まれ）は夫婦のベッドから出た。どうしても煙草が吸いたくなったとのこと。一時間経過。夫が戻らず、妻は起き出して探しにいく。自宅の手狭な庭で夫を発見。大きなカバノキの枝から吊り下がった夫の死体がゆっくりと回転していた。

確かな証言。シェレルは活力に満ちた男。人生を愛し海を愛する。旅行も。残念ながら『人でなしの迷宮』は彼の旅行欲を満たしてくれなかった。失望。書評記事の中で、自らの抱くエキゾチックなイメージに似合うようなアフリカの様子がさほど描かれていなかったことに不満を述べている。エリマンは空疎で実体のない文体練習に自己満足していると非難。黒い大陸の景色や暮らしをもっと示すべきだった。彼にとっては十分に黒人らしい作品とは言えない。
火葬。遺灰は子どもたちと妻によりフィニステール県［ブルターニュ地方］の海辺に散布。

**オーギュスト＝レーモン・ラミエル**（一八七二年一一月一一日－一九三八年一二月二〇日）第一次大戦における塹壕戦の惨禍が、オーギュスト＝レーモン・ラミエルに人間の愚かしさを確信させた。しかしラミエルはその経験から絶望的、ペシミスティックな哲学を引き出すのではなく、人間のあいだに障壁を築くような一切に対する粘り強い戦いの根拠をそこに置き、生涯にわたり戦い続けた。エコール・ノルマル卒業生、社会主義者、人道主義者。第一次大戦後は断固たる平和主義者となったラミエルは、とりわけ反植民地主義的な姿勢の激しさで知られた。その立場を「ユマニテ」の紙面で怒りもあらわな熱烈な筆致で主張した。友人の一人であるジョレス〔ジャン・ジョレス（一八五九－一九一四）、フランスの政治家、社会主義者。第一次大戦に反対するが暗殺された〕による創刊以来、ずっと「ユマニテ」紙に寄稿。

古典的教養の豊かな彼が（ギリシア・ラテン文法の教授資格保有者だった）、『人でなしの迷宮』に含まれる他の作品への依拠、剽窃、書き直しに気づかなかったとは思えない。刊行されるやすぐに同書を称賛した。「黒いランボー」という表現は彼によるものだ。おそらく、エリマンがランボーおよびその他大勢の、特に彼が専門とする古典作家たちから借用していることに気づいてはいたが、黙っているほうを選んだのだろう。彼は同業の仲間にこう語ってもいた。「あのアフリカ人はホメロスからボードレールまで、完全にすべてを読破している」

自殺する直前、ラミエルは「ユマニテ」紙に最後の記事を発表したが、それは『人でなしの迷宮』に関するものだった。彼は苦いトーンで、エリマンが先行作品を剽窃したというよりはそれらと戯れたことが理解されなかったのを残念がっている。元の作品の書き直しはあまりに明白で、意図的でないはずがない（その点について何やら曖昧な文章を書きつけてもいる。〈目が見えないのでもなければ、どうしたって目に入っただろう〉）

クリスマスの数日前、彼は青酸カリのカプセルを飲み込んで自殺した。そのころ彼は、聖ヨハネの黙示録にも匹敵するような幻覚を見始めていたと噂されている。遺された最後の手紙にはこう書かれている。〈戦争がふたたびドイツからやってくるだろう。それは不可避のことだ。

だがこのたびは、戦争に私を苦しめさせてなどやるものか〉

ラミエルの仇敵は「フィガロ」紙の最も辛辣な書き手、エドゥアール・ヴィジエ・ダズナクだった。長年にわたりラミエルは彼を相手に論戦を交えた。もともと友人同士だった二人だが、十九世紀末には二度ほど決闘している。政治、イデオロギー、文学上の趣味、人間の概念――すべてにおいて両者は対立した。だが彼ら相互の根深い憎しみの原因には恋愛問題があったらしい。それはどういうことか。憎み合うようになる前、彼らは愛人同士だったのか。それとも同じ人物を愛したことで仲たがいしたのか。その点については何も納得のいく情報を見つけていない。

**アルベール・マクシマン**（一九〇〇年一〇月一六日 - 一九四〇年七月四日） 恐るべき一件に巻き込まれたのは、いくぶん偶然によるもの。生涯についての情報は僅少。ポール゠エミール・ヴァイヤン教授の娘婿。それゆえのこと。『迷宮』に関する義父の発見を記事で発表。内容はむしろ中立的。ヴァイヤンの発見を列挙するに留まる。一九三九年二月にヴァイヤンの娘と離婚。結婚生活は一年に満たず。文筆家としての真の才能はなし。執筆機会減少。趣味は狩猟。猟銃は水平二連銃。それを自殺時に使用。晩年は孤独を募らせ、フランス軍敗北のショックから立ち直れず。死亡時まだ四十歳の手前。

**ジュール・ヴェドリーヌ**（一八九七年六月一一日 - 一九三九年六月一三日） 「パリ゠ソワール」紙に書いたエリマンについての記事の最後で、ヴェドリーヌはこの件について、真相はまだ明らかになっていないと仄めかしている。そこに推理小説の愛好家だったヴェドリーヌらしさを認めることができる。「パリ＝ソワール」紙では社会面を担当し、ときおり推理小説の書評も書いていた。エクトール・J・フランクの筆名で推理小説を二冊書いてもいる。『人でなしの迷宮』や剽窃について、文学的見地からどう考えていたのかは本当のところよくわからない。彼が記事にしたのはむしろ裁判のほうである。ただし記事の調子からは、エリマンによって公式文壇（つまり推理小説など卑俗なものであり、無教養な平民向きの娯楽だとして軽蔑する者たち）が少しばかり揺さぶられたことを、エリマンにとって不幸な結末となったにせよ、面白がっていることがうかがえる。わたしは彼がエリマンの正体を知るための調査を企図していたことを知った。残念ながら、その計画は失恋の痛手によって頓挫した。四十二歳の誕生日の二日後、彼はパリの地下鉄に飛び込んだ。編集者はひと月前に送られていた原稿を本名で刊行した。わたしの趣味で言えば、それがヴェドリーヌの最高傑作である。

**エドゥアール・ヴィジエ・ダズナク**（一八七一年一二月一四日－一九四〇年三月九日）エドゥアール・ヴィジエ・ダズナクの父、アリスティッド・ヴィジエ・ダズナク大尉は、一八七〇年、セダンでフランス軍が潰走した際に戦死を遂げた。息子エドゥアールはその数ヵ月後に誕生した。子ども時代から、父への敬意ゆえに軍人としての輝かしいキャリアを夢見るとともに、共和国に対する深い憎しみを抱いていた。結局は戦闘よりも文芸の誘惑が勝り、ごく若くしてシャルル十世［ブルボン朝最後のフランス国王（在位一八二四－三〇）］およびシャンボール伯［シャルル十世の孫アンリ・ダルトワ（一八二〇－八三）］の伝記を書き、注目された。根っからの王党派で、〈私は二つの永遠の「真実」に照らされて生きる。すなわち宗教と王政〉を自らのモットーとしたという。これはバルザックの借用だが、動詞を変えている［バルザックの言葉は「生きる」ではなく「書く」］。

一八九八年、熱心な反ドレフュス派だったにもかかわらず、彼は「フィガロ」紙で同志たちの大半の幼稚な反ユダヤ主義を非難し、キリスト教の諸価値を汚すものだと述べた。この記事によって彼は尖鋭的なドレフュス擁護派であるオーギュスト＝レーモン・ラミエルの友人となった。ラミエルは彼を勇気ある誠実な男とみなしたのである。二人の若者の交際は情熱的であるとともに波乱含みのものだった。一年間、彼らは頻繁に会って、自分たちを隔てるイデオロギーの深淵にもかかわらず、お互いに対する称賛の念を示し合った。一八九九年、何事かが、あるいは何者かが両者を仲たがいさせ、友情を終わらせた。美しくはあるが長続きさせることは不可能な友情だった。両者はピストルで決闘し、十二発の弾丸が発砲されたのち、勝者なく引き分けたという。一九一四年、戦争が始まると、ヴィジエ・ダズナクはフランスのために志願し、一介の担架兵として参戦した。戦場で目撃し、自ら体験もした数々の惨禍のせいで、以後彼は血を見ることに堪えられなくなった。前線から戻ると、著作の執筆と「フィガロ」紙への寄稿を続け、やがて「フィガロ」紙の主要執筆者の一人となる。たびたびアカデミー・フランセーズに立候補するも失敗に終わる。

最後に立候補した一九三八年、ダズナクは一票も獲得することができなかった。その十六番目の空席に選出されたのはモーラスだった。

鋭敏な文芸批評家であり、テーヌ〔十九世紀フランスの哲学者、文学史家イポリット・テーヌ〕の読者にして、恐るべき論争家だった彼は、アフリカへの植民地政策の熱烈な支持者だった。エドゥアール・ヴィジエ・ダズナクによれば――エリマン事件の際に彼が書いた記事にも明らかだが――黒人は人間以下（あるいは猿より少し上）の存在であり、服従にしか値せず、人類の位にまで（そして言うまでもなく著者の位にまで）成り上がろうなどと考えてはならない。「ユダヤ人はまだしも、黒人は絶対に駄目だ！」彼は愛人たちの一人への手紙にそう書いている。『人でなしの迷宮』およびエリマンに対して、正真正銘の容赦ない嫌悪を抱き、それを直截に、激しい調子で述べ立てた。ボビナルに記事を発表させたのは彼である。それがでっち上げだったことを知っていたのだろうか？　わたしにはわからない。

ラミエル自殺の報を受けて彼は悲嘆に暮れ、二日間何も言わなかった（そして何も書かなかった）という。一九三九年、何度か錯乱の発作に襲われ、ついには精神科病院に入院させられた。一九四〇年三月、パリ近郊の病院に入院中、つかの間、正気を取り戻した際に、彼は自室で剃刀の刃で手首の血管を切った。自分の血を見なくていいように目隠しをしてから自害に及んだのだった。

＊

以上。

わたしはこの記録が仄めかしていることを信じない。だって神秘主義など信じないから。ただし、子どものころは超自然的な話をたくさん聞かされて育った。そして、職業的な共通点と、『人でなしの迷宮』について書いたという事実以外には何の関係もない文芸評論家たちが次々に自殺を遂げたことを考えるうちに、子どものころ聞いた話がよみがえってくるのを感じたわ。

その話をする前に、ジョイントを一本巻かせてちょうだい。あんたには勧めない。かなりきついやつだから。これはもう完全、沖に出るという感じなんだけど、あんたはまだ沖に出るのは早いからね。

子どものころ、こんな話を聞いた。昔あるとき――わたしが生まれる前に――ムバル・ンゴムという男がわたしたちの地方のセレール族の村に住んでいた。その男が恐ろしい正体不明の病気に取りつかれて、身も心も精神も、それはもうむごたらしいほどの苦しみようだったそうな。夜になると、男の苦しむ声が村じゅうに響き渡った。そのおぞましい響きのせいで、ムバル・ンゴムのことが知れ渡ると、人々は同情と恐怖の入り混じった気持ちを抱いたらしい。気の毒がりながらも、男に取りついた病気が伝染するのを恐れていた。もちろん男の家族は病気を治そうとしたけれども、無駄だった。まず、伝統医学の力に頼ってみた。でも病気の原因をつきとめることができず、診断も相矛盾するようなありさま。西洋医学はと言うと、こちらは単に、知られていない病気を治療することはできないという答えだった。家族は何十人もの治療師、骨接ぎ、呪術師に診せたけれど、だれにも治すことができなかった。麻薬を飲ませたり、秘法にもとづくとかいうひどい臭いの燻蒸(くんじょう)を施したりして、病人を黙らせることができた者はいた。しかし効果はせいぜい数時間しかもたず、ムバル・ンゴムはさらにひどい苦しみに苛まれた。病み衰えていくその堪えがたい光景を前にして人々は、死によって彼が解放され、家族が慰められんことをと、涙で目を濡らしながら思わず呟いた。ところが死それ自体もこの患者を欲していないらしかった。そしてムバル・ンゴムは夜どおし苦しみわめき続けた。まるで拷問にかけられた幽霊か、静かにさせることのできない錯乱者のようだった。

彼の病状をだれもが気遣い、だれもが心動かされた。村の古老たちは一夜、慣例にもとづく会合を開いて、ムバルの家族も参加した。みなはどう対処すべきかを検討した。たちまち決定が下された。残された解決策、ムバルを助けるチャンスは一つだけだった。

ここでわたしの父ウセイヌ・クマーフが登場するのよ。ある晩、ムバル・ンゴムの村からの使いが、父に会いにやって来た。子どものころ、タ・ディブがその話を聞かせてくれた。村からの使いが来たとき、父はそれを待っていたかのように家の前に出ていたんだって。そして使いが挨拶してから用件を話す前に、父はこう言った。

——何のために来られたのかはわかっておる。

——それならば、わたしどもを助けていただけますか？　ムバルを助けていただけますか？

——七日後にまた来られるがいい、と父は使いに促した。

使いは帰っていった。わたしの父ウセイヌ・クマーフは、前にも話したとおり、地元では神秘の学を修め、人々を救う力や、見者の能力を備えていると思われていた。いちばん厄介な、あるいは絶望的な事態になったら、父のところに診てもらいに来た。そしてそれはいつだって、厄介で絶望的というだけではなくて、緊急を要する事態でもあった。ムバル・ンゴムの病気はもう彼一人にかかわることではなかった。それは村全体が抱え込んだ病気だった。

七日後に——やはりタ・ディブが話してくれたことだけれど——、ムバル・ンゴムの村の使いがふたたびやって来て父と相談した。父によれば、ムバル・ンゴムはこの世に存在するいかなる医学によっても治せないとのことだった。言外の意味を読み解くことのできた使いは、すぐさま、ムバルが治るとしたらそれはあの世に行ってから、先祖たちの永遠の国、生と死の水が混じり合う大河の向こう岸においてでしかないことを悟った。

——ムバルはあなたについていくことを承知するでしょうか？　使いが尋ねた。

父は一瞬黙ってから答えた。

——それはまだわからない。わたしの眼力はまだあの男の意思を貫くことができぬ。まるで霊たちのいる森のように茂っているから。

——一緒に村に来ていただけますか。

――いや。わしにはもはや、肉体を移動させる必要はない。明日の晩に執り行うとしよう。

タ・ディブの話では、使いはそう聞くと父の足元にひざまずいた。まるでこの言葉によって、父の知恵には使いが想像しなかったほどの広がりがあるとわかったみたいに。その広がりを前にしたとき、敬意のみならず恭順や、ひょっとすると恐怖の念さえかきたてられた。そして使いは去った。

翌日、太陽が沈むと、父の魂は肉体を離脱した。村人たちによると、村を強い風が吹き抜けていくのを感じたそう。最も賢い者たちは、ウセイヌ・クマーフの魂が体から脱け出したのだと知って、家族に家に入ってじっとしているよう命じた。そのとき、父の体はわたしたちの家の中庭にいて、妻たちや子どもたちには見えていた。晩のあいだずっと、折り畳み椅子に坐って、何時間も動かずにいた。目は突然視力を取り戻したかのように、かっと見開いたままだった。でもみんなには、父の魂が肉体を離れていて、決して父に呼びかけたり、近づいたりしてはならないとわかっていた。

そのあいだ、風は墓地の前のマンゴーの木のまわりを巻くように吹いていた。しばらくそうやって、もういないモッサンを愛しげに抱擁するかのように旋回してから先に進んだ。数分後、川の上空を通り、川面（かわも）を撫でていったので波が立った。川面には大きな円がいくつもでき、規則正しく幾重にも広がって、岸辺の土手まで達した。それから風は広大な乾燥地（タン）を吹きわたり、人けのない平原が返す力強いこだまも加わって、大きな風音をとどろかせた。とうとう、霊たちが住まうとされている年経た森に到着した。霊たちの頭上を通っていくと、それに気づいた霊たちは仲間に対するように挨拶を送った。そうやって、大地が冷え始める時刻に、父の霊は風の流れに乗ってムバル・ンゴムの村までやって来た。

ムバル・ンゴムは錯乱と謎の病により、いつものようにわめき続けていた。父の霊は家に入って彼を呼んだ。つまりムバルの体ではなくて、霊に呼びかけたということ。ムバルは呼びかけを聞くと、すぐ黙り込んだ。それで家族も父の到着を知った。みんなは息を殺して待った。するとベッドに横になっていたムバルの体から霊が起き上がった。霊は上から見下ろしながらも、怯えて叫び出そうとした。でも父の存在によって霊の口が封じられた。父は霊を包み込み、家の外の落ち着いた場所に連れ出した。それから父はムバル・ンゴムの霊の口を封じていた、目に見えない猿ぐつわを解き、話しかけた。

——怖がることはない。わしはあんたを解放するために来たのだ。

——解放する？　あんたはだれだ？　わたしたちは何者なんだ？

——わしがだれかなどどうでもいい。だが、いまこのとき、わしらが何者であるか、あんたにはわかっているだろう。わしらの奥底で真にわしらであるもの。つまり霊。命のエネルギーだ。タ・ディブの話では、父は家の中庭で、両目を見開き、相変わらず椅子に坐ったまま体を動かさずに、小声で話していたそうよ。

——どうして来た？

——わかっているだろう、ムバル・ンゴム。あんたは死ななければならない。ここにはもうあんたの命はない。それでも生き続けるなら、地上の人間に起こりうる最悪の事態が起こるだろう。

——それは何だ？

——あんたは苦しみ続けることになる。だがそれが最悪なのではない。最悪なのはあんたの病んだ魂が、生きながらにして体から離脱していくことだ。肉体は生き続ける。ただし責め苛まれながら。魂も、霊の世界をあてどなくさまようことになる。こちらでもあちらでも、あんたは孤独で救いのない身の上になる。

——いまだって、孤独で救いがない。

——確かに。少なくともこちらではそうだ。あちらの世界に移ることに同意するなら、あちらで待つ霊たちは治癒のチャンスを与えてくれるだろう。新たな集団生活が待っている。霊たちは魂の生が肉体の生よりはるかに長いと知っている。その魂を治してもらえるのだ。あちらでならじっくりと治すことができる。あんたはまた何者かになれる。自分を取り戻すために時間をかけることができる。こちらでは、あんたにはもう何も残されていない。ただ苦しみがあるだけだ。

——もしわたしが、あんたの言うものよりも苦しみのほうを選ぶとしたら？　たとえ病気のままでも、生きることを望むとしたら？

——あんたの選択は尊重しよう。だがそれでも、あんたはやはり死ぬのだ。そして死んだとき、あんたの魂は肉体による保護からあまりに早く切り離されてしまったために、すっかり傷んでしまっていて、もはや何も、永遠の時間ですら、それを救うことはできないだろう。あんたは病気なのにこちらでの生にしがみついている。だが真の生はあちらで始まる。さあ、来るがいい。そうすればわかる。

　ムバルの霊は黙ったままだった。父の霊は、よく考えるよう促してから、ムバルの霊を彼の家の中に連れ帰った。そこで霊は体に戻った。父はムバルに、あんたの病気を二日間、自分の手のうちに収めておくから、そのあいだに決めるがいいと言った。ムバルは礼を述べた。父は逆の道順を辿って、自分の家の中庭に留まっていた体に戻った。

　目を覚ましたとき、ムバル・ンゴムはすべてを覚えていた。その日、彼は何年かぶりに初めて、苦しまずにすんだようだった。二日のあいだに、内面の平和を取り戻した。子どもたちや妻、両親、友人たちとともに過ごしたが、みなそのことの意味を知っていた。

　父の霊は約束どおり、二日後にまたやってきた。ムバル・ンゴムは待っていた。

——で、どうする？　父が尋ねた。

——わたしを解放してください、とムバル・ンゴムが言った。

そこで父は、病気を閉じ込めておいた左手を開き、ムバルの顔に手のひらを当てた。ムバルはすぐに死んだ。彼の霊は大気の中へ昇っていった。父は死と生の大河の向こう岸まで霊を送っていった。

＊

というわけよ、ジェガーヌ。ムバル・ンゴムの物語はわかったわね。

そこでちょっと、仮定してみようか。あくまでも仮定の話だけど。つまりこの物語が本当だとしたら、そして、人々の頭の中に入り込んで、死ななければならないと説得するやり方を父が実際に知っていたのだとしたら。幸福で平和で、すべてが完璧なあの世を約束することで、人々に安楽死、さらには自殺を選ばせる力をもっていたのだとしたら。そのわざを、父がエリマンに伝えたのだとしたら。何を言いたいか、わかるよね？　そう、そのとおり。父は汚らしい寝床で最後の打ち明け話をしたとき、エリマン・マダグにたくさんのことを教えた、別の種類の知識を授けたと言っていた。ひょっとしたら、そこには神秘的なわざが含まれていたかもしれない。そしてエリマンは怒りと屈辱に駆られて、それを文芸評論家たちやボビナル、『人でなしの迷宮』を理解しなかったり、彼を苦しめたりした者たち全員に対して使ったのかもしれない。もちろん、これは全部仮定の話。ありえないような仮定の話よ。自殺は全部、偶然の一致、悲劇的な一致でしかなかったのかもしれない。それが『人でなしの迷宮』によってつながっているのも偶然の産物だったのかもしれない。ブリジット・ボレームは、偶然は読み取れない文字で書かれた運命にほかならないというようなことを言っていた。きっと彼女は神秘を信じていたのね。でもわたしは違う。
さあ、ちょっと吸ってみなさいよ、もし必要とあれば（アルス・ヘト・エロプ・アン・コント）。沖に出る一服を、ゆっくり、やってごらん。そう、〈ビーネ＝ビーネ〉、そうよ、いいわ。目を開けてごらんなさい。ほら、もう沖に出てるでしょう、見習い水夫さん。

＊

エリマンが哀れなフランス人批評家たちを魔法の力で自殺に追いやったとしたら恐ろしい話よね。でもそんな恐ろしいことがありうると考えたとき、何だか可笑しくもなる。そうじゃない？　自分が理解されず、作品をちゃんと読んでもらえず、辱められた、文学と関係のない色眼鏡で見られたと感じた作家が、自分の肌の色、出自、信仰、アイデンティティに立ち戻って、作品をけなした批評家たちに復讐するために殺していくだなんて。まったくのコメディだわ。

いまでは、状況は変わった？　論じられているのは、文学や美学的価値についてなのか、それとも人物、肌の焼け具合、声や年齢、髪の毛や飼い犬、飼い猫の毛並み、家の装飾やスーツの色についてなのか？　文体が話題になっているのか、それともアイデンティティについて、あるいはそんなものなしですませるメディアの虚像についてか？　文学的創造についてか、センセーショナルな人柄についてか？

Wは何々賞を受賞した、あるいは何々アカデミー入りを果たした、最初の黒人作家である。だからその本を読むべし、素晴らしいに決まっている。

Xはインクルーシブ言語［男性形のみの名詞に新たな女性形を作る等、平等の意識を反映させた言語表現］で本を出した最初のレスビアン作家である。これはわれらの時代の偉大な革命的テクストだ。

Yは木曜日にはバイセクシュアルの無神論者、金曜日にはシスジェンダーのイスラーム。これは素晴らしく感動的な真実の物語だ！

Zは母を犯して殺し、父が刑務所に面会に来たときには面会室の机越しに父の一物をしごく。彼女の本は顔面への一撃だ。

そんな一切のおかげで、そういうくだらないことがもてはやされ、褒めそやされるおかげで、わたしたちはみんな死に値するんだわ。わたしたちみんな、つまりジャーナリスト、批評家、読者、編集者、作家、社会——だれもかれもが。

いまだったら、エリマンはどうしただろう？　全員を殺すんでしょうね。そして自分も自殺するか。もう一度言うわ。こんなの全部、コメディにすぎない。何とも陰鬱なコメディよ。

＊

で、ドニーズはどうなったかって？　これから話すわよ。

見舞いに行った五日後、夜、ル・ヴォートランで踊っていると電話がかかってきた。病院からだった。できるだけ急いで来てくれと医者に言われた。ドニーズがわたしに会いたがっているって。アンドレとリュシアンに許可をもらって早退し、ドニーズが入院している病院に駆けつけた。そこには彼女の親族でわたしが知っている人たちが来ていた。叔父さん、叔母さんといとこが二人。彼らから廊下で、これは平凡な発熱ではなく、彼女の病気と関係のある発作なんだと聞かされた。病気って？　鎌状赤血球症、と叔母さんが教えてくれた。ドニーズの父親はその病気のせいでドニーズが十歳のときに死んだ、それがドニーズにも遺伝したのだという。ドニーズの母親は父親が死んで数年後、海の事故で亡くなっていた。

わたしにとってはまったくの初耳だった。ドニーズから聞いていたのは、両親がともに亡くなっているということだけで、死因を話してくれたことはなかった。そして鎌状赤血球症のせいでときどき発作が起こるというのも、一度も聞かされたことのない話だった。

あの子が待ってるわ、と叔母さんが言った。病室に入ると、実際、ドニーズが待っていた。扉を開けたとき、彼女はもうこちらを見ていた。来ることを知っていたのか、それとも廊下のわたしの声に気づいていたのか。わたしのほうは、彼女は病気で弱っているか、意識がない状態かもしれないと思っていた。不気味なクモの巣みたいにチューブを張りめぐらされて、透明な液体や黄みを帯びた液体が少しずつ垂れているところや、機械に接続されたゾンデ、酸素ボンベ、点滴のバッグがつながれている様子を想像していた。でもそんなことはなくて、ベッドのまわりはきれいに片づき、何も置かれておらず、おごそかな雰囲気だった。まるでもう病気が治って退院させられようとしているか、反対に、もう手の施しようがないとわかって、治療がすべて中止されたかのようだった。彼女は両脚を白いシーツにくるまれたまま上体を起こして、微笑んでいた。わたしは近づいて、彼女が差し出した腕を取った。

――この本読んだわ。とても気に入った。お墓に彫ってもらうのにぴったりの言葉を見つけたの。

彼女はもう片方の手に持っていた本を私に見せた。『哲学的断片』だった。まやかしの希望を抱かせてやろうという気にも、慰めてやる気にもなれなかった。自分と死のあいだの距離があとどれくらいか、彼女にはだれよりもよくわかっていた。ひょっとしたらもう死のまなざしが見えているのかもしれない。そのまなざしを否定し、彼女のもとに来ようとしているのではないと言うのは、病人を前にして健康な人間が希望を持とうとするときに漂わせがちな傲慢さにほかならなかっただろうと思う。わたしはただ彼女の手を握った。

――いつもなら、と彼女は言った。発作が起こるときは前もって感じるから、備えもできるんだけど。長年のあいだにわかるようになったの。知らせが来るのよ。でも今回は突然やって来て、打ちのめされた。何にもできなかったわ。

――そんな話、しなくてもいいよ、ドニーズ。別の話をしよう。

――馬鹿を言わないで。その話をしなければならないって、あんたもわかってるでしょう。わたしが六号室にいたときに起こったの。というより、六号室のあとで起こったんだわ。そうでなければ、六号室のせいで。

彼女はしばらく黙り込んだ。わたしは何も言わなかった。わたしが彼女の手を握ると、彼女はかすかに握り返した。それから彼女が言った。

――あの男、あれからル・ヴォートランには来てないでしょう？

――来てないわ。

――あいつ、もうやったのかもしれない。

――やったって、何を？

ドニーズはわたしをしばらくじっと見つめてから言った。

――六号室にわたしが会いにいったとき、あいつは暗がりで肘掛け椅子に坐っていた。窓辺に夜の街の光がぼおっと輝いていた。寒いのにあいつは窓を開け放っていたけど、平気だった。わたしは少し暑いくらいだったから。彼はつばの大きな帽子を脱いだ。でも暗いせいで顔はよく見えなかった。こんばんはと挨拶して、明かりをつけましょうかと尋ねた。彼は、いや、暗いほうがいいんだと答えた。それから、なぜ一人で来たと訊いた。友だちが来たがらなかったからと答えた。するとあの男はがっかりしたように黙り込み、わたしはその前で突っ立ったまま、近寄って服を全部脱いで踊るべきなのか、ベッドに横になるべきなのか、それとも彼が何をしてほしいか言い出すのを待っているべきなのか迷った。ずいぶんたってから、とうとう、それならしかたがない、自分には近々やるべきことがある、それを前にリラックスさせてもらいたかったが、あなた一人では無理だろうと言った。わたしが何も言わずにいると彼が続けて言った。いったいわたしがなにをやろうとしているのか、尋ねないのかね？　わたしは、聞きたいとは思ったけれど、でもそれは彼の問題なのだから質問すべきことではないし、わたしはお楽しみを提供するダンサーでしかないのだからと答えた。彼はまた少し黙った。それから、戦争の前のころ、ここにはダンサーなどいなかったと言った。そしてわたしが質問する前にこう続けた。そう、わたしはこの場所を知っていたんだ。少なくともこの場所が昔どうだったかを。店の名前も違っていた。昔の話だが、わたしはときどきここに来たんだよ、友だちと一緒に、あるいは一人で。クリシー広場でいちばん居心地のいい店の一つだった。そう言ってから、彼はわたしに肩をマッサージしてくれと頼んだ。わたしは近づいて、初めて彼の顔をよく見ることができた。年齢は七十歳くらいだと思う。しばらくして、彼はカルロス・ガルデルのタンゴの曲を歌い始めた。マッサージしながら、彼が一晩中タンゴの曲を次々に歌ってくれないかと思ったわ。とてもきれいな曲だったし、彼は歌がうまかったから。でも彼は途中でやめてしまった。わたしが恐くなり始めたのはそのときだった。じわじわと、抵抗できない恐怖が湧いてきた。なぜなのかはわからなかったけど、いわゆる悪い予感というやつだったと思う。体がふるえ出した。気持ちを落ち着かせようとして、窓が開いているせいで寒くなってきたからなんだと自分に言い聞かせた。でも心の底では、窓から入ってくる冷たい風とは何の関係もないとわかっていた。それでも彼に、窓を閉めていいかと尋ねてみた。彼は立ち上がり、自分で窓を閉めてから戻ってきた。相手は巨大な男、自分は無防備で、完全に彼の思うがままだと感じた。それが肘掛け椅子に坐ると、エレガントだけどひ弱な老人に見えた。立ち上がるとまったく別人だった。力強く、背がとても高い。相変わらず恐怖は消えなかった。それはまるで重たい石のようにお腹を圧迫してきた。彼はそれに気づいたに違いない。恐がることはない、何もしやしない、この歳になったら、考えることは自分のお棺の材質には何を選ぶかとか、葬式にはどんな花束を持ってきてほしいかということだけだと言った。わたしは微笑んだ。もう行っていい、と彼が言った。わたしは、もう？ と聞いた。彼は、ああ、と言った。ほっとして、わたしは扉のほうに行きかけた。彼はまた肘掛け椅子に腰を下ろした。そこでわたしは、決してするべきではなかったことをしてしまった。立ち止まって、彼に尋ねたの——近々することって、いったい何ですか？ 彼がにやりとして、わたしのお腹を圧迫する石が動いた。彼が答えた——本当に知りたいかね？ わたしはうなずいた。なぜだと彼が尋ねた。それを教えたそうに思えるからと答えた。彼は呟いた——かもしれんな。そして一瞬黙ってから、また続けた。——それなら教えてやろう。あんたは知りたがっているし、わたしも教えたいのかもしれん。だが決してだれにも言うんじゃないよ。この部屋限りの秘密だ。さもないと……。彼はそこで口をつぐんだ。わたしは、ふざけているのだろうと思った。確かに彼はふざけていた。とはいえそれは生きるか死ぬかのゲームだった。そして彼だけがそのゲームの規則を知っていた。でもわたしはまるで間抜け女のように、だれにも言いません、誓いますと約束した。死ぬほど怯え、顔では微笑みながら。すると男は気味の悪い引きつったような笑みを浮かべて言ったわ。これまで長年やってきたことをまたやろうとしているのだよ。人を殺すのさ。あと一人だけ、近々殺さなければならない人間が残っている。それでもうおしまい、すべては完了だ。彼は黙り、わたしは馬鹿みたいに笑った。彼は笑うのをやめて、人差し指を唇にあてた。わたしはそのしぐさを真似してから部屋を出た。いまのはすべて、恐ろしいことなのか、それとも可笑しなことなのかと考えながら。下に降りて更衣室で着替えをしていると、アンドレとリュシアンがやってきて、かなりの額のお金を渡してくれた。男はたっぷりとチップを弾んでくれていた。これだけ手厚くお礼してくれるということは、六号室ではずいぶん盛り上がったんだろうねと二人に言われた。わたしは口をつぐんでいるべきだった。でもそうはできず、部屋で何があったのかを話した。マッサージやタンゴのこと、それから窓のことまで話した。そして最後に言ったのよ。あれは昔を懐かしんでいる孤独な老人で、孤独を紛らわすために自分がスリルのある人生を送ってきたのだと空想している。別れ際には、自分は恐ろしい殺し屋で、これから何度目かの殺人を犯そうとしているのだと告白されたんだって。アンドレは言った。なんてがっかりな話だろう、わたしはてっきり、あれはひとかどの人物だと思っていたのに、退屈した老人で、ガルデルの曲を歌いながら若い女にマッサージしてもらえばそれで気がすむとは。年取るっていうのは、虚無にまっさかさまに落ちていくことだわね、リュシアン、約束してちょうだい、わたしにむざむざ年を取らせないって。リュシアンはいつものように、重々しい態度を崩さず黙っていた。それからわたしは家に帰った。帰り道ではずっと、あとをつけられているような気がしていたけれど、振り返ってみるとだれもいない。お腹の中にまた石の重さを感じ始めた。寝てからも、眠っているあいだその圧迫を感じていた。翌日にはもう石はなかったけど、発作の最初の兆しが来た。初めのうちはそれが六号室と結びついているとは思わなかった。三日間、そのことは考えなかった。というより、考えまいとしていたの。何が起こったかに気がついたのは、あんたがお見舞いにきてくれたあの日だった。だからあのとき、あたしの様子はあんなに変だったのよ。病気のせいじゃなかった。すべてはわたしが秘密を守らなかったからなんだと気づいたからだった。ありそうもない話だとはわかっている。それにこのことはその後はだれにも話していない。だれも信じてくれないと思う。あんただって、信じてはいないでしょう。突然どうしてこんなに激しい発作が起こったのか、お医者さんたちにも説明がつかない。薬はみんな飲んでたのに。調子はよかった。少なくとも、あの晩までは。信じられないかもしれないけど、でも秘密をばらしてしまったせいで入院するはめになったんだって、心の奥底ではわかってる。あの六号室の晩から、どこに行ってもあの老人がついてきてるような気がする。ときどき、アルゼンチンタンゴを歌う声が聞こえてくる。でもだれの姿も見えない。きっと知らないあいだに自分で歌っているのかもしれない。そうでなければ、あの男がわたしの内側に入っているのか。彼はわたしの中にいる。わたしの中の石の幽霊、それが彼。うわごとを言っているんだと思うでしょうね。でもそうじゃない。いま、あの男は大都会のどこかにいて、だれかを殺そうとしているのか、ひょっとするともう殺したのかもしれない。でもだれにもどうしようもない。

ドニーズはそこで話をやめて目を閉じた。わたしだって、これはうわごとを言ってるんだって思った。数秒後、彼女は目を開けて言った。

——うわごとを言ってるんじゃないわ、シガ。うわごとを言ってるんじゃないって、自分ではわかっている。信じてちょうだい。

——男の名前は知っているの？

——名前は言わなかった。あの場所がル・ヴォートランになる前を知っているということと、タンゴの曲が好きだということと以外に、自分については何も話さなかった。それから、人殺しだということ。ほかには何も知らない。でもあんたには全部言ってしまいたかったの、ひょっとして……。

彼女はそこで言葉を切って深く息を吸った。とても弱っているようだった。今日はもう帰るけど、またすぐ来るからとわたしは言った。彼女はわたしの手を握った。

——……ひょっとして、わたしが死んだときのために、それからひょっとして、あいつがル・ヴォートランに戻ってきたときのために。あいつに気をつけて。絶対近づいちゃだめよ。近づいても、これから何をしようとしているのか聞いちゃだめ。

彼女はまた目を閉じた。話をするだけで疲れ切っていた。わたしは彼女にキスをして病室を出た。

＊

その夜、わたしはずっとドニーズから聞いた話のことを考えていたわ。六号室のことを考えていた。とりわけ、ドニーズのアパルトマンに行ったときに受けた印象を思い出していた。屏風の後ろにだれかが隠れているという印象のことを。それから、扉の前で歌が聞こえた気がしたのに、だれの姿もなかったことも。でもそうした一切を考え合わせても、六号室での出来事やドニーズの錯乱について少しも明らかにはならなかった。平凡な感覚、漠然とした印象、根拠のない推測が乱雑に積み重なっているだけだった。わたしはディーラーのハーフェズに会いにいき、「荒れた沖合のための花束」という、彼が一番の馴染み客のためにだけ用意している特別製の強力なやつを注文した。わたしもそういう客の一人だった。ハーフェズは使用可能な分量を正確に指示して、やむをえない場合以外は必ず守るようにと言い、さらに念を押した――やむをえない場合以外は。

その夜、わたしは少量だけ吸って、明け方まで猛烈な勢いで書いた。『黒い夜のためのエレジー』にまた取りかかっていたの。翌日の昼過ぎ、立て続けに二つの知らせがあって、すっかり気分がよくなった。最初のものはハイチの詩人からの手紙で、数日後パリにやってくると書かれていた。一週間パリで過ごしてからアルゼンチンへヴァカンスを過ごしに行くという。わたしと会えなくてつらかったと書いてあった。そんな手紙をもらってどれほど興奮したか、あんたにも想像できるでしょう。セネガルで別れて以来会ったことがなかった。もうすぐ再会できるという喜びは、久しく感じたことがないほど大きかった。

二番目の知らせは病院から届いた。ドニーズの様子を知るために病院に電話したら、彼女は眠っていたけど、叔母さんが夜のあいだに容態が好転したと教えてくれたの。

その日の晩は、ドニーズはもうすぐ退院するだろうし、嬉しいことに数日後には詩人と再会できると思って、明るい気持ちでル・ヴォートランに出かけた。ほかのことは全部忘れていた。深夜二時ごろ、勤めを終えて帰る途中で、ハーフェズから買った沖に出るためのクスリを増量して吸った。踊ったあと、わたしはときどき公園を抜けて帰っていた。夜の静けさと孤独が好もしかった。わたしはジョイントを手にして公園に入った。何歩か進んだとき、少し離れたところにル・ヴォートランの男がいるのに気がついた。間違いなく彼だった。その姿は緋色と緑のオーラに包まれていた。公園にいるのはわたしたちだけだった。姿を見られたことに気づくと、彼はすぐさま、大急ぎで並木道の木陰に身を隠した。わたしはしばらく呆然としたままでいたけど、やがて彼のほうに歩き出した。並木道に入っても彼の姿はない。見失ったんじゃないかと思った。でもわたしを安心させようとするみたいに、彼は歌い始めた。すぐに、カルロス・ガルデルの有名なタンゴの曲だとわかった。はっきりと聞こえてきた。彼は遠く離れてはいない。わたしは歌についていった。

そのときだと思うけれど、周囲の景色に見覚えがないことに気がついた。いつも通っていた道も、まわりを取り囲むものも一変していた。さっきまではベンチがあったはずの場所に、木が植わっている。それも見たことのない木ばかりで、ふだん見慣れた木よりも背の高い木ばかり。幅が広くて、幹も太かった。葉むらもずっと茂っていて、まるで黒い樹脂が固まって球体になったみたいに見えた。頭上を見ると、少し前まではよく晴れた夜空が広々と見えていたのに、葉の茂った枝のあいだから垣間見えるだけになっていた。

そのうち、あたりの様子がまったく見当のつかないものになってしまった。唯一の手掛かりは見えない男の声だった。わたしは胸をしめつけるような息苦しさを抑えようとしながら、懸命に、じっと耳を傾けていた。姿は見えないが、声から判断してほんの数歩先にいるはずだった。でもそれならばなぜ見えないのか？　答えは簡単、あたりが、よく知っているはずの公園ではなくなっていたからだった。それはもう別の公園、別の世界か別の街の公園だった。景色はいつの間にか音もなく変貌を遂げていた。そんな気配もなかったのに、何もかもが変わっていた。まるで、わたしが気がつかないうちに、何一つ動きはなかったのに、公園がジャングルに変わったか、ジャングルの中に移されたか、ジャングルの一部を運んできたかしたみたいだった。一切は目の前で起こったことなのに、わたしの目には何も見えなかったというわけ。

もちろん、自分でも思った——あんた、頭のねじがゆるんでるよ。ハーフェズの沖合スペシャルが効いたせいだわ。きっともう少しするとアマゾンの肉食性ジャングルの茂みにうずくまった、形而上学的なトラが見えてくる。それともあんたの村の神話的クロコダイル、ワリー祖父(じい)さんをむさぼり喰ったワニが化けて出るか！　わたしは笑いに紛らせてこの状況をやりすごそうとした。とんでもなく不思議なことが起こっているのは、この数日の疲れに向精神性ドラッグの効果が加わったせいだと思った。いまの感じは〈グッドトリップ〉なのか〈バッドトリップ〉なのか、夢の代用物なのか悪夢への序章なのかと思案した。どちらとも決めがたかったのは、さしあたりどちらでもなかったからだった。この不思議な状態には、まだどんな色調も備わっていなかった。わたしは立ち止まって、分量を最大にしてもう一本ジョイントを巻いた。これこそ、やむをえない場合だった。

前方のどこかから、タンゴの歌声が相変わらず聞こえてきていた。わたしは背の高い木々のあいだをメロディに導かれて進んでいた。やがて、一瞬頭がはっきりして、緋色と緑のオーラに包まれた男を追って、夜中に歩いている自分の姿がまざまざと見えた。わたしは笑い出した。くすくす笑いに弾みがついて、呵々大笑となり、あたりの何もかもをなぎ倒すほどの勢いになった。爆発的な笑いによって、タンゴの歌詞がしばらく覆い隠されたくらいだった。わたしはわれとわが錯乱を笑い飛ばしながら、文章にもならないような言葉をあえぎあえぎ洩らした。そんなひとときが延々と、心楽しく過ぎていくように思えたけど、やがてふと、自分が馬鹿笑いだと思っていたものは、実際には恐怖にとらわれたあげくのとめどない啜り泣きだった——それとも、笑いが啜り泣きに変わっていった——ことに気がついた。立ち止まってマグノリアにもたれかかり、気持ちをしずめ落ち着きを取り戻そうとした。歌はわたしに付き添って、わたしの状況に理解を示すかのように、優しく慰める調子を帯びた。

　そのとき、わたしは心の底から怯え始めた。そしてなぜ自分の笑いが啜り泣きに変わったのかがわかった。少しも笑いたい気分ではないことを、体は奥深くで感じ取っていた。そしてこの瞬間に自分を支配しているのが、太古の昔から変わらない恐怖、破局が近づいたり、避けがたいものとなったときや、身の毛のよだつようなものが出現したときに感じる恐怖だと、体は感じ取っていた。それは両親がなだめる言葉や、何もいないからとさとす身ぶりにもかかわらず、きっと怪物がベッドの下から出てくると信じ込んでいる子どもの抱く恐怖だった。次にシャベルを入れたなら、巨大な死体の山の最初の死体に突き当たるだろうと知っている捜査官の抱く恐怖だった。

　歌の後ろを小刻みに歩きながら、もうおしまいにしなければと呟いていたわ。どれくらいのあいだ歌のあとについていったのかはわからない。でも道が交差したり分岐したり、ジグザグに曲がったり、先が見えないほどまっすぐに延びたり、途切れたかと思うと別の道が現れて斜めに延びていったりしたことは覚えてる。どの道もさっき言ったような茂みのあいだを通っていて、明かりはいっさいないのに、宙に浮かぶ目に見えない粒子が光を放つかのように、あたりがはっきりと見えていた。疑念が浮かんでわたしはぞっとした――もしわたしが完全に醒めているのだとしたら？　これが幻覚によるものではないとしたら？　沖に響くタンゴが、ハーフェズのクスリによるものではないとしたら？　理性の支配下で、異常な現象が現実に介入してくることほど恐怖を誘うことはない。そのときわたしたちは異常な現象を、非現実や狂気といった助けなしで理解しなければならないのよ。そんなのは現実の示すどんな醜い顔も見えないふりをするための、安易な手立てにすぎない。そればかりか、現実が複数の顔をもつという考えさえ退けようとすることなのよ。ハーフェズが現実にはその反対物などない、何であれ起こることはすべて現実に属していると言ったとき、彼が言おうとしていたのはそういうことだったのか。

わたしは公園の迷路の中を進んでいただけではなく、人生の迷路の中を進んでもいた。安易な比喩ではあるけれど、そのとおりだった。ドラッグに酔った丸木舟が沖に出て、つかまえようのないセイレーンの歌うタンゴを追いかけて夜中にさまよっている。それはわたしの悲しい人生そのものだったのよ。ラリったオデュッセウスの人生。とはいえ、帰還を果たすことのないオデュッセウス。そんなオデュッセウスにとって故国イタケーは海であり、海でしかありえない。セイレーンの歌も、計略も、雨の中の涙も、キュクロープス［オデュッセウス一行が遭遇した一つ目の怪物］も、すべては海、永遠に海なんだわ。

自分はセネガルには帰らないって、わたしにはわかっていたのよ、ジェガーヌ。自分の国とすっかり関係を断ってしまっていたし、たとえ時間がたっても誤解がとけることはないだろう、それどころか、誤解はいっそう強まるだろうとわかっていた。わたしはその誤解から、作家として生まれ出なければならなかった。生まれたあとも、それについてさらに書かなければならなかった。まだ一冊も書かないうちから、わたしの本はすべて、自分の国との断絶や、そこでわたしが知っていた人たち、父や継母のマム・クーラ、ヤイ・ンゴネ、タ・ディブ、さらには通りや大学で、一夜かぎり出会ったあらゆる男たちや女たちとの断絶にかかわるものになるだろうと感じていた。それについて書く、そしてだれも理解してくれないだろう、あちらではごく単純な理由から、みんながわたしを憎むだろう——わたしは書くことで彼らを裏切るだけではなく、それを外部から書くことで、裏切りは倍にもなるだろう。でもかまわない、とわたしは自分に言い聞かせた。かまわない。それならわたしは国の裏切り者として書こう、つまり生まれた国ではなく運命の国を選ぶ者として書こう。それはわたしたちの奥深い生によって遠い昔から運命づけられた祖国、内部の祖国、熱い思い出と凍えた闇の祖国、最初の夢の祖国、魂の山腹を一群をなして流れ落ちていく恐怖と恥辱の祖国、石油色の夜をさまようあらゆる破廉恥な行いの祖国、白い通りや、幽霊たちでさえ見捨てた町のある祖国、愛と無垢が結晶した幻想の祖国、でもそれと同時に、それは陽気な狂気、積み重なった頭蓋骨、肝臓を喰らう容赦ない明晰さの祖国でもあるし、ありうる孤独のすべてと、あらゆる開かれた沈黙の祖国でもある。それはわたしにとって住むことのできる唯一の祖国（というのは、失うことも憎むこともできないし、感傷的な上っ面だけのノスタルジアの種にすることもできず、亡命という満足のいく装身具を胸にぶらさげるための口実や抵当物にすることもできないという意味だし、さらにそれは守ることのできない祖国でもある、なにしろそれは難攻不落の要塞を備えていて、だれの助けも借りずに自ら身を守るのだし、そんな祖国がわたしたちに要求するのは、怠惰心やら、たえずセックスをしたいという欲求やらを犠牲にすることだけなのだ）。その祖国とはいったい何なのか？　あんたは知ってるわよね。それはもちろん、書物の祖国のこと。これまでに読んで愛した本、読んで嫌いになった本、書きたいと夢見ている本、もう忘れてしまって、開いたことがあったのかどうかもわからないような本、読んだことにしている本、決して読むことはないだろうけど、でも何と引き換えにだって手放すつもりのない本、夜のあいだ、辛抱強く自分の時が訪れるのを待ち、夜明けの読書の輝かしい黎明が訪れるのを待っている本。そう、わたしはそう思った。わたしはその祖国の市民なのだ、その王国に忠誠を誓う、本棚の王国に。

　物思いにふけっていて、歌がやんでいることに気づかずにいた。どれくらい前から？　わたしは公園の出口まで来た。煌々と照らされたその一角は子どもの遊び場だった。ル・ヴォートランの男がそこで待ちかまえていて、真実の瞬間が訪れるのだとわたしは思った。ところがベンチに坐っていたのは別人だった。老人ではあったが小柄で、身なりは質素、帽子もかぶっておらず、黒眼鏡をかけていた。わたしは近づいた。男は顔をこちらに向けたが、驚いた様子ではなかった。こちらが挨拶すると、年寄りらしい礼儀正しさで挨拶を返した。

——すみませんが、あの……ひょっとして……ひょっとして、フェルト帽をかぶった身なりのいい男が通っていきませんでしたか？　アフリカ人なんですが……ついさっき……とても背の高い男です。そしてタンゴの曲を口ずさんでいたんですが。

　老人はしばらくじっとしたままでいた。こちらの口調が早すぎて、すべてを理解するには少し時間がかかるという感じだった。それから答えた。

——マダム、わたしは目が見えないのです。それでこんな眼鏡をかけているのです。確かに少し前、男の人が通りかかりましたが、背が高いか低いか、服装が立派か粗末かはわかりません。あなたに申し上げられるのは、その人がいかにも穏やかで落ち着き払った、何の心配もないような声をしていたということだけです。

——どこに行きましたか？

――人がどこに行くかなど、どうしてわかるでしょう？　どこかに立ち去った、それだけですよ。夜は広大な国です。

――声について教えてくれましたけど、その人、何て言ってたんですか？

――わたしに、よく歌ってくれたと礼を言ってくれたんです。というのも歌を歌っていたのはその人でなくて、わたしでしたから。タンゴは、わたしが歌ったんです。あの人はわたしの声を気に入ってくれましてね。思い出がよみがえってくるのだそうです。もう一度礼を言って、おやすみなさいと言ってくれました。それから二分ほどしてあなたが来られたのです。あなたは警察の方ですか？　あの人を追っておられる？

――警察ではありません。

――お知り合い？

――いえ、知り合いというわけでは。わたしは……そういうわけではありません。

――要領を得ないお答えですね。お知り合いだったのですか、そうではないのですか？　愛人ですか？

わたしは答えなかった。ジョイントを吸い終わると、老人がふたたび歌い始めたので、わたしはさよならと言った。その夜は眠れなかった。だから書いた。夜明けごろには、沖に出る一服の効き目は消え失せた。午前中に病院から電話がかかってきた。わたしは病院に駆けつけた。ドニーズの親戚の顔を見るだけで何が起こったかわかった。夕方まで彼らと一緒にいて、それから家に戻って泣いた。いくら抵抗しても、全力で振り払おうとしても無駄で、一つの確信がわたしのうちでふくらんでいった――ドニーズを殺したのはル・ヴォートランの男で、その男とはエリマンだった。最初から彼だったのだ。ずっと、いつだってエリマンだったのだ。

二日後、ドニーズの遺体はマルティニックに送られた。遺体安置所に最後のお別れにいく支度をしていたとき、ラジオでブリジット・ボレームの逝去を知った。フェミナ賞選考委員長が、八十歳で、心臓発作により死去。

＊

アンドレとリュシアンには、何日か休みを取るよう言われた。わたしは自宅にいたくなかった。そこで貯金をはたいて安宿の部屋を取った。自分の狭いワンルームにいるとドニーズの記憶がよみがえってきて、どうして一緒に六号室に来てくれなかったの？　と言われる。それを避けたかった。『人でなしの迷宮』から、そして机の前に貼った、ブリジット・ボレームにもらったエリマンの写真からも逃げ出した。昼間はカフェに行って書いた。でも夜になるとすぐ、ホテルの部屋に戻って、怯えた野ウサギが巣穴に潜るみたいに閉じこもっていた。外をうろつく狩人(かりゅうど)のブーツの足音が聞こえてきた。わたしのほうへ、すぐそばまで来ていた。しばらくのあいだ、毎晩、じっと様子をうかがっていなければならなかった。

自宅に戻る気になったのはようやく五日後、詩人がパリに来たときだった。彼女を抱きしめたときには心の底からほっとした。もう独りじゃなかった。部屋に入ると彼女はすぐ、机の前のエリマンの写真に気づいて、顔が真っ青になった。気でも失うのではないかと思った。彼女は何とかベッドの端に腰を下ろして、水を一杯飲んでから、写真の男について話すようわたしに頼んだ。

わたしは彼女の横に坐った。ここ数日に味わった動揺が心の中ですべて混じりあって、抑えきれずに外に出た。わたしは長々と泣いた。それからエリマンのことや、エリマンの幽霊のこと、エリマンの夢や幻覚のこと、『人でなしの迷宮』のことを打ち明けた。父に聞いたことから、ル・ヴォートランの男をめぐる最近の出来事、ブリジット・ボレームとの会談に至るまで、何もかも話した。何もかも。

わたしが口をつぐむと、詩人はわたしを抱きしめた。泣いてはいなかった。でも、わたしたちが出会ったわけがついにわかったと彼女が言ったとき、その声はふるえていた。わたしも、と彼女は続けた、その男を知ってるの。物語や証言、伝説や仮説をとおしてというだけじゃない。彼の書いた唯一の本によってというだけでもない。わたしは生身のその男を、その男の人生を知っている。会ったことがある。彼と一緒に暮らしたことがあるのよ。わたしはきっとエリマンのことを愛していたんだと思う。彼を探し求めるうちに、あんたと出会った。わたしたちを結びつけたのは彼なんだわ。そのことがとうとう今日わかった。

## アムステルダム、夜明けの光の中で

——それで全部なの？　本当に全部？

——そうよ、これで全部。ほかに何か期待してた？

シガ・Dは立ち上がって、キッチンに姿を消した。コーヒーを準備する音が聞こえてきた。数分後、彼女はカップを二つ持って戻り、一つをぼくに渡すと、ランプを消した。差し始めた夜明けの光だけがかすかな明かりをもたらした。彼女はまた腰を下ろした。

——ぼくはてっきり、もっと……。で、ル・ヴォートランの男はどうなったの？

――それから二度と現れなかった。とにかく二度と会わなかった。わたしは公園の夜の数日後にル・ヴォートランを辞めた。それから店に戻ったことはない。でも考えてみると、店はエリマンと何の関係もないわね。だって、どんな関係がある？

――さあ……。ハイチの詩人ならばきっと……。

――教えてくれるだろうって？　ほかならぬエリマンのしわざだと？　事件の全体像を解き明かしてくれるだろうって？　ありえない。すべてを解き明かすことなんかだれにもできない。そもそも意味がない。全体像なんか見ることができないんだから。その意味、美しさや醜さ、謎とそれを解く鍵は、ディテールに見出すほかはない。詩人はその晩、わたしと何もかも話し合ってから、パリで一緒に一週間過ごした。わたしが『黒い夜のためのエレジー』を書き上げたときもまだいたの。最初の稿ができると、彼女はそれを印刷してアルゼンチンに持って行った。彼女はそこでヴァカンスの残り三週間を過ごすつもりだった。わたしは空港まで送っていった。彼女がわたしを抱きしめて、最後に言ってくれた言葉には、友情と愛情がこもっていたわ。だってそれがわたしたちを結びつけていた感情だったから。友情と愛情の完璧な調和よ。一週間後、自動車事故が起こった。彼女は別の町に住んでいる友だちのカップル――インディペンデント系の映画館を経営している人たち――を訪ねて、ブエノスアイレスに戻る途中だった。車のスピードを出しすぎていた。彼女はいつもスピードを出しすぎだった。彼女がよく言っていたせりふを覚えてる。「猛スピードの眩惑を味わわないなら、車なんか運転して何になる？」。車はアルゼンチンの路上で横にスリップした。即死だったって、彼女の友人たちから知らされた。死んだとき、彼女の持ち物からわたしの原稿が出てきて、そこにわたしの連絡先が書かれていたわけ。だから知らせが届いたの。詩人の死を知った数時間後、部屋で悲しみに打ちひしがれていたところに、わたしの原稿を熱烈に賞賛する出版社からの初めての返事が届いた。わたしはその手紙を引き裂いた。自分の原稿に嫌悪を覚えた。絶対的な不幸をもたらす出来事と、幸福にしてくれる出来事が同時に起こったことに嫌悪を覚えた。死にたかった。でももうその力がなかったのよ。書くことでわたしはすでにほとんど死んだようなものだったから。しかもドニーズの死と詩人の死で、わたしは殺されたも同然だった。

シガ・Dは黙り込み、ぼくは死者を追悼するその沈黙を尊重した。とはいえ彼女はまたすぐに話し出した。悲しみに暮れて話の糸を途切れさせたくなかったのだろう。

——そのころは、アルゼンチンまで行くだけの資金がなかった。二年半後、一九八八年にわたしの本がスペイン語に翻訳されてアルゼンチンで出たとき、ようやく行くことができた。詩人はブエノスアイレスの墓地に両親と並んで埋葬されていたわ。わたしは彼女の墓の前で長いあいだ過ごした。祈りもせず、一緒に過ごしたときのことを具体的に思い出すわけでもなく。わたしはただそこに、彼女のそばにいた。あの声をもう一度聞きたいと思ったけれど、何も聞こえてはこなかった。沈黙だけがあった。でもそれは安らかな、心に染みる安らかな沈黙だった。わたしは墓地をあとにして、徒歩であてもなくブエノスアイレスの街をめぐった。すると詩人がかたわらを一緒に歩いているのを感じた。そうやって歩いているうちに思い出がそっくりよみがえってきた。わたしは歩き続け、静かに泣いた。自分は彼女の街にいるんだ、ここは彼女が最後にいた場所であると同時に、最初にいた場所でもあるんだとようやく実感できた。結局、彼女が埋葬されるべき場所はここ以外になかった。出身地はハイチでも、彼女が書くことの世界に誕生したのは、文学上の輝かしい先達に囲まれたこのブエノスアイレスでだったのよ。ブエノスアイレスが彼女の街だったのよ。わたしはカフェに入って坐り、彼女もひょっとしたらここで、エリマンと一緒に一杯やったことがあったかもしれないと考えた。わたしはね、ジェガーヌ、自分は運がいいと思ったわ。最後にもう一度、彼女に会って話すことができたし、腕に抱くことも、彼女に撫でてもらいながら隣で眠ることもできたのだから。そう思うとブエノスアイレス滞在中のつらさも少し和らぐようだった。慰めが得られたわ。そしてこの旅行は心にのしかかるエリマンの重圧を減らしてくれもした。パリに戻ってから、彼を探すのはやめた。『人でなしの迷宮』を読み返して、たえず彼のことを考えた。相変わらず彼の夢はしょっちゅう見た。おぼろな、面白くもない夢ばかりだったけど、彼と長々と話し合っている夢を見ることもあった。何か意味のある、予言やお告げ、暗示を含んだ夢もあったし、エロチックな夢もあった。彼とわたしと二人ということもあれば、ハイチの詩人も加えて三人ということもよくあった。恐ろしいほど強烈な夢だった。そんな夢から覚めたときには、いつも体がふるえていて、ぐったりと疲れていたわ。とはいえ、ブエノスアイレス旅行から戻って、わたしはエリマンに別れを告げたの。あちらが戻ってくるなら迎えてあげる。でももうこちらから探しはしない。

——どうして？

——だって、彼を見つけたって彼を理解することにはならないし、彼を知ることにもならないとわかったから。だから探すのはもうやめた。ブエノスアイレスで、突然悟ったの。ブリジット・ボレームやハイチの詩人みたいに、エリマンの魂の果てまで達しようとする過ちを犯すべきではないって。エリマンとはいったい何者だったのか？　絶対的な作家？　不名誉な剽窃家？　天才的な詐欺師？　神秘的な殺人者？　魂をむさぼり喰らう者？　永遠の放浪者？　気品ある放蕩者？　父を探す息子？　自分の居場所がわからなくなり、ついには自分を見失ったただの不幸な亡命者？　結局、どうだっていいの。わたしが愛しているのは彼の中の別の存在なのよ。

彼女はそこで口をつぐみ、ぼくも黙った。やがて「母グモ」はこう言った。

——ちょっと外を歩きましょう。この時間、アムステルダムは一見の価値があるわよ。

ぼくらは外に出て運河沿いに歩いた。運河の表面を滑っていく朝日の光がバーミリオンと銀色に輝いていた。それが素晴らしい時間を約束してくれているように感じた。ぼくらは一晩語り明かしたあと、それぞれの心の砦に戻りたくなって、黙ったまま歩いていた。天にはなおいくつかの星が、宇宙巡礼の途中で道に迷ったかのように残っていた。でも、すでに別の無限の途上にある仲間たちが残していった空隙は、それらの星々に特別の舞台を提供していた。彼らはそこで力をふりしぼって輝き、やがて太陽の光に呑み込まれていく。星も白鳥の歌を歌うのだ。それは目だけに聞こえる歌だ。世界は本当に不思議だ、と天を仰ぎながら思った。星の光にとって、影はむしろ陽の光のうちに宿る。

——で、写真は？　ぼくは突然言った。浜辺の写真。ブリジット・ボレームが一九四〇年の手紙と一緒にくれた、エリマンの写真。机の前に貼っておいたという写真だよ。もう持っていないって言ってたけど、その写真はいまどこにある？

——ハイチの詩人にあげたわ。彼女がパリのわたしの部屋に来たとき、その写真に気づいて、エリマンの顔をじっと見つめていた。だから彼女にあげたの。写真は彼女が死んだときも、荷物に入っていた。友人たちの話では、写真と一緒に埋葬されたそうよ。

ぼくらは小さな橋を渡り始めたところで、向こう岸には観光船の乗り場があった。するとシガ・Dが立ち止まった。ぼくは彼女のほうを振り向いた。通りにはほとんど人影がなかった。一人で散歩する人たちと何度かすれちがっただけだったが、早起きなのか、空に消え残る星のように夜遅くまで出歩いていたのかはわからなかった。

——もうこれ以上、あんたに話すことは何もないと思うわ、ジェガーヌ。わたしは自分の人生を生きた。そしてここで暮らすためにフランスを離れた。セネガルにはもう戻らないと決心した。だってあれは失われた国だから（その意味は好きなように考えてちょうだい）。わたしは本を書いた、そしてその報いはすべて受け止めた。称賛、憎悪、不信、訴訟。わたしが話したことについて自分でどう思っているかは、書かれてこそ意味がある。それはわたしが実際経験したこと。今夜話した一切は、書かれることを待っている。一冊の本、それとも何冊もの本になることを。わたしもいつか自分で一冊書くつもり。あとのことはどうでもいい。エリマンはとっくの昔に死んだ。それともいまだに生きていて百三歳になっている。あとに何か遺した。それとも何も遺さなかった。エリマンは現実の存在。エリマンは神話。そんなのどうでもいいことよ。わたしが言いたいのは、エリマンはわたしの中に存在している、ほかのどんな命よりも、彼自身が現実に生きた生よりも力強く生きているということ。というわけで、そう、わたしにとって現実はどうでもいい。現実は真実を前にしたときいつだってあまりに貧しすぎる。もしあんたにとってはそうじゃないなら、もしあんたがわたしみたいに現実なんかどうでもいいと思わないなら、どこに向かうべきかはわかっているわね。何をすべきか、あんたにはわかっている。でもわたしは、どうでもいい。

ぼくはシガ・Dに近づいた。後ずさりするかと思ったが、彼女はじっと動かなかった。ぼくは彼女を抱きしめた。彼女はぼくの腕を取り、ぼくらは彼女の家に戻り、そしてアムステルダムの夜明けのひとときき、太陽が夜を脱し切って家じゅうに陽光が差し込むそのときまで、ぼくらはセックスをし、ぼくは文章など何も思い浮かべなかった。その晩、パリに戻る列車に乗ったときに初めて、夜の誓いのことを思い出した。自分はあの誓いから、一時的にでも解放されていたのか？「母グモ」の脚と胸に抱かれて、アイーダを失った悲しみを乗り越えたのか？

結局のところ、それは肝心なことではなかった。肝心なのは、シガ・Dと最初に会った夜、パリのあの夜、彼女のホテルの部屋でぼくが恐れたのとは反対に、シガ・Dに触れることで自分がこ・

な・ご・なにされはしなかったということだ。その単純な事実がぼくを慰め、説明がつかないくらい幸せにしてくれたのだった。

# 第三の書

# 第一部

## 友情－愛×文学／政治＝？

# 当日マイナス5

悲劇は二日前の九月七日、午前十時少し過ぎに起こった。そして同じ日の昼頃になると、人々はもう、秣棚（まぐさだな）の餌をはむ家畜のように遠慮なく食事をかきこんでいた。とはいえ、お歴々のおごそかな発言も相次いだ。悲しみを述べる者、恐怖をあらわにする者、祈りと希望を訴える者。しかし祈りの文句が唱えられた直後には、ポンティウス・ピラトゥス［一世紀ローマ帝国のユダヤ属州総督。マタイによる福音書によれば、イエスの死刑判決の際、自分には責任がないことを示すため手を洗った］的な事なかれ主義の応酬が始まった。それは夜八時のニュースで頂点に達した。首相はカメラを睨みつけながら呪うような口調で、「あなたがた、政府によるあらゆる努力を組織的に、卑しい思惑から妨害した人たち」を非難した。「あなたがたがこの危機からの脱出を無理やり試みたせいで、今朝の恐るべき事態が引き起こされた。あなたがたのせいで、無辜（むこ）の人たちの血がさらに流されることだろう。そしてその人たちの死はあなたがたの良心の呵責（かしゃく）となることだろう」。

そんな政治的紋切り型には、産業優先の虐殺や供犠のための人心操作が臆面もなく暗示されていたのだが、そのことはほとんど気づかれずに終わった。この晩、国全体は息を詰め、吐き気をこらえていた。朝の映像がいまだ記憶になまなましかった。一人の人間の命が医師たちの手にゆだねられていることを、だれもが思っていた。

医師たちは、ファティマ・ジョップを救うために終日、戦った。しかし首相が、野党および活動家たちこそがこの状況を作り出したのだと非難した直後、若きファティマ・ジョップは医師たちの懸命の尽力にもかかわらず、自らの行為を完遂した。彼女は死んだ。

ファティマ・ジョップの自殺が、長きにわたる社会・政治的危機の始まりではなく、その最終幕になるとは、おそらく彼女以外にはまだだれも知らなかった。エピローグは、混沌の言葉、怒り狂う手負いの巨人たちの言葉で書かれるほかはなかった。

ぼくは九月六日の晩、セネガルに到着した。ファティマ・ジョップの自殺の前日である。彼女が自殺を企てた時刻、ぼくはまだ眠っていたが、起きたときには何もかもが一斉に襲いかかってきた。ほぼだれもがそうしたように、ぼくも映像を見た。そしてほぼだれもがそうしたように、その陰惨な映像が撮られたあとで起こったすべての事柄を、興奮と不安の入り混じる思いで眺めていた。

ファティマ・ジョップの死は、病院の医師によって告げられた。医師は病院入口に集まったテレビカメラに向かって疲れた様子で歩いてきた。そして感動的な、慎ましい口調で、同僚たちと自分にはファティマを救うことができなかったとだけ述べた。正確にそれだけを言ったのだ。まるでファティマが自分の近親、たとえば娘か、姪（めい）であるかのように。ファティマがセネガル人すべての近親であるかのように。それから医師は、ファティマの家族にお悔やみを述べた。そして、ファティマに施された手当ての詳細が語られるかと思いきや、医師は数秒間、黙ったまま、目に涙を浮かべてカメラを見つめてから、「残念です」とだけ言って病院内に戻っていった。この「残念です」の一言は、全テレビ視聴者の悲痛な思いをかきたてただろうとぼくは思う。それは自らの力不足により、切なる願いがかなわなかったことへの怒りを表す言葉だった。だがそれは、医師のみならず国全体が感じていたことだった。

ファティマの家族は翌九月八日、トゥーバでひっそりと彼女を葬った。政府には国民葬を願う声もあったが、家族はそれを拒み、慎み深く彼女を悼むことにした。それこそが死んでいった者たちにふさわしい唯一の豪奢というものだ。

その日の午後、市民グループBMSが行動を起こした。これは「バ・ム・セス」（フランス語に訳せば「貫徹」とでもなるだろうか）の略号である。BMSの記者会見は満員の会場で、過熱した雰囲気のうちに行われた。いくぶん抒情的な記者の中には、午後三時とはいえ「大いなる夜」［新たな社会の到来間近を意味する左翼用語］の気配が立ち込めていたと書いた者もいた。「貫徹」主義者たちのスポークスマンは、最初にまずファティマの家族にお悔やみの言葉を述べた。それから、ファティマはBMSとともに二年間戦ってきたと述べ、BMSはなお戦い続けると涙ながらに語った。最後に彼は、九月一四日のデモ行進を呼びかけ、権力側に対して、その日は市民の信頼を裏切り希望を無駄にした者たちを突き落とすための地獄の穴が、怒った市民たちの手で街頭に掘られるだろうと予告した。BMSのメンバーおよびあらゆる愛国者たちはその地獄の門番を務めるだろうと宣言し、演説を終えた。

野党各党は願ってもない好機と受け止めた。九月八日の夜どおし、野党党首たちは政府側から腐った卵を顔に投げつけられるようにして浴びせられた不謹慎という非難をものともせず、九月一四日のファティマ・ジョップ追悼デモ行進への連帯の念を続々と表明した。それらの党首たちに対してはすぐさま、行進はあんたたちに抗議してのものでもある、なにしろファティマはあんたたちが長らく属してきた（なかにはかつて権力の座にあった者さえいるではないか）政治的階級の行動を断罪したのだからと反論もなされたが、党首たちは意に介さなかった。そんなのは、彼らにとって重要なことではなかった。自分たちにとって最重要の事柄は別にある、と彼らは言い、人々はその言葉を喜んで信じた。

偉大なスフィンクスという評判どおり、国家元首は首相をとおして全国民に三日間の服喪を命じ、自分は沈黙を守った。それは数年前に彼が元首の地位に立候補した際、政治とは何かについて語った言葉にまさに忠実な態度だった。目立たない、今日では忘れられたインタビュー記事での発言だった。政治とは、待つこと、待たせること、そして突如、まるで救世主か予言者か雷（いかずち）のように出現することの技術だというのだ。人々が苦難に打ちのめされた頃合いを見計らって、威厳たっぷりに語りかける。そのとき「みなさんはいったい何に苦しんでいるのか？」という言葉が、人々の耳には「わたしは想像し得るどんな苦しみも癒やすことのできる唯一の人間だ」と聞こえるというのだ。それはどういうことか？〈タイミング・イズ・エブリシング〉ということである。それから？彼にとって政治とは、絶望をよく理解したうえで資本主義を的確に調整することにほかならないということだ。

　しかしながら、緊張が和らぐことを期待してはならないというのが大方の意見だった。行進の主たるリーダーたちは、頭に弾丸を打ち込まれ、レベウス［ダカールの刑務所所在地］のおぞましい独房に死体がバッタのように積み重ねられるか、あるいは顔に直接催涙ガスを吹きかけられるのでなければ、九月一四日、戦友ファティマ・ジョップ追悼のための、民衆の純粋で友愛に満ちた行動を妨げることはできないと断言した。

　九月六日、ぼくの突然の帰宅は驚きで迎えられた。四年間セネガルに帰らずにいたのに、ある日、予告もなく戻ってきたのだ。本当の理由を家族に打ち明けるのはいささか気恥ずかしかった。だからその晩は何も言わずにいたが、あれこれ言い訳はした。里心がついたとか、弟たちに会って彼らのことをもっと知りたくなったとか、家に帰って故郷の空気を吸いたくなったとか。本当のことを言ってもだれもわかってくれないだろう、とぼくは思った。父はどうして前もって知らせなかったんだ、そうすれば歓迎の祝宴を用意できたのにと言った。用意なしでやってくれるのが一番の祝宴だよ、こうして迎えてくれるだけでとても嬉しいからとぼくは言った。

母はぼくの言葉をそう簡単には信じなかった。あるいは心配せずにはいられなかっただけかもしれないが、帰宅を喜びながらもさらに質問してきた。滞在許可証に問題が生じたのかい？　追放処分にでもなった？　フランスで何か大変なことをしでかしたんじゃないんだろうね？　九月七日の悲劇より前にも、すでに国には緊張が走っていたから、母はてっきり政治的理由で戻ってきたに違いないと考えたのだ。野党勢力、それともＢＭＳの若い連中――その中にはぼくの幼なじみ、シェリフ・ンガイデがいた――が味方につけようとしているのだろうと。ぼくはそれを否定して、英気を養うために戻ったんだと答えた。

母は喰らいついたら離さなかった。その晩は何度も攻撃をしかけてきて、政治状況をどう思うかと尋ねた。ぼくは何も考えていない――実際そうだった――と答えた。もう二年近く、セネガルの時事問題には興味をなくしていたから。母はそう聞いてびっくりした。数年来、おまえのブログを読んでいるけれど、あそこでは何にでも意見を述べて、自信満々に断言しているじゃないか。ところがいまこんな状況なのに、自分の国について何も考えていないだって？　ぼくは母の圧力に負けず、別に何も、と言い張った。母は少し追及の手をゆるめた。何ヵ月も前から若者たちがデモを続ける、この政治的危機に関して、母には明らかに何か思うところがあったらしい。ぼくは母の話に耳を傾けた。母は神託を下すような調子で言った――これはまずいことになるよ。若い人たちが死んで、母親たちが泣くことになる。調査を開始するふりだけして、たちまち打ち切られるだろう。残るのは犠牲者だけ、だれも責任を取らず、何も変わらない。それでおしまいさ。

ぼくは母の政治的予測を聞いて微笑んだ。それは簡潔にして批判的、悲観的だった。ぼくは、心配するせいで保守的になっているんだねと言った。父は後悔しているせいで革命派だった。若いころ、自分の世代が政治的に尖鋭だったにもかかわらず成し遂げられなかった大いなる変革に立ち会いたいと願っていた。

——アフリカ諸国の独立によって、すでに根本的な変革が成し遂げられたのだとばかり思っていた。だがそれが思い違いだったことに、遅ればせながら気づいたのさ……。

父はかつて抱いた思いについて謝罪するかのような口ぶりだった。ぼくには糾弾するつもりはなかった。それは国がやっていた。この国の建設には父だって貢献したのに、国は日々、父に、自分たちの世代の試みは失敗だったことを思い知らせるのだった。退職後、父は政治について学び直した。前よりもずっと過激になったのではないだろうか。いや、単に素朴じゃなくなっただけだと、父はいつも言い直す。この晩父は、若者たちが事態を掌握することを願っていると言った。父は若者たちと連帯して、デモに繰り出したいと思っていた。

——まあ見てらっしゃい、と母が言った。腰痛に悩まされているくせにデモに行くだなんて、わたしが許すとでも思うの……。

父は大丈夫だと言い、母は大げさに騒ぎ立てる。ぼくは両親が滑稽でもあり感動的でもある昔ながらのスケッチをまた演じるのを眺めていた。再会できて幸せでもあり、悲しくもあった。しかしそこまではまだ、予想していたとおりだった。

あの人がいつか旅立つことはわかっていたわ、というハイチの女性詩人の言葉を、シガ・Dはぼくに聞かせてくれた。最後に一緒に過ごした夜、詩人はシガ・Dにそう語ったのだ。彼を忘れたことはない。わたしたちの関係は絶え間ない嵐のようだったけれど、でも晴れ間が来れば嵐も無駄ではなかったと思えた。最後には、自分は嵐も好きなのだとわかった。あの人はアルゼンチンの芸術家や文学者たちとはろくにつきあっていなかった。もちろん、どうしてもと言われたときには人前に出てきたけれど。友人はあまりいなかった。ボルヘスの作品を称賛していたけれど、いちばん親しかったのはゴンブローヴィッチとサバトだった。あの人は当時のブエノスアイレスの知的階層に属していた美女たち全員と寝たと思う。醜い女とだって。ビクトリア・オカンポとも寝たはずだし、シルビナ・オカンポとも寝たはず〔ブエノスアイレス屈指の名家オカンポ家の六人姉妹の長女ビクトリア（一八九〇－一九七九）と末娘シルビナ（一九〇三－九三）は詩、小説で才能を発揮し、彼女たちのサロンはブエノスアイレス文壇の中心となった〕。ひょっとしたら姉妹と同時に寝たんじゃないかしら。彼はとっても逆説的な隠者だった。ことさらいるべきところにはやってこない。でもやってきたら、そのたびに強烈な魅力を放った。そんな様子もなく、押しつけがましいわけでもなく、自分の存在が影響を及ぼすことに困惑し、苛立つようでさえあって、ひたすら謝りたがっているみたいだった。それは単なる肉体的魅力じゃなくて、精神的な魅力で、もしこんな言い方に何か意味があるとすればメンタルな魅力とさえ言いたいものだった。でも口数は多くなかった。目立とうとはしなかった。才気で眩惑しようともしなかったし、無駄なレトリック、気取りや知的な誘惑はことごとく慎んでいた。それなのに彼は周囲を魅了した。まるで黒い星だった。しかも彼ほど強い輝きを放つ者はいなかった。謎めいているせいで人々を引きつけていたのだとは思わない。どちらにしろ、それだけじゃなかった。そんな心理学的説明は単純すぎる。別の、もっと深い何かがあったのよ。ある日、母の女友だちが彼を欲望と恐怖のまなざしで見ながら、こんなことを言うのが耳に入った。あんなふうに魅惑するなんて、サタンでなければ無理だわ。

わたしは一九五八年に彼と知り合った。当時十八歳、人生最初の十年はハイチで過ごし、あとの八年はアメリカ合衆国（父は合衆国出身で、アメリカに住むのを母に承知させた）とメキシコで過ごした。両親は一九五二年から、できたばかりの国連の職員としてメキシコに勤務し、それから一九五七年、アルゼンチンに移った。両親とも詩と芸術を愛していた。母はエメ・セゼールがトゥーサン・ルヴェルチュール［ハイチの独立運動の指導者］に捧げた詩を朗誦(ろうしょう)してくれた。それがわたしにとって人生で最初に暗記した詩になった。

父はアルゼンチンの知識人たちと交流を深め、何人かが家にやって来るようになった。そうやってエリマンと知り合ったのよ。集まりの中で――わたしの母と、母の血を半分受け継ぐわたしを除けば――唯一の黒人だった。

一九七〇年、ブエノスアイレスで数年間働いてから、わたしはヨーロッパのユネスコにポストを得た。一九六六年以来、アルゼンチンはふたたび軍事独裁の闇に突入していた［同年、クーデタによりオンガニーア将軍が権威主義体制を敷いた］。一九六九年、いわゆる〈コルドバソ〉［同年五月、アルゼンチンの都市コルドバで起こった労働者蜂起］をきっかけに民衆の反抗が高まった。わたし自身、軍事クーデタ以後、抵抗運動に活発に参加していた。でもそうした暴力のただなかで息が詰まる思いも味わって、疲れ果て、別のものが見たくなった。エリマンは数ヵ月前にアルゼンチンを去っていた。

別れ際、エリマンはわたしに、自分は旅を続けるが、その最終目的地は出発点になるだろうと言った。謎めいた言葉の意味を説明するよう頼んでも無駄だということは、ずっと前からわかっていた。それが比喩なのかそうじゃないのかは、決して本当にはわからない（ほらね、そう思ってるのはわたしだけじゃなかったのよ、とシガ・Dは言葉を挟んで、それから詩人の話を続けた）。わたしとしてはただ、それで満足するしかなかった。そしてわたしたちはセックスをした。互いに相手の肌や魂を自分の肌や魂に刻みつけようとするみたいに。

それから彼は旅立った。わたしも少しして国を出た。もう彼と会うことはないかもしれないとわかっていた。でも彼は出ていってすべきことをしなければならないのだともわかっていた。それが彼にとってラテンアメリカをめぐる最後の旅となり、あとは平安を見出して自分の国に戻る道を見つけられるようにと願った。彼を忘れることは決してできなかった。男としても、作家としても。どうして忘れられるだろう？　彼が『人でなしの迷宮』を読ませてくれて、わたしはとてつもなく感動した。あの本を読んだあとは長いあいだ、詩を一行も書けなかったけれど、やがてまた書き始めた。目からうろこが落ちたように、物事が新しい姿で見えてくる気がした。わたしの詩はもっと強く、もっと個人的なものになった。

一緒に過ごした最後の夜、彼はわたしのまだ知らなかった本の最初の数ページを読んでくれた。それが彼の自作だったのかどうか、数年間彼が取り組んできた本だったのかどうかはわからない。でも冒頭の部分は、これまで聞いた中で最も美しいものの一つだった。わたしはきっと、その続きを知るために彼を見つけようとしたのかもしれない。だれもが彼を見つけられたらと願った。ああ、エリマン……。わかるでしょ、〈コラソン〉、ひょっとしたらわたしの母親も彼の愛人だったのかもしれない。そうだとしても驚かないわ。母は父のことをとても愛していた。信心深かったし、そうであることを誇りに思っていた。でも相手がエリマンとなると……。

ぼくは、詩人がシガ・Dに語ったそんな話をそっくり思い返しながら眠りに落ちた。エリマンのために戻ってきたとは、両親には言えずにいた。明日は打ち明けようと決心した。でも翌日は九月七日であり、ファティマ・ジョップの自殺で国中が打ちひしがれているときにそんな話を持ち出したくはなかった。

彼女の自殺から二日後。いたるところに彼女の写真があり、公衆の面前で自殺したことのショックも消えていなかった。九月一四日の行進は彼女のために催されるだろう。彼女を称えるためか、仇（かたき）を討つためか、それは知らない。どちらにしてもそれは彼女のためのものとなるだろう。

## 当日マイナス4

ファティマ・ジョップの自殺は、マスコミやSNSにおいて、ある出来事がどれほど激しい、相矛盾する感情を引き起こすかについての完璧な事例を提供することとなった。しかも人によって異なるというだけではなく、同一人物の内面においても矛盾しているのだった。悲しみが怒りに混じり、慎み深さが感情の激発に代わり、しかもそうした衝動すべてがもっともなものと思われた。ファティマ・ジョップは、死後数時間で、あらゆるセネガル人が自分の醜い姿をそこに見出し、みじめな日常、あまりに長いあいだ我慢してきた欲求不満や、悲嘆に暮れていつか自分も彼女と同じ行為に走るのではないかという恐れを投影する鏡となった。人々は彼女の写真を見て、彼女の死の映像を思い出すと、すぐに考えた――これは自分の娘、妹、姪、従妹、妻でもありえた。さらにこれは自分自身でもありえた。

九月九日、ぼくは一日じゅう、あらゆる方面からの反響を読んだり聞いたりして過ごした。憤怒、批判、恐怖、呆然。そして激論を交わしたい、裁きをつけたい、自分の声を届けたいという欲求の大渦巻。

ＢＭＳの闘士たちは盛んに意見を表明し、戦いを呼びかけ、戦闘のハッシュタグとスローガンを次々に作った。〈ドクス・ムバ・デ〉(歩むか、さもなくば、滅ぶか)、〈ナクストゥ・ワラ・ファアトゥ〉(要求するか、さもなくば、くたばるか)。熱狂はしばしば、扇動、さらにはペテンに類するものとなった。そして闘士たちの一部はネット上での展開に酔って、一種のナルシシズムに浸りながら、自分たちこそ最も愛国的、最もラディカルで、ファティマの悲劇によって最も震撼（しんかん）させられた者たちであると証明したがっているように思えた。みなが一人モニター画面と向かい合って、考え、判断し、〈都市と世界に向けて（ウルビ・エト・オルビ）〉［ローマ教皇がサン＝ピエトロ大聖堂のバルコニーから与える祝福］語りかけていた。引用回数では、ファノン［フランツ・ファノン。フランス領マルティニック生まれの思想家、アルジェリア独立運動の指導者（一九二五‐六一）］の言葉「いずれの世代も、相対的な不透明性の中で自らの使命を発見し、それを果たすか、裏切るかしなければならない」、そしてサンカラ［トマ・イシドール・ノエル・サンカラ。オートボルタ（現ブルキナファソ）の革命家、首相を経て大統領（一九四九‐八七）］の言葉「反抗の任を負うことのできない奴隷は、その境遇を憐れまれるに値しない」がトップを占めた。

革命がついに起ころうとしていた。ファティマはその船首像だった。節度を守り責任あるデモをと呼びかけた者たちはスパイ呼ばわりされ、自分たちに対する不寛容な反応に泣き言をいいながら（それもまたバーチャル空間でのナルシシズムの一形態だ）、結局は口をつぐみ、アカウントを停止することになった。それからある賢者が、最も重要なのは一四日に参加することで、〈フォーラ〉（この賢者はラテン語の格変化の心得があるらしく「フォーラム」を複数形で用いていた）で無駄話をするのに使うエネルギーは行動の日のために取っておくべきだと述べた。その賢者は大いに賛同を集めた。とはいえ、インターネット接続を何のために用いるか、ファティマの死によって揺さぶられた気持ちをどうぶつけるべきかを、あんたに指図されるいわれはないという反論も見られた。

その晩、何が起ころうとしているのかをさらに知るため、ぼくはシェリフ・ンガイデに電話した。士官学校でともに学んだ仲間だ。彼は大学で哲学を教えるかたわら、ＢＭＳの一員として長らく戦ってきた。いわば運動の公認理論家の一人で、これまでに書いてきたたくさんのテクストは、年とともにＢＭＳにとっての知的な背骨を形作るに至っていた。活動家たちは彼を尊敬し、分析の緻密さ、権力批判の一徹さ、さらには歴史・哲学・政治に関する教養の豊かさを高く評価していた。理論で武装しながらも、彼は現実を決して見失わず、みじめな日常への感性を保っていた。何よりもそのことが人気の理由だったのだと思う。

ぼくは彼を〈マアグ・エス〉と呼んでいた。ぼくの母語であるセレール語で「兄さん」の意味だ。彼はぼくを彼の母語であるプール語で〈ミネラム〉、「弟」と呼んでいた。ぼくがセネガルに戻っていると知ってシェリフは喜んでくれたが、その声はずいぶん疲れているように聞こえた――なにしろこの事態だから、あちこちから頼りにされているに違いない。明日、自分のところに夕食を食べに来いと言われて、ぼくは承知した。

数時間後、ぼくはタクシー運転手の言い値を交渉もせずに受け入れて、メディナ［ダカールの庶民街］に向かった。父の車を借りる気にはならなかった。タクシーがのんびりと走っていくあいだ、落ち着かない気分だった。目的地に思いを馳せながら、エリマンのことを考えた。

彼の足跡をたどろうとした人たちが解明しようとしたのは、何と言ってもエリマンという人間の謎だった。ぼくは作品の謎にこだわっていた。エリマンは放浪生活のあいだも書き続けていた。ハイチの詩人はその何ページかを聞かせてもらうという特権を得た。それなのに内容については覚えていないと彼女は言い張った。強烈な印象を受けたのにすっかり忘れてしまっただなんて、まったく矛盾している。そんなに気持ちを揺すぶったものを、どうして忘れたりできるだろう？　ぼくの考えでは、シガ・Dにそれ以上話そうとしなかったにせよ、ハイチの詩人は何もかも覚えていたはずだ。

それなのにハイチの詩人は、覚えてない、と彼女に言った。もう思い出せないのよ、〈コラソン〉、思い出そうとしたんだけど。わたしは何よりもエリマンその人を見つけ出したい。彼がいないのが寂しい。パリに十年いたあと決心して、セネガルへの配置換えを願い出た。エリマンの国だし、覚えてるでしょう、彼は自分の旅の最終目的地は出発点になるだろうと言ったのよ。ひょっとしたらそれは、文字どおりに受け止めるべきではないかとわたしは思った。放浪の長い年月ののち、自分の国が恋しくなって戻ったのではないか。それとも、ひょっとしたら、大作を完成させるためには国に帰らなければならないとわかったのかもしれない。わたしはダカールにポストを見つけてもらって、一九八〇年に赴任した。

彼の過去については何の手掛かりもなかった。エリマンは自分のルーツについてはずっと口を閉ざしていた。ただある日、川のそばで育ち、カトリックの伝道師の学校で教育を受けたとだけ話してくれた。家族については何も聞いたことがない。村についても同じ。人名も地名も、何一つわからない。そこでわたしは二年間、二つの大河の流域をあちこち探し回った。つまり北々西に流れるセネガル川と、中部地方、シヌ・サルームから西に流れるガンビア川。でも何の情報もなしでは、不可能なミッションだった。

週末や休暇を利用して、偶然まかせに単独行を続けた。あるときは北部、あるときは中部へ。ガイドも地図もなしに車を運転し、広大な土地に身をゆだねた。かなりのスピード運転でね。運転するときは必ずスピードを出した。猛スピードの眩惑を味わわないなら、車なんか運転して何になる？　エリマン捜索に乗り出すと、そんな好みがいっそう正当化されるような気がした。できるかぎり早く彼を見つけたいのだから。でも、最初に遠出したときからすぐに、自分の企ての愚かしさを悟った。そんなやり方では、神さまが気まぐれでも起こさないかぎり、エリマンの足跡など決して見つかりはしないだろうとわかった。一つの村に着くたびに、こちらの言葉が通じない、好奇心の目ばかり向けてくる人たちに向かって、エリマンという名前の作家を知らないかと尋ねようとする……。そんなのは滑稽でもありむなしくもあった。それからわたしは、セネガル人の同僚たちに、作家や詩人という単語をいろいろな土地の言葉で何と言うのか訊いた。教わった単語を頼りに、また捜索に出た。新しい村に着くと、まず何語を話すのか聞き、それがわかったらその言葉で作家ないし詩人を何というか、準備しておいた単語帳から引っぱり出した。それに「エリマン」の一語も付け加えて。それから、その詩人を探しているのだということを、身ぶり手ぶりで伝えようとした。たいていの場合、返ってくるのは笑いや、困惑の表情ばかりで、わたし自身もつい笑い出してしまった。ときどき、あちらこちらの方角を延々と指し示されることもあった。やがて、詩人や、詩人に相当するような人物、詩人とみなされているような何者かが、その村か地方から遠く離れたところにいるのだとわかった。そこで出かけてみた。もちろんそれは決してエリマンではなく、別の詩人、別の言葉の達人、吟唱詩人、魔術師の女ないし男、お告げをする者、言葉の助産師、王侯然としたグリオ「西アフリカの語り部、世襲制の音楽家」、言葉のアスリート、はたまた沈黙の牧者などだった。とはいえひょっとするとそれは単に、エリマンが変身した姿でもあったのか……。ときにはそんな人物を相手に、一、二時間一緒に過ごすこともあった。通訳ぬきで、お互いに自分の言葉で話した。ときには彼ないし彼女が歌ったり、わたしが詩を朗誦したりすることもあった。お互いに同じことを語り合っているのだと、わたしは確信していた。

　そんな調子で二年たった。遠出を重ね、人々と出会うことで、わたしはセネガルという国を知り、愛するようになった。さっきも言ったとおり、こんなやり方ではエリマンを探し出すことも、彼の故郷を見つけることもできないということは、早々にわかっていた。川や支流はほかのところにあるのかもしれない。エリマンはわたしに本当のことを言わなかったのかもしれないし、ダカールかンダールで育ったのかもしれない。それでもわたしは遠出を続けた。それ自体が一つの詩的冒険になっていたのよ。新しく知るどの土地の言葉であれ、「詩人」とか「詩」と言えるということは、それだけで一つの詩的な行いと言えるんじゃない？　詩的関係の始まりでさえあるんじゃないかしら？

一九八二年、わたしは遠出をやめることにした。まさにそのとき、わたしは彼を見つけた。あるいは彼のほうがわたしを見つけたのか。国中のあちこちを回ったあと、ダカールで過ごした最初の週末、エリマンはわたしのもとを訪れた。つまり、わたしは彼の夢を見た。ブエノスアイレスで別れて以来、彼の夢を見たのは初めてではなかった。でもそれは特別な夢だった。というのもエリマンがわたしに、自分にはきみが必要だと言ったのだから。どうしてと訊くと、彼は何だかわからない言葉で答えた。言葉がわからないとわたしは言った。彼はフランス語で、きみが必要なんだと繰り返した。どうしてとまた訊くと、また未知の言葉で答えが返ってきた。そんなやりとりを重ねたあげく、わたしは目を覚ました。

その夢は、場所がどこだかすぐにわかったという点でも変わっていた。それは仕事のあと、独りになるためによく行く場所だった。ンゴールの、正面に島の見える浜辺の漁師小屋だった。もう使われなくなってはいたけれど、そんな小屋がまだいくつか残っていて、わたしは読書したり海を眺めたりするためにときどき行っていた。夢の中でわたしたちがいたのは、特に私の気に入っていた小屋で、海で泳いでいる人たちのざわめきからは離れたところにあった。目が覚めてから、実際にそこに行ってみた。エリマンはいなかった。夢は待ちあわせの約束ではなかった。だれもいなかったけれど、詩が残されていた。見覚えのない詩が、壁の一つの面に書きつけられていた。わたしはその詩を幾度も読み返して、気に入った。岸辺を歩き、すべての小屋に順番に入ってみた。どの小屋の壁にも、あなたの字で、あなたの詩が書きつけられていた。そこでわたしはあなたをダカールじゅう探し回った。あなたは至るところにしるしを残していたけれど、姿は見えないままだった。

わたしはあなたの詩を読みながらあなたを探し求めた。石炭で黒々と書かれたあなたの詩句が、わたしを街に案内すると同時にわたしを迷わせた。そしてある晩、とうとう、わたしはあなたを見つけた。

わたしたちを結びつけたのは、最初から詩だった。それは確かなこと。でもわたしたちが出会うように促したのは彼だった。エリマンの促しによるものだったの。とはいえ、彼について話し合ったことなど一度もなかったわね。お互いに秘密にして、自分たちが彼を分かちあっているなどとは知らずにいた。もし心の奥底に隠した秘密を打ち明けあったなら、どうなっていたかしら？　わたしは夢を真剣に受け止めるべきだったのかもしれない。エリマンに導かれて出かけた小屋に、あなたの詩があり、あなたの詩がわたしをあなたのところへ運んでくれた。さまざまなしるしが目の前に広がっていたのに、理解できなかった。それとも、心の底では理解していたのに、受け入れたくなかったのかもしれない。とはいえ、〈コラソン〉……。

——メディナのどこまで？

——何ですか？

——メディナに着いたよ。どこで降ろそうか？

——チレーヌ市場からは遠いですか？

——いや、もう少し先だけど、遠くはないね。市場で降りるかい？

——ええ。いや、もう少し行ってもらえますか。イバ・マール・ジョップ競技場の前まで。そうしてもらえると助かります。

数分後、ぼくはタクシーを降りていた。メディナは、熱烈な恋に落ちた心臓のように鼓動を打っていた。庶民街のあらゆる毛穴から生命があふれ出ていた。弾けるような人々の声や喧嘩や笑い、クラクションや羊のメエメエいう声、祈りの歌声、ゴミ箱の臭い、肉の焼ける匂い、排気ガス、それらすべてが、輝かしさと貧しさを放って充満し、目に見えるところも見えないところも、侵入できるかぎり隅々まで入り込んでいた。さらには、それ以上入り込む先をなくしてむなしく漂い出し、どうにかするか、どうにかされる機会をうかがっていた。ここでは、街中で死ではなく生命に取っ捕まる危険があり、こちらの息が止まるほどの勢いで生命が流れ込んできたりする。目の前には、この街角の最もありふれた光景でさえ、どんな小説も形無しにしてしまう証拠が広がっていた。ダカールのとある広場の悉皆調査の試み？　ペレックならばここに来てやってみたらいい［フランスの作家ジョルジュ・ペレックの『パリの片隅を実況中継する試み』（一九七五年）への暗示］。ぼくはそんな役割はパスして、スマホのＧＰＳを検索した。行き先は遠からぬ位置だった。深呼吸して、ブレーズ＝ディアニュ大通りを渡り、第十一通りに入った。

――〈昨日から仕事でダカールに来ていて、あなたのことを思い出しました。ずっと連絡をとらずにいなければならなかったけど、そろそろ沈黙を破ってもいいんじゃないかと思って。あなたが返事をしたくないなら、それも理解できます。これだけ間が空いたんだから当然でしょう。そのほうがいいのかもしれません。キスを送ります。アイーダ〉

一時間前、ぼくはワッツアップ・メッセンジャーでこのメッセージを見つけた。何と答えたらいいかわからず、十分間、画面を見つめ続けた。何度も馬鹿げた返事を書き始めては、すぐさま削除した。

ぼくの困惑や驚きはアイーダにも伝わっていたに違いない。アプリには、ぼくが「返事作成中」だと何分も前から示されているのだから。実際のところ、自分が何を言うべきか、何を言えるのかまったくわからなかったのだ。アイーダ……。いまどうしているのか尋ねる必要はなかった。政治危機、ファティマ・ジョップの自殺、九月一四日のデモ行進と結びつけて、すぐ理解できた。

結局、滑稽なためらいののち、ぼくはこう書いた。

――〈ここの暑さにきみがあまり参っていないといいけれど。DK(ダカール)へようこそ……。じつは、ぼくも数日前から来てるんだ。メッセージをもらって嬉しいよ、アイーダ。こちらは元気でやっている〉

この「じつは」には、自然な調子を装いながらも、不安な思いがそっくりこめられていた。見せかけだけの屈託なさが夜中に放つ光に、アイーダはすぐさま気づくだろう。ぼくの不器用な態度を前にして彼女が浮かべる残酷な、愉快そうな微笑みが早くも見えるようだった。ぼくはふるえながら彼女の返事を待った。数分後に返事が届いた。彼女は遠回しな言い方はせずにずばり核心を突いてきた。そこにはもちろん、皮肉も欠けてはいなかった。

――〈じつは……。二人とも同じ街にいるというわけね。で、どうする?〉

数秒間考え込むふりをすることで、ぼくは彼女よりも自分に嘘をついていた。それから一気にメッセージを入力した。条件法［推測、可能性を表す］を使って書いたが、ぼくはこれこそフランス語で最も便利な語法だと思っている。恐れを慎重な賢明さに見せかけ、後ずさりしながら前進しているように思わせたいときには打ってつけだ。

――〈会うことにしてもいいかもしれないね……〉

――〈そうかもしれないわね。でもそれはいい考えじゃないかもしれない。きっと結局は残念な結果になる〉

そんなふうに予測するところに、彼女のいまの精神状態を知るための手掛かりがあった。ぼくはそれに飛びついた。

――〈きっと残念な結果になる……。この数日、しょっちゅう聞かされた言葉だ〉

――〈だってたいていのことは残念な結果になるものだから。そしてたいていの人はそれを知っている〉

――〈何も知ってなんかいないよ。悟ったようでいて深みのない考え方さ。安易なペシミズムを明晰さに見せかけているだけだ。臆面もなく責任を放棄しておいて、それに賢しらな宿命観の衣を着せ、人生への怯えを不安の哲学に仮装させているだけだ〉

懸命に虚勢を張った。でもアイーダはぼくのことをよく知っていた。彼女の返事は空威張りをあっけなく吹き飛ばした。

――〈変わってないわね。相変わらず紋切り型で考えてるのね。そういう紋切り型を、信じてもいないくせに。それこそ人生への怯えというものでしょう。それが命取りになるわよ。警告はしておきましたからね〉

そしてぼくがさらに長広舌をふるうのを制するため、彼女はAirbnb［民泊のウェブサイト「エアビーアンドビー」］を使って借りているメディナ中心部の位置データを送ってきた。ぼくは一時間で着くと返事した。両親はもう眠っていた。いちおう母親宛に、外出する、友だちのところに泊まるかもしれないとメモを残しておいた。

いまやぼくは、メディナの鼓動のただなかにいた。アイーダは歩いて数分、第十一通りの先で待っていた。

あらゆる革命は身体から始まる。そしてアイーダの身体は立ち上がる町、火と燃えて灰を決して残さない町なのだ。ぼくはそこで戦う。なぜなら戦いは人間を高めるし、戦うに値する大義があるのだから。ぼくは戦う、なぜなら愛する町のために戦うことほど美しいことはないのだから。その町を自分は相変わらず本当にはわかっていないと思うことはあるにせよだ。でも本当のところ、町が秘密の部分を残し、そこで迷子になる可能性を与えてくれるからこそぼくらは町を愛するのだし、この町は自分にとって何の秘密もない、自分はポケットの中みたいに、それともおふくろの腹の中のようにこの町をすみずみまで知り尽くしてる、などと言う連中もいるけれど、そういう連中は町を愛しているというのとは違う、ぼくはこの町が完全には正体を明かさないからこそ愛している、この町は身をゆだねると同時に身を引きはがすのであり、それは故郷であるとともに異国の町、その長く狭く暗い通りの数々をぼくは愛する、広々として明るい大通り、足を止めざるを得ない地点の数々、周辺地域や秘密の場所、歴史的建造物（右手にあるあの荘厳なゴシック大聖堂をご覧ください）、空き地、公園、旧市街、ぼくがまるで警視総監のように威張って歩こうとする（でも警視総監というよりグラム単位でクスリを取引するチンピラにしか見えないのだけれど）ホットな界隈、いつまでも歩き尽くすことのない謎に満ちた地下空間、頑として先に進ませない袋小路、などなどをぼくは愛するのだが、とはいえその町がまだ立ち上がってもいなければもう寝てもいないことは承知しておくべきで、町は――強調しておくが――いままさに蜂起しようとしているのであり、町はノンとウイを同時に発し、何に我慢できないか、何を熱望しているのかを知っていて、町の動きはそこにいる者たちに、ともに歩むこと、目をつぶって全幅の信頼を寄せることのほか選択の余地を残さない、あとに従うしかないその道筋は、さまよいのように見えてさまよいではなく、狂人が漫歩するかに見えてじつは革命家が導いているのであり、その唯一、真の革命家とは愛人であり、愛人は道の端までたどり着いて、自分にはまだ準備ができていないと悟るのだけれど、そんな準備など、決して、だれにもできていないのだし、正しい大義のために偉大な犠牲を払うことの意味を、革命家は理解したに違いないのである。

ぼくらは、愛なき一年間の空白を取り戻すため愛しあった。かつてともに過ごした夜を思い出して愛しあった。ラスパイユ大通りのベンチのために愛しあった。それから今後の蓄えとするために愛しあった。なぜなら将来、ぼくらのあいだには新たなる沈黙が永遠に続くということになりかねなかったから。最後の抱擁でぼくらはからっぽになった。六時ごろだったろうか。朝を待ちかねて、最初のざわめきが響き始めていた。メディナの町は目を覚まそうとしていた、と言っていいのかどうか。メディナは眠らなかった、あるいは片目だけで眠っていた。もう片方の目は、ぼくらの夜間の蜂起を目撃していた。

——少し休まなくちゃ、と彼女が言った。午後二時になったら、バ・ム・セス（彼女は正確なウォロフ語で言った）が九月一四日に向けた連絡調整委員会を組織するから。行かなくちゃならない。

——ここで企てられていることについて、だれから情報をもらってるの？

——友だち、特派員や、活動家たち。アフリカ大陸での市民運動を追っている記者はたくさんいるわ。わたしはアルジェリアのあと、ブルキナファソに行った。そこで影響力をもっている、果敢な革命家たちと出会った。サンカラの子孫と言うにふさわしい人たち。ファティマ・ジョップの自殺を知ったとき、すぐ、セネガルで何かが起こるだろうとわかった。導火線はきっとダカールを通っていくはず。直ちに飛行機に乗ったわ。アフリカと全世界の、反抗する若者たちにとっての希望がかかっている。そう思ってるかもしれないけど、わたしは反抗をロマンチックに考えているわけじゃないわよ。そういう戦いが時としてどれほど高くつくかは知ってる。だから尊敬するの。そして自分が目の当たりにしていることを世界の人たちにも見てほしい。人々のまなざしには炎が宿っている。それがわたしを感動させてくれる。ファティマの顔にも見て取れる。それは怒りと屈辱の炎だし、このうえない威厳の炎でもある。

ぼくは何も言わず彼女を両腕で包んだ。彼女は抱擁を拒まなかった。気のせいかもしれないけれど、体をもっと近づけようと、腰と肩をかすかに動かすのさえ感じられた。何秒か沈黙があった。

――で、あなたは？　ダカールで何をしているの？

ぼくは何も言えなかった。エリマンと『人でなしの迷宮』のことを打ち明けるべきだろうか？　両親に対してもそれは憚られたのだけれど、そんなことを言ったら、軽薄な、不真面目なやつと思われるのではないか。情熱は状況次第でにわかに恥ずべきものとなることがある。そのリスクを負うよりも、嘘でしのいだほうがましだった。数日前から国で起こりつつあることを前にして、ぼくの調査に何の価値、何の重要性があるだろう。社会の苦しみを前にして、書くことの問題に何の重要性があるだろう。かけがえのない威厳への希求を前にして、大切な書物の探求に、あるいは政治を前にして、文学に、はたまたファティマを前にして、エリマンに、いったい何の重要性があるだろう？　だからぼくはアイーダに嘘をつき、帰ってきたのはヴァカンスを過ごすため、家族に会うためなのだと言った。

### 当日マイナス3

翌日、街角で別れる際、アイーダとぼくはちょっとためらった。頬にキスをする？　それとも唇に？　握手？　手でバイバイとやる？　通り全体がぼくらの邪魔をしていた。この土地の文化、人々の目、ぼくらの肌の色、そして彼女の背中まで垂らした長い編髪。それは真昼の陽光を独り占めしているように見えた。でもそれ以上に、ぼくらがお互いに邪魔しあっているのも確かだった。

一夜のあいだに掘り起こされた自分たちの過去に押しつぶされていた。結局、ぼくらは何も言わず頬にキスしあうことを選んだ——ただし片方の頬だけ（それも唇のすぐ近くに）。ぼくは帰宅する前に、唇の横の深紅のマークを忘れずに拭い去っておいた。彼女はBMSの連絡調整委員会が開かれるシェイク・アンタ・ジョップ大学（UCAD）に向かった。連絡を取りあおうと約束した。

家に戻ると母に、おまえの母親なんだから、昨夜やったことは何もかもわかっているよというような目つきで見られた。とはいえ母は何も訊かず、父も黙っていた。ぼくは弟たちや親戚たちと家で午後を過ごし、フランス暮らしでその記憶さえ薄れていたここでの日常生活に改めて慣れようとした。

アイーダからのSMS——〈正直に言えば、会いたかった。この一年、そう書くのをずっと我慢していた。メンツを保ちたかったから。事態を複雑にしたくなかったから。でも事態は勝手に複雑になっていくものなのね。いまだって、すぐに会いたい。五感すべてがあなたを求めている。もっと感じたがっている。感じてもらいたがっている。とはいえやっぱり、また会うというのがいい考えとはいえないと思っている。矛盾してるけど、そうなの。あなたはどうしたい？〉

いったいどんな種類の男だったか、教えてほしいんでしょう？　と詩人はシガ・Dに言った。シガ・Dがそう話してくれた。その質問に、単純な答えなんか存在しないわ、〈コラソン〉。うちの両親の文学サロンに来るようになって、数ヵ月たってから初めて彼の声を聞いた。口数の多い人じゃなかったわ。じっと人の話を聞いていた。まるで、熟慮の末にただの一撃、たった一つの言葉によって、不可視のベールを引き裂きたいと願っているかのようだった。そのベールはだれの目にも見えないけれど、でもそれがわたしたちをいちばん大切な真実から隔てていることを、わたしたちのだれもが感じていた。

サロンでは知的な、あるいは政治的な議論が活発に交わされていたけれど、彼は決して加わらなかった。でもそのことで彼を咎める人はだれもいなかった。彼はいわば言葉での参加を免除されていた。そんな一種の合意には、口にこそ出さないけれどスノビズムじみたものさえ感じられた——〈昨日の晩は、物静かな深遠なる男エリマンと過ごしたんだ、無言でとおす態度が何とも粋な、あの謎のアフリカ人さ〉。そもそも、たとえ議論がアフリカの事柄に触れるようなときでも、だれも決して彼に質問しなかった。アフリカ人なのだから自分の大陸について話すのが当然とは言わないけれど、でもみんなは彼に大陸での出来事について、アフリカ人としてどう思っているのか聞いてみたかっただろうと思う。一九六〇年代を目前にしたころだった。アフリカ諸国の独立が世界中で激しい議論を巻き起こしていて、わたしたちのサロンでもそうだった。でもサロンにいる唯一のアフリカ人は何も言わなかった。

一九五八年のある晩のこと、そう、一九五八年の十月、わたしは彼を敬して遠ざけるみんなの態度にいいかげんうんざりしていた。フランス領西アフリカの国々にフランス共同体［一九五八年十月に成立した旧フランス植民地の連合体］への加盟を呼びかけたド・ゴールの提案に対して、ギニアが国民投票で「ノン」を突きつけたことが話題になっていた。わたしは突如立ち上がって彼に呼びかけた。ねえ、ムッシュー・アフリカ、あなたはギニアの民衆の決定についてどう思っているんですか？　それとも何も思わないのかしら。そんなことには無関心で、この何ヵ月かずっとお示しになっているその軽蔑のこもった沈黙以外には反応なしなのかしら。ひょっとしたら、わたしたちが相手では発言する価値もないと思っていらっしゃるの？　でもギニアの民衆は素晴らしいじゃないですか。彼らに対してなら、発言する価値があると思いませんか？

そのときのみんなの顔を見せたかったわ、〈コラソン〉。サロンじゅうが凍りついていた。何人かがこちらに向けた目つきをいまでも思い出せるくらい。そこには恐怖が浮かんでいた。でも好奇心を浮かべ、面白がっている様子もうかがえた。すぐに気がついたんだけど、ゴンブローヴィッチなんかは、興奮のあまり体をむずむずさせていた。これはひと騒動もちあがりそうだぞ！と思ってるみたいだった。エリマンのもう一人の大切な友人であるサバトは、真剣な面持ちを崩さずにいたけれど、彼もエリマンがどう答えるか、興味津々で見守っていたんだと思う。凍りついた人たちも含めてみんなが、エリマンの反応を待ちかまえていた。彼は少し離れて肘掛椅子に坐っていた。わたしは彼から三メートルのところにこれ見よがしに立っていた。片手を腰に当て、もう片手にワインのグラスを持って。なにしろまだとっても若かったのよ。ショートヘアで、大きな耳飾りをつけ、ブルーの青いロングドレスを着ていたんだけど、そのせいか普段よりも注目され、お世辞を言われ、ぶしつけな申し出や暗黙の誘いを受けていた。わたしの態度は挑戦的だった。彼はゆっくりと視線を上げた。わたしは決して下を向かないぞと心に誓った。それまでは彼と目が合うと必ずそうしていたんだけど。エリマンは数秒間じっとしたまま、目をわたしに向けていた。わたしは一歩進み出て言った。いま言ったことが聞こえなかったのかしら？　ギニアについてどう思いますかと質問したのよ。ギニアの独立や、指導者であるセク・トゥーレ［フランスから独立したギニア共和国の初代大統領（任期一九五八－八四）］についてのご意見を知りたいんです。

長く重苦しい間があってから、彼は立ち上がった――するとそれまで思っていたよりもっと背が高く見えた。一歩踏み出したと思ったらもうすぐそばまで来ていた。わたしは後ずさりしなかった。顎を上げて彼を見据えたままでいた。わたしは十八歳で、法学の勉強を始めたばかりだった。彼は立派に成熟した男。何歳かは知らなかった。四十三歳、つまりわたしの父と同じ歳だということはあとになって知った。

彼から数センチのところにいて、わたしは自分が壁の前に立っているみたいな、でも同時に垂直な海を前にしているみたいな、とても混乱した印象を抱いていた。一種の直立した波面から、内なる猛烈な逆波の響きが聞こえてくる。一瞬、彼のまなざしに憎悪の光がよぎるのが見えた気がした。こいつを殴りつけたい、殺してやりたいとでもいうかのようだった。でもその光はすぐに消え去って、穏やかな、ほとんど楽しんでいるような態度になった。そして顔に一瞬、微笑みを浮かべ——それを見て取ったのはわたしだけだったと思う——、一言も発することなくサロンをあとにした。

彼が立ち去ってからしばらく沈黙が続いた。それを破ったのはゴンブローヴィッチだった。彼はこう言ったの。ブラヴォー、マドモワゼル。大胆なお方ですなあ。だが、あのアフリカ人の去り際のふるまいには見覚えがある。サバト、きみもそう思わなかったか？　あれは狩り出された獣のふるまいだよ。手負いの獣だな。とにかく姿をくらまそうとする。こちらが近づきすぎると必ずそうするのだ。さあ逃げ出そうというときの獣の足取りは、まさにあの男がここから出ていったときの歩き方そのものだ。サバトとわたしはもう慣れっこなんだがね。みなさんも慣れたほうがよろしいですぞ。わたしの考えでは、あの男は当分ここには姿を見せないでしょうな。ともあれ、ブラヴォー、娘さん。あの男との対決は不可避だった。そしてここでそれをやってのけたのはあなただけだ。

ゴンブローヴィッチは正しかった。その晩から数ヵ月、エリマンは戻ってこなかった。一年後の一九五九年八月にようやく再会することができた。そのあいだ、ゴンブローヴィッチとサバトはときおり両親のサロンに姿を見せた。そのたびに彼らに、お二人のお友だちはまだわたしのことを怒っているのかしらと尋ねた。そのたびにどちらかが、エリマンは怒ってなどいないと答えた。ただ彼は旅に出て、留守にしているだけなのだと。旅というのはどこへ？　ラテンアメリカをめぐる旅。

あるときはチリ、あるときはブラジル、はたまたメキシコ、グアテマラ、ウルグアイ、コロンビア、ペルーへ。とはいえ、ゴンブローヴィッチもサバトも、彼がそれほど頻繁に旅をしている理由は知らなかった。わたしが知り合ったころから、あの男はたえず旅行ばかりしているんだよ、とサバトがある日言った。しかし何を求めての旅なのか、そもそも何かを求めているのかどうかさえ知らないんだ。

　わたしはサバトとゴンブローヴィッチを文学の師と仰いだ。というよりも、彼らのほうがわたしをお気に入りの生徒にしたのだ。彼らはすでに作家として世間に認められていた。大学で法律を学びながら、わたしは自分が本当に好きなのは詩であると感じていた。ゴンブローヴィッチとサバトは詩人ではなかった。高度に知的な精神を備えた、力みなぎる素晴らしい散文家たちだった。ただし詩作はしなくても、彼らは詩を読み、詩を知っていた。彼らと詩について語り合ったことは、詩を書き始めたころのわたしにとって決定的に重要だった。

　わたしは最初の詩を二人のまなざしのもとにさらした。それは要求の高い、余計な気遣いもなければ安易な励ましもないまなざしだった。もし文学と詩を真剣に考えるなら、そして何か書きたいと願うとするなら、とゴンブローヴィッチは言っていた。要求の高さを貫くほかに道はない。それは自己を創造のために絶対的に捧げることだ。そう言って彼はウラジーミル・ホラン［チェコの詩人（一九〇五－八〇）］の文章を引用した――「素案から作品まで、ひざまずいて進んでいくほかはない」。そして彼は付け加えた。その道には、終わりがないのだよ。

　二人のうち、ゴンブローヴィッチのほうがより厳しかった。そしてより陽気で気まぐれだった。彼は若者たちとのつきあいを好んでいた。彼の天才には、反抗的で皮肉で、ほとんど無礼なところがあった。サバトはもっと寡黙な人物だった。文学上の判断に関しては容赦ない面も見せたが、どんな場合にも非常に慎み深かった。そして、広大で深遠な内的宇宙を旅していることがうかがえた。そこで彼は自作の数々に通底する形而上学的な大問題と向かいあっているのだった。

エリマンのことはしょっちゅうわたしたちの話題に上った。ある晩ゴンブローヴィッチと二人で夕食を取っていたとき（サバトは病気で来られなかった）、わたしはエリマンについてまた質問してみた。いままでは、〈コラソン〉、あんたがそれを知りたがっているけれど、わたしが知りたかったのも結局、彼がどういう種類の男なのかということだった。そこでゴンブローヴィッチに長々と質問した。

あのアフリカ人がどうやって、なぜここにたどり着いたかって？　とゴンブローヴィッチは言った。なんて奇妙な質問なんだ……。彼がどうやって、なぜここにたどり着いたのか？　人はどうやって、なぜどこかにたどり着くのか？　いいかい、わたしは自分についてでさえ、どうやってここに着いたのか、そして戦争が終わってもなぜここに居続けたのか、もうわからないんだ。ポーランド、あの呪われた国の町の通りがいまだに恋しいというのに。ひょっとすると、ワルシャワの通りの秘密をブエノスアイレスの通りのうちに探ろうとしてここに残ったのかもしれない。別の国の鏡に映して自分の国を本当に見るために。たぶん……。だがエリマンは？　実際のところ彼がそれを語ったことは一度もないと思う。隠しているのではなく、こちらが決して尋ねなかったからだ。彼を相手にその種のことは話さないのだよ。わたし同様、エリマンは亡命者だ。われわれは一目で互いに理解しあい、そういう者として認めあう。何についてでも語りたいと思うが、ただし亡命は別だ。いずれにしろ、亡命については言うべきことは何もない。この世でこれほど退屈な話題をわたしはほかに知らない。だがまあ、サバトに尋ねてみるがいいさ。あいつの体調がよくなったときにな。ひょっとしたら、エリマンがどのようにして、なぜここにいるのか知っているかもしれない。

だがエリマンに問いただしたりしないほうがいいぞ。あの男を不快にさせ、苛立たせる恐れがあるからな。亡命者の大半はその質問を嫌うものだ。わたしの場合は、その件にはとにかく関心がない。以上だ。それでは、麗しく情熱あふれるハイチの島からやってきたうら若い娘さん、やりにいくとしようか、あるいは愛しあいにいくと言うほうがお好みかな。すべては待てるものだ。エリマンも待てるだろう、死神も待てるだろう、そもそも死神はずっとわれわれを待ってくれている。すべては待てるものだ。だが肉体や、欲望や、愛となると話が別だ。わたしが最後に愛しあったのは——この歳になってまったく許せない話だが——いつのことかというと……。

四日。ファティマ・ジョップの死から四日たち、赤く染まる日に向かって国が進んでいく中、共和国大統領はついに夜八時のニュース番組で国民に語りかける決心をした。ぼくは七時ごろ、リベルテ6［ダカールの宿泊施設］に着いた。

シェリフは二年前に離婚してから、そのとてもきれいな建物で一人住まいをしていた。ぼくらはいつもどおり再会を喜び合った。とはいえ彼が長いあいだ眠っていないのではないかと思えるほどやつれた顔をしていることに気がついた。

ぼくらが夕食（美味なる羊肉の炭火焼き（ディビ））を食べ始めたとき、共和国大統領の演説が始まった。

——食欲減退だな、とシェリフが言った。

四十五分間、大統領は力強く威厳ある態度で演説した。最初に彼は、ファティマ・ジョップの死がもたらした深い悲しみについて述べた。それから運命の残酷さと、若くして死ぬことの悲劇について哲学的な調子で語り、故人の家族にお悔やみの言葉を述べた。そこでようやく政治的な話題に踏み込んだ。人々は危機に対する迅速な、目に見える、有効な解決を待ち望んでいる。そう言ってスフィンクスはあまたの方策、調整策、改善策を発表した。重大な建設作業の時が来た、民衆の怒りや悲嘆の声が聞こえる、新たなファティマが現れてはならない、わたしの優先課題は若者たちだ、等々。

大統領が結論に入ろうとしたとき、シェリフはテレビの音を消した。数分間、ぼくらは大統領がしゃべる姿を、言葉を聞かずに眺めた。沈黙の内に唇が開いたり閉じたりしていた。大統領は力強く空虚を咀嚼（そしゃく）していた。

——この国の現状はまさにこのとおりさ、とシェリフが言った。われらの指導者たちは画面の向こうから話しかけ、ガラス越しに何の音も届かない。彼らの言葉はだれにも聞こえない。聞こえたとしても結局は同じことだが。聞こえなくたって、彼らが本当のことを言っていないのはわかりきっている。ガラスの向こうの世界は水槽みたいなものだ。つまりわれわれの指導者は人間ではなくて、魚なんだよ。ハタ、タラ、ナマズ、メカジキ、カマス、銀ダラ、ヒラメ、そしてクマノミ。そしてもちろん、サメが山ほどいる。でも最悪なのは、彼らのサカナ顔を見ていると、おまえたちだって、わしらの立場だったら同じようにしかできまいと言われているような気がすることなんだ。おまえたちだって、わしらと同じように期待を裏切るだろうってね。

大統領の唇が「ご静聴ありがとうございました。セネガル万歳」といっているのが読み取れた（あるいは、そんな気がした）。シェリフは目の前に国旗が誇らしく揺れ始めたその瞬間にテレビを消した。

——〈セイム・ファッキン・シット〉、と彼は言った。火事が起こるたびに、あいつは小さなバケツを持って駆けつけるんだが、消そうとする火はあいつが自分で起こしたものなんだ。放火魔の消防士。昔ながらの手管だよ。だがわれわれは、そしてあいつ自身も、火は消えないとわかっている。バケツはからっぽなんだ。つまり、その中には嘘しか入っていない。そして馬鹿な連中はやすやすと信じ込む。

――鞭(むち)のあとに飴(あめ)というわけか……。

――いや、そうじゃないよ、〈ミネラム〉。それは致命的な思い違いだ。いまあいつがやったみたいな、人々をなだめるための発表が、まさに人々をクソの中に突き落とすのさ。飴と鞭の違いとか、入れ替わりとかはもはや存在しない。われわれにとって飴もまた鞭だ。この国では人々はごくちっぽけなもので満足する。本当の要求なんか何ももっていない。自分たちの命についてでさえそうだ。人々にはいったい、生きていくだけの値打ちがあるのか？

彼はぼくに考える暇を与えずに続けた。

――「人民は自らの値打ちに見合った指導者をもつ」という安易な格言を口にする男たち、女たちをおれはいつも非難してきた。あるいはその別バージョン、「人民は自らに似た指導者をもつ」。それは人民をあまりに見くびった態度であると同時に、エゴイストで冷酷なある種の指導者たちに対する、許しがたいへつらいだとずっと思っていたんだ。「指揮する者たちの罪は指揮される者たちの過ちではない」とユゴーはどこかに書いていた。どこだったか思い出せないが。でも最近は、無能な指導者を民衆の似姿とみなす人々は、間違っていないんじゃないかと思い始めている。同時代の連中を見ていると、彼らは本当によりよい扱いを受けるに値するのか、と思えてしまう。われわれもやっぱり、サカナの群れなんだ。イワシの群れだよ。不道徳で変敗(へんぱい)した政治家よりましな政治家をもつために、個人として、集団として、何をしているというんだ？

――その「ヘンパイ」とかいう単語は知らなかったな。文脈からして誉(ほ)め言葉(ことば)じゃないんだろうけど。あとで調べてみるよ。でもその問いに対するおまえの答えはどうなんだ？　個人として、集団として、何か別のものに値するのか？

そのとき部屋の電話が鳴った。シェリフはそちらを見たが、受話器を取らなかった。

——BMSは今日、UCADで連絡調整委員会を組織しているはずだ、と彼が言った。おれは行かなかった。だから電話がかかってきているんだ。演説の原稿を書いてほしいんだろう。だが連中に向けて語りたいという気持ちが湧いてこない。もう連中のために演説や現状分析の原稿を書く気がないんだ。

——どうして？

——BMSのやっていることに本当には共感できなくなっているんだよ。BMSの運動は、何に対しても反対という不毛な姿勢に陥ってしまっている。もちろんそういう戦闘的な態度で批判をすることは必要だし、勇気がいる。でも、結局のところ不毛だよ。それでは何も変えられない。われわれの活動は政治的な現状維持を支え、権力との思想的対決という幻想を保っているだけだ。現状維持はいつだって権力の利益になる。その先を目指さなければならない。もっとどうにかしなければならない。

——BMSは変化して、政党を結成しなければならない。それがおまえのいう「その先を目指す」ということか？　民主主義の無垢な番人を演じる代わりに、闘技場に入って身を汚せと？

——いや、おれが言いたいのはそういうことじゃない。政治のゲームでは必ずやそのルールに従わなくてはならなくなるだろう。それは挽き臼で、われわれは穀粒だ。穀粒が挽き臼を変えることは決してないだろうし、挽き臼は穀粒を挽いて細かく砕き続けるだろう。物事を内側から変えるなどというのは幻想だ。内側に入ったらわれわれ自身が変わってしまう。必要なのは政治的実践でもないし、物事でもない。物事は決して変わらない。とにかく、そんなやり方ではね。

——じゃあ、どんなやり方ならいいと言うんだ？　ほかに提案でもあるのか？

彼はあると言ってから、すぐさま打ち消した。その提案はさらに熟成させる必要があるとでもいうかのように。

——いや……、まだ確かではない。わからない。おれは第三の道を探しているんだ。この数日の出来事を見ていて、別の何かが必要だと確信した。デモをする、機動隊と戦う、警棒と催涙ガスを浴びる、叫ぶ、国会議事堂や裁判所や大統領官邸に石を投げる、ファティマ・ジョップの名前を太陽の下、目に涙を浮かべて叫ぶ。オーケー、で、それから？　そのあとは？

ぼくには返事が思いつかなかった。一瞬黙ってから、シェリフはふたたび話を続けた。

——つまりだな……、おまえのことを話してくれよ、〈ミネラム〉。いったいここで、何をしてるんだ？　新しい本のための調査か？

——ああ、いくらかはね。

——その新しい本では、もう少しおまえ自身がはっきり表現されることを願ってるよ。おれがBMSに対して批判していることは、作家たちについても言えることだ。作家たちももう少しどうにかしないことには。文学が何の役にも立たないとは言わない。おれは文学に対して神聖なる畏怖と崇敬の念を抱いているからこそ、決して作家にはならない。少なくともだれか一人の魂をふるえさせようという野心を持たないなら、何も書かないほうがましだと言いたいね。『空虚の解剖』みたいな本はもう書かないでくれ。あの本はおまえ自身にしか向けられていなかった。おまえにはもっと値打ちがあるだろう。もっとずっとましなことができるはずだ。偉大な本を書いてくれよ、〈ミネラム〉。偉大な政治的書物をな。

ぼくは微笑んだ。驚きではなかった。シェリフは『空虚の解剖』が出たあと、すでにそういう意見を聞かせてくれていたから。あの本でぼくが社会問題を放棄し、エゴセントリックな問題にばかりかかずらわっていることを非難していた。ただしそれは、自分のほうが現実、真の人生、具体的な事物をよく知っていると思い込んでいる馬鹿者たちのような非難のしかたではなかった。そうではない。友人のやっていることが理解できなくなった男の、誠実な困惑もあらわに述べたのだ。

一時期、ぼくらが同じ理想を分かちあっていたのは確かだ。二人のうちぼくのほうがよりラディカルだったとさえ言える。でもだれでもやがては変わってしまうものだ。それはむしろ望ましいことなのでは？　時を経てかたくなになった自分に、なおも忠実であり続けるなど、幻想にすぎない。生命の側からすれば笑い飛ばすべき、片意地を張った状態だと思える。生命、その予想のつかない動き、不確定さ、めぐりあわせはときとして、不変だと思われていた、そう主張されてきた価値や原則を粉砕してしまう。

子どもだったころの自分に忠実であり続けなければならない、と言われるのをときおり耳にする。この世でそれほどむなしい、あるいは有害な野心はない。ぼくだったら決してそんな忠告はしないだろう。かつての子どもは、大人になった自分に対して必ずやがっかりしたような、あるいは残酷なまなざしを向けるだろう。たとえその大人が自分の夢を実現していたとしてもだ。それは大人がその性質上、必ず堕落しているとか変質しているということを意味しない。単に、子どもが無垢な気持ちでひたむきに思い描いていた理想や夢に一致するものなど何もないということなのだ。大人になるとはいつだって、幼かったころの自分に対して不実を犯すことだ。だからこそ子ども時代は素晴らしいのだ。それは裏切られるために存在するのであり、その裏切りはノスタルジアという、おそらくはいつか、人生の終わりになってから、若いころの純粋さをふたたび取り戻させてくれる唯一の感情を生み出すのだ。

シェリフは納得していなかった。彼が言いたいのは子ども時代ではなくて、十八歳のころのぼくのことだった。人生の試練がわれわれを変えるというのはいいとしても、悲惨な現実から目を逸らすことができるというのが理解できなかった。悲惨さを気にかけるのは彼にとって意識の不変の要素だった。彼にはそれが立派な芸術作品の創造と矛盾するとは思えなかった。シェリフはどんなにちっぽけな悲惨さや不正義の光景にも憤慨していたころのぼくを知っているだけに、ぼくの「変身」が理解できなかった。彼が知っていた、あのひりつくような政治意識の持ち主だった〈ミネラム〉が、こんなに早々と、あっけなく変わってしまうとは……。

——頑張るよ、とぼくは彼に答えた。偉大な政治小説に挑戦する。

それからぼくらは、少なくともうわべは、もっと楽しい話題に移った。本、女、旅、士官学校時代の悲喜劇的な思い出。でも、シェリフが気軽な話に乗れずにいるのがはっきりと感じられた。笑顔を浮かべようとしても、目の奥の表情がそれを打ち消してしまう。真夜中少し前、ぼくは出口までの行き方を尋ねた。彼は車まで見送ってくれた。

——おまえ、ファティマ・ジョップを知っていたのか？　ぼくは尋ねた。あの娘、ＢＭＳのために戦っていたらしいじゃないか。

——知っていた。

そう答えるまで、五秒か六秒の沈黙があった。その間にシェリフの内で無数の思い出と苦悩が頭をもたげるか、よみがえるかしたのをぼくは直観的に理解した。彼の声は決してふるえはしなかったが、揺らぎを感じさせた。それは残念だったな、そんなこと訊いて申し訳なかったとぼくは言った。彼はありがとう、大丈夫だと言った。あとは沈黙、そして暗闇、迷宮のように入り組んだ通路、路面の砂。

──あの娘には魂があった。彼は車のところまで来たとき、突然そう付け加えた。素晴らしい魂だ。あの娘とは、UCADでぼくの哲学の授業を受けている学生として知り合った。それからBMSで仲間になった。そして私生活でも。あの娘のことはよく知っていた。だからこそ、九月一四日の行進に加わるのは無理だと感じているんだ。

ぼくはわが友を抱擁したかった。でも生来の恥じらいが勝った。そんなふうに愛情や慰めを示すことはわれわれの習慣には含まれていなかった。そんなことをしたら、おまえは本当に変わったんだなと彼に言われただろう。だからぼくは単に、残念だった、と繰り返すに留めた。おれだって残念だと彼は答えた。少し休んだほうがいいぞとぼくは忠告した。そうするよと彼は約束した。それじゃ、おやすみと挨拶をかわして、ぼくは去った。走り出して数秒してからバックミラーに目をやると、シェリフはその場に佇んでいた。彼が見送っているのはぼくではなくて、ファティマ・ジョップだった。あいつはきっといつか、彼女との関係について話をしてくれるだろうと思った。たとえつらい終わり方をしたにせよ、いつか聞かせてほしいものだ。

リベルテ6の敷地を出て、西のVDNホテルに向かった。メディナ方面。この夜もまた、アイーダの町、快楽と物質的恍惚(こうこつ)の蜂起する町がぼくを呼んでいた。その有無を言わせない呼び声はぼくの土台の最も奥深く、ぼくの欲望の絶対的な部分に向けられていた。

──〈それじゃ、砂漠の詩人、今日の夜また実力を証明しに来てね〉アイーダのSMSに返事をすると、そんな言葉が返ってきた。──〈いまわたしが望むのは、自分たちの欲望に従うこと。そしてわたしはあなたに絶え間なく欲望を感じている。一年分の欲望を夜ごと満たしたい。あなたの肌をずっと渇望している。一年間砂漠を歩いてきたのだから、あなたの肌で渇きを癒やしたい。一晩では足りない。わたしのすべての感覚が、あなたなんだと認めている。でもそれだけでは足りな

い。それを証明しなくては。そのことをもっと証明してみせたい。たとえあなたがそう信じているとしても〉

## 当日マイナス2

九月一四日に緊張や暴力が高まるのを恐れて、朝、国の最有力紙は一面に運命の問いを掲げた。〈何をなすべきか？〉

さまざまな宗教団体の指導者たちが鎮静化を呼びかけた。セネガル人は同じ「神」への信仰で結ばれた信者たちの共同体だと彼らは説いた。国はファティマ・ジョップとその家族のために祈らなければならない。なんとしても実現しなければならないもの、それは平和である。

大統領を支持する与党のメンバーたちに言わせれば、ファティマ・ジョップの自殺が政争の具にされてはならない。それは怒りではなく責任を求める人間的悲劇なのだ。これからなすべきは、対話を再開し、政治的立場の違いにもかかわらず一つに結ばれ続けることである。

プロの政治的反対派たちは、政府は人民の声を聞き、責任を果たさなければならないと訴えた。大統領は辞職して総選挙を行うべきだ。つまり何としても行わなければならないのは、純然たる、妥協なき政治的行為であると。

メディアの報道に接して、真面目な市民たちはためらいを覚えていた。自分たちは平和を欲している。だが平和は育まれつつあるのだろうか？　にせものの平和によって最も貧しい者たちがそのまま放置されるくらいなら、さらなる尊厳と社会正義をもたらすような危機を引き起こしたほうがいいのではないか？　そんな悲劇的ジレンマにとらわれて、民衆は迷っていた。彼らがなすべきこと、それは枕を相手によく考えることだった［フランス語の諺「夜は忠告をもたらす」への暗示。よく眠ればいい考えが浮かぶということ］。

ＢＭＳのリーダーたちにとって、ためらう余地など皆無だった。九月一四日は新たな歴史の一ページ目とならなければならなかった。そのページを書き上げないならファティマ・ジョップの記憶を裏切ることになるだろう。〈何をなすべきか？〉レーニンは一九〇二年、このごくシンプルな問いを表題とする政治文書を刊行した。答えもまたじつにシンプルなものだった。「貫徹」主義者たちはそれを援用した。いわく、真の革命家にとって、なすべきこととは革命である。

そして作家、若き有望作家であり、尊い祖国の将来の文学にとっての花形たらんとするぼくとしては、何をすべきか？　インターネットで発信しているＢＭＳのラディカルな活動家が、フェイスブックで問いかけてきた。こうした一切をきみはどう考えてる？　作家たちは何をする？　きみたちは声なき者たちの声ではないか！　それなのになぜそんなふうに沈黙している？　われわれを裏切るな！　フランスの白人たちはきみのことを話題にしている。だがきみは、祖国のために何を語るのか？

いくつかの答えが思い浮かんだ。〈きみの口はきみだけのものだろう、自分で語るんだな、同志〉。これは消した。〈あらゆる声なき者たちがただ一つの声によって代表され得るのか？〉これも消した。〈集団のために語ること、それはいつだって個人を裏切ることだ〉。これも消した。〈黙れ〉。消した。何のためにであれ、語ることの正当性が自分にあるとは思えなかった。自分の言葉はぼく自身にとってさえすでに重すぎる。あやふやな作家という地位によってそれがどう変わるというものでもなかった。指導者たち、幻視家たち、予言者たち、占星術師たち、巫女たち、その他の崇高なユゴー主義者たち［十九世紀のフランスの詩人ヴィクトル・ユゴーは帝政打倒と共和政実現を唱える政治的リーダーの役割を果たした］の時代は過ぎた。従うべき道を示すのではもはやなく、名もなき者たちが向かう道に従うべきなのだ。そして最後まで、つまり彼らの魂か、自分自身の魂の果てに辿りつくまで、その道に従うのである。

延々とためらった末に、ぼくは活動家に返信するのを諦めた。彼は直接メールを送ってきたが、そこには、〈きみは多くの若者たちにとっての手本であり、彼らはきみときみの言葉を必要としているし、きみの参加を求めている〉と書かれていた。これにも返事をしなかった。すると彼はまたぼくのフェイスブックに、前のメッセージに続けて大文字でこう書き込んだ。〈そんなことではきみはこの国では決して認められないだろう。きみはわれわれを見下している。白人たちは好きなだけきみを称賛して賞を与え、大新聞で話題にすればいい。だがここではきみは何者でもない。無（ナーダ）。そして自分の国で無だということは、きみはどこにいっても無であるということだ。きみは疎外された男、お屋敷の黒人奴隷だ。きみなんか決して比較にもならないが……〉以下、彼が人民の良心とみなすにふさわしいと評価する七、八人の知識人や作家の名前が列挙されていた。

ぼくは彼のコメントに〈いいね！〉をつけて誇り高くアイロニカルな態度を示してみせた。でも心の底では、痛いところを突かれたという気がしていた。こんなやりとりを自分が重要視していることが腹立たしかった。しかもぼくは数日前までシガ・Dと一緒にいたのだ（この日のぼくの検事殿は、彼女の作品などおそらく読んだことがないにもかかわらず、彼女を模範的作家のリストに入れていた）。彼女の場合、全作品が裏切りの上に成り立ち、「われわれ」の抹殺、母国や、自分が生まれ出た文化、「身内」の期待や、所属の抹殺の上に成り立っているというのに。それこそが彼女の作品の値打ちだった。エリマンがぼくだったとしたらどうだったか想像してみようとした。この相手にどう返答しただろうか？

わたしがハイチの詩人に、アルゼンチンにいる理由をエリマンに尋ねたかと訊くと、彼女は答えた。もちろんよ、〈コラソン〉。もちろん、結局は彼に、どうしてアルゼンチンに来たのか、ここで何をやっているのかと尋ねたわ。そんな勇気が出たのは何年もたってからだったけれど。そう尋ねられても、ゴンブローヴィッチが言っていたのとは違って、エリマンは怒らなかった。でもそのとき彼の顔を覆った鉱物のような冷然とした表情は、むき出しの怒り以上にわたしを慄かせた。彼はわたしを見据えた。額には汗が数滴光っていて、眉まで流れ落ちていた。十七秒──彼のベッドの上に掛けられた秒針のやかましい音のおかげでわたしは心の中で数えていた──十七秒が沈黙の内に過ぎ去った。それから彼が言った。またそんなことを言うのか。もうわかってると思っていたが、間違いだったな。サバトやゴンブローヴィッチに訊いてみたんじゃないのか。ぼくが留守にしているあいだ、それとも単に、ぼく抜きで連中に会ったときに？

一九六四年の初めごろ、一月末か二月初めのことだった。昼間、とても暑かったのを覚えている。わたしたちは彼が住んでいた小さな一部屋で過ごしていた。夕方になるのを待ちながら、少しでも涼しくしようと雨戸を閉めてあった。ようやく陽が落ち、気温が多少下がると、部屋に一つだけある窓を開けた。空気は昼よりは堪えやすくなっていたけれど、風はそよとも吹いていなかった。空から垂れ込めた温気が晴れるのを、目に見えない分厚い湿り気が妨げていた。そのせいで何もかもがべたつき、服が肌にへばりついた。彼としょっちゅう会うようになって五年目だったけれど、聞きたくてたまらなかった質問を彼に投げかけたのは、両親のサロンでの対決ののちに再会して以来、その晩が初めてだった。

彼の答えは正直言って、驚くようなものではなかった。質問する前から、彼が別の質問を返してくるだろうとわかっていた。それが彼の得意技だったから。何年もの経験からよくわかっていた。

一九五八年、うちの両親のところで例の一件があってから、彼が南米大陸のあちこちを旅していたことは覚えてるわよね？　ブエノスアイレスに戻ってきたのが一九五九年八月。彼がサバトとゴンブローヴィッチと久しぶりに夕食をともにしたとき、サバトとゴンブローヴィッチはわたしを招いてくれた。両親宅での対決以来の再会だった。でも、反抗心に駆られ、生意気さを発揮して彼に立ち向かったあの晩とは違って、再会の夜、わたしは恐怖にふるえていた。だけど、彼がわたしを威圧しようなどとしていないことはすぐにわかった。親切な、ほとんど優しいくらいの態度だった。そこにいるのは親しい友人だけで、彼は多弁というわけではないにしろ、数分間で、両親宅での芸術家たちの夜の集いすべてをあわせたよりも多くの事柄を語った。きっとわたしを怯えさせたのはその点だったんだわ。それまで見たこともない、別の人間のように思えたの。

一九六〇年代の初めから、わたしは彼と頻繁に会うようになっていた。最初のうちはいつもサバトとゴンブローヴィッチと一緒に、カフェで会ったり、どちらかの家で会ったりしていた。ブエノスアイレスの他の芸術家、詩人、パトロンの家で会うこともあった。両親はもうサロンを開くのをやめていたけれど、だからといって当時、集いの場所に困ることはなかった。ビクトリアとシルビナ・オカンポのサロンは人気があった。そこにはボルヘスやマジェア〔エドゥアルド・マジェア、アルゼンチンの作家、批評家（一九〇三－八二）〕、ビオイ＝カサーレス〔アルゼンチンの小説家（一九一四－九九）、ボルヘスの盟友にしてシルビナ・オカンポの夫〕を始めとするアルゼンチンの他のあらゆる有名文学者たちが来ていたわ。みんな「南方（スール）」〔一九三一年にビクトリア・オカンポが創刊した文芸誌〕に集っていた作家たち。ロジェ・カイヨワやオルダス・ハックスリーといったヨーロッパの知識人や作家たちもときおり姿を見せていた。エリマンも何度かやってきた。でも彼の二人の友人たちと同じように、彼はもっと内輪の、派手派手しくない集いを好んでいた。夏はブエノスアイレスのカフェで、当時はそうした店に必ずあった大きな扇風機に背中を向けて坐っているのが好きだった。扇風機の風がうなじや肩に当たるのを好んでいたわ。タンゴ、特にガルデルのタンゴや、日常の会話や政治的議論、サッカーやボクシングをめぐる口論を聞きながらお酒を飲んだ。そんな物音はやがてラ・プラタ川の河口へ物憂げに洩れ出ていった。そのころ、彼が幸せだったのか、物悲しい気分でいたのかはわからなかった。少なくとも平穏な様子に見えた。

彼の前に出てもあまり気圧（けお）されなくなるまで何ヵ月もかかったし、差し向かいで会えるようになるには三年かかった。そのあいだ、彼は気まぐれに、あるときは数日、あるときは数週間、謎のラテンアメリカ遍歴に出かけて姿を見せなくなった。それでも、戻ってくるたびごとにわたしはむしょうに会いたくなり、口数が少ないとはわかっていても、彼に話しかけて、声を聞きたくなった。発する言葉を数えながら話しているような、言葉を発すると自分の言葉が減るとでもいうような様子だった。一つの文章ごとに料金を払わなければならず、よくよく考えて言わなければならないとでもいうみたいに。二人の仲間たちがそうであるように、彼もまたわたしの文学上の父親代わりになった。サバト、ゴンブローヴィッチ、エリマンに手ほどきを受け、自作を読んで、添削してもらい、批評され、詩の道を進む勇気をくじかれ、そして励まされもしたことは、わたしの人生最大の誇りになっているわ、〈コラソン〉。わたしには師と仰ぐ人物たちがいたのよ。

ゴンブローヴィッチとサバトについて、それぞれの性格や流儀についてはもう話したわね。エリマンについても、それがいちばん難しいことだとはいえ、聞かせてあげなくてはならない。

彼はバラカス地区に、家具付きの何とも禁欲的な二間のアパートを借りていた。その地区（バリオ）のアパートはみんなそうだけど、みじめったらしい建物だったわ。初めて招かれたとき、自宅に人を入れるのはわたしが初めてだって言われた。ゴンブローヴィッチやサバトも入ったことはなかった。そのことはあとで二人に話したときに確認できた。つまり一九六三年、わたしたちは親密になっていたっていうこと。数ヵ月のあいだ、わたしたちだけで、つまり友人たち抜きで過ごした。ゴンブローヴィッチは潤沢な資金をもつ有名財団に招かれてヨーロッパに戻っていた。一九三九年にアルゼンチンに来てから初めて、ベルリンに戻ったの。サバトは彼の傑作である『英雄たちと墓』［一九六一年］を出してから名声が高まって、ラテンアメリカの国々をまわって講演をしていた。

彼らがいないあいだ、エリマンとわたしはそれまで以上に頻繁に会うようになっていた。わたしは昼は大学に行き、夕方になるとどこかのカフェで彼と会って、文学を語り合った。彼の人生や過去についてはほとんど訊かなかった。それはわたしたちのあいだに交わされた契約のようなものだったけど、親しくなればなるほど、彼の過去やアルゼンチンに来たことをめぐる謎を解く鍵が得られないかぎり、決して彼を本当に知ることはできないだろうという気持ちがふくらんでいった。でも彼の履歴と、外部の一切の視線を隔てる氷原（それともワニだらけの濠［ダンテ『神曲』地獄篇第十八歌に登場する悪の濠］）をどうやって渡ればいいのか、わからないままだった。彼はその気になれば愛想のいい態度を見せることもできたし、わたし相手にはいつだってそうだった。でもたちまち、その愛想のよさには代償があることがわかった。取っつきはよくても、手は届かないままなのよ。わたしは何度も彼に、過去の人生の断片なりとも語らせようとしたけれど、こちらが不器用だったせいで、何か質問めいたことを口にしようとするとすぐにばれてしまった。

彼の城塞が一度だけ門を開いたことがあったけれど、それは彼自身のイニシアティブによるものだった。住んでいるところを見たいかと、ある晩尋ねられたの。彼の家に行くのは初めてだったし、『人でなしの迷宮』を読ませてもらったのも初めてだった。アルゼンチンであの本を読んだ人間は、ゴンブローヴィッチとサバトだけだった。彼がわたしの最新の詩を読んで添削してくれているあいだ、わたしは彼のベッドに腰かけていた。そして『人でなしの迷宮』を読み始めた。ベッドの上にかけられた時計は、針が進むにつれて息絶えていくかのようで、一秒ごとにあえぎを洩らしていた。しかしその晩、時計が喘息（ぜんそく）の発作を起こそうとも、わたしを『迷宮』のページから引きはがすことはできなかった。読み終わると、エリマンはその本をめぐっての剽窃問題など、フランスで彼がこうむった事柄について洗いざらい語ってくれたのだけれど、でもそれは素晴らしい本だった。そう、彼は何もかも話してくれた。剽窃なんか――そもそも剽窃だとは思えなかった――どうでもよかった。なにしろそれによって偉大な作品が紡ぎ出されていたから。その問題についてのわたしの意見は、それ以来変わっていない。その夜、エリマンと一緒に過ごした初めての夜、わたしは『人でなしの迷宮』とフランスでの反響について、彼にたっぷりと尋ねた。彼は秘密にしておいたほうがいいと判断することに関しては秘密を守り、控え目に答えた。それでも、彼の過去について少しは知ることができた。それは告白でも嘆きでもなかった。エリマンは自分の人生のその時期について、慎みを保ちながら、ごく自然な調子で話してくれた。ただし、それがいまだに彼を傷つけていることは明らかだった。二、三回、ふいに黙ったり、声をふるわせたりして、なおも激しい感情、怒りと恥とつらさの混じった感情がわだかまっていることを感じさせた。

　夜もふけて、彼の横で眠りに落ちようとする間際に、わたしは理解した。エリマンはアルゼンチンに来た理由を自分から説明してくれることで、質問したくてうずうずしているわたしをなだめようとしたのだと。わたしは自分一人で答えを導き出した。彼はフランス文壇での転落というつらい経験から立ち直るためにアルゼンチンにやってきた。あるいはその経験を忘れるために。それは説明として十分だった。その説明は自己愛、自尊心、自己評価、威厳、誇り高さといった、それが踏みにじられたなら姿を消してしまいたくなるような価値の総体にかかわることだった。エリマンの場合、人間としてだけでなく作家としての不名誉をもたらしたその本が偉大な本だっただけに、いっそう説得力があった。彼が自分でそう言ったわけではなかったけれど、わたしはそのとき、そう理解した。彼がアルゼンチンにやってきたのは、自尊心を傷つけられた者が自分の居場所から遠ざかる行為だったと。わたしはね、〈コラソン〉、その夜、恋に落ちたのだと思う。彼に恋したというより、この男の癒えることのない傷に恋をした。そう、それがエリマンだった。開いたままの傷、ただしその血は内側に向かって流れ続けている。内部への出血。逆向きの間歇泉（かんけつせん）。わたしは手当をしたいとも、助けたいとも思わなかった。そんなことを望んだのではないし、そもそもわたしにそれは無理だった。彼の背負っている影に惹かれた、それだけのこと。以前はゴンブローヴィッチがそうだったように、彼はわたしの愛人になった。

数ヵ月間、わたしはもう質問をしなかった。答え、あるいはその一部はもうわかっているという気がしたから。一緒に過ごして、忠告をもらい、彼の経験に学ぶ時間を過ごすだけで満足だった。ゴンブローヴィッチとサバトが手がけた文学と性へのイニシエーションを、彼が完成させてくれた。

ベルリンから戻ったゴンブローヴィッチは、ヨーロッパに帰る決心をしたとわたしたちに告げた。これからはフランスで暮らすのだという。小宴が張られ、このポーランドの師の友人たち、大半はブエノスアイレスの若い男女の詩人たちが別れを惜しみにやってきた。ゴンブローヴィッチは出発前、最後にもう一度一緒に寝ようとわたしにもちかけた。それはつまり、自分が死ぬ前にということだが、とゴンブローヴィッチは言った。わたしはオーケーした。そこでわたしたちは一晩中愛しあった（ベッドでの彼はなんてスケベで淫らで、愉快で優しかったことか！）。それから、じつに奇妙な話だけど、翌朝彼のキッチンで一緒にコーヒーを飲んでいるとき、彼はわたしがエリマンに、この国にいる理由を聞いてみたかと探りを入れてきた。わたしは驚いた。だってほかならぬゴンブローヴィッチ自身が、そんな質問はしないほうがいいと忠告していたのだから。わたしは矛盾を指摘してやった。
いまでも忠告するさ、どうしてここにいるのかなどと、あいつに訊くのはやめておけとな、と彼はいつもながらの相手の逆を突く論法で言った。だが、あいつには真実を問いただすべきだとも忠告しておこう。手をゆるめてはいかん。剽窃をしたというスキャンダルのせいでここに来たとはわたしは思わない。少なくとも、それが唯一の理由ではないはずだ。何か別の理由がある。

——そんなふうに考えてるの？

——考えるだと？　おぞましい！　わたしは考えなどしない。感じるんだ。

ゴンブローヴィッチが説明してくれたのはそれだけだった。それから彼はフランスに出発して、彼の地で妻となる女性リタと出会い、愛しあった。彼がいなくなってサバトは大いに悲しんだ。わたしたちが会う機会も減っていった。とりわけ、彼があの素晴らしい小説三部作の最終編［『根絶者アバドン』一九七四年］を書き始めてからは。そこでわたしはエリマンと、たいていは二人きり、カフェや彼の家で会うようになった。ゴンブローヴィッチが別れの晩にわたしに言ったことがわたしの抱いていた疑いを再燃させた。エリマンは相変わらずときおり、まとまった期間ブエノスアイレスを留守にしていた。そうやって頻繁に姿を消すことについて、彼は決して何も言わなかったが、ここにいる本当の理由についての疑念をいっそう強めた。本当はどこに行こうとしているのか？　いったい何をしているのか？　彼の迷宮の中心には何ものがいるのか？　わたしは知らなかった。サバトも、ブエノスアイレスでの彼の最も古い友人とはいえ、エリマンの私生活については何も知らなかった。

そうやって気を揉んでも無駄だと思う日もあった。愛する相手の秘密を知るのがそんなに重要なことだろうか？　わたしたちの好奇心の届かないところに何かを保っているからといって、愛さなくなるということがあるだろうか？　わたしたちを彼に結びつけているもののほうが、彼が隠しているらしいものよりも重要ではないか？　わたしをエリマンに結びつけているもの、それは欲望や愛よりもまず、文学だった。彼と話しているとそう確信できた。でもその感情は長くは続かなかった。エリマンが秘められた人生の謎の内に戻ると、疑念がよみがえってきてわたしを蝕んだ。そうするとゴンブローヴィッチの最後の言葉が改めて鳴り響いた。何か別の理由……。

自分がそんな疑いを抱いていることに我慢ならなくなった。そのせいでエリマンとの関係が損なわれた。自分のまわりに火の輪を張りめぐらしている彼を、わたしは称賛しながらも憎んだ。そこで、彼がウルグアイへの四日間の旅から戻ってきた晩、一線を越えて炎に身をさらした。わたしは突進し、アルゼンチンに来て以来ずっと、本当のところ何をしているのかと尋ねた。彼が何と答えたかはもう知ってるわね。

——またその質問か。きみはわかってると思ってたよ。だが間違いだったようだな。サバトとゴンブローヴィッチに訊いてみたんだろう、ぼくがいないあいだ、彼らと会ったときに。

——ええ、とわたしは言った。でもゴンブローヴィッチは知らない、興味がないと言った。そしてそんな質問をするとあなたが怒るから質問しないほうがいいとも言っていたわ。

——彼としては当然の言葉だな。でも彼ならば、ぼくの答えに満足するなときみをけしかけたはずだと思うがね。

——よくわかってるわね。

——で、サバトのほうは？

——エルネストの答えはゴンブローヴィッチの反対でもあり、同じでもあった。知りたいのならあなたに直接質問をぶつけるべきだと言われたわ。

——それまた、いかにも彼らしい。

——知りたいの。あなたはどうしてフランスを去ってアルゼンチンで暮らすようになったのか、本当のことを。

——きみがそれを本当に知りたいというのは、確かなことか？

——ええ。どうして絶対に話そうとしないの？　何かから、それともだれかから逃げてでもいるの？

エリマンは目に強烈な力を込めてわたしを見つめて——壁の前に立っているような印象をまた受けた——、それから穏やかに答えた。

——逃げてなどいない。ある人物を探しているんだ。

不意を打たれながらも（答えが返ってくるとは予想していなかったから）、わたしは彼にひと息つく間を与えまいとして矢継ぎ早に質問を放った。わたしの率直さが彼の意表を突き、やりとりが長引くことを期待して。

——しょっちゅう留守にして南米じゅうを旅しているのは、その人物と関係があるわけ？

——ああ。

——何年もかけてまだ見つからない？

——ああ。

——それはいったいだれ？

答えないだろうとわかっていたが、そう質問されて彼がどういう目、どういう顔をするのか見てみたかった。

——女の人？

彼はわたしを睨みつけた。表情からは何も読み取れなかった。

——その人は何を約束したの？　何かを盗んでいったの？

彼は面持ちを変えずに黙り込んだ。

——わたしの思い違いかもしれないわね。女の人ではなくて、家族の一人なのかしら。兄弟？　子ども？　それともお父さん？

彼の顔は閉ざされたままで、謎を解く鍵は川底に沈んでいた。彼はベッドから立ち上がって窓辺に行った。窓は開いていた。煙草に火をつけ、窓枠に肘をつき、黙って煙草を吸いながら外の何かを眺めていた。あるいは何も見ずに、ただ夜だけを見つめていたのか。でもひょっとしたら彼は目をつぶっていたのかもしれない。あまりに背が高すぎて、そうやって窓辺にかがみこんでいる姿にはどこか滑稽な、アホウドリを思わせるようなところがあった。翼が地上で動く邪魔になるというかの有名なアホウドリ［ボードレール『悪の華』の一篇「アホウドリ」への仄めかし］。とはいえ、彼の威力がひしひしと感じられた。シャツの貼りついた広い背中に、ひとたび箍（たが）のはずれた動きに身をゆだねたならばどのような悪をなすことができるか、見て取れる気がした。彼が背中の翼を広げず、魂を覆うようにしてすぼめているとすれば、それは両翼が部屋を満たすほど大きくて、広げたなら何もかも払い落とし、部屋全体をぐらつかせかねないからなのだった。そうなれば部屋はまるごと深淵に落下していき、どこまでもひたすら落ち続けることになるのかもしれなかった。彼は意図せずして生の中枢に触れ、夜それ自体を引き裂くことができただろう。彼にはそれがわかっていたし、ある意味でわたしにもわかっていた。彼には口元をゆるめてすべてを話し、考えを何もかも打ち明けるようなことはできなかった。彼が生きていて、ほかの人間たちの生命を傷つけずにいられるのは、秘密を保っているからこそなのだった。

彼の両肩はほとんど窓枠と同じほどの幅があった。外からは道でボールを蹴る子どもたちの叫び声が聞こえてきた。エネルギーの放出、バラカス地区名物の〈ポトレーロ〉［アルゼンチン伝統のストリートサッカー］だった。そのあたりではいつでも、真夜中になっても、熱くて荒っぽい試合が続けられていた。そこで賭けられていたのは名誉のみ。それはその年ごろの子たちにとっては最も重大な、おそらくは唯一の賭け金だった。ただし子どもたちがお金を出しあって牛乳を二瓶ほど買っておき、それが賞品ということもあったけれど。窓を開け放った上階のアパートから、タンゴの曲がエリマンの部屋に流れ込んできた。サッカーの試合に興奮した子どもたちの叫びが波のように高まる合間を縫って、歌詞が途切れ途切れに聞こえてきた。とはいえ、たとえはっきり聞き取れなくても、あらゆる本物のタンゴがそうであるように、それが人間本来の孤独や、愛する相手を引き留めたり、取り戻したりすることの難しさ、無垢で幸福なひとときや、消え去った真の美しさの名残を歌っていることがわかった。窓からはラ・ボンボネーラ・スタジアムの姿も闇に浮かび上がって見えた。もし試合のある日ならば、ボカ・ジュニアーズのサポーターたちの狂おしい叫び声や、チームへの愛を込めた応援歌が聞こえてきただろう。

　わたしはもう一度だけ彼から告白を引き出そうとしてみた。

　――何がその人に対する願いなの？

　彼がどんな顔をしたかはわからないわ、〈コラソン〉。背中しか見えなかったから。目の表情は見えなかった。でも彼の体は相変わらず大理石のように不動だった。そして一瞬――ほんの一秒だけ、それより長くはなかった――、わたしたちのまわりの一切が固まったことがまざまざと感じ取れた。壁の時計の針も、通りのサッカーボールの軌跡も、歌詞の途中まで来ていたタンゴも、わたしの血管の血も。そしてエリマンの煙草のけむりさえ、夜の闇に吊り下げられたように思えた。時間の外ではなくて時間の底辺を経験した一秒。それから、すべては普段の流れを取り戻した。エリマンはずっと窓辺にいた。二本目の煙草を吸った。そしてこちらを振り向いた。

彼を見て、もうこの件について答えてはくれないだろうということだけでなく、今後、自分にはもはや彼の過去について尋ねる勇気はないだろうということがわかった。彼はこれまで見たことがないような微笑みを浮かべていた。そんな微笑みをだれかが浮かべるところを、あれ以来二度と見たことがない。騒々しい時計が調子の悪い肺から夜十時の知らせを吐き出した。エリマンは相変わらず唇に恐ろしい微笑を浮かべていた。わたしはあたりの暖かさにもかかわらず、凍りついたようになって、少しも体を動かせなかった。彼の顔から微笑が消えたとき、わたしは心からほっとした。

——夕ご飯を食べにいこう、と彼が言った。腹が減った。河岸の近くにまだ開いているレストランがある。ラ・プラタ川からそよ風でも吹いてくるかもしれない。優しい、爽やかな風にでもなりたいよ。人間の皮をかぶっているのは何とも重苦しい……。自分の体が空気でできていて、いつも変わらず心地よいそよ風でいられたなら。物事の上を優雅に吹き抜けていく風でいられたならよかったのに。

当日マイナス１

嵐の前に静けさなどない。

昨日の晩、愛しあっている最中に、ぼくはアイーダの体に沿って流れていく汗のしずくに目を留めて、その中まで見透かそうとした。ぼくが彼女の下になっていた。彼女の顔を見ようとしたが、体位のせいで顔が隠れていた。馬乗りになって激しく動く彼女の上半身はぴんと反り、その背中の官能的な曲線がまざまざと見て取れた。長い髪がぼくの太腿をくすぐったり、彼女の背中に垂れかかって腰をなでたりしていた。張り詰めた動きの中で、彼女の脇腹、お腹に寄ったしわ、胸郭のかたち、そして乳房の二つの円屋根が見て取れた。肉体の二つの砂丘のあいだから、まるで小さなピラミッドのように顎が突き出てきた。しずくが生じたのはその顎の先にだった。

ゆっくりと伝ってきたしずくは、やがて顎の絶壁にぶらさがった小さな鍾乳石（しょうにゅうせき）のようになった。ぼくはそれが落下しそうな様子をはらはらしながら見守った。アイーダが腰を強く動かしたせいでしずくは胸に落ち、そこから体に沿った旅が始まった。両方の乳房のあいだに達したとき、しずくの内側に、まるで女占い師のガラス玉よろしく、漠とした何かが見え始めた。男が女のあとを追っている。その通りにいるのは彼らだけ。男は女を呼ぶが、女は振り返らない。女が男を無視しているのか、声が聞こえないのかはわからない。

しずくはみぞおちを滑っていった。ぼくは男が走り出し、最初はゆっくり、次第にスピードを上げて女のあとを追っていくのを見た。男は走りながら、静まり返った通りで叫び声を上げ続けた。それは影法師の女の名前だったが、女は相変わらず聞こえない様子、それとも答えないことに決めていたのか。男は泣き始め、その情景はあまりに悲痛で、ぼくはすっかりつらい気持ちになって、一瞬こちらも泣きそうになったほどだった。あやうく涙をこぼしそうになったところで気合を入れ直してこらえた。

アイーダの腹にちらばるほくろのあいだを抜けてから、しずくはいまやへそに近づいていた。アイーダの体の動きはより落ち着いた、ゆったりとして正確で、力のこもったものになっていたが、それは彼女の場合、快楽を味わっているしるしであるとわかっていた。ぼくは自分の竿をしめつける彼女の性器がゆるやかに痙攣するのを感じ、彼女の内では水嵩が増し、白熱した星がもうすぐ爆発して、宇宙の知られざる隅々にまでその破片が飛び散ろうとしていた。しずくの中の通りでは、ようやく女が振り向いた。彼女の顔は美しかったが、男が自分の名前を叫びながら追いかけてきているのを知って驚いた様子だった。男は女のすぐそばまで来ていた。しかし男はスピードをゆるめて立ち止まろうとはせず、相変わらず走りながら女の名前を呼び続けた。

　しずくはへその淵のきわを通りながらも落ちなかった。いまや恥丘に向かって滑っていた。アイーダはかがみこんで顔をぼくの顔に近づけた。ぼくの顔は彼女のボリューム豊かな茶色い髪に覆われた。彼女の体は荒々しく痙攣して引きつり、彼女は額をぼくの額にくっつけ、両手をぼくのうなじの下で組み合わせて、うなじをしめつけた。そのとき彼女は叫びを発した。喉からでも口からでも胸や腹からでもなく、全身から発せられたその叫びに続き、彼女はふーっと息を吐いた。ぼくは、自分には決してその気持ちを理解できないだろう、せいぜい彼女のあとに従うか、彼女の影となることが許されているだけなのだと思い知らされた。

　アイーダの頭はぼくの肩の上にあり、顔はぼくの頬に押しつけられていた。部屋もぼくらに調和していた。そこにあるすべてが、いつもよりゆったりと穏やかに息づこうとしているように思えた。通りの女はふたたび歩き始めた。男は女を追い越して走り続け、女の名を呼び続けていた。それは彼だけに見える女、つまり彼の心の幻想だった。

　嵐の前に静けさなどない。嵐の前にはつねに本物の嵐が起こる。嵐は自らの密使なのだ。それは大きい音など立てず、快楽や苦しみで反り返った女の体を伝っていく一滴のしずくのように静かに風を吹きつける。やがて、一切が過ぎ去るのと同じように嵐もまた過ぎ去り、永遠に不動の状態が続くかと錯覚させる。何も破壊されたものはない。ところが、もはや何もまっすぐに立ってはいないのだ。

アイーダは、明日は――つまり今日は――忙しくなるとぼくに言った。大行進の記事を準備しなければならない。

――もしあなたが来るなら、現場で会えるかもしれないわね。どこかで落ち合うことにして。たとえばオベリスク広場とか。行進はそこから出発するのよ。オベリスクは大きな石の台座の上に建っているでしょう。石の上にはライオンが描かれてるわ。一四日十時に、ライオンのお腹の下で待ち合わせましょう。

キスを交わし、ぼくは家に帰った。翌朝目を覚ましてから、彼女にこう書き送った。

――〈ぼくもデモに行くよ。でもアイーダ、明日ライオンのお腹の下には行かない。いまはきみに対する欲望を満たすのが問題ではない。これはぼくの復讐なんだ。一年分の欲望だと思っていたものは、きみを苦しめたいという欲望でしかなかった。ぼくを捨てたきみに代償を払わせたいという欲望だった。そのせいで自分がこれまで苦しんできたんだということがやっとわかった。それももう終わりだ。ぼくがここに来たのは、自分が願う作家のあり方を教えてくれるはずの作家を探すためなんだ。彼はぼくの幻想だ。それとは別の幻想、きみへの愛をよみがえらせるという幻想が戻ってくる前に、これでやめにしたほうがいいと思う。ぼくには思い出を壊すことしかできないだろうから。申し訳ない〉

一日中、返事を待っていたが、返事は来なかった。

ぼくは『人でなしの迷宮』を読み返した。最後の部分でぼくは初めて涙した。中身はすっかり暗記していたのに。これまで何十回と読み返し、そのたびごとに深い感動を味わってきた。でもこの午後のように涙したことは一度もなかった。外は静まり返っていた。それこそは明日の嵐、いよいよ訪れる九月一四日の嵐を前にしての静けさだった。

一九六六年六月末、とハイチの詩人はシガ・Dに語り、シガ・Dはアムステルダムの自宅でそれをぼくに語ってくれた。アルゼンチンに革命が起こって、アルトゥーロ・イリアが大統領の座を追われた。オンガニーア将軍が政権を握り、新たな軍事独裁が誕生したというわけ。大学、カフェ、バー、映画館、クラブ、コンサートホール。そうした場所は、新政権が国中に巻き起こした道徳強化の波を真っ先に、手ひどくかぶった。軍事政権がコントロール下に収めようとしたのはもちろん若者たちだった。当時、わたしは大学を出たばかりで、ブエノスアイレスの最大手出版社の法律部門に職を得ていた。夜は大学で知り合った友人カップルを手伝いに行った。彼らは小さなインディペンデントの映画館を経営していて、わたしはそこで案内嬢をして彼らを助けたの。前衛映画を上映していた。一九六七年のある晩、アントニオーニ監督の『欲望』がかかった。原作はコルタサルの小説で、当時アルゼンチンの若者たちにはよく読まれた作品だった。密告者の知らせを受けて軍人たちが乗り込み、何人もの人間を逮捕して（わたしの友人たちも逮捕された）、映画のフィルムもすべて押収、小さな映画館は閉館させられた。その晩、わたしは公然と軍事政権に対する戦いに加わった。

何度も逮捕されたわ。なにしろ頭を刈り上げていて、これは軍事政権にとっては（ミニスカートと同じく）女性の堕落のしるしだったから。かつらをかぶることは拒否した。二年間、地下の政治集会に参加したり、秘密の場所での集会を組織したりした。ポスターを張り、政権側のポスターをはがし、請願書に署名し、運動の機関誌に書き、ビラを撒き、恐怖を抱えながらパトロール隊につかまらないよう駆け回り、幾晩かは監獄で過ごした。そのたびに両親が出してくれたけれど、両親は決して戦いをやめさせようとはしなかった。母はハイチで政治的弾圧を経験していた。抵抗しなければ独裁政権の暴力が弱まるだろうなどと期待するのは、自殺的な幻想だし、卑怯な態度でもあるって、いつも言っていた。

そんなわけで、エリマンに会う機会は少なくなっていった。彼は政治的状況に関心などなく、退屈な事柄だとさえ思っているみたいだった。彼にとって関心があること、これまでずっと彼の心に取りついてきた——わたしにはそう思えた——関心事、それは探している人物を見つけ出すことだった。調査を続けていて、相変わらずブエノスアイレスから定期的にいなくなっていた。にわかに、エリマンがエゴイストであり、卑怯者でさえあるように思えてきた。彼が執着しているもの、それは愛でもなければ友情でもなかった（いったい彼はサバトやゴンブローヴィッチを友人とみなしたことがあったのだろうか？）。彼が執着しているのは自分の秘密だけだった。そのほかのすべては、わたしも含めて、実体のないまがいものの装飾でしかなく、それを彼は舞台の一場面のように好きなように作り変えたり、置き換えたり、取り外したりできるのだった。

わたしたちは、彼の孤独を和らげたり忘れさせたりする役にさえ立っていない。それどころか、彼が自分の孤独、彼の愛する孤独のうちにより深く沈潜する後押しをしている。彼がわたしたちに会うのは、孤独がどれほど自分にとって大切かを認識するためなのだ。わたしたちは彼の孤独の引き立て役。彼はわたしたちなど自分には必要ないということを思い出すため（そしてわたしたちに教えるため）にわたしたちを使っている。そんなふうに、当時のわたしは考えた。

正直でありたいと思って、それを本人に言った。彼はわかるよと答えた。そこでわたしは彼に会うのをやめたの。一九六八年二月から一九六九年九月までのあいだ、彼とは一度、町で偶然すれ違っただけ。彼は手を振ってこちらに合図を送ってきた。わたしは目に入らないふりをした。夜になってそのことを振り返り、それでよかったんだと最初は思った。でも確信は次第に変化して、後悔、さらには痛切な悲しみになった。いまでもそのときのことを考えるのよ、〈コラソン〉。彼を無視したことがいまでも痛みとなって残っているの。

政治闘争が続いた。暴力事件が何度も起こったけれど、それでもなお続いた。顔かたちが変わるほどの殴打、手足の切断、拷問、それにもかかわらず戦いは続いた。死者が出た。なおも戦った。一九六八年はわたしにとって、世界のほかの場所の多くの若者たちにとってと同じく、政治的教育の時期となった。

とはいえ、一九六九年五月以降、抵抗運動が広がり、独裁政権が最初の動揺のしるしを見せるようになると、わたしは出来事にそれまでほど心を奪われなくなってきた。いちばん闘争心を燃やしてもいい頃合になって突然、疲れがわたしを押しつぶした。反乱の風が吹き始め、数年来戦ってきた者たちは民衆が立ち上がろうとする姿に希望を見出そうとしていた。〈コルドバソ〉は、虐げられた者たちの反抗を目覚ましいかたちで暴力的に示した。それなのに、わたしはしおれていった。自分の家に閉じこもって何もせずにいた。デモの動きを追い、心の中でそれに加わっていたけれど、実際に参加はしなかった。戦いへの欲求がすべて消えたわけではなかったけれど、何かが欠けてしまっていた。それまでわたしの中にあったその要素が、なくなってしまっていた。でも、その要素とは何なのか、わたしにはわからなかった。

わたしは闘争の同志たちの大半と仲たがいし、変節したといって責められた。これまで自分たちの側について戦うふりをしていたのも、ブルジョワ階級出身の罪悪感から逃れるためにすぎなかったのだと非難された。わたしの立場を父の身分と重ねる者たちもいた。「アメリカ大使の娘なのだから、おまえみたいな裏切り方も驚くには値しない。ここまでもったのが不思議なくらいだ」元前衛映画館経営者の二人だけは友だちのままでいてくれたけれど、彼らは二ヵ月後には、逮捕され拷問されるのを恐れてブエノスアイレスから去らなければならなかった。

一九六九年九月の一夜、夕食の支度をしているとき、エリマンがヌニェス地区のわたしの家の呼び鈴を鳴らした。彼を見て驚きはしなかった。ドアを開ける前に、招待してあった昔からの知り合いを出迎えるような気分になっていたような気さえする。彼はワインのボトルを手にしていた。わたしは何も言わずに数秒間彼を見ていた。彼も黙ったままでいた。そのとき何を考えたかはもう覚えていない。たぶん、お互い何も言わずにいるのは寂しいとか、それとも、何も言わずにいるのも素敵だとか思ったのか。いや、わたしたち二人がここにいる、何も言うことはないと思ったのではなかったか。わたしは体を脇に寄せ、彼を通した。パトロールの兵隊たちが通りを歩いてきた。わたしはドアを閉めた。振り返ると、エリマンはじっとしたままだった。背が高すぎて廊下の天井に頭がつかえそうだった。わたしは彼の前を通り抜けて居間に案内した。彼はわたしにボトルを手渡して、少し空気に触れさせたほうがいい、と言った。

以前と同じ声なのに、別人の声みたいという奇妙な印象を受けた。エリマンは変わっていないのに、まるで知らない人のようだという感覚に一晩中つきまとわれた。彼がこのアパートに来たのは初めてだった。わたしが引っ越してきたのは一九六九年三月か四月、彼と会うのをやめたすぐあとだった。彼の視線は本棚から壁に掛けられた絵へ、ランプシェードからピアノへ、テレビから食器棚へ、果物籠からレグバ神［西アフリカおよびカリブ海諸島のヴードゥーの神］の仮面へとさまよった。そうやって黙ってあたりを見回すがままにさせておいてから、肘掛け椅子の一つを指し示した。

――サバトから住所を教わったんじゃないよ。きみのお母さんに聞いたんだ。

――そうじゃないかと思った、とわたしは言った。エルネストはここに来たことがないから。この地区に住んでいることは知っているけれど。

――最近は彼ともあまり会っていないんだね？

――ええ。

彼は何も言わずに腰を下ろした。わたしは正面に坐ってじっくりと彼を見た。同じ感覚が戻ってきた。姿かたちは思い出の中の彼そのままだったけれど、彼の魂のとらえがたい何かが、目に見えないほどかすかに変化していた。花瓶の位置を数センチずらすか、壁に掛けた額の角度を数度変えるかしたほどの違いだった。

食事をしていくよう彼を誘った。わたしたちは彼のワインとともにテーブルに坐った。いまでも軍政への抵抗運動に加わっているのかと彼が尋ねた。

――前ほどでは。

――少し休んだほうがいいんじゃないかな。疲れているみたいだ。

わたしは何も答えなかった。彼が言った。

――二十年このかた探してきた人物を、ついに見つけ出した気がする。これから会いにいくんだ。その旅から戻ったら、すべては終わりだ。今度こそ本当にすべては終わり、ぼくはやっと帰ることができる。そうなればそれが最後の旅、大いなる帰還ということになる。ここに来たのは、きみに言いたいことがあったからなんだ。何ページか作品を読んであげたいし、もしきみにもその気があるなら愛しあいたい。それから……。

――……さよならを言うんでしょう、とわたしは呟いた。わかってるわ。

当日

アイーダからの返事が届いたのは九月一四日の晩、その日いろいろな出来事が起こったあとだった。病院の中庭で煙草を吸っているとき、彼女のメッセージを受け取った。

〈復讐の一皿を食べる気にはなれない。食べたとしても消化はできない。吐き出すしかない。あなたはそれを吐き出した。気持ちがよくなったならいいけれど。ジェガーヌ、あなたはもう復讐を果たした。あなたはわたしが一年以上前に喰らわせたビンタのお返しをしてくれた。これでおしまい。貸し借りなし。わたしにもそれがどんなものかがわかったわ、行かないでほしいと願う相手、あと少しだけ、できればいつまでもいてほしいと願う相手が去っていくのを見送るということが。再会して、自分があなたを決して本当には失っていなかったとわかった。心の底にはあなたの思い出が執拗に残っていた。そして思い出以上に、希望があった。いつか、ひょっとしたら、わたしたちは……。なんてバカだったんだろう。でも人はいつだってバカなもの。

　あと三日はまだダカールにいるわ。この素晴らしい、将来に期待を抱かせる一日の続きを見たいから。また会おうとして、何もかもを台無しにしないでちょうだいね。理想への道を示してくれるはずの作家のあとを追って、あなたがもう、会えないくらい遠くに行ってしまっていますように。そしてこのメッセージに返事しないだけの慎み深さを示してくれますように。説明したり、自分を正当化したりしないだけの。もしそんなことをして、感傷的な弱さを見せるなら、わたしが感じている感謝と愛情、あなたに対するすべての愛は、深い軽蔑に変わってしまうと思うけれど――そうなったらあなたを許せない――、でもそれもまた、軽蔑すべき感情だし、相手だけじゃなくて、そんなことを言うわたし自身をも卑しめる感情なのだけれども。

これほど長ったらしい文章は、これまで書いたことがないと思うわ。本当よ。さよなら〉

病院の薄暗い中庭で、このメッセージを何度も読み返した。数分がたった。我慢しようとはしたものの、気持ちを抑えきれなくなってこう書いた。

〈きみが誇り高い女だということは知っているよ、アイーダ。きみは慰めということに関しては、慰められるなんてもっぱら受け身の立場で、毒でも仕込まれているかのように思わずにはいられない種類の人間だ。でもぼくはきみを慰めたいわけではない。たとえそれを望んでいなくとも、きみに説明したいのだ。復讐しようとしているのではなくて、将来復讐しなければならなくなるような事態を避けようとしているのだ。ぼくらを自己破壊から救おうとしているのだ。ぼくは……。

この一年のあいだ抑えてきたすべてが、あふれ出しそうなんだよ、アイーダ。何もかも言ってしまいたい。きみがどれほど恋しかったか、きみを思い出すのがどんなに辛かったか、ぼくはどんなに、きみはどんなに、ぼくらはどんなに、エトセトラ。きみのために大きな物語を書きたいのだけれど、どこから始めるべきかがわからない。頭の中で文章が衝突しあっている。あらゆる調子、あらゆる文体、あらゆるトーン、あらゆる言い回しを使い尽くしてやろう。

でもどの文章も、どの単語も、きみに言いたいことを正確に捉えてはいない。そこで躍起になって別の表現を求める。もっと深みのある、正確で適切な表現を。単語がぼくから逃げていく、あるいは単語が単語それ自体から逃げていく。単語に固有の真実から離れていく。ぼくの圧政下にあって、単語は疲弊し、精彩を失う。試みるたびごとに、現実的な可能性と、内的経験の現実のあいだの隔たりが深まっていく。でも、単語はぼくを裏切るというよりも、単語それ自体を裏切っているのだ。単語は自殺を試みている。

そしてまもなく、疲れのせい、あるいは絶望のせいで、そしておそらくは、単に孤独な航海へのノスタルジアから、ぼくはきみにしがみつくのをやめて、自分の立っている土くれの上から――それは大洋の中心だか、新たな島だかに向かってゆっくり漂っていく――、きみの岸辺が、それともぼくは岸辺だとばかり思っていたが、きっとそれもまた別の土くれでしかなかったものが遠ざかっていくのを眺めるだろう。他の原子の運動のさなかで、それもまた一個の原子の運動であり、ぼくが去っていくとそれもまた、座標上にない岬へと去っていく。復讐じゃないんだよ、アイーダ。ぼくは保存しておきたいんだ、あの……〉

全文消去だ。長すぎる。馬鹿馬鹿しすぎる。わざとらしすぎる。本当のところ、少しも心がこもっていなかった。この一日を経て、ぼくの中からは話したいという欲求が完全に消え失せていた。アイーダは正しかった。沈黙を守ったほうがいい。

そのとき、シェリフ・ンガイデの兄であるアマドゥーが病院の中庭にやってきた。ぼくがシェリフのことを真っ先に知らせたのは彼だった。シェリフの家族でぼくが連絡できるのは彼だけだった。

――これから何年も治療を受けてリハビリをする必要がある。元どおりの体にはなれないらしい。でも命は大丈夫だ。きみのおかげだよ。家族みんな、きみに感謝している。今後も状態を知らせるよ。それにしても、到底想像できなかったよ、シェリフみたいなやつがまさか……。

アマドゥーは最後まで言わなかったが、言いたいことはわかった。彼はぼくの手を握ると病院に戻っていった。ぼくは煙草を壁に押しつけ、街の音を聞いた。数時間にわたって火を噴いたのち、街はいま不思議なほど静かだった。熱い金属、溶けたタール、火薬の匂いがした。ダカールは少しばかり新鮮な空気を必要としていた。なにしろ一日中、催涙ガスと煙に包まれていたのだ。九月一四日がついに到来した。予想どおり大規模の群集が集まった。ダカールの舗道の上を五十万人近くの人々が歩んだ。ほうぼうの地区で衝突が起こり、百人以上の重傷者を出し、そのうち三人は意識不明だったが、死者は出ていない。ＢＭＳはすでに、政府を決定的に屈服させるため、翌日も街に出るよう呼びかけていた。政府は事態の大きさに圧倒されている様子で、今夜直ちに社会運動の代表者たちやＢＭＳのリーダーたちを招いて交渉に入っていた。交渉は長引くだろう。そこからどんな解決が導き出されるのかは、だれにもわからなかった。

ぼくはついていた。第一に、シェリフのメッセージを彼が送信した直後に読んだこと。それから、直観が正しかったということ。ぼくは数秒で決断した。そしてぼくは、時が味方してくれるという幸運にも恵まれた。

この朝九時ごろ、デモに出かけようとしていたとき、シェリフからぼくのフェイスブックに長いメッセージが届いた。〈結局、今日のデモに参加することにした。おれの罪をあがなうためだ。というのもあれはおれの罪なのだから。おれが言ったことなんだ。おれの家でだった。丸木舟でヨーロッパまで行こうとしていたセネガル人の若者たち三百人が海で死んだと、ニュースで知った。そんな条件のもとで、死ぬかもしれないと知りながら旅立つのは、自殺するようなものだとファティマが言った。おれは、わが国の政治家たちの悪行と怠慢を前にして怒り狂っていたから、つい無責任な言葉を吐いてしまった。おれたちの国みたいなところでは、自殺は極端だが有効な政治的行為の一形態だ、極端だからこそ有効なんだ、ひょっとしたら指導者がまだ聞く耳をもつ唯一の抗議行動かもしれない。自殺はときとして歴史をひっくり返す。二〇一一年のチュニジア、モハメド・ブアジジ［チュニジアの露天商（一九八四－二〇一一）。商売道具を没収した警察に抗議して焼身自殺、その画像が引き起こした抗議運動がジャスミン革命につながった］を見るがいい。一九六九年のチェコスロバキア、ヤン・パラフ［チェコスロバキアの大学生（一九四八－六九）。「プラハの春」の際にソ連の軍事介入に抗議して焼身自殺］を見るがいい。一九六三年のベトナム、ティック・クアン・ドック［ベトナムの僧侶（一八九七－一九六三）。ジェム大統領による仏教徒弾圧に抗議し焼身自殺］を見るがいい。ンデルの女たちの神話となった自殺［一八一九年、セネガルのンデル村がムーア人たちに襲撃された際、女たちは抵抗ののち自決した］については言わずにおこう。彼女たちは植民者たちに身をゆだねるよりも小屋の中で焼け死ぬほうを選んだ。こういう自殺はすべて、大きな反響を引き起こし、人々の心を動かして、政治的な意義をもった。おれたちの国みたいな絶望的な場所では、人々にはそれしか残されていないのかもしれない。それこそが若者がなすべきことかもしれない。自殺すること、なぜなら彼らの人生は、人生とは言えないものなのだから……。

　おれは興奮に駆られて、そんないささかありきたりな言葉を吐いた。でもファティマはそれを真剣に受け止めて、忘れなかった。実際の行動に出た日、彼女は数分前におれに電話してきて、あなたが正しいと言った。わたしたちが探していた第三の道というのはその道、犠牲の道なんだと。比喩的な、あるいは部分的な犠牲ではなくて、具体的で意識的な、自ら引き受ける、絶対的犠牲。つまり命を犠牲にすることなんだと。おれには彼女の言いたいことがわからなかった。それがようやくわかったのは、彼女の死を伝える映像を見たときだった。わかっただろう、〈ミネラム〉？　おれなんだよ。間接的にであれ、直接的にであれ、彼女にあの行為を思いつかせたのは、それとも示唆したのはおれなんだ。おれのせいでファティマは自殺したのさ、自分の体が炎に包まれる映像が、ネット上にライブで流れるように手はずを整えたうえで。スマホを適切な位置に取りつけ、ビデオをオンにしてから、恐怖の場面だ。この数日、おれに責任があるのではないと、何とか自分に言い聞かせようとしてきた。だが辛すぎる。夜ごとファティマが現れる。それで眠れなくなった。もうどうしようもない。責任はおれにある。代償を払うやり方は一つしかない。それはまったく同じ行為をすることだ。さらば、弟よ。いつの日かおまえは、おまえがそうなるべき才能ある作家になることだろう。おれにはわかっている。そう期待している〉

　自宅でこのメッセージを読んだぼくは、その場で固まってしまった。それからシェリフに電話を試みた。でももちろん彼は出なかった。そこで父の車を借りて、リベルテ6の彼のアパートへと全速力で飛ばした。今日街に出ている警官や人々の数からして、シェリフが焼身自殺を図るのはファティマ・ジョップのように国会議事堂前ではなく、自分のアパートでだろうという考えが自然と浮かんだのだ。

途中で、数えきれないほどの数の交通違反を犯したに違いない。どうしてだれも轢かずにすんだのかいまでもわからない。シェリフの住んでいる場所から二キロの地点で、オベリスク広場に向かって行進するために集まり始めた人たちが密集していて、車で進むのが無理になった。その辺に駐車して、ぼくは息も切れんばかりに走り出した。約十分後に着いたとき、最初管理人は入れまいとしたが、たちまちぼくが冗談を言っているのではないと理解した。扉を開くと、階段を駆け上がるぼくのあとからついてきた。シェリフは四階に住んでいたが、二階でもう彼の叫び声が聞こえ、肉の焦げる恐ろしい臭いが漂ってきた。アパートの扉を突き破るには、管理人とぼくと二人がかりでやらなければならなかった。叫び声と煙、臭いに驚いた隣人たちが部屋から出てきていた。

シェリフは体を炎に包まれて床を転げまわっていた。錯乱したような叫び声をあげていたが、およそ人間の胸から出る声とは思えなかった。個人の肉体的な苦しみを表すだけでなく、苦しみというものの純粋な本質、その際限なく、闇雲で、常軌を逸した性格を表していた。シェリフはもはや、ある種の儀礼における憑依やトランス状態のように、苦しみを伝える痙攣する霊媒でしかなかった。数秒ののち、叫びはあまりにすさまじい恐怖の表現となり、ぼくはその叫びをシェリフの体とは別物として受け止めた。シェリフの体から発せられるものではありえなかった。聞こえているのは彼のではなく、苦しみそのものの叫びだった。彼のうちで旋回する絶対的な苦しみが、罠にかかった獣か大洋の底で蹂躙される神のようにわめき立てていた。苦しみはもはやシェリフの肉体を荒らすだけでは満足せず、その息のつまるような監獄から抜け出したがっていた。わが友の体は、増大し、爆発し、広がり出し、まわりのものを何もかもはね飛ばしたいと願うその叫びにとっては、あまりに狭隘なものとなっていた。

彼の体の下でカーペットが燃え出していた。ぼくは部屋に飛び込み、ベッドのシーツとタオルケットをはぎ取ると、それをシェリフの体に投げかけた。いまや彼の凄まじい叫び声は同じ階の全住人を呼び寄せていた。その間に管理人は機転をきかせ、廊下に走り出て、建物に備えつけられた消火器の一つを取ってきた。ぼくが友の全身をシーツで覆おうとしていたとき、管理人が入ってきて消火器を噴射し、シェリフとぼくはひんやりとした泡の波に洗われた。隣人たちはバケツに水を汲んで救援にきた。数秒のうちに火だるまの状態は鎮火に至った。

体がそこに横たわっていた。もう叫びは聞こえてこなかったが、突然の沈黙は、叫びよりも耐えがたい恐怖によって膨れあがった。やがて沈黙はまるで傷口のように、膿みただれた液体をしたたらせた。それは焼け焦げた人体の臭いだった。空気はその臭いの重みで撓められ、われわれもまた撓められていた。喉がつまり、胸が圧迫された。体が横たわっていた。焼けてちぎれた肌がカーペットのそこここに張りついていた。煙で目がちくちくした。ぼくは体から遠ざかり、救急車をつかまえようとした。デモの最中、救急車はすべて出払っているとのことだった。消防士たちは道をふさがれてすぐに到着することができなかった。この一日、街の随所で火災が発生しかねなかったのだから、彼らもまた、仕事を山ほど抱えていた。

そのとき、パニックのさなかで隣人たちの一人が、数分のところに私立診療所があると言い出した。担架がなかった。そこで男三人でシェリフを抱え上げることになった。さいわいシェリフの体はシーツに隠されて見えなかった。一人が両脇を抱え、二人目が腰を、三人目が脚を持とうとした。

彼らがいざ取りかかろうとしたとき、ぼくは一瞬、ナイフの刃のように鋭くその光景に切りつけられた。体があまりに損傷しぼろぼろになっていて、三人の男たちには支えきれない。彼らの指のあいだから一部がこぼれ落ちたり、カーペットから引きはがすことができなかったりするのではないか。そんなおぞましい可能性から逃れるため目を閉じた。幸運にもそれが現実となることはなかった。三人の男たちはシェリフを床からうまく持ち上げ、すぐにアパートから出ていった。ぼくは彼らのあとに従った。シェリフがまだ生きているのかどうか、われわれのだれも知らなかった。運ばれていくあいだ、彼の両腕はぐったりと両側に垂れていた。強火で焼かれた、おぞましい、赤と黒の体が見えていた……。

診療所に到着するとすぐに治療が始まった。ぼくは直ちにアマドゥーに連絡した。彼もまた士官学校の卒業生で、ぼくは連絡先を知っていた。彼は両親とともに三十分後にやってきた。それから、押し黙って延々と待つばかりの時間が始まった。その間にアマドゥーから、シェリフが自分の姿を撮影していて、自殺の企てがフェイスブック上でライブ公開されていたと聞かされた。シェリフはそこに政治や哲学に関する分析的な文章、動画を定期的に上げていたので、閲覧者はとても多かった。アマドゥーはそのページを削除させたものの、すでにダウンロードした者もいて、何の遠慮もなくさまざまな手段で拡散されていた。アマドゥーは、動画にはアパートの扉を突き破って中に入っていく管理人とぼくの姿も写っている（騒ぎの中ではっきりと顔が確認できないにしても）と言った。体にガソリンをかけて火をつける前に、シェリフは一言、ウォロフ語で叫んだらしい。〈ファティマ・ライ・バアル、ナ・マ・サマ・ンジャボート・バアル〉、「ファティマとわが家族の許しを乞う」。ぼくはその動画を見ようとは思わなかった。

シェリフの家族と一緒に診療所で待った。三時間後、大やけどの患者を専門で扱っている大きな病院に移送すると告げられた。シェリフのやけどはほとんど第三度にまで達し、生死の境をさまよっていた。下半身の皮膚組織はほぼ完全に破壊されていた。

その間、ダカールの通りでは、一四日の行進が街を揺るがしていた。大半のデモ参加者たちは、まだシェリフの行為を知らずにいた。それを知ったならば、絶望に駆られての勇気ある行い、自己犠牲の行為だと思う者もいただろう。罪悪感から出た行為だと思う者はあまりいないだろうが、罪悪感を自ら負い、その命じるところを貫徹するのにも勇気が必要だろう。それがわが友が悲劇をとおしてぼくに与えた教訓だった。勇気をもって、なすべきことをなせ。

そしてぼくのなすべきこととは、愛を求め、政治的正当性を求め、そうした探求がもたらしうる失望や、招き寄せかねない幻滅をも求めること以上に、エリマンの足跡と、彼の本の痕跡を追い続けることだった。ぼくの人生は、あらゆる人生同様、一連の方程式に似ていた。何次方程式かが判明し、項が書き込まれ、未知数が定められて、複雑さが確定されたなら、あとは何が残っているだろう？　文学だ。あとに残っているのは文学であり、文学のほかには何も残らないだろう。厚かましい文学が、解答として、問題として、信条として、恥として、誇りとして、生として残るのだ。

ぼくがそのことを理解した、というよりむしろ受け入れたそのとき、アイーダからの別れのメッセージが届いた。

## 当日プラス1

父は数日間、車を使ってもいいと言ってくれた。どこに行くのかは尋ねずに。母もまた尋ねなかった。まるで両親はいまやぼくが、帰国した真の理由に向けて取り組もうとしていることを見抜いているみたいだった。夜になる前には着きたかった。

彼はその夜、知らない本の冒頭を読んでくれたの、とハイチの詩人はシガ・Dに言った。そう、その夜のことよ、〈コラソン〉。わたしたちはまず愛しあった。というか、むしろ、彼がわたしを愛してくれた。愛も、わたしの体も、わたしの魂も、もう何も残らないくらいまで愛してくれたわ。そのとき、それはみんな同じ一つのものになった。彼が知ることなく終わったり、わたしに教えずに終わったりしたものは何一つなかった。それから彼は、最初の数ページを読んでくれたわ。それはわたしの人生でいちばん美しく、いちばん悲しい瞬間だったと思う。彼は現実に対して別れを告げた。わたしにとってエリマンの朗読を聞くのは、心地よくもあり辛くもあった。彼の遺言が読み上げられているような気がした。彼と会ってから初めて、もしそう望むなら何もかも話してもいいと彼が思っているのを感じた。そしてまさに、彼が突然そんな正直な態度になったことが、わたしにとっては悲しかった。彼はこれまでの自分、これまでの態度を謝るために家に来たような気がした。わたしは彼の性格、沈黙、霧に包まれた過去や秘密を憎んでいた。胸の内を打ち明けてくれることを何よりも願っていた。でもその夜、そんなふうに明らかにされたいわけではなかった。自分の孤独にこれほど執着している男が現在いる闇を離れるのは、闇のさらに深い部分からの呼び声、最後の呼び声を聞きつけたとき以外にない。そのとき彼は最後の登場をする。でも彼を知る者ならばだまされないし、本当のことがわかっていた。彼はもう、最終的に戻っていこうとする闇の一部になっていたのだ。彼の弱みにつけこんだり、自分からガードを下げているこんな一瞬に乗じたりして彼の秘密を摑み出したくはなかった。わたしは彼を思いどおりにできた。つまり、彼の魂はわたしの思うがままだった。簡単な質問一つで、彼がここにいる理由や、長い捜索の目的を聞き出すことができただろう。でもわたしは何も言わなかった。きっと、どうしてかって思うでしょうね。長いあいだ、わたしもそう自問してきた。そしてそれは慎みからだったと思っているのよ、〈コラソン〉、一人の人間の真実を前にしたときの慎みからだったって。あるいは、彼の苦悩を前にしたときの。きっとそれは同じことなのかもしれないけれど。

——それじゃ、何も質問しなかったの？

——したわよ。少しは。彼は一九四九年、船でアルゼンチンに来たの。戦争のときはフランスにいて、最初はパリ、それからアルプスの村に移って、そこでレジスタンスに加わったんだって。解放時に一瞬パリに戻ってから、三年間、戦争で疲弊したヨーロッパのいろいろな国を旅した。ドイツ、デンマーク、スウェーデン、スイス、オーストリア、イタリア。それから一九四九年にアルゼンチンに来た。戦後ヨーロッパをさまよった時期に、彼は捜索を始めたんだと思う。それをさらにラテンアメリカで三十年間継続した。彼はそうした一切をゆっくりと話して、質問ができるようにときおり間を置いてくれた。わたしは一晩中、彼の腕に抱かれて過ごした。夜明けに早朝のコーヒーを飲んだ。彼はわたしにキスをして、文学を捨てるなと言ったわ。

——それから？

——彼は出ていった。その数ヵ月後、パリでの仕事の話が来て、わたしも旅立った。そのとき、彼とアルゼンチンの物語にあの夜、終止符が打たれたんだとわかった。そしてわたしとの物語にも。振り返ってみて、彼にできなかったことが悔やまれる質問が一つだけある。それだけは訊いておくべきだったという質問が。自分の国が恋しいかどうかということ……。それを訊いてみたかったけれど、でも二度と会う機会はなかった。それからの数年間、再会の機会を探らなかったわけじゃないわよ。まずは、仕事の休暇のあいだ。パリからアルゼンチンに戻って、ブエノスアイレスじゅうをめぐった。彼の行きつけのタンゴ・バー、川岸、彼が住んでいた貧しい地区。彼の住居があったバラカス地区の建物は、一九七〇年代半ばに取り壊された。ラテンアメリカの他の国々の首都にも出かけてみた。旅するごとに、昔からの師匠であるサバトに会って、かつてのこと、わたしたちが知り合ったころの文学の夕べやゴンブローヴィッチ（フランスで会うことはできなかった、というのも彼は一九六九年、わたしが行く数ヵ月前に亡くなっていたから）のことを語り合った。エリマンのことも、当然のことながらいつも話題にのぼった。でもサバトはわたし同様何も知らなかった。エリマンはわたしたちの最後の夜の前夜、サバトに別れを告げていた。ただし住所も情報も、これからどこに向かいどこで暮らすのかについての手掛かりも、いっさい残していなかった。それ以来サバトは、ブエノスアイレスで二度と彼に会ってはいなかった。エリマンが何年ものあいだわたしたちの暮らしに入り込んでいながら、いともやすやすと出ていったのを、不思議に思わないかと尋ねると、サバトは確かに不思議だと言いながらも、だれもが仲間を必要としているわけではないんだと付け加えた。それからあとのことは、知ってるわよね。わたしはダカールで調査を続けるために転勤を願い出て、そこであんたと出会ったんだわ、〈コラソン〉、わたしのかわいい天使……。

シガ・Dは、ハイチの詩人の物語を終えると、ぼくに言った。

――彼女がわたしに話をすっかり聞かせてくれたとき、わたしはエリマンがそんなに粘り強く探し求めた相手はだれだったのか、候補を数え上げてみた。それらしい人物は三人しか思いつかなかったわ、ジェガーヌ。シャルル・エレンシュタイン――彼の友人にして編集者――、アッサン・クマーフ――彼の父親――、そして最後に、これはありえなさそうだけれども、彼の母親であるモッサン。いちばん可能性があるのは、父親のあとを追っていたんじゃないかということ。アッサン・クマーフ。エリマンが父親のお墓を見つけ出せたのかどうかはわからない。ひょっとしたら、アッサン・クマーフは第一次大戦中に死んだのではなくて、本人にしかわからない理由で、アルゼンチンに渡って暮らしたのかもしれない。エリマンは父親を見つけてそのあとを追ったのかもしれない。彼の謎はすべて、父を探す長い旅ということで説明がつくのかもしれない。でも、エリマンがわたしたちの知らない人物を追ってアルゼンチンに来たということだってありうる。たとえばだれか女性とか。戦争中、それとも戦後に知り合った美しい女に恋していたのかもしれない。そんな可能性だって考えなければならないわ、ジェガーヌ。とはいえ大きな疑問が残る。どうしてエリマンは母親や、わたしの父親に手紙を書くのをやめてしまったのか？　わたしには一つ仮説があるの。彼は国外に出ているあいだ、彼らに手紙を書き続けていたけれど、わたしのどうしようもない父親が手紙を全部、破棄してしまった。一九三八年にエリマンが彼に『人でなしの迷宮』を送ったときに同封されていた手紙を破棄したのと同じく。モッサンが死んでから、わたしの父親は、モッサンの狂気と苦しみを引き起こした責任はエリマンにあると考えたはずよ。そこで彼は返事も出さずに手紙を破棄した。エリマンはきっと、母親が死んだことを知らないままだったんじゃないかな。その点についてももちろん、わたしの思い違いかもしれない。ひょっとしたら、エリマンが手紙を書かなくなったのは、単に自分の過去についてもう何も知りたくなくなったからだったのかもしれない。

何もかも忘れてしまいたかったのかもしれない。でもわたしは、どちらかといえばわたしの父親が手紙を破棄してしまったんだと思っている。これで終わりよ、ジェガーヌ。わたしの知っていることは全部話したわ。

——それで全部？　本当に全部？

——ええ、これで全部。ほかに何かあると思ってた？

それからアムステルダムに夜明けが訪れた。

ぼくはダカールを午後三時に出発した。ファティマ・ジョップが自殺した国会議事堂前のソウェト広場では、デモが続いていた。荷物としては着替え少々と手帳、『人でなしの迷宮』、そしてシュペール・ディアモノのごきげんな曲の数々が入ったＣＤ。夜になる前には着きたかった。

# 第四の伝記素　死文

パリ、一九三八年八月一六日
親愛なる母さん、親愛なる叔父さん
前の手紙から一年以上になります。僕がお二人のことを忘れてしまったと思っているかもしれませんね。我々の国の者たちがみな、いったん外に出ていくと、自分の過去や土地や家族の記憶を消してしまうのと同じように。僕の態度は一見非難に値するように見えますが、それは違います。だからこの手紙を読んだあとには、長らく手紙を書かずにいたことを許していただけるだろうと思います。お二人のことに想いを馳せずに過ぎる日は一日もなく、夢に見ない夜は一晩もありません。お二人はどこまでも僕と一緒です。とりわけ、母さん、あなたは。この手紙の最後にはわかっていただけるものと期待しています。

パリ、一九一七年四月一三日
モッサン、愛する人
国を出てから二年以上たった。私はなぜ一度も手紙を書かずにいたのか？　それはおまえを泣かせたくなかったからだ。私自身、泣きたくなかったからなのだ。ここで起こっていることを知れば、だれもが泣いてしまうだろう。戦争だ。すぐ帰国できると思っていたし、おまえにもそう約束した。いままでは、いつの日か帰れるのかどうかもわからない。寒くて雨が降っている。ここにはアフリカ人が山ほどいて、我々はセネガル歩兵と呼ばれている。お互いに話をしたり、体を温め合ったりしている。だが夜はだれもが独りで、思い出や後悔や恐怖を抱えている。二度と祖国を見ることがないだろうと、みんなわかっている。

二年少し前、この地でできた、ただ一人の親友と一緒に、北フランスを回って父を探す旅に出発したときも、母さん叔父さんは僕と一緒でした。この二年間、あの人を探し続けてきました。僕自身のために探したのですが、お二人のためでもありました。あの人がいなくなったことで、お二人の心には愛情、もしくは痛恨が深い傷を残し、僕ではそれを決して埋められなかった。ときおり僕はそのことで被害もこうむったのです。僕自身の心はどうかといえば、父の亡霊にさまざまな問いを刻みつけられました。お二人から聞かされた話からすれば、父を憎んでも当然だったでしょう。僕は父を憎みました。でも知らない人間を本当に憎むことなどできません。自分の父親であればなおのことです。そして憎しみの残滓(ざんし)は別の感情に座を譲りました。父の手紙を読んだいまとなっては、僕にはその感情に名前をつけることができそうにありません。

おまえが恋しいし、私たちの子どもが恋しい。だが私はその子を知らない。もう二歳になるのだろうが、女の子か男の子かさえ知らないのだ。もし私がここで死んだなら、その子は私をどのような者として思い描くだろう。子どもを捨てた父親? 戦死した英雄? 家庭を放擲した卑怯者? おまえは子どもに何と言う? あれほど私を憎んでいる双子の弟は何と言うだろう? 私にはわからない。その不確かさが、いま、恐怖や戦争以上に私をやりきれなくさせている。

僕は父を憎んではいない。少なくとも、いまはもう。なぜなら僕には父がいたのだから。それはあなたです、トコ・ウセイヌ。生物学上の父親がいなかったわけではないが、僕が知りたかったのは、それがどんな人物だったか、何をしたのか、その身の上に何が起こったのかということでした。そしてその人物の魂が何を感じたのかを知りたかったのです。いまではもうわかっています。彼は恐怖を感じていた。つまり一人の人間だったのです。彼は自分の道を選び、ついには手紙を書きながら、子どもみたいに恐怖にとらわれた。それは一人の人間でしかなかった。最後に、彼はあなたがた二人のことを、そして僕のことを想っていました。

おまえたち二人をこの腕に抱きたい。おまえたち、わが子とおまえに向かって、愛していると言いたい。私を許してほしい。国を出たことについてではなく、戦争などたやすく生き延びられると思い込んだことについてだ。私が間違っていた。たとえ死ななかったとしても、戦争を生き延びることはできない。生き延びて国に帰るにせよ、死んでここに残るにせよ、私の中ではもう何かが死んでいる。生きているのはおまえの面影だけだ、モッサン。そして私の知らない子どもの面影だ。子どもを夢に見る。毎晩、毎日、戦闘のあいだでさえ夢に見ていると、子どもに伝えておくれ。ヴェルダンで、戦火と血のただなかにあって、私は子どもの夢を見ている。

一緒に旅をした友人は、僕にとって兄弟同然でした。彼も戦争で父親を亡くしていました。それで僕の気持ちを理解してくれたのです。彼の名前はシャルル。捜索を手伝ってくれました。父の足跡を探し続けるよう励ましてくれたのは彼でした。僕は絶望的になっていました。でも彼が言うのです。あの村に行ってみよう、エリマン、もっと遠く、あの村まで行ってみようと。そうやって僕らは北フランスのエーヌ県というところにある小村までやってきました。シュマン・デ・ダームの戦いがあった場所から遠くないところで、村には兵士たちの墓がありました。そして小さな戦争記念館もありました。そこでこの手紙を見つけたのです。

数日のうちに、我々は大掛かりな戦闘を開始する。アフリカ人たちが大勢、攻撃に加わる予定だ。白人士官はフランスのために決定的な意味を持つような大勝利を約束している。植民地部隊にとって栄光の時が来た。黒人たちにとって栄光の時が来た。栄光の時とは彼らの言い方だが、その意味は死の時ということだろう。私はその時に備えている。ただし人は何に対してであれ、決して備えなどできないのだが。私はおまえに宛てて先にこの手紙を書いておきたかった……。だが先にとは、何の先にだろう？

これは疑いなく、僕の父だと思いました。なぜこの手紙を出せなかったのかはわかりません。ひょっとしたら自分のためだけに書いたのかもしれません。グルザール神父がお二人に、彼の言葉を忠実に翻訳してくれるよう願っています。僕はこれを読んだあとしばらくのあいだ泣いていました。それから友人と家に帰り、本を書き始めたのです。この手紙と一緒にお送りした本です。書き終えるまでには時間がかかりました。僕にとって最初の本ですが、これから何冊か書こうと思っています。もしグルザール神父に翻訳する暇がなければ、戻ってから僕が翻訳してあげます。というのも、もう少ししたら帰国するつもりなのです。そしてお二人には、僕を誇らしく思っていただきたいのです。きっとそうなりますよ、約束します。不名誉や恥辱にまみれてなど戻りません。何者かになって、つまり作家になって戻るつもりです。僕のために祈ってください。

おまえにキスを送る、モッサン、わが愛。わが子にキスを送る。わが弟にキスを送る。弟が私のことをどう思っていようとも。私を許してほしい。私のために祈ってくれ。

エリマン・マダグ

# 第二部　マダグの孤独

# I

ムブールで、ファティク［セネガル西部の町］に向かう道に入った。国の中心部へ、そしてエリマンの村へと向かう前に、車を停めて食糧を補給。ガソリンを満タンにし、少しばかり休憩。行商人からカフェトゥーバ［セネガルで広く飲まれるスパイスの効いたコーヒー］を一杯買い、メールをチェックする。近況を尋ねるスタニスラスからのメールや電気会社からの請求書にまじって、昨日届いていた以下のようなメールを発見。

ファイ、

　おれのすべての本がそこから出てきた場所からこれを書いている。とはいえ、「掘りかけの井戸」のことなど、これまでずっと考えまいとしてきたのだが。それを見つけることになろうとは。もう何年も前に壊されてしまっただろうと、希望的に考えていた。あるいは恐れていた。ほかのすべては確かに壊され、忘れられていた。家は崩れ落ちていた。壁の残骸がわびしく転がっていて、幽霊でさえそんなところを通ろうとはしないだろう。だが掘りかけの井戸、苦悶の井戸はまだあった。おれがもし神秘主義者なら、井戸はおれを待っていた、おれが戻ってくることを知っていたんだと言うところだ。井戸はそれを確信していたから砂に埋もれず、あの夜以来目撃してきたはずの人間たちの卑劣な行為にも耐え抜いたのだと。だがおれは神秘主義者ではない。井戸はまだあった、それだけのこと。そしておれも健在というわけだ。

当時と同じように、井戸の中に坐ってこれを書いている。おれの頭は井戸の縁を越えていて、大きくなったのは確かだとしても、やっぱり自分が空間に呑み込まれ、恐怖に呑み込まれるような気がしている。おれはここで子どもであることをやめた（ただし大人の男になったという意味ではない。反対に、おれにはあとになってから、自分はあの夜、井戸の中で、本当に大人の男になる可能性を完全になくしたのだとわかった）。おれはここで汗まみれの「けもの」になった。そしてまた確かにここで、おれは作家になった。最後に会ったとき、自分がなぜ書き始めたか、そのはじまりを知っているかとおまえに聞かれた。ああと答えて、それ以上は説明しなかった。今日はそれ以上のことを説明させてもらおう。

自分の本には耳の聞こえない人物が必ず出てくるが、その理由こそ、自分が作家を天職（なんていやな言葉だろう）とするようになった理由でもあると、昔から思っていた。つまり、おれは鼓膜を破るために書いていると考えていたんだ。二十年前、井戸の中でおれにはそれができなかった。つい最近まで、おれは響きの高い語句を使って書いていた。そうやって記憶の中の身の毛のよだつような騒音を覆い隠し、もう何も聞こえないようにするために。

なぜならおれの両親は、おれの目の前で死んだのではないからだ。両親はおれの耳の中で死んだ。そして毎晩そこで激しく音を立て続けている。父は退却中の正規軍が前々日にわれわれの村を通っていったときから井戸を掘り始めたんだ。正規軍は数週間前に村を通ったとき、心配はいらない、自分たちは「死の牧人」を相手とした戦いに勝利を収めると約束していったのだが。前日まで、ラジオではわれらの兵士は死の牧人たちに抵抗しているだけでなく、日々地歩を取り戻していると伝えられていた。われわれはおめでたいことにすっかり騙されてそれを信じていた。ぼろぼろの軍服姿で、弱々しく、物乞いのようになって、武器も失った何百人もの兵隊が、打ちしおれた様子で目の前を退却していくその日までは、そう信じていたのだ。駆けていく者たちもいれば、全速力で逃げていくおんぼろジープにぎゅうぎゅう詰めになっている者たちもいた。手足がきかなくなって、洗濯紐に吊るされた濡れた洗濯物みたいにロバの脇腹に垂れ下がっている者たちもいた。村人たちは潰走を知って荷作りをし始めた。逃げ出さなければ、早く。

敗軍の兵が一人、家に近づいてきた。足にはまったく力が入らない様子だった。彼の顔をいまでも覚えている。そこにあったのは恐怖ではなく、恐怖の下絵だった。それが穏やかに、慌てることなく描き出されていた。こめかみから顎まで走る、斜めの傷跡をとおして。斜線を引かれた敗者！……ぶっ壊された者！……犯された者！……彼は亡霊のごとくわれわれの家の前を通った。逃げていこうとする様子さえなかった。生きながら死んだも同然のいまとなっては、もう無駄だと悟っているようだった。敵はまだ遠いのか、逃げる時間はあるかと父が尋ねた。兵士は悪魔の言葉でも聞かされたかのような顔で父を見て、しばらく黙っていた。父は亡霊と化した男の様子を見て、男が彼なりの言葉で返事をよこす前に事情を察したのだろう。

――あんたの家族を殺して、それから自殺したほうがましだ。連中につかまるよりはそうしたほうがましさ。連中はネズミかトウモロコシを熱湯に浸けるようにしてあんたを殺す。明日の朝には来るだろう。ひょっとすると今晩か、それとも一時間後。手を切り落とされて尻の穴に突っ込まれるよりは、そうしたほうがましさ。おれにはわからんが。連中はおれたちを追っかけてきたんだ。そうしたほうがましさ。殺しが連中の仕事だ。そうしたほうがましさ。

兵士は「そうしたほうがましさ」と繰り返しながらそこに留まっていた。おれは父親の後ろにいて、父親にしがみついていた。八歳のときのことだ。父親はおれを家の前から遠ざけた。

中庭のまんなかでしゃがみこむと、おれの両肩を摑み、自分がこれから子どもに嘘をつくとわかっているときの大人の目をした。嘘だと子どもに勘づかれるのはわかっているが、それでも嘘をつこうとするときの大人の目だ（人生によって犯される前に、あるいは司祭や小児性愛者やその他の変態によって犯される前に、子どもはまず嘘をつく両親によって犯されるのだということが、いつかはわかるものなのだ）。父は言った。「心配するな、あの人は何を言っているか自分でもわかっていないんだ」。ガキのおれは尻の穴にがつんと一撃を喰らった。あの男、狂ってはいるが、恐怖のせいで意識ははっきりしていた。そんな男が、何を言っているのか自分でもわかっていないとしたら、自分が何を言っているのかわかっている者などこの世にいるだろうか？

父はまた家の前まで行った。叫び声が聞こえてきた。母は逃げるための荷物を作っていたが、怯えた様子ですぐさま飛び出した。おれは扉のあいだから覗いてみた。父の足元に兵士の体があった。そして、母がおれの目を手で覆い隠す前に、兵士が自分の喉を掻き切って、熱い血がどくどくと地面にあふれ出ているのを見た。父は扉を閉めて、家の中に戻るよう言った。母はおれを家に押し込むと、先ほどの父と同じことをした。うずくまっておれの顔を正面から見た。でも母が言ったのは父とは違うことだった。つまり、母は何も言わなかった。そして母の気持ちがそっくりその目に読み取れた。〈勇気を出さなくちゃだめだよ〉

父が戻ってきた。外では人々の逃げていく音がしていた。叫び声はなかった。ただ急ぎ足でいく足音が大きく響き、ときおりそこに大事なことだけをすばやく指示するぶっきらぼうな言葉が混じった。人々はできるだけ息を節約したいと思っているみたいだった。父と母は顔を見合わせた。その視線のやりとりは、もう逃げる時間がない、あるいは遠くまで行けそうにないということを意味していたように思う。いちばん近くの村までは車で四時間かかった。そこには軍隊が駐屯していた。でもそこの部隊も退却し始めているかもしれなかった。母の妹が西の丘を越えたあたり、二時間ほどのところにある村落の一つに住んでいた。そこに行ってみることはできたが、途中で殺し屋たちに出くわす恐れがあった。連中はそのあたり一帯を包囲し、丘の支配者として知られていた。両親はまるでおれには関係がないかのように、おれが状況を理解していないかのように、おれ抜きで相談していた。それは思い違いだった。おれは何もかも理解していた。両親はおれのほうに戻ってくると、家を出ていくのはやめにしたと言った。

——おまえを父さんが掘り始めた井戸の中に隠すことにするよ、と母が言った。見られないように覆いをしておく。おまえはそこにいなさい。音を立てちゃだめだよ。父さんか母さんが呼びにきたのでなければ、井戸から出ちゃだめ。わかった？

——うん、母さん。

——よくわかったね？

——うん。

——音を立てちゃだめだよ。泣くのもだめ。絶対静かにしていること。何があっても出てこないこと。母さんが呼びにくるまでは。

——うん。

——もし人が来て、中庭で知らない人の声がしたら、耳をふさいでいなさい。何も聞こえなくなるまで耳をふさいでいなさい。わかった？

——うん、マー。

——そうしなければ、どういう目にあわされるかわかってるわね。こっぴどく懲らしめてやるからね。肌をひんむいてやるから。わかったね？

――わかったよ、マー。

――もう一度。

――わかったよ、マー。

――何がわかったの？

――ちゃんとわかったって。音を立てないし、動かないし、何にも言わない。マーが呼びにきたときだけ外に出る。それともパパが。

――それから、耳は？

――知らない人の声が聞こえたら耳をふさいでる。

――そのほうが身のためだからね。

母はいかにも怖い口調でおどかそうとしながら、涙を流していた。母の言葉は命じている（実際には、哀願している）事柄のせいでおれを怖がらせたわけではなかった。母がそう言いながら、そこに絶望と愛が込められていることが感じられておれは呆然となったんだ。おれもまた、音を立てずに泣き始めた。母はおれを抱きしめ、父もそれに加わり、おれたちは二、三分のあいだ何も言わずにそのままでいた。二、三分のあいだ、もう二度と一緒に暮らすことはできなくても、本当なら一緒に過ごせたはずの人生をそっくり味わうために。二、三分のあいだ、それまで親子で分かちあってきた人生を生き直すために。抱きあうことで、時間の二つの方向が結びあわされた。記憶によって、過去が呼び起こされた。希望によって（だがその希望は結局、血塗られた袋小路に突き当たるのだが）、不可能な未来が示された。

それから母はおれを、腹がすいたとき（音を立てずに）食べる食糧と一緒に、掘りかけの井戸に入れた。中は暗かったから、懐中電灯も持たせて。もう一度抱きあった。もう泣かなかった。だが先ほどよりずっと短く言葉もないこの抱擁は、はるかに悲痛なものだった。それから両親は井戸の外に出て、穴をトタン板でふさいだので、もう何も見えなくなった。おれはじっとしたまま待った。ほんの一瞬だったのか、あるいは際限のない時間、ひょっとすると時間の外に出ていたのかもしれないが、とにかくしばらくしてから、車の音が聞こえ、人間の声や笑い、機銃掃射の音、叫び声が聞こえてきた。井戸の闇がいっそう厚みを増した。おれは耳を手でふさいだ。

中庭に死神が、死神の子たちとともに入ってきた。そして言った。

――だれかいるなら、出てこい。

耳をふさいでいたが、その声が聞こえた。死神はおれと一緒に井戸の中にいた。中庭の真ん中で自らの息子たちに囲まれている死神の顔がはっきりと見えた。そして家から父が出てきて死神のほうに進み出るのが見えた。父は一群から数メートルのところで止まった。

――おまえ一人か？　死神が言った。

おれは耳をふさいでいる両手にいっそう力を込めた。父親の返事は聞こえなかった。何も答えなかったのかもしれない。

――もしほかにだれかいるなら、と死神が言った。たとえば妻がいるなら、出てくるがいい。どちらにしろ、これから捜査する。そして見つけ出す。もし女が自分の尻の中に隠れたとしてもだ。あるいはおまえの尻の中か。それとも神さまの尻の中に隠れたか。もう一度聞く。おまえ一人か？

――いいえ、と母が言った。そしておれは母が――おれは見た――家から出てきて、中庭の真ん中にいる父のところにやってくるのを見た。死神の息子たちの淫らな笑い声が響く中、死神の何の感情も表さないまなざしのもと。

――子どもはいるか？

おれは指を力いっぱい耳の穴に突っ込んだ。

――いいえ、母が言った。子どもはいません。

――これから調べてやる、と死神が言った。この女の腹は子どもを産んだことのある女の腹だ。だがおまえがそういうなら、きょうだい、いまはいいとしよう。さっさとやるぞ。困ってる連中が山ほどいるのだ。二つのうち一つだ。自殺するか、それともわれわれがおまえたちを殺すかだ。おまえたちが決めていい。だがわれわれに殺してほしいというのなら、こちらにはこちらのやり方があるからな。

――お慈悲を、という声が聞こえた。だがおれにはそれが父の声だったのか、母の声だったのか、それとも死神の息子たちのだれかがあざけって言ったのかわからなかった。

――選ぶんだ、と死神が言った。

沈黙があり、それから母が「やめて！」と叫んだ。その叫びに続いて銃声がした。父が死神を倒そうとしてすぐさま撃ち殺されたのだとわかった。父はもはやチャンスはないと見て取って、死ぬことだけを願って殺し屋たちに飛びかかっていったに違いない。

――おまえの夫は選んだぞ。今度はおまえの番だ。選べ。

母は何も言わなかった。そしてしばらくたってから死神が言った。

――おまえはわれわれのやり方で殺されるほうを選んだわけだな。われわれに任せるなら生き延びる可能性があるかもしれないと思っているのだろう。それは正しい考え方だ。死を免れる可能性があると常に思っているべきだ。さもなければ生きている甲斐はない。おまえの面倒は見てやる。われわれが殺してやろう。

相変わらず声が聞こえてきた。おれは力いっぱい耳に指を突っ込んでいたのだが。死神の子どもたちの淫らな笑い声が聞こえ、軍服のベルトが外されて地面に投げ捨てられる音が聞こえ、母について、母の乳房や性器や口について、彼らが品定めする声が聞こえた。だが母の声は聞こえてこなかった。それから男たちのあえぎ声、野蛮な叫び、卑猥な言葉が聞こえてきた。だが母の声は聞こえてこなかった。時がたった。そして死神が言った。

——もういい。先に出発しろ。おれが片をつける。

ベルトを締め直す音、武器を取る音が聞こえ、執拗に沈黙を守り抜く母に投げつけられた最後の罵詈雑言、唾を吐く音が聞こえた。それから死神の息子たちは家から出ていき、母と死神だけが残された。

——おまえがなぜ叫び声を上げないのかはわかっている、と死神が言った。そういう態度には見覚えがある。子どもを守ろうとする母親の態度だ。この家のどこかに子どもが隠されている。見つけてやるぞ。だがその前に、おまえは叫ぶだろう。殺してくれとすがりつくだろう。おまえを叫ばせてから殺す。それからおまえの子どもを見つける。

——お願いですから、という母の声がそのとき聞こえてきた。

——子どものことを心配したり、お願いしたりしている場合ではない。おまえ自身、おまえの命が問題なのだ。これからおまえを、と死神が言った。性器に銃弾を撃ち込まれるよりももっとつらい目にあわせてやる。おまえは叫ぶだろう。地獄まで聞こえるほどにな。

そして死神は作業を開始した。母も叫び始めた。その叫び声はあまりに激しく、人間のものとも思えないほどで、頭の中であまりに猛烈に鳴り響いたので、おれは気を失った。目を覚ましたとき、叫びはやんでいたが、耳にはまだ残響があった。きっとそのとき、おれは、やつらがいつまでもおれを拷問にかけ続けるだろう、その辛さを和らげる唯一の方法は、それよりもっとがんがん鳴り渡る、もっと狂おしい叫びを頭の中に響かせることだけだろうと悟ったのだ。おれは目を開けた。もう井戸の中ではなく、中庭にいた。かたわらには人間のかたちをしたものが二体あったが、絶命していた。両親の遺体だった。

おれは目を閉じて、静かに泣き始めた。

——あやうくこの女に殺されるところだった、と後ろから声がした。

死神の声だった。おれは振り返った。恐ろしい様子をした、巨大な、怪物じみた男を想像していた。そこにいたのは、小柄で禿げ頭の、滑稽なほど平凡な外見の男だった。だがそれが死神であると、おれは一瞬も疑わなかった。何も言えずにただ彼を見ていた。

——あやうくおまえの母親に殺されるところだった。おれに叫び声を上げさせられながらも、髪の毛のあいだから短剣を抜いたのに、ぎりぎりのところで気がついた。短剣を振りかざしたのが一瞬遅かった。おれは横に転がって難を避けた。それを見ておまえの母親は観念した。おれがとどめを刺す前に自分で喉を掻き切った。そうやって死んだのだ。それからおれは家探しをして、おまえが掘りかけの井戸で気を失っているのを見つけた。名前は何というのだ？

おれは答えなかった。

——まあいい、息子よ、名前はどうでもいい。気絶する前に母親の叫び声を聞いたのか？

おれはうなずいた。

——それならばおまえは殺さずにおこう。おまえは死んだも同然だ。死の苦しみがこれから長いこと続くだろう。さらばだ、幼い親なし子よ。おれ自身もそうだったのだ。おまえよりももっと幼くしてな。それがどうしたって消すことのできない怒りの元となった。それがおれを生きながらえさせたのだ。同じようにするがいい。おれを憎め、怒れ、強くあれ、戦士になれ、殺し屋になれ、血の雨を降らせろ、大きくなったらおれを探し出せ、そしておれがおまえの母親に味わわせたむごたらしい苦しみのお返しをしろ。おまえの母親はおれの手にかかって、おれでさえこれまでに見たことがないほどの苦しみを味わわされたのだ。さらばだ、息子よ、さらば。

死神はそれらすべてを静かな声で語った。そしてキリスト教徒らしく十字を切ると、あっさり家を出て立ち去った。おれは中庭の両親の遺体のあいだで独り、一晩中過ごした。日が昇ると、掘りかけの井戸の中に戻り、待った。死神がおれを解放しにくるのを待った。あるいは奇跡が起こって、母親が解放しにきてくれるのを。だがどちらも戻ってはこなかった。そこで井戸から出た。腹が減っていた。遺体を中庭に残し、叔母の村に向かって独りで歩き出した。丘の向こうの村への道は知っていた。

途中ではだれともすれ違わず、見えるもの、感じられるものはただ広大な丘の醸し出すハーモニー、森の穏やかな息づかいだけだった。死神はこれらすべての美の陰で足を止めたのだ。そして美は死神の仕業を抑えもしなければ、死神を和らげもしなかった。それどころか、ここではど死神が好き勝手にふるまったことはなかったのではないかと思う。美のもとで死は自らの卓越を表した。美のもとで死は完璧さに達した。美のただなかで死はその天才を明らかにした。そこから何が引き出せる？　われわれの条件を定義づけることのできる公理だ。すなわち、舞台が美しければ美しいほど、恐怖は完全なものとなる。われわれはいったい何者なのか？

光の宝石箱の中の血の指輪。あるいはその逆か。そして悪魔は笑いながら、自分の薬指にわれわれを滑らせる。

叔母の村も攻撃されていた。足を踏み入れてみてそのことがわかった。村人が逃げ出した痕跡がまだなまなましく地面に残っていた。恐怖がいたるところに漂っていた。しかしそこに留まっている者や、いったん逃げたものの、行き場もなく、生身のブーメランのごとく戻ってきた者もいた。おれは叔母の腕の中に身を投げた。叔母は理解した。おれも理解した。叔父は殺されていた。二人の従妹たちも、どちらも、殺されていた。三日後、両親の家に戻ってみた。両親の遺体は消えていた。血の跡が砂の上に茶色く残っているだけだった。どこに埋められたのか（だれの手で？）わからなかったし、埋められたのかどうかも定かではなかった。闇の魔術師たちが、商売に使うために死体を集めているのだという噂があたりに流れていた。ザイールの地面を覆う死体のおびただしさに鑑みて、そのおぞましい商売は大繁盛しているらしかった。

こうして叔母はおれにとって、おれは叔母にとって、唯一の家族となった。叔母と一緒に国から逃げ出し、ヨーロッパに渡った。だがそれはどこまでも幻想でしかなかった。おれのような人間には、決して自分の国を離れることなどできない。いずれにせよ国のほうが、おれたちから決して離れようとしない。おれは掘りかけの井戸からいまだに脱け出せていない。いままでずっと井戸はおれの内側で掘られ続けてきた。おれは依然としてそこにいる。おれはそこからおまえにこれを書いている。これまでもずっとそこから書いてきたのだ。そして叫び声は響き続けている。だがおれはもう耳をふさがない。これまでずっと、叫びを聞かないために書いてきた。これからは聞くために書く、というより書かなければならない。おれにはただ、おまえにそう打ち明ける勇気がなかった。『人でなしの迷宮』がその勇気を与えてくれた。

あの本はおれに教えてくれた。あるいは思い出させてくれた。最も深い悪のなされた場所には常に、真実の断片が残されていると。おれにとってその場所とは、時間でもある。つまり過去だ。おれは過去を縦横に貫こうと思う。そして矢に刺されるように過去に貫かれようと思う。過去の周囲を経めぐり、さまざまな視点から過去をとらえ、昼と夜のあらゆる光のもとに過去をさらしてみたい。幽霊を追い払わなければならないとは思わない。火のまわりを踊る彼らの円舞に加わり、骨まで恐怖の汗でぬらし、歯をがちがち鳴らしながら、相手にのしかかり、恐怖の場所を奪い、取り分を奪い、過去に恐怖が奪ったものをすべて奪い返したい。回復（レジリエンス）を命じるやつなどクソくらえだ！　それがスローガンのようになるとき、おれはこの言葉を憎む。レジリエンス！　レジリエンス！　黙りやがれ！　おれは延々と続く落下の真実、無限の落下の真実を愛する。おれは回復したりしない。何であれ真に破壊されたものは、おれには回復可能とは思えない。おれは慰めないし、慰められもしない。おれのベルトには「悪」に対する最も効験あらたかなお守りがぶらさがっている。それは真実への欲望だ。真実が死である場合もそこには含まれている。おれは埋もれてしまった廃道の跡を探し求める。廃道の跡もまた一つの道を指し示している。それはどんな地図にも載っていない。だがそれだけが価値のある道なのだ。

ヴィトゲンシュタインの『論理哲学論考』の結論の言葉はおまえも知っているだろう。「語れないものについては、沈黙を守らなければならない」。だが沈黙を守るとは、示すのを諦めることではない。われわれのなすべきことはこうだ。他の人々を治すのではなく、ケアするのではなく、慰めるのではなく、安心させるのでも教育するのでもなく、神聖なる傷の中にすっくと立ち、傷を見つめ、沈黙のうちに示すこと。それがおれにとっての『人でなしの迷宮』の意味だ。それ以外は失敗でしかない。

エリマンは最後の本というようなものを書きたかったのか？　失敗だ。世界は最後の本で満ちている。偉大なテクストはすべて、世界の墓碑銘となる可能性がある。そして歴史上の最後の本には必ず新たな一冊が加わり続ける。だから最後の本には長い過去と、すでに年を経た未来がある。

エリマンは模倣の創造的エネルギーを示したかったのか？　失敗だ。彼の企図は輝かしく知的ではあれ、結局のところはむなしい、悲しいほどむなしい構築の策略に堕してしまった。

彼は先立つ諸世紀の文学すべてにオマージュを捧げたかったのか？　王手詰みだ。延々となされた借用はみじめに剽窃扱いされ、何かを借りてくる前から彼が豊かだったことはだれにも理解されなかった。

だがそうした幻滅すべてから、われわれにとっては一つの教訓が浮かび上がってくるんだよ、ファイ。これまでの数週間、おまえがどんな手掛かりを追ってきたのかは知らない。だが、おれには答えが見えるような気がする。エリマンとは、おれたちがそうなるべきではないのに、徐々にそうなりつつある者なんだ。彼は一つの警告だったのに、そのメッセージはちゃんと聞き届けられなかった。それはおれたちアフリカ人作家にこう警告していた。おまえ自身の伝統を作り出せ、おまえの文学史を創設しろ、おまえに固有の形式を発見しろ、それをおまえのいる空間で試してみろ、おまえの深い想像力を肥沃にしろ、おまえ自身の土地を持て。なぜならおまえ自身にとっても、他人から見ても、おまえが存在できる場所はそこしかないのだから。

結局、エリマンとはだれだったのか？　彼は植民地主義の最も完成された、そして最も悲劇的な産物だった。舗装道路や病院やキリスト教教育以上に、植民地主義の企図の最も輝かしい成功例だった。われらがガリア人の祖先たちさえをも凌ぐ！　何たる反ジュール・フェリー［フランスの政治家（一八三二－九三）。公共教育大臣として初等教育の無償化、義務化、非宗教化を推進、同時に植民地拡大にも邁進した］的犯罪か！　だがエリマンはその同じ植民地化が、それを被った民衆のあいだに当然の恐怖をかきたてつつ破壊したものとは何だったかを象徴してもいた。エリマンは白人になりたかった。そして人々は彼が白人ではないばかりか、その才能すべてをもってしても決して白人にはなれないだろうとわからせたのである。彼は白人となりうることのあらゆる文化的証拠を示した。それだけにいっそう人々は、彼が黒人であることを思い知らせたのだった。おそらく彼は、ヨーロッパ人以上にヨーロッパをうまく統御した。その結果どうなったか？　ひっそりと姿をくらまし、消え失せた。わかるだろう。植民地主義は植民地支配を受けた者たちに荒廃、死、混沌をばらまく。だがそれはまた彼らのうちに――そしてそれが植民地主義の最も悪魔的な成功なのだが――自分たちを破壊するものになりたいという欲望を植えつける。それがエリマンだ。すなわち、自己疎外の悲しみそのもの。

　そしておれは、ファイよ、もしヨーロッパのあとを追い続け、巨大な西洋文学のあとを追い続けるならば、それがおれたちを待ち受ける運命なのだと思う。おれたちはみな、それぞれのやりかたで、エリマンになることだろう。ひょっとすると、もうなっているのかもしれない。そうだとしたら、滅びる前にそうであることをやめようではないか。そこから離れなければならない、ファイ。立ち去らなければならない。窒息状態が迫っている。情け容赦なく毒ガスを浴びせられるぞ。そしておれたちの死は、だれかの手でそこに追いやられたのではないだけに、いっそう悲劇的なものとなるだろう。おれたちは称賛を浴びることを期待して、そこに自分で駆け込んだのだ。おれたちは黒い石鹸に変えられてしまうだろう。われわれの死刑執行人たちはそれで手を洗って、いっそう白い手になるだろう。

エリマンが姿を消したのは、剽窃者だとみなされたからではない。彼が不可能な希望、許されない希望を抱いていたからだ。痛恨の思いで姿を消したということはありうる。だが同時に、結局彼は理解したのではないかと思いたい。もしエリマンが真の作品、自分だけのための創作に身を捧げようとするのなら、フランス文壇における死は、彼にとって最良の事態だということを。

数日前、おれは決心したんだ、ファイ。フランスには戻らない。少なくともいますぐには。ひょっとしたらもう二度と。おれが本当に書かなければならないものは、ここ、おれの井戸の近くでしか書くことができない。井戸が掘りかけのままなのは、実存的な比喩になっている。おれの内的悲劇は、おれの未来という意味も持ちうるのだ。おれは井戸を最後まで掘らなければならない。父の井戸を掘り続け、完成しなければならない。まだおれという人間ができあがっていない以上、それは自分の殻に閉じこもることではありえない。おれが自分であると思っていたものは何もかも、実際にはおれの内なる他人たちを材料にしているにすぎない。それを一掃するべきときだ。おれはパリには戻らない。あそこでは人々は一方の手でおれたちを養い、もう一方の手で絞め殺している。あの街は天国に仮装したおれたちの地獄だ。おれはここに残って、書き、若者たちを指導し、劇団を作り、屋外で演じ、街で詩を朗誦し、この地で芸術家であることの意味を語り、示し、そしておそらくは食うに困って、哀れな道端の子犬のように、ブレーキの利かない「現実」のおんぼろ車に轢かれて死ぬのだろう。だがそれもこの地でのことだ。おまえが『人でなしの迷宮』を読ませてくれたからこそなのだから、おれはおまえにいつまでも感謝し続けるだろう。

おまえがおれの言ったことに賛成しないだろうということはわかっている。おまえはずっと、おれたちの文化的曖昧さこそ、おれたちの真の空間、居場所であり、できるだけうまくそこで暮らしていくべきなんだと考えてきた。悲劇的であることを引き受けた者として、文明の混血児として、混血のまた混血、われわれの歴史が別の殺人的歴史によって犯された結果生まれた混血児として。ただし、おまえが曖昧さと呼ぶものもまた、おれたちを破壊しようとする現在進行中の策略の一つにすぎないのではないかとおれは恐れるのだ。ずいぶん変わったと思われるだろうな。以前は、作家の価値はどこを拠点として書くかになど左右されない、何か言うべきことを持っているのであれば、作家はどこを拠点にするのであれ普遍的でありうると言っていたのにと。だがいまやおれは、どこでても言うべきことを見つけられるわけではないとも考えている。どこを拠点としても書くことはできる。だが真に書くべきことを知り、理解するのは、どこからでもできることではない。それは『迷宮』の全文を読み直して理解したことだ。

おまえがどこにいようとも、ファイ、自分で探しもしなかった何かを発見できたことを願っている。そこからおまえが引き出すものは、すべてが美しいに違いない。それを忘れずに送ってくれ。もうすぐ新しい住所を教える。おれの井戸から、同志よ、挨拶を送る。そしておれの救い主であり、おそらくはおまえの救い主でもある人物に挨拶を送る。エリマン万歳、そしてやつのいまいましい書物万歳。

ムジンブワより

読み終わったとき、コーヒーは冷めていた。ぼくはムジンブワが掘りかけの井戸の中に一人で坐っている様子を思い浮かべた。すべてに片がついたら、手紙を書こうと心に誓った。彼のメールのあれこれの箇所に答えるためではない。ただ、おまえの行為は愚かで、狂っていて、ラディカルで、勇敢だと言うためだ。ムジンブワがくれたメールは、ぼくに対する挑戦だった。彼は言っていた。これが以前のおれであり、エリマンの本によって作り替えられた現在のおれだ。今度はおまえの番だ。おまえの腹の内にあるものを見せてみろ。ぼくはふたたび車に乗り込み、走り出した。

## II

ファティクまで数キロの地点で、南西に向かい、シヌ川の流域に入った。紅土(ラテライト)の道がセレールの土地に分け入っていく。両親の故郷の村、わが一族の出身地はここから遠くない。帰りに立ち寄って、まだそこで暮らしている親戚に挨拶していくことにしよう。

狭い道をたどりながら、今日こんなふうに自分の村の隣にあるエリマンの村に向かっていくことが、どこかで、ずっと以前に決められていたのではないかと考えている。それは『人でなしの迷宮』が生まれ出た村だ。あの本をぼくは、遠く離れたところで見つけて読んだ。決定的に重要な何かを見つけるときというのは得てしてそうしたものだが、その重要さは、自分の将来にとって大切なものになるという確信以上に、実際のところ自分の人生にとってずっと前から、それと出会う以前、ひょっとすると生まれる前から大切なものだったに違いないという確信に由来する。あたかも、それがぼくらを待ちかまえ、自分のほうに引き寄せたかのようなのだ。そう、あの夜、「母グモ」

の網から抜け出して初めて『人でなしの迷宮』を読んだときに感じたのはそうしたことだった。以来、ぼくはこの本をずっと抱きしめている。この本はぼくを山の頂上や深淵へ連れ去り、時空を超えて、死者のあいだ、生き残った者たちのただなかへ運んでいった。そしてわれわれはついに、それとも、ふたたび、われらの起源の土地に来ている。

子どもたち、男たち、女たち、ロバか馬の背中にまたがった連中、荷車に乗り、あるいは徒歩で行き、オートバイを走らせ、鍋か麦わら帽子を頭にかぶった者たちが、道から離れ、立ち止まり、通りすがりのぼくを眺めている。ときおり、手を上げて親しげに挨拶を寄こす人たちもいる。でもほとんどの場合は毅然（きぜん）とした態度を崩さない。村落から出るときや、別の村落に入っていくときには、犬たちが戯れるような、あるいは脅すような様子で一緒についてくる。枝の枯れた低木林が、ピーナッツ畑と草原のあいだの仕切りになっている。羊が何匹かまだ草をはんでいるが、夜になる前には小屋に連れ戻されるだろう。

今年、冬ごもりの時期は遅れ、雨は乏しかった。粟畑（あわばたけ）には収穫の終わっていないところもある——もう九月も半ば過ぎなのだが。作物は道端まで伸びて路上に垂れ下がっている。それがフロントガラスを打つ乾いた音は、大きな虫が勢いよく飛んできて窓ガラスにぶつかったときの音を思わせる。子ども時代の思い出は、生育した作物がろうそくのように立ち並ぶのを待ち望んでいたころにさかのぼる。まるで童話の世界の背景みたいな気がしていたのだ。

やがて景色が一変する。畑や牧草地が、塩分濃度の高い平原に変わる。両側の展望が、それまでの狭い枠をはみ出して広がり、あらゆる美が豊かにふくらみ始める。風景がこちらの視線をはね返してくる。これを全部視野に収められるのかと挑みかかってくる。やってみても無駄なことだ。この地では美は、目からあふれ出して広がり、目のほうはどうしたって後手に回る。道のあちこちで水溜まりが光っている。それらが日没前、太陽が反射する最後の点となる。シヌ川とサルーム川の合流点に近づく。もうすぐ村だ。十分後には着くだろう。そんな考えがにわかに具体的で測定可能な、目に見える現実となる。急ブレーキを踏む。埃が立ち昇り、それが落ち着くと、じっと動かない物影がぼくを怯えさせる。目のくらむような孤独の感覚。自分が地上でたった一人であり、世界の眼に見つめられているような気がする。怖がる子どもみたいに目をつぶる。

目を開き、本に視線を向ける。長々と沈黙のうちに眺めていると、行ってはならない、道を引き返して家に戻るのだと言われているような気がしてくる。いったい何を恐れているのか。何かを発見することか、それとも何も発見できないことか。心の奥底から聞こえてくるのは、エリマンがこの地に戻ってきて、何かを書き残しているのを期待する声だ。だがその反対のことを願う声も聞こえる。彼が自分の村には戻らず、『人でなしの迷宮』ののち何も書かず、無名のうちに運命を終えたのであればいい。宇宙の果て、幾千の星のあいだで、ある日、一つの星が消えるように。取り囲み、つき従い、自分たちのそばに埋葬してくれる黙した星たちだけに見守られながら。そうやって長いあいだ、じっとしたまま、心の中では動揺していた。

右手には、黄昏がスローモーションで撮影されたみたいにゆっくりと広がっていく。まず地平線の鋭い刃先が太陽の虹彩、まさにその真ん中を、ブニュエルの映画のように切り裂いた。光の眼が切り裂かれたところから鮮紅色の海があふれ出し、そこに藍と青、ほとんど黒に近い深い色の輝きが散らばり、やがてそれが大きくなって、天空の身体の上に巨大な腫瘍のようにふくらみ出す。湖の水面にひとひらの葉が落ちるように、夜がやさしく世界の上に落ちてくる。

Ⅲ

徒歩で村に入ってから出会った、三人目の人物、二十歳くらいの若い女性からは、先ほどすれ違った村人たちと同じ答えが返ってくる。

——残念だけど、ウセイヌ・クマーフ・ジュフという人の家は知りません。

——この村にはジュフという家はありますか？

——何軒かあります。わたしだってジュフの人間よ。ンデ・キラアン・ジュフといいます。でもウセイヌ・クマーフ・ジュフという名前は聞いたことがない。きっともう少し遠くまで行けば、だれか知っていると思うけど。

ぼくは礼を言い、よい晩をと挨拶して別れる。数秒後、彼女の呼び声がする。振り返ってみる。

——その人はいまでも生きてるの？

——いや。でも名前を言えば家はわかるはずだと言われたんです。

——ずいぶん前に亡くなった人？

——うん、きみが生まれるよりもずっと前にね。ぼくが生まれるよりも前だ。

——それならわたしのお祖母(ばあ)さんが知ってるかもしれない。何か教えてくれるかも。一緒に来てよ。

ぼくはまた礼を言い、彼女のあとについて街灯のない道を何本か渡っていく。中庭の中から、あるいは家の正面から、電灯やソーラー灯の光が洩れてきてはいるけれども。ンデ・キラアンはまだ少女だが、すでにして女らしさを備えている。彼女はゆっくりと進んだ。その歩きぶりは一歩ごとに重さと優美さのあいだで揺れている。

——ぼくはジェガーヌ・ラチール・ファイ。

——ようこそ。さっき車で入ってきたのはあんたね。

——どうしてわかる?

——もう村じゅうが知ってるわよ。遠くからやってくるのが聞こえたから。それに、あんたがセレールのどの村の出身かも知ってるわ。その訛(なま)りですぐにわかる。

——どこの村だと思う?

彼女はぼくの顔を見て微笑んだ。ぼくが問いただす様子を面白がっている。

——どこの村か当てられたら、あんたの車、貸してくれる?

——運転なんかできないだろう。

——運転するなんてだれが言った? 売り払うのよ。

そしてぼくが答える前に、彼女はぼくの両親の村の名前を口にした。ぼくは笑った。

——〈ラヤ・ンディギル〉、ご名答。

——それならわたしの車の鍵を用意しておいてちょうだい。

彼女の声には優しさと、からかうような調子があった。ごく自然に打ち解けた会話ができて、気持ちが和んだ。

少ししてぼくらは一軒の家の前まで来た。入口では一人の老女が、夜警か、あるいは疲れ知らずのおっかさんという様子で通りを見張っていた。ンデ・キラアンはぼくを祖母に紹介した。挨拶して、礼儀正しく彼女と身内の健康状態を訊いた。それからようやく、何のご用かと尋ねられた。

——ウセイヌ・クマーフ・ジュフの家を探しているんです。かなり昔ここで暮らしていた人なのですが。お孫さんに聞いてみたけれど、名前も知らないそうで。

——知ってるはずないさ、と彼女が口を挟んだ。クマーフ・ジュフならの話だけどね、つまり、もしわたしの考えているクマーフ・ジュフならの話だけどね、でもあの人のことなんだろう。あの偉大なお方が亡くなったとき、ンデ・キラアンの母親は——どうか神さま(ローグ)があの人を迎えてくださってますように——まだこの娘の歳にもなっていなかったよ。あんたが言ってるのはウセイヌ・クマーフ・ジュフ、あの頭が満杯になった人のことだろう？

——ええ、その人です。

——亡くなったよ。もう、ずいぶん昔のことになるね。あの人は、何というか……。本当に頭が満杯になった人だった。この村のために力を尽くしてくれたんだよ……。わたしが死にかけたときにも、あの人が治療をしてくれたのさ。

——でもそれって、だれのことなの？　ンデ・キラアンが尋ねた。

——その人のことはいずれ近々、話してあげようね。とにかくいまは、このハンサムな若い男を、ディブ・ジュフ・〈ファ・マアク〉お祖母ちゃんのところに連れてってあげなさい。

——そうなんだ？　ンデ・キラアンはぼくを見ながら言った。最初からそう言えばよかったのに。知らない男の人の話なんかしなくたって。

——そうさ、おかしなもんだね、と老女は言った。ウセイヌ・クマーフ・ジュフのことを知っている者なんか、もうほとんどいない。覚えてるとしたら村で一番の年寄りたちだけだろう。昔は〈ムビン・クマーフ〉、「クマーフのところ」と言ってたもんさ。でもいまじゃもうそんな言い方はしない。

――いまでは何と言うんですか？

老女は微笑みを浮かべた。

――今度あんたが村で道に迷ったときには、そして運よくわたしの美人の孫娘に出会わなかったなら――どうだい、美人だろう？――こう言うんだ。〈ムビン・マダグ〉。そうすればみんな知ってるよ。この子だって知ってる。マダグ……。あれもまた、頭が満杯になった男だったよ。先代の頭よりももっと満杯になっていたと言えるかもしれないね。さあ、お行き。この人を案内して、そして帰ってきたら夕ご飯だよ。もうすぐ準備するから。またね、ジェガーヌ・ファイ。

## Ⅳ

――母さんはお祈りを終わるところなんです。でもお客さんですよと伝えました。少し待っていてほしいそうです。もうすぐ来ますから。

迎えてくれた若い女性は、そう言ってぼくを立派なカポックの木の下に坐らせる。ンデ・キラアンとは親しいらしい。ンデ・キラアンはぼくに、あとでまた車の鍵をもらいに戻ってくるからと言う。そして二人の友人同士は家の敷地から出ていく。二人の弾けるような笑い声が、この土地の女性たちの美しさを耳にも訴えかけてくる。カポックの木は広々とした中庭の中央にそびえ、中庭の奥には四軒の立派な小屋が菱形状に並んでいる。その右側にある二階建ての白い建物からも、家庭の日常的な物音が聞こえてくる。左側には他の家屋から離れたところに大きな小屋があり、小屋に沿って何か細長いものが置いてある。立ち上がって近づいてみる。漁をするための丸木舟で、軽やかな、中くらいの大きさのものだ。船体に描かれている模様は、あたりが暗いせいでよく見えない。船首に取りつけられた二本の太い木の棒が船体を支え、安定させている。舟をこぐのに使う道具——櫂（かい）と長い梶棒（かじぼう）——が船尾に立てかけてあった。舟の中は漁のための網でいっぱいになっている。

丸木舟を検分して、ここが漁師の家でもあるとわかった。トコ・ンゴールやその兄ワリーのことが思い浮かぶ。大して知っているわけではないが、とにかくワリーは漁に出て巨大ワニに殺されたらしい。ウセイヌ・クマーフのことも改めて思われる。漁師になろうとしていたのに視力を失って、漁網を編んだり繕ったりを仕事とするようになった。丸木舟に積まれていたのはひょっとしたら彼の網か。まさに彼の作った網なのかもしれない……。

〈ンギロオポ！〉という言葉——晩の挨拶——が勢いよく投げかけられて、物思いは破られる。木の下に、かぼそい人影が佇み、こちらを見ている。マム・ディブ・〈ファ・マアク〉だろう。そちらに向かって歩き出して、ようやく気がつく。マム・ディブは、シガ・Dが話の中でタ・ディブと呼んでいた女性に違いない。彼女の継母の一人、ウセイヌ・クマーフの三人の妻の一人だ——あとの二人はマム・クーラとヤイ・ンゴネだった。ちゃんと覚えている。そばに寄って、長たらしい、でも大切な挨拶の儀式を果たしてから、彼女に促されて腰を下ろした。その声は優しく、ほとんど呟きのようだ。頭はベールで被（おお）われ、右手には数珠を握っていて、闇に真珠の玉が輝いている。

夕ご飯は食べましたか、と尋ねてくれる。ぼくはいいえと答える。でもお腹はすいていません。それは事実だ。むしろ胃がしめつけられるような気がしている。とにかく牛乳を飲めと言われ、いただくことにする。彼女が子どもの一人を呼ぶとすぐ駆けてきて、出てきた右側の建物にまた帰っていく。小さなひさごを抱えて戻り、ぼくに渡す。礼を言ってひさごを口元に運ぶ。この新鮮な牛乳の粗野な味をすっかり忘れていた。きっと一、二時間前に搾ったばかりだろう、まだ生温かい。子どものころ、休暇で何日か両親の村に行ったときには、叔父の一人が育てていた牝牛（めうし）の乳を自分の手で搾って、ごくごくと飲んだものだ。いまでは思わず顔をしかめてしまう――マム・ディブに見られただろうか？　ぼくは口をつぐんで考えをまとめてから、来訪の目的を説明しようとする。だがマム・ディブはそれを制して言う。

――あんたがやってきたわけはわかっているよ、ジェガーヌ・ファイ。期待を無駄に引き延ばすつもりはない。あんたが探している男はもういない。去年この世を去った。一週間前が一周忌だったのさ。

彼女はそこで口をつぐみ、こちらの様子をうかがう。あるいは耳を澄ます。ぼくは何の感情も表さない。実際、そう聞かされてもすぐには何も感じない。少なくとも、表情にあふれ出るような強い感情は何も。失望していないだけでなく、自分が失望していないことにも、まだ失望していない。あらゆる状況、あらゆる可能性に備えていたつもりだ。この数週間でわかったことからして、自然とそういう構えになった。その中でもこういう事態、つまりエリマンが何らかの理由により不在であるというのが、いちばんありそうなことだった。だからぼくにとっては驚きもいちばん少なかった。反対に、それはどこか自然で、ほとんど安心させてくれるような事態だった。結局、この話の全体をとおしてエリマンは不在であり、捕まえることのできない人物だった。だから、死んでしまってもう会えないと知らされるのも当然のなりゆきであり、この男の運命、あるいはこの男とぼくとの関係にとっては、それが必然的な帰結でさえあった。

とはいえ、そんな中立的態度は数秒で消え失せる。告げられたばかりの知らせをちゃんと理解すると、腹から何か熱いものが込み上げてくるのを感じる。ということは、エリマンは故郷に帰ってきたのか。これまでは彼の運命のそうした面にさほど興味がなかったのだが、この男が異国で数十年間、何だかわからないものを探し求めたあげく、故郷に戻って百二歳で死んだと教わると、ほとんど感動を覚えた。沈黙が続く。カポックの木の葉っぱがふるえている。そよ風が広い中庭を吹きすぎる。

――あの人はあんたが来るとわかっていたんだよ、とマム・ディブが、そろそろまた話に戻ってもいい頃合だと判断して続ける。会えないだろうということもわかっていた。わたしにそう言ったよ。知らない若い男がある晩、自分に会いにやってくるだろうと、死ぬ前にわたしに言ったんだ。だからすぐにわかった。今晩あんたを待っていたとまでは言わないけどね。でももうすぐ来るだろうとはわかっていた。あの人はあんたのことをずっと見ていたんだ。

――見ていた?

――見ていたのさ。見るというのは、あの人がクマーフから受け継いだことの一つでね。いつでもというわけでは、もちろんないし、間違うことだってあった。でもとにかく、見る力があった。故郷に戻ってきてから、家で学び直したんだよ。セレール語で「マダグ」がどういう意味か、知っているかい?

――知っています。でもぼくが思うに……。

マム・ディブはさえぎって言った。

――それなら、わたしらの伝統ではどんな名前も偶然につけはしないし、響きが美しいというだけの理由でつけたりしないということもわかってるね。名前には何らかの意味がある。それはわたしらの伝統的社会ではどこでもそうだ。ところが中には、名前が何かを意味するというだけでは終わらない人もいる。象徴というだけではなくて、存在のしるしになる。その人の存在だけでなくて、その人が担っている存在のしるしになるんだ。その存在がその人を導き、道を示す。その人の今後の歩みや能力を告げ知らせるのさ。それはみんな、マダグがある日、わたしに話してくれたことなんだ。そのときの言葉をそっくりあんたに繰り返してるんだよ。「マダグ」、つまり見者。あの人はここではそう呼ばれていたし、その伝統的な呼び名以外で呼ばれるのを拒んでいた。そもそも、クーラ、ンゴネ、わたし、そして村の高齢の女たち何人かを別にすれば、だれもエリマンというイスラーム名を知る者はなかった。いつでもマダグと呼ばれていて、エリマンじゃなかったんだ。わたしらのいるこの家での呼び名も、村や近在のどこでも……。

——〈ムビン・マダグ〉。

——そのとおりさ。

ふたたび、沈黙。もちろん、ランボーのことや、有名な見者の手紙のこと［一八七一年五月、十六歳のランボーは高等中学校の教師イザンバール宛の手紙、および先輩詩人デメニー宛の手紙で、詩人は自らを「見者」たらしめなければならないと宣言した］、そして「ユマニテ」紙の批評家オーギュスト＝レーモン・ラミエルが『人でなしの迷宮』の作者に与えた「黒いランボー」というあだ名のことが思い浮かんだ。エリマンが本を出して以後、延々と放浪し続けたことを知っているぼくとしては、ランボーとの比較は魅力的に響く。だが、マダグをランボーに似た者、ないしはアフリカにおける分身などとみなしてはいけないとすぐに思う。一切を解釈するため、文学的典拠にばかり頼っていてはならない。なにしろあらゆる存在は固有の孤独を抱え、その中で耐え忍んでいるのだ。その孤独を見なければならない。マダグの孤独。ぼくは牛乳をもう一口飲んだ。相変わらず慣れない味、記憶から消えた味がした。

――マム・ディブ……一つ質問があるんですが。

――いろいろとあるんだろう。さあどうぞ。

――ヨーロッパで、あなたの知ってる人物と出会ったんですよ。

――シガだね。

――ええ。

――あの子はわたしらを捨てたんだ。わたしらはあの子を愛していたのに。わたしはとても仲がよかったんだよ。クーラヤンゴネ以上に。それがある日あんなふうに出ていって、便り一つ寄こさなくなるとは思いもしなかった。あの子の話はもう聞きたくない。二度と戻っては来なかった。わたしと一緒にあの子を育てた母親二人が亡くなったときでさえ。わたしは人に頼んであの子に手紙を書いてもらったんだが、返事は一度も来なかった。わたしらを忘れることを選んだんだ。それでおしまいさ。あの子が書いてる本については恨んではいない。そんなのは書きものでしかない。わたしは字が読めないんだよ。あの子が何を書いたかなんてわからない。わたしが恨んでいるのは、あの子が自分の家族に対して恩知らずで自分勝手だからだ。あの子の話をしようっていうのなら、やめにしてもらいたいね。

――ぼくが話したいのは、直接あの人についてのことではないんです。そうではなくて、あの人がある晩、ぼくに歌ってくれた歌のことなんですけど。あなたから教わった歌だって聞きましたよ。年老いた漁師が海に出て、魚の女神と対決するという伝説でした……。

ぼくはそこで口をつぐんだ。夜の闇の中で馬がいななく。ぼくらのあいだの沈黙は重く、いまマム・ディブの心中にあふれ出している苦々しい思い、怒りと悲しみがわかるだけに、いっそう重苦しさが増す。彼女はシガ・Dのこと、自分たちの過去と断絶のことを思い出している。ぼくは傷跡をふたたび開いてしまったことを申し訳なく思う。詫びの言葉を口にしかけたとき、彼女は古い歌を歌い始めた。ぼくは歌詞の最後までじっと注意ぶかく耳を傾ける。丸木舟が神さまだけに見守られながら水平線を横切っていく。そしてマム・ディブは黙り込む。少し間を置いてから、最後にもうひとふし残っているのではないかと尋ねてみる。

——最後にもうひとふし……？　びっくりしたというよりもどこか愉快そうな口調で彼女は言う。もうひとふしあるとしたら、どんな話になると思うんだい、ジェガーヌ？

一瞬考えてから答える。

——長い歳月がたってから、漁師はある日帰ってくる。でももう前と同じじゃない。みんなは、あいつは半ば気が触れてしまった、大海原で水平線の向こうで見たもののせいで精神が壊されてしまったんだって言う。女神を相手にして戦ったときに受けた傷は、もう治しようがないと。漁師にはそれが夜の悪夢となって出てくる。妻や子どもたちともほとんど口をきこうとしない。そんな話になるんじゃないかな。

——で、それから？

——それから、ある日漁師はいなくなる。

——死ぬのかい？

——そうじゃなくて、魚の女神のところに戻ると言い残していなくなるんです。

——どうしてだい？　女神に惚れたのか？　それとも最初の戦いに負けたんで仕返しをしたいのか？

——さあ……。どちらの可能性もあるでしょうね。でも単に海に戻りたいだけということもありうる。きっと現実には、魚の女神は存在しない。あるいは、もはや存在しない。漁師は単に出ていきたかったんだ。

マム・ディブはしばらく黙ったままでいたが、やがて話し始める。その声には皮肉っぽく笑うような調子が感じられる。

——あんた、お話を作る人間なんだね、ジェガーヌ・ファイ。そのことも、マダグにはお見通しだった。こう言ってたよ。ここにやってくる知らない若者は、物語を聞かせる男だって。だがね、違うんだよ。最後のひとふしなどない。わたしの想像を話してあげよう。もうひとふしあるとしたらどうなるか。漁師は何年もしてから、戻ってくるんじゃないだろうか。戻ってきて、子どもたちにどんなふうに女神との戦いに勝ったかを話して聞かせる。そしてめでたし、めでたし。何でも必ず悪い終わり方をするわけじゃないからね。いまじゃみんな、悲しい結末ばかり期待している。それしか期待できない。悲しい結末を望んでいるんだよ。あんた、どうしてそうなのかわかるかい？わたしには謎だね。

悲しみを味わうのは人生に対する、つまり死に対するよりよい備えになる。たいていの人たちは早々とそう悟るのではないか、と答える。いや、そう答えようかと思っただけだった。マム・ディブはもう何も言わない。沈黙のひとときが流れてから、あんた、まだお腹がすかないのかいと尋ねられる。

——少しばかりすいてきたかな。でもどうかご心配なく。車に食糧がありますから。村の入口に停めてあるんです。そこまで取りにいってきて、それから……。

——失礼な話だね、わたしの作る夕ご飯を食べられないと言うのかい。今晩もてなしてほしくないなんて言うんじゃないだろうね。あんたはここで眠るんだよ。だから今晩必要なものを車から取っておいで。そして夕ご飯に戻ってくるんだ。

——荷物はあとで取りにいきます。まず夕ご飯をいただきますよ。ありがとう、マム・ディブ。

——家の者に料理を運ばせようね。わたしはあんたが食べているあいだ、最後のお祈りをしてくる。夕ご飯のあとで話を終わらせよう。それからわたしは寝るよ。もう年だからね。年寄り女は早く寝るものさ。

彼女は立ち上がり、中庭の奥にゆっくりと進んでいく。小屋が菱形状に並んでいる。数分後、孫娘たちの一人が〈サチ・フュ・リップ〉［魚のクスクス料理］を一碗（ひとわん）、運んできた。

## V

あの人は一九八六年、クマーフが死んでから六年たって戻ってきた。クーラ、ンゴネ、わたしの三人は、亡き夫の墓前でお祈りをするためにそろってお墓に出かけた。そこにあの人がやってきた。すぐにわかった。なにしろクマーフに生き写しだったからね。クマーフから、マダグは自分の甥だと聞かされていた。でも息子と言いたいくらいだった。マダグが年を取っていたせいでいっそうよく似ていた。彼は七十歳で、しわの寄った顔はクマーフの晩年を思わせたのさ。唯一違うのは背の高さだった。マダグは叔父さんよりずっと背が高かった。彼はわたしらに挨拶すると、隣で墓前にぬかづいた。それから、話がある、自分がだれだか説明したいと言った。でも、最年長で最初の妻であるクーラが言った。

——わたしらはみんな、あんたがだれだかもうわかってるよ。クマーフは——神さまのお守りがありますように――死ぬ前、わたしらにあんたのことを話してくれたから。あんたはマダグだね。

クマーフは臨終の床にわたしらを集めると、モッサンとのことをわたしらに話したんだ。妻の中でいちばん年少のわたしは、自分がまだ生まれていないか、ほんの子どもだったころの話を聞かされたわけさ。クマーフと、死んでしまった双子の兄、そして気が狂って墓場にあるマンゴーの木の下で過ごすようになったモッサンとのあいだの、愛と、怒りと、狂気と、嫉妬をめぐるいろいろな話だよ。わたしはその物語とともに育ったんだ。年寄りたちは村でその話をしていたものさ。でもいろいろと違う種類の話があった。お互いに矛盾しあう話もあった。モッサンはクマーフと結婚したが、ある日クマーフを裏切って、双子の兄といい仲になった。それでクマーフは兄を殺し、以来モッサンは気が狂ったという者もいた。妻を寝取ったことを兄が弟に打ち明けないよう、モッサンが自らクマーフの兄を殺したんだという者もいた。さらには、クマーフの双子の兄、アッサン・クマーフは戦争をしに行って二度と帰ってこなかった、だからモッサンは気が狂った。モッサンが恋していたのは兄のほうで、弟のほうではなかったという噂も流れていた。でもこれらの話すべてには共通する要素が一つあった。どこかの時点で、子どもが一人できたという点さ。その子は生き延びず、それが三人にとっては狂気や、激しい苦しみの元になった。ウセイヌ・クマーフが父親だという者もいれば、その兄が父親だという者もいた。そんないろいろな話を、わたしは子どものころから聞かされていたんだ。

クマーフには一九五七年に結婚を申し込まれた。わたしは二十一歳、クマーフは六十九歳。尊敬され、恐れられてもいる男だった。なにしろ頭が満杯だから、何かにつけてみんなが相談にやってくる。彼の妻になるのは特別なことだった。わたしは三番目の妻。クーラが一番目で三十歳、ンゴネが二番目で二十四歳。わたしのあと、彼は二年後の一九五九年にテニングを娶った。でもテニングは一九六〇年、マレーム・シガを産んだときに亡くなった。そんなことを全部話すのは、あんたにしっかり知ってほしいからなんだ。クマーフの妻はみんな、あの人がもうこの世での旅路の半ばを過ぎてから彼の人生に加わった。わたしらがやって来る前に、あの人はもう人生を生きてしまっていた。そしてその人生にはモッサンという一人の女がいた。本当のところ何があったのかはわからなかったよ。クーラでさえ、クマーフと兄とモッサンのあいだに何かが起こったとき、まだあまりに幼かったから、わたしら以上のことは知らなかった。噂ばかりが流れていたんだが、それがある晩、クマーフの口から事情が語られたというわけさ。モッサンとの関係について、細かなことまで話してはくれなかった。でも、自分はモッサンを愛していた、そしてモッサンのほうは兄を愛していたのだと言ったんだ。モッサンは兄の子どもをはらんだが、ほどなくして兄は戦争に行くためにヨーロッパに渡った。二度と帰ってこなかったということは、戦場で死んだんだろう。子どもが生まれた。それがマダグさ。エリマン・マダグ・ジュフ。クマーフはモッサンと一緒に、まるで自分の息子のようにして育てた。それから一九三五年――わたしはまだ生まれていなかった――、マダグも勉強のためにフランスに行った。ところが、たちまち手紙を寄越さなくなったんだよ、まるで家族との関係を保ちたくないとでもいうのか、それとも死んでしまったかのように。音信不通になって、母親は頭がおかしくなった。何年ものあいだマンゴーの木の下で暮らした末にいなくなった。マンゴーの木の下から不意にいなくなって、それからだれも見たものがいない。クマーフの人生の第二部が始まったのはその少しあとになってから、つまり独り身になってからだった。彼が死の床でわたしらにまず話して聞かせたのは、そういう話だった。

マム・ディブは黙り込む。すでにシガ・Dから聞かされた話だったし、細かな点についてはマム・ディブよりぼくのほうが詳しいかもしれないなどということは言わずにおく。とにかく、彼女の話を途切れさせたくなかった。彼女のリズムで、彼女なりの話を聞かせてもらいたいのだ。少ししてふたたび話が始まった。

それからクマーフはわたしらに、前夜お告げが現れたと言ったんだ。マダグが戻ってくるのを見た、わしが死んでから数年後に戻ってくるだろうと。おまえたちにはあいつを迎えてやってほしい、そしてあいつの言うことに従ってほしい。おまえたちのだれよりもあいつのほうが年上になっているだろう。クーラ、おまえよりも年長だろうから、あいつに従え、あいつの言うことを聞け。なぜならあいつの頭はわしの頭よりもっと満杯になっている。わしはあの世に行ったあとで、おまえたちにはわからないやり方であいつと話をするつもりだ。おまえたちは、あいつがそれまで何をしていたのか、どこにいたのか、なぜ一度も戻らなかったのかなどと、決して尋ねてはならん。あいつが自分でその話題をもち出さないかぎりはな。

クマーフが死んだあと、シガも出ていって、二度と戻らなかった。ダカールで何をしているのか、ときどき噂は聞こえてきた。恐ろしい、恥知らずなことばかりだった。連れ戻しに行きたかったけど、クマーフは死ぬ前に、シガを連れ戻そうとしてはならないと言い残していた。自分でその気になったなら戻ってくるがいいと。あの人に、シガの将来が見えていたのかどうかはわからない。でもシガに対するあの人の言葉や態度は、いつもきつかった。ひどく厳しかった。シガは二度と戻ってこなかった。そしてわたしらはこの村で、クマーフが予言したとおりマダグが戻ってくるのを待ちながら暮らし続けたのさ。

クマーフが死んで六年たった。そしてあの日、墓場にマダグが戻ってきた。わたしらのところの老人みんなと同じように、とても質素な身なりだった。荷物は革の袋一つで、それを肩から斜めにかけていた。クーラは、どなたかはわかっている、お待ちしてましたと言った。わたしらはそれ以上、何も尋ねなかった。彼はわたしらに礼を言ってから、これからは家で暮らすつもりだと付け加えた（自分が育った家までの道は覚えているという）。わたしらは先に戻ってきた。途中、だれも何も言わなかった。でも、これからどうなるのか、マダグは何をするつもりなんだろう、何を求め、何を語り、わたしらは何を知ることになるのかと考えていた。

　マダグは二、三時間後に戻ってきた。叔父の部屋はそのままになっているかと尋ねた。そのままになっている、それがわたしらの夫の遺志だったからと答えた――だれも何にも手を触れてはならない、部屋に入ってもいいのは、ときおり掃除をする際だけ。マダグが戻ってくる日まで、置いてある物はすべてそのままにしておくこと。こうしてマダグは、クマーフの部屋に落ち着いた。その部屋というのは、ほら、さっきあんたがいた丸木舟の脇の、大きな小屋の中なんだよ。あそこがマダグの部屋になった。そのときから、マダグにとっても人生の第二部、わたしらとの暮らしが始まった。第二部だったのか、第百部だったのかは知らないけどね。ここに来るまでにマダグはきっと、たくさんの人生を生きてきたんだと思う。それについてはわたしらのだれも、何も知らなかった。

　最初はやっかいな人なんじゃないかと思っていたけど、間違いだった。あの人と暮らすのは簡単だったよ。みんなはすぐ尊敬するようになった。もちろん、村では過去についての噂がまたよみがえっていた。でもおおむね、みんなから例外的な人物として扱われた。頭が満杯になった人さ。知識があって、世界を知っていて、目に見えることについても見えないことについても経験豊富だし、才能もあったから、精神的な権威とみなされるようになった。クマーフの後継者にふさわしかった。わたしらの子どもたちは、血のつながったいとこにあたるけれど、彼のことをマム［祖父母のいずれをも指す言葉］と呼んでいた。なにしろ祖父にあたる年齢だったしね。すぐに自分の叔父のやっていた役割を果たすようになった。午前中は部屋で神秘的な診療を行った――村で何度か奇跡を起こして（主に病気の快癒だった）、評判はたちまち定まり、広がっていった。午後にはまさにこの木の下で、村の漁師たちのために網を直したり、編んだりしていたよ。

あまりおしゃべりな人じゃなかったけど、一緒にいると安心できる人だった。それにしても、あの人の心の中が必ずしも平安でないことは見て取れた。黙り込むと、たくさんの苦しみや、辛い思い出が伝わってきた。わたしら三人ともそれを感じていた。でもだれも質問する勇気は出なかった。クマーフの言い残したことを覚えていたから。それ以上に、マダグを見ていると、いなくなったことについて尋ねたらこの人を傷つけてしまうとわかったのさ。どんな経験をしてきたのかはわからなかった。なにしろ本当に長いこと──半世紀も！──国を離れていたんだから、自分の一部を外国に残してきたんだろうと思えるくらいだった。出ていく前に知っていた人間、愛していた人間はみんな死んでいた。いったいどこにいたのかと尋ねたら、いないあいだに失ったものを思い出させることになる。たぶんそれは、いなかったことを責めるのと同じことだ。だから何も言わなかった。

あの人がわたしらにはっきり禁じたことが二つだけあった。一つは自分がいるとき、そして扉が閉まっているときに部屋に入ること。もう一つは本について。家で本を見たくないというの。本があるのはいいが、自分の目に触れないようにしろって。本を読みたい者は、男も女も、それぞれの部屋か、家の外で読むか、それとも自分のいないときに読むようにと命じられた。ここで暮らしていたあいだじゅう、決して学校には近づかなかった。本が目に入るのを恐れたから。

ある日、わたしの末娘のラテウ──あんたがンデ・キラアンと一緒に来たとき迎えに出た子だよ──がうっかりして、この木の下に、学校の宿題で読まなければならなかった本を二冊置き忘れたの。小屋から出たマダグがそれを見つけてしまった。わたしは少し離れた、中庭の奥にいた。何が起こったのかすぐにわかったわ。娘が本を置き忘れた椅子の横にマダグがいて、体をふるわせていた。わたしが反応するより先に、彼は片手で本を一冊摑んだ。もう片手で、いつも腰元につけていた小さなナイフを抜いた。網の修繕に使っていたナイフなんだけど、それを抜くと、手にした本を切り裂いた。両手で破ることもできただろうけど、ナイフを使った。本に刃を突き刺して、ずたずたにしたのさ、中身も、表紙も。ゆっくりと、急がずにやった。でもその動作からは、とてつもない残酷さがあふれ出していた。その様子がいかにも恐ろしかったのは、彼が黙っていることだった。押し黙ったまま、一冊をまるごと台無しにした。ページが破れる音だけが聞こえてきた。たちまち、中庭には人が集まってきた。子どもたちが出てきて、クーラとンゴネもやってきた。でもだれも止めに入ろうとはしなかった。わたしらはみんな、呆然となって、ただ見ているほかなかった。あの人がそんなふうになったのを見るのは、それが初めてだった。わたしたちのほうは見もせず、血走った目をひたすら本に向けていた。最初の一冊を台無しにしてしまうと、二冊目を摑んで、同じ目にあわせた。ページの切れ端が落ち葉のように地面に舞った。マダグの足元には白い切れ端が敷物のように広がった。ふるえていたけれど、でも動作は相変わらず正確で暴力的なままだった。少なくとも一時間ほどは続いた。

最後のページを破いてしまうと、しばらくのあいだ頭を垂れていた。何か大変な努力をしたあとみたいに、息づかいが荒かった。それから頭を上げるとわたしらのほうを見た。あの人は泣いていた。何も言わず、怒りか苦しみのせいで顔を歪めながら、ゆっくりと、足元のおぼつかない様子で部屋に戻っていった。扉を閉めたきり、二日近く出てこなかった。自分のいるときや扉が閉まっているときにはだれも中に入るなと言われていたので、様子を見に行くこともしなければ、食事を運ぶことさえしなかった。

やがて出てきたときには、また元どおりのあの人に戻っていて、暮らしもいつもどおりになった。

ラテウは謝りたがっていたが、あちらから先に、謝ってもらう必要はないとラテウに声をかけてきた。そして自分こそ謝りたいと言って、台無しにした本の代わりを買うお金をラテウに渡した。それからはもちろん、だれも本やら印刷物やらを外に置き忘れる者はいなくなった。どうしてそんなに本を憎むようになったのかと尋ねる者もいなかった。それが白人たちのところへの五十年間にわたる長い旅と関係していることはみんなわかっていた。

毎晩、あの人は墓場に出かけていった。まずクマーフの墓の前にたたずむ。それから、大きなマンゴーの木の下に腰を下ろす。頭のおかしくなった母親が坐っていたと聞かされた木の下に。そこに長いことといてから家に戻ってきた。でも、ときには墓場や、墓場の前のマンゴーの木の下で眠る夜もあった。それが噂のたねになったことはあんたにも想像がつくだろう。黒魔術だとか、夜になると魂を喰らう妖怪に変身しているんだとか、ひそひそ言う連中がいたものさ。

ある晩、いつもより少し早く戻ってきたとき、この中庭にほぼ家族全員が集まっていた。そこに加わって、腰を下ろすとわたしたちに言った。そのときの言葉は決して忘れないし、これからも忘れることはないだろうね。打ち明け話をしたときの声の調子を思い出すと、いまでも体がふるえてしまうのさ。

あの人はこう言ったんだ。夜、わたしが墓場で何をしているのかといぶかしく思っているのはわかっている。これからそれを話してあげよう。わたしは叔父のため、父のため、いなくなった友人たちのため、そして母のために祈っているのだ。母が許してくれますようにと。わたしには母の姿がどうしても見えない。だが至るところ探しはした。目に見えるところも、見えないところも。時間の中を探した。だが見つからない。まだ見つからない。まるで母が存在したことなどなかったかのようだ。わたしの祈りが母の耳に届けばと願っている。母に許してもらわなければならない。おまえたちみんなにお願いする、どうかわたしのために祈ってほしい。モッサンがわたしを許してくれるように。

あの人はそう言った。そのとき、たとえぎっしり満杯の頭をしていても、マダグは神さまではないとわかった。人間なんだ。辛い思い出を抱えて、問いに答えの出ないまま生きている。あの人に同情することだってできる。だって人間というのは結局そういうものだろう。同情することのできる相手。

マム・ディブはそこでまた黙り込む。マダグのために祈っているのだろう。にわかに、この女性はエリマン・マダグのことをぼくなんかよりはるかによく知っている——理解している——のだと感じる。彼に会ったことがあるからでも、一緒に何年も暮らしたからでもなくて（年数など、こうしたことにはまったく関係がない）、彼女が一瞬にしてすべてを了解したからだ。彼の罪悪感、弱さ、欲望、孤独、苦悩。ぼくはエリマンの本を読んだせいで、彼の秘密は文学の内に見つかるとはなから思い込んでいる。それは必ずや『人でなしの迷宮』、そしてそれに続くはずだった本と関係があるはずだと。ぼくはこの人物のすべての謎を文学と結びつけ、人生上の沈黙を、自分がかけている作家としての偏ったメガネ越しに読み解こうとする。そのメガネはかくも像を歪めるものなのか？　文学の中には何の答えも見つからない可能性もある。文学という怪しげな、黒く輝く棺の中には、遺体など入っていないかもしれない。シガ・D、ムジンブワ、ベアトリス、スタニスラス、シェリフ、アイーダ、そして今度はマム・ディブ。これまで数週間にわたり、彼らはかわるがわる、それぞれの流儀でそう語ってくれた。あるいはそう理解させてくれた。ひょっとしたらエリマン・マダグその人も、ぼくが彼を追いかけ始めてからずっと、そう言おうとし続けていたのかもしれない。でもそうだとしても、それはおぼろげなしるしや、ぼくらを隔てる時間の厚みをとおしてでしかない。突然、自分が大きな悲しみに打ちひしがれるような気がする。マム・ディブがまた話し始める。

クーラは十七年前に死んで、七年後にンゴネが後を追った。だからわたしはマダグと二人きりで残された。事情を知らない人たちには、マダグがわたしの夫なんだと思われた。二人で楽しいひとときを過ごすこともよくあった。晩年の十年間、彼は網を繕ったり編んだりする仕事をやめて、午前中の神秘的な診療だけ続けていた。午後は川に行き、岸辺沿いに歩いた。そして最後の日まで、墓場とマンゴーの木の下に出かけていた。死ぬひと月前くらいだったか、あの人はあんたのことをわたしに話したんだよ。自分が死んで一年たったら、だれかが訪ねてきて自分のことを話題にしたがるだろう。その人物の名前はわからない。でもとにかく相手をしてやってくれとわたしに頼んだんだ。

——そのほかには何か言ってました?

——あんたが何日いるかまではわからないようだった。でもあんたが望むだけのあいだ、もてなしてやってくれと言われた。ここですべきことができるようにと。

——それが何だかは、言ってましたか?

——いいや。わたしが知る必要もないだろう。でもあんたには、わかってるんだろうね。

ぼくは一瞬黙ってから答えた。

——ええ。

——それじゃ、話は終わりだよ。

——ちょっと待って。最期はどうだったんですか?

——え？　そりゃもう、このうえなく穏やかだったさ。眠っているあいだに逝ったよ。自分の物はきちんと片づけて、最後のお祈りをすませ、最後の患者たちも治してやった。この家と村の家全部を祝福した。それから眠ったのさ。百歳は超えていたと思う。村の墓場の、クマーフの墓の隣に葬られた。双子のようによく似たお墓だよ。

彼女はしばし黙ってから、先を続ける。

――マダグが先祖たちの王国に旅立ったと、知らせるまでもなかった。霊の光が消えると、それが物理現象となって現れることは、このあたりではだれでも知っている。クマーフが死んだ日には、乾季だったというのに朝から晩まで雨が降った。マダグが死んだ次の日には、空を黒い雲のベールが覆って太陽の光を隠したんだ。その朝は太陽が昇らなかったと言う者たちもいる。正午になっても真っ暗なままで、まだ夜が続いているみたいだった。午後になってやっと、遺体を洗って埋葬した。葬式には大勢集まったよ。村じゅうの人たちが来ていた。近在の村からも大勢やって来た。真昼なのに夜のままなのを見て、みんなは死んだのがマダグだとわかった。この地方にいる頭が満杯な者の最後の一人が死んだんだとね。そこでみんなは死者を見送りにやって来た。太陽がまた昇ったのは午後五時ごろ、遺体が大地に埋められてからだったよ。

彼女は一拍置き、ぼくは話の続きを待つが、もう続けようとはしない。マム・ディブは立ち上がり、ぼくを見てから、こちらの気持ちを読み取ったみたいにこう言う。

――あんたが何を想像しているのかは知らないけどね、無限の想像力に恵まれた物語作者さんよ。わたしはマダグが戻ってくる前の人生については知らない。決して平坦な人生じゃなかっただろうとは思うけれど。でも最期はあっさりしていた。すっかり幸福になっていたわけでも、平安だったわけでもないだろうが、でもあっさりした最期だった。あの人のような人間にとって、それだけでも大したことだと思うんだよ。

そのとき、離れたところから、ンデ・キラアンとラテウの声が聞こえてくる。

——娘っ子たちが帰ってきたね、とマム・ディブが言う。わたしはもう眠らなくちゃならないというしるしだ。あとはあの二人が相手をしてくれるよ。〈ボオ・フェエト・ンダク・ロオグ〉、ジェガーヌ・ファイ。〈ンギロオポ〉

——〈ボオ・フェエト〉、マム・ディブ。おやすみなさい。ありがとう。

マム・ディブは自分の部屋に戻っていく。少ししてから、二人の娘たちが中庭に帰ってくる。ラテウが淹れてくれたお茶を飲みながら、仲よくひとときを過ごす。夜遅くなって、車の荷物を取りにいこうとして立ち上がると、ンデ・キラアンはそこまで一緒に行くと言い出す。もう寝る時間だけど、あんたが車に乗って逃げないことを確かめたい、あの車は何時間か前、賭けに勝って自分がもらったものだから。ラテウはぼくの寝室を準備してくれると言う。

——あそこよ、と彼女は丸木舟の横の大きな小屋を指さして言う。

ぼくは驚かない。自分はきっとあそこで寝ることになるだろうと思っていた。

——お母さんはあそこがマム・マダグの部屋だったってあなたに言ったはずよ、とラテウが続ける。戻ってきたとき、わたしはもう寝てるかもしれないから、おやすみなさいを言っとくわ。

ンデ・キラアンとぼくは中庭を出る。スマホのランプをつけて少し道を照らす。途中で、村の墓場はどこかと彼女に尋ねる。

——墓場？

はっとしたようなその声の調子に驚きがよく表れている。数秒たってもぼくは何も付け加えない。それがもう一度質問したのと同じ効果を及ぼして、彼女はこう答える。

——村の入口からそれほど遠くないから、すぐにわかるわ。車のあるところまで行ったら、顔を上げて左を見て。大きな木の枝が見えるから。それが昔からあるマンゴーの木。墓場はその真ん前よ。

ぼくは礼を言う。彼女は、どうして墓場の場所など訊いたのかが気になるが訊けないという様子をしている。

——マダグのお墓に参りたいんだよ。

——こんな夜中に？　怖くないの？

——何が？

——わからないけど……。だって、マム・マダグはわたしたちみたいな人間じゃなかったのよ……。とにかく、あの人のお墓はすぐ見つかるわ。墓場に入ったら、すぐ左手の小道に入るの。小道の奥まで行けば、お墓は左手、壁の角にあるわ。

彼女の家の前で別れる。おやすみなさいを言いあう。別れ際、彼女のまなざしには不安が浮かんでいる。まだ墓のことを考えているのだ。二人のどちらもが墓のことを考えているとしても、それは同じ理由からではない。車のところまで行って多少の荷物と、そして本を取り出す。それから顔を上げる。左手には、夜の闇の中でじっと動かない、マンゴーの木の梢。

## Ⅵ

モッサンのマンゴーの木の下で、おまえは地面に腰を下ろして、どれくらいの時間を過ごしたのか、かつて彼女が坐っていたのと同じ場所で？　そして墓場にある双子のような二基の墓の前で、どれくらいのあいだ黙想していたのか？　おまえにはわかるまい、心の奥深くにひそむ感情がどのようなものか、わからないのと同じように。まさにそのときだろうか、失望の念に突き動かされるがまま、「すべてはこんなことのためでしかなかったのか」とおまえが思うに至るのは？　ここまでの道のり、不眠と読書の夜、質問に次ぐ質問の夜、夢を見た夜、話に耳を澄ませ、陶酔し、絶望した夜のすべては、「死」という凡庸な事実に達するためのものだったのか？　そうだったのか、それだけのことでしかなかったのか？　死、あらゆる生にとっての期待はずれの真実？

おまえは墓前で『人でなしの迷宮』の好きなページを、別れの儀式として読んだ。これまで何週間も、おまえをその著者と結びつけてきたものの本質に立ち戻ったわけだ。すなわち、テクスト。テクストの内で、おまえは著者に最後の挨拶をし、『人でなしの迷宮』の物語と著者の人生の関係について最後に問うた。その一片なりとも知ったいま、おまえは著者の人生をその本とどのように結びつけるのか？

おまえの頭に浮かんだ仮説は最も明白なものだった——単なる置き換え、ないし類似という仮説だ。血にまみれた「王」はマダグだ。「王」が望む権力は、マダグが書いた本『人でなしの迷宮』に相当する。その権力を得るために、血にまみれた「王」は予言を聞き、旧世界を白紙に戻さなければならない。王国の老人たちは旧世界の生きた暗喩である。マダグの運命においては、旧世界とは子ども時代の世界であり、そこに住む者たちとはウセイヌ・クマーフ、アッサン・クマーフ、そして母親だ。権力を増強するために、血にまみれた「王」は過去を殺さなければならない。本と引き換えに、マダグは自分の過去を忘却した。

おまえにとってすべては明らかだ。『人でなしの迷宮』の形式上の構成、剽窃、借用、それはみな、心の真実を濁らせるものではない。そしてマダグの心の真実、彼の本の真実とは、とおまえは考える、一人の男の究極的な犠牲の物語である。絶対に到達するために、彼は記憶を殺すのだ。しかし破壊するためには殺すだけでは十分ではない。そして小説中の血にまみれた「王」であれ、マダグであれ、一つ忘れていることがある。過去から逃れようとする魂たちは、実際には過去を追いかけているのであり、いつの日か、未来において過去に追いつくものなのだということを。過去には余裕がある。過去はいつだって未来の十字路で辛抱強く待ち受けている。そして過去から逃れたと思っていた人間に、過去はその場所で真の監獄への扉を開く。それは五室の独房からなる監獄だ。死んだ者たちの不滅、忘れられたものの永続、罪を背負うことの宿命、孤独という道連れ、救いとなる愛の呪い。マダグは何年も逃げ続けたあげく、それを理解した。『人でなしの迷宮』が過去にけりをつけなかったばかりでなく、その本によって自分がたえず過去に引き戻されるということを理解した。それで彼はここに戻ってきた。

少なくともおまえはそんなふうに解釈した。

おまえは本を閉じて、闇に沈む墓場に疲れた目を向けた。しばしのあいだ、おまえは死者たちをうらやんだ。それから墓場を去り、〈ムビン・マダグ〉に戻った。

中庭は動くものの影もなく静まり返っている。ラテウはおそらくとうに寝ていた。おまえは割り当てられた部屋に向かう。そのとき、小屋の入口でシガ・Dのことを思い出す。何十年も前、彼女はウセイヌ・クマーフの遺言を聞くためにその小屋に入ろうとしていた。彼女がアムステルダムでこの小屋のことをどんなふうに語っていたかを思い出す。悪臭、不潔さ、腐った何か。依然としてそのままなのだろうか。馬鹿げた考えだとおまえは一笑に付し、中に入る。

ソーラーライトが二つ、一つはベッド脇の左手の床に、もう一つは右手の小さな机に置かれ、周囲を照らしている。言うまでもなく、悪臭に迎えられるなどということはない。それどころか、かぐわしい匂いが漂っていて、数時間前に香炉が振られたのだろうか、その甘く執拗な痕跡が室内の空気にはっきりと刻まれていた。麦わら屋根を見上げると、屋根は小屋全体の頂部へと収斂（しゅうれん）していく太い梁（はり）に支えられている。入口の横で大きなカナリアが出迎えてくれる。ブリキの壺をふたの上にひっくり返してのせてある。これがウセイヌ・クマーフの痰壺かと、おまえはまた馬鹿なことを考える。素焼きの壁に掛けてあるのは、これまでこの部屋で暮らした者たちが占いに用いたとおぼしき道具ばかりだ。角、タカラガイの首輪、大鉈（マチューテ）、知らない動物の皮、赤い紐で口を縛った袋、その先に吊るされた護符。

　机に近づいてみる。上にのっているのは木製の小箱だけで、ふたはない。箱の中には長い針、釣り糸のボビン、針金を巻いたもの、刃、二本の小型ナイフが入っている。いずれも漁網を織ったり、繕ったりするのに必要な道具類だ。

　それからおまえはベッドに腰かけ、部屋をじっくりと眺めながら思う。おれはいま、あの人がベッドに腰かけるたびに見ていたものを見ているのだ、と。黙りこくって、何かのしるしが訪れるのを待つ。だが何も起こらない。立ち上がり、何かを求め、何でもいいから何か手掛かりになるようなしるしを求めて部屋の中を探る。ベッドの下には何もない。机の引き出しやたんすの中にも何もない。残るは壁に掛けられた袋だけだ。おまえはふるえる手で、その口を縛ってある赤い紐をほどく、革の表紙の大判の手帳がおまえを待っている。留め金は壊れている。これがおまえの求めていたしるしだ。手帳を開くと、折りたたまれた紙が何枚か見つかり、開いてみる。

　それがこの手紙だ。

今夜、最後の眠りに就く前に、おまえにこの手紙を書いている。

そう書かれているのを見ても、おまえは本当には驚かないだろう。しばらくは読むのをやめてわたしに想いを馳せるにせよ。だが、おまえは先を読むのをためらっている。それがおまえの未来、そして直近の過去を予言するものだとわかったからだ。わたしが自分の未来に宛てて書いた手紙であることも、おまえは理解している。

結局おまえは手紙を読み続ける。

おまえが手にしているこの大きな手帳には、わたしが書いた本の一部が含まれている。しかし、何年もかけたものの、続きが書けなかった。書くのをやめたことはない。やめようとはした。だが絶対的な沈黙を守るだけの力がなかった。『人でなしの迷宮』およびそれがもたらしたあらゆる苦労にもかかわらず、書かずにはいられない弱さからは逃れられなかった。それなのに単に書けなくなっただけの話だ。そのせいでこの数年、あらゆる完成された本を前にしたとき、辛い思いがつのるようになった。無能力ゆえに自分の本を完成できないという事実に引き戻されるからだ。

わたしが何を望み、おまえに何を期待しているのかを、いまや理解してくれていることが、ここからでもよく見て取れる。

おまえがわたしのつまらぬ頼み、過去の亡霊の頼みを聞き入れてくれるかどうか知りたい。この原稿を、少なくともその中で出版が可能な部分を出版してほしいのだ。できるものなら自分の物語の終わりを見届けたいが、わたしは疲れている。おまえに手紙を書いているこの時点から見とおせる限界まで達してしまった。おまえがこの一文を読み終えようとするいま、わたしの視界は曇りつつある。

この一文は前の一文よりもずっとあとになって書いている。心臓に漠とした重苦しさを感じる。

いまの自分の姿、年老いて、かすかな悲しみを抱きながら机に向かって書いている、この部屋の自分の姿を、わたしは何年ものあいだ予知夢の中で見てきた。それをいつか自分が、『人でなしの迷宮』に続く生涯の本を書き終えられることのしるしと解釈していた。悲しみのほうは、書き上げるために全力を尽くす必要のある作品が完成しようというときに作者が覚えるたぐいの悲しみだと思っていた。だが間違いだった。実際には、いままさにわかるのだが、予知夢が示していたのは小説を書き終えようとしているのではなくて、この手紙を書いているわたしの姿だった。いま胸に湧いてくる悲しみは本の完成ではなく、未完成に直面しての感情だった。もはや書き終えることはないだろう。百二歳まで生きたが、時間が足りなかったということになる。未来が足りない。あらゆる占い師はそんなふうに人生を終える。未来へのノスタルジアを抱いて。

だがそれはまだしも幸福な悲しみだ。すべてはおまえにかかっている。わたしは行く。闇の中に一歩踏み出そうとするとき、慰めとなるのは、だれかが、名前は知らないが顔は知っているおまえが、この本を読んで、そこからきっと何かを引き出してくれるだろうと思えることだ。すっかり消え去ってしまいたくはない。痕跡を残したい。たとえ完全なものではなくとも。それが私の人生だ。

# エピローグ

日が暮れて、川は徐々に錆(さ)びた銅の色合いを帯びていった。太陽が水に溶け出しているみたいだった。ぼくはゆっくりと川辺に戻り、そのまままっすぐに進んだ。

二日間、マダグの原稿を何度も読み返した。それは『人でなしの迷宮』の続編ではなく、ページによってはほとんど個人的な日記に近い、自伝風の物語だった。出だしは壮麗だ。自分が求めていた真の傑作を手にしているのだと確信した。だが数ページ後には、すべてが一変する。本は方向を見失い、二度と道を見出せない。あたかもマダグが、さまざまな出来事や放浪の年月を経て、もはや最初のころの約束を果たすことができなくなったかのように。何章かは、読んでいてたまらなく悲しい気持ちにさせられた。かつては偉大だったが、徐々に方策も才能も尽きていった作家の悲惨を感じた。彼もすぐに何が起こっているのか気づいたのだとは思うが、意固地になっていた。そう、ときおりは、迷走するパラグラフのただなかにも何ページか、何行か、イメージ、絵画が目に浮かび、音楽が聞こえてくることもあった。そんなとき、ぼくはマダグに荒々しく地面から抱え上げられるかのようで、彼がどのような資質の持ち主だったかを思い出させられるのだった。でも閃光(せんこう)を放つような瞬間は、そのまわりの文学的暗黒の分厚さをいっそうむごたらしく感じさせたのち、消えてしまった。

まともに書かれた最後のページは、一九六九年九月の日付だった。当時ブエノスアイレスにいたマダグは、ボリビアに行こうとしていた。二十年間ラテンアメリカで追い求めてきた男がそこで見つかると思ったのだ。問題の男は元ＳＳで、ヨーゼフ・エンゲルマンという名前だった。その男は戦後、南アメリカに亡命する前、一九四〇年代にマダグと遭遇していた。マダグは一九四二年、自分の親友シャルル・エレンシュタインを逮捕し拷問したのはエンゲルマンに違いないと書いている。その後、エレンシュタインはコンピエーニュの収容所に送られ、そこからオーストリアのマウトハウゼン強制収容所に送られた。

マダグが一九六九年から去年亡くなるまで、つまり五十年近くにわたり書いたものには一貫性がない。短いメモを多く残しているが、読み取れないものもある。彼はボリビアですぐにエンゲルマンをつかまえるつもりだった。しかし元ナチはさらに長年にわたり逃走する。マダグはようやく一九八四年にラパス〔ボリビアの事実上の首都〕で彼を見つける。マダグは具体的な事柄には触れずに、両者は「おぞましく仮借ない」状況のもと、古い因縁に決着をつけたと書いている。それからマダグはパリに戻り、二年近く暮らしてから一九八六年、セネガルに戻った。パリでの最後の二年間についてはほとんど語っていない。クリシー広場のバーのことは出てくる。「過去の感慨に浸り直そうと、ときおり一人で出かけていった」。バーの名前は一度も記されていない。おそらくル・ヴォートランのことだろう。でも一九八四年から一九八六年のあいだにクリシー広場にあった他のバーということもありうる。

一つ確かなこと。未来に宛てて書いた手紙で言っているのとは異なり、マダグには時間がなかったわけではない。単に『人でなしの迷宮』から決して立ち直れなかっただけなのだ。立ち直ろうなどとすべきではなかったのかもしれない。彼の内にはおそらく、たった一つの作品しかなかったのだろう。たった一つの偉大な作品だ。結局、どの作家にとっても真に重要な本は一冊しかないのかもしれない。虚無と虚無に挟まれた、どうしても書くべき書物。この夜、ぼくにはすべてが穏やかで明白に思えた。『人でなしの迷宮』のために、マダグのために、そして彼が残した原稿のためになすべきことは一つだけだった。

ぼくは手帳を持ってきていた。川の水はいまや腰まで来ていた。手帳には重い石を結びつけてある。墓碑銘か、遺書の結びみたいな、何か荘厳な文句をひねり出そうとしたが、何も思い浮かばなかった。石をできるだけ遠くに向かって投げた。石はマダグの手帳ともども、まっしぐらに飛んでいった。静けさが戻ってきた。圧倒的なまでに純粋な静けさ。ぼくは数分間、泳いで体を疲れさせてから岸辺に戻り、砂と貝殻の上に倒れ込んだ。シヌ川の母性的な夜を眺めながら息を整えた。自分が悲しいのか、ほっとしているのかよくわからなかった。

明日は自宅に戻り、家族と過ごすことにしよう。シェリフを見舞いに行こう。アイーダのことを想い、メッセージを書きたくなるだろう。でもそうはしないだろう。シガ・Dに電話して、戻ったらすぐ会いにいくと約束しよう。なぜならムジンブワとは違って、ぼくはパリに戻るのだから。スタニスラスにはダカールでの民衆の革命について訊かれるだろう。本当のことを教えてやるつもりだ。革命は早くも奪い取られるか、裏切られるかしつつある。いつもながらの話だけれど。ベアトリス・ナンガともまた再会を試みるだろう。

そしてぼくは、マダグが来るのを待つだろう。彼の願いを受け入れるわけにはいかなかった。手帳の内容を出版したなら、彼の作品、あるいは彼の作品についてのぼくの勝手な思い出を壊すことになっただろう。マダグは一夜、ぼくに説明を求めるため、そしてきっと仕返しするために会いにくるだろう。それはわかっている。亡霊は近寄りながら、彼の人生のジレンマだった恐るべき実存的な二者択一の言葉を呟くだろう。文学に取りつかれたあらゆる人間の心がそれを前にして躊躇(ちゅうちょ)する二者択一だ。書くのか、書かないのか。

## 謝辞

フェルヴィヌとフィリップに、信頼し、温かくかつ厳しいまなざしで見守り、たえず励ましてくれたことに、そしてとりわけ彼らの友情に感謝する。編集部の全員にも感謝する――ブノワ、メラニー、マリー＝ロールに。

この地の、そしてあちらの家族にも思いを馳せる。わが両親にして模範であるマリックとマム・サボ。心から誇りに思うきょうだい全員。フランクとシルヴィアは自分の息子のようにぼくを迎え入れてくれた（そして日曜にはたっぷり食べさせてくれた）。

わが友情の星座をなすあらゆる天体に「ありがとう」を。彼らが原稿を読んでくれて、アイデアを出し、寛大に受け容れてくれたおかげで、そして会話を交わすだけでも励みとなって、この本をほぐしては作り直し、完成させることができた。サミ、アニー、エルガス、ロラン、ラミーヌ、アンヌ＝ソフィ、アミナタ、アラム、カリル、ンデイエ・ファトゥー、ヤス、ンデコ・フィリップ、フラン、アブドゥー・アジズ。みんなはこの本の一部をなしている――このうえなく貴重な友情の一部を。

最後に、わが導き手にして本書の導き手でもあるメリーに。きみがいなかったなら、この本は「夜」の中で行方不明になってしまったことだろう。

# 解説

フランスでは例年、九月の新学期とともに各出版社の新作がいっせいに書店に並ぶ。数百点もの小説が賑々(にぎにぎ)しく世に送り出されて、文学賞レースも開催となる。そのクライマックスが一一月、「フランス語で書かれた年間最高の小説」の選出を趣旨とするゴンクール賞の発表である。二〇二一年、セネガル人の作家がマイナーな版元から出した長篇が受賞し、例年にも増して注目が集まった。百二十年に及ぶ同賞の歴史において、三十一歳という作者の年齢は史上二番目の若さ、そしてサハラ(サブサハラ)以南のアフリカ人作家が書いた小説の受賞はこれが初めてだった。本書はその作品(Mohamed Mbougar Sarr, *La plus secrète mémoire des hommes*, Philippe Rey/Jimsaan, 2021)の全訳である。

刊行直後から、この本は評判を呼んでいた。なかでもル・モンド紙の読書欄(二〇二一年八月二六日付)に掲載された作家カミーユ・ロランスによる一文は鮮烈だった。「文学にいまだ黄金を求める者がいるということ、そして若さこそがその探求を照らすヘッドランプであるということ。これは今年の文学シーズンにとって最高のニュースである」と、ロランスは興奮もあらわな口調で告げていた。以降、本書の前には栄誉に至るまっすぐな道が開かれたかのようだった。

だが、ゴンクール賞をめぐる騒ぎ以上に印象的だったのは、旋風を巻き起こしながら、作家自身は落ち着き払った態度を示し、いささかも平静を失っていないように見えたことだった。この青年、かなりの大器ではないかと思わされたのである。

以下、フランスでの書評やインタビューによる情報をもとに、著者モアメド・ムブガル・サールを紹介し、ついで作品の解説を試みることにしよう。

## セネガルからフランスへ

モアメド・ムブガル・サールは一九九〇年六月二〇日、医師の息子として生まれた。ダカールで誕生したのち、首都から百五十キロほど東のディウルベルで育つ。中等教育を受けたのはセネガルきっての名門、サン＝ルイ・プリタネ士官学校においてである。全寮制男子校で、全国からの三〇〇〇人を超える受験者中、合格するのは五〇人のみ。それに加えアフリカの他の国々からも一五名の生徒を受け入れてスパルタ教育を施す。卒業生からはセネガルの著名軍人や政財界人、さらには中央アフリカやニジェール、ギニアやベナンの大統領をも輩出している。迷彩服を着て授業を受ける、軍隊的規律の徹底した学校から、よく本書のような小説を書く人物が現れたものだ。ただしサール自身は、この学校で受けた精神の鍛錬は作家となるうえで大変役立った、自らに厳しい目標を課し、安易な方向に逸れない姿勢を植えつけてくれたと語っている。サッカー選手を夢見たこともあるというから、勉強だけでなく運動も得意だったのだろう。

士官学校を経て、サールはフランスの高校に留学する。エリート校への進学準備クラスを経て、首尾よく社会科学高等研究院（EHESS）に合格し、セネガルの初代大統領にして偉大な詩人だったサンゴールについての研究に着手した。このころから文学への想いが強まり、小説を書き始める。二〇一四年、中篇小説「船倉」を発表して、フランス語圏の若手作家に贈られるステファヌ・エセル賞を受賞。結局、博士論文の執筆は放棄して作家となり、長篇小説三冊を出版する。

『包囲された土地』二〇一五年（サハラ砂漠南縁にある都市を舞台に、イスラーム原理主義者による苛烈な支配と、それに抵抗する者たちの姿を描く。未訳）
『コーラスの沈黙』二〇一七年（シチリアにやってきた七十二人の難民たちを、島民たちがどのように迎えたか。未訳）
『純粋な人間たち』二〇一八年（若い大学教員が、同性愛者を暴力的に排斥するセネガル社会の歪(ゆが)みに目を開いていく。平野暁人訳、英治出版、二〇二二年）

いずれもすでに、雄渾(ゆうこん)な筆致と衝撃的な物語性を備えた力作であり、サールはアフリカ文学やポストコロニアル文学に与えられる賞を複数受賞している。そして第四作となる本書により、彼は作中の表現を用いるなら「アフリカ文学のゲットー」を脱し、広範な読者を獲得したのだ。

## 幻の作家を求めて

『人類の深奥に秘められた記憶』は、忘れられた作家をめぐる探索の物語である。その作家にはモデルがいる。本書が捧げられているヤンボ・ウオロゲムである。

ウオロゲムは一九四〇年、セネガルの隣国であるフランス領スーダン（現在のマリ）で生まれた。フランスに留学して高等師範学校(エコール・ノルマル・シュペリウール)で学び、社会学の博士号を取得したのち、一九六八年、小説『暴力の義務』を刊行する。この作品により、ウオロゲムはアフリカ人として初めて、フランス四大文学賞の一つであるルノードー賞を受賞した。ところが、『暴力の義務』には、グレアム・グリーンやアンドレ・シュヴァルツ＝バルトらの作品の剽窃が含まれているとの指摘がなされ、非難が高まった。結局、版元の大手出版社スイユ社は一九七二年、『暴力の義務』を書店から回収し絶版とした。失意のウオロゲムは帰国し、終生、沈黙のうちに閉じこもった。

サールは士官学校の国語教師からウオロゲムについて教わり、『暴力の義務』を貸してもらった。ぼろぼろになったその本を夢中になって読み、強い印象を受けた。フランスに来てから自分でも本を見つけ、繰り返し読むうち、ウオロゲムの事例を出発点として小説を書いたなら、普遍的な広がりをもつ作品になるのではないかと思いついたのだった。なお『暴力の義務』は二〇一八年、初版から半世紀ぶりにスイユ社から再刊された。ウオロゲム再評価の気運とシンクロするようにして、サールは自らの「幻の作家」像をふくらませていったのだろう。

『暴力の義務』には邦訳が存在する(岡谷公二訳、新潮社、一九七〇年)。一読、これが盗作問題により囂々たる非難を巻き起こした作品であるとは想像もつかない。西アフリカの架空の国を舞台に、何世紀にもわたる「血と暴力の歴史」を描き出す構想力は、破格のスケールを感じさせる。しかも奴隷貿易をめぐって「黒人のお偉方」たちの積極的加担をつぶさに記すなど、アフリカの過去に対する複眼的な見方が随所に発揮されている。サールは明らかに、『暴力の義務』が提起していたテーマの数々を引き継いでいる。

一方、忘却された作家、呪われた作家という主題への意欲をサールに抱かせたのは、ウオロゲムに加えてロベルト・ボラーニョ(一九五三‐二〇〇三年)の諸作だったのではないか。巻頭に掲げられている『野生の探偵たち』からの引用がそのことを暗示している。チリに生まれ、メキシコやスペインで暮らしながら小説を書き続けたボラーニョの作品は没後、世界的に人気を集め、フランスでも続々と仏訳が刊行された。サールは折に触れてボラーニョへの賛嘆の念を語っている。「作家探し」の趣向とともに、複数の人物の話をつないで大きな物語にしていく話法は、ボラーニョとサールに共通する。もちろん、「謎の作家」をめぐる物語という趣向にはボラーニュのみならず、コルタサルやボルヘス、マルセル・シュウォッブ等々、多くの先例がある。若きサールは実在したアフリカ人作家をモデルとすることで、その系譜を更新する可能性をつかんだ。一人の作家の運命をとおして同時代の社会と歴史をあぶり出し、さらには文学や文明をめぐる大きな問いを投げかける試みに挑んだのである。

## 開放的な迷宮

こうした情報を積み重ねていくと、頭でっかちな文学青年がこしらえた風通しの悪い作品であるかのように思われそうだ。だが、本書の特色は、書物をめぐる蘊蓄をこれでもかと傾けながら、全体として「ブッキッシュ」な印象を与えないことではないだろうか。驚くほどのびのびとした自発性に富む言葉が、溢れんばかりの勢いで湧出し続けている。その奔流は大変な熱量のパッションを伝えるものでもある。もちろん、ゴンブローヴィッチやサバトを登場させて往時のブエノスアイレスの文学サロンを再現するなどというのは、ラテンアメリカ文学に心酔する者にしかできないわざだし、フランス文学についての言及や目配せも随所に見出される。とはいえ、衒学的というよりもやんちゃで恐いもの知らず、堅苦しさなどみじんもない、いたずらっぽい感覚が作品の基底をなしている。そう感じられるのは、語り手であるジェガーヌの性格に負うところが大きい。

冒頭こそ「作家」と「作品」をめぐって荘重に始まるものの、有名女性作家シガ・Dと偶然に出会って、いきなりその「文学的乳房」への欲望をむき出しにしてみせるあたりから、ジェガーヌの無鉄砲な青二才ぶりが明らかになる。他方、ベアトリスやアイーダとの関係では純情で生真面目なところも見せるし、ベアトリス宅の居間ではキリストと昵懇に語り合うという異能も発揮する。七十九冊しか売れなかった自著『空虚の解剖』に対する友人知人の反応をかみしめる一節に表れているとおり、自虐的ユーモアも得意だし、眼高手低で実力の伴わない現状に対する自覚もひしひしと伝わってくる。何よりも、T・C・エリマンの作品を読んで震撼させられた彼が、エリマンの軌跡をたどらずにはいられなくなったことが、過去をよみがえらせ、物語を立ち上げる原動力となっている。ジェガーヌのいきいきとした若さは、本書の大きな魅力である。

だが、作品自体はジェガーヌの言葉よりも、さまざまな他人の言葉を紡ぎ合わせることで成り立っている。そして、シガ・Dがセネガルで老父クマーフから聞かされた話を彼に伝えたり、彼女の言葉をとおしてブリジット・ボレームやハイチの女性詩人の物語が再現されたりといった構成が示すとおり、一人の語りのうちに別の人間の語りが混じり、ナレーションが複数化して、分岐しながらつながっていくのも本書の特徴だ。だれが語っているのか不分明になる瞬間もあるが、その宙吊り感覚がいっそう話の興趣を増している。迷路に分け入る感覚をかきたてながらも、闇の中で方向を見失わせることは決してない。読者はいわば開放的な迷宮の楽しみを享受できるのだ。

複数化する語り手の多くが女性である点も、作品の性格を決定づける要素となっている。「濃密な謎」の核心に接近するすべを、女たちのほうがよく弁えているのかもしれない。この作品で女たちの口調を本当によく表現しえたかどうかはともかくとして、女性が語るというセネガル古来の文化に自分が属していることは間違いないとサールは述べている。十九世紀半ばに植民地化されて以来、独立後の現在に至るまで、セネガルの公用語はフランス語である。しかしフランス語で書かれた本書の文章の背後には、現地の言葉で語る人々の声が響いている。最終章、セネガルの村でジェガーヌを迎える老若の女たちの話しぶりは、「われらの起源の土地」の言葉の味わい深さをほうふつとさせる。

なお、サールの一家はセレール族で、彼は伝統的な大家族で育った。作家になりたいという気持ちを芽生えさせてくれたのは、幼いころセレール語でさまざまな物語を語って聞かせてくれた祖母だった。サールの長編デビュー作『包囲された土地』は祖母の思い出に捧げられている。

## 呪縛の彼方へ

陽気な活力を発散しながらも、迷宮の核心には深刻な問題が潜んでいる。それを体現する存在がエリマンだ。

エリマンを一九三〇年代にパリにやってきた人物と設定したことで、サールは小説を大きな歴史的パースペクティヴの内に据えた。それは植民地の優秀な青年たちが、さまざまな志を抱いてパリに留学するようになった時期である。その中から、エメ・セゼールやレオポール・サンゴールのように、黒人蔑視を跳ね返し、植民地主義に対抗すべく「黒人性（ネグリチュード）」を提唱する先駆的な文学者たちも登場した。

ただしエリマンの場合は、社会変革を目指す運動に加わったのではない。パリの名門高校にやってきた彼は、周囲の向ける好奇の目にひるむことなく「明るく澄んだ声」で「セネガルから来ました。作家になりたいと思っています」と自己紹介する。西洋文学の滋養分をたっぷりと吸収して育った彼は、その蓄えを支えに独自の作品を築き上げようとした。ところが、他者の作品からの引用によってテクストを織り上げようとする彼の文学的方略は厳しい糾弾を招く。「オリジナルであることなしにオリジナルである」ことを目指す企図——まさにそのころアルゼンチンではボルヘスが、同様の逆説的な夢を、やがて『八岐の園』に収められる特異な短篇の数々に結晶させつつあった——は排斥された。そこには、白人の聖域に闖入した黒人を罰しようとする力が働いたかのようだ。それはまた、植民地支配下において、最初から黒人たちに対し仕掛けられていた罠でもあった。フランス語による教育を授けられて、社会的上昇を目指せば目指すほど、彼らは白人への同化を余儀なくされるばかりか、それを自ら進んで求めるようになる。いわば呪縛のメカニズムによって、「自分たちの文化を支配し虐待した文化」を崇め、「自分たちを破壊するものになりたいという欲望」に取りつかれるのだ。クマーフの叔父の「われわれの文化は打撃を受けた。トゲが肉に食い込んでしまって、抜けば死んでしまう」との比喩が生々しく迫ってくる。スキャンダルを起こしたのち、エリマンは、トゲを肉に食い込ませた手負いの野獣のごとき狂暴な衝動を抱えて世界を彷徨することになる。

そんなエリマンの運命は、はるか後輩にあたるジェガーヌにとって他人事ではなく、作家としての自らの基盤に直結する問いを突き付けてくる。同時にジェガーヌは、一方では祖国と完全に縁を切ったシガ・D、他方ではルーツへと回帰していこうとするムジンブワの、それぞれに必然性をもった生き方をも目の当たりにする。彼らとわが身を引き比べつつ、ジェガーヌは自分の進む道を選ばなければならない。もちろんそれは、著者サールも直面した問題だったはずだ。

植民地主義に対して反（あるいは脱）植民地主義を振りかざすだけでは、結局従来のジレンマから抜け出せない。自分は歴史を明晰に見つめながら別の何かを生み出したい、過去の糾弾や告発を超えた作品を書きたいとサールはインタビューで語っている。そして、できることなら世界文学の図書館の一部となりたいとも。もちろん、一気に到達できる種類の目標ではない。だが本書が、そんな願いにふさわしいスケールと力強さを備えた作品であることを、読者には実感してもらえるのではないだろうか。

日記、手紙、メール、書評やルポルタージュといった形式を束ね合わせ、ミステリや青春小説、回想や旅行記など諸ジャンルを横断し、パリからアムステルダム、ブエノスアイレスからダカールへと舞台を変えながら、第一次世界大戦におけるセネガル歩兵の苦しみ、第二次世界大戦時のユダヤ人迫害、アフリカ大陸での内乱や民衆蜂起をめぐる凄絶な出来事までを描き出す。マラルメやボルヘスに連なる「本質的な書物」の観念が熱っぽく語られるかと思えば、何やら呪術的な連続殺人事件（？）の闇に突入していきもする。いったいどういう決着を迎えるのか、エピローグに至るまで、固唾を呑んで読み続けるほかはない。そんな破天荒で斬新な面白さこそは、本作品が支持を集める理由に違いない。訳者はこれまで何度も全体を通読したが、そのたびに、次はいったいどうなるのだろうと引き込まれてしまったことを告白する。現在、三十六の国と地域で翻訳・出版の企画が進行中だという。各国の翻訳者たちも同様の気分を味わっているに違いない。

翻訳について一言だけ補足を。フランス語が公用語とはいえ、セネガル現地の人々の発音とフランス人の発音とのあいだには開きがある。そもそもMohamedという著者のファーストネームも、セネガルではモハメドと読むことが多いようだが、hを発音しないフランスではモアメドとなる。著者の姓名についてはエージェントをとおして著者の意向を確認したうえで表記を決定した。登場人物名の表記に関しても、一概に決めがたい部分がある。二か国のボーダーを行き来しながら書かれた小説であるがゆえの揺れを意識しつつ、セネガルから外に出ない人物についてはセネガルでの発音に倣うよう心掛けた。

フランス語で書くことについて、サールは自分にとっての母語はセレール語であって、フランス語はあくまで第二言語だが、完璧に自分のものとなっているので何のコンプレックスもなく使いこなすことができる。ただし、今後はひょっとするとセネガルの言葉で書くことだってありうると述べている。現在、フランス人のパートナーとパリの北方の町ボーヴェで暮らしているが、将来は母国に帰るかもしれない。フランス国籍を取得するつもりはないとのことである。

本書の翻訳は集英社文芸編集部のお勧めによるものである。担当してくださった佐藤香さんは作業の全般にわたり、有益な指摘や提言を惜しまれなかった。心から感謝申し上げる。校正をご担当くださった日本アート・センターの方々、そしてセネガルの言葉の表記等について相談に乗ってくださった方々にも、深く御礼を申し上げたい。

ボラーニョの『野生の探偵たち』には邦訳（柳原孝敦・松本健二訳、白水社、二〇一〇年）があるが、冒頭の引用は仏語での引用にあわせて訳した。

この本が読者にとって、「本棚の王国」への忠誠を誓うシガ・Dの言葉を借りるなら、「夜明けの読書の輝かしい黎明（れいめい）」をもたらす一冊となることを願いつつ。

二〇二三年盛夏

野崎歓

Cet ouvrage a bénéficié du soutien
du Programme d'aide à la publication de l'Institut français.
本作品は、アンスティチュ・フランセパリ本部の
翻訳出版助成金を受給しています。

装画　Yukimasa Ida
*End of today - 1/15/2023 Face -*
Oil on canvas, 2023
©IDA Studio Inc.

ブックデザイン　鈴木成一デザイン室

## モアメド・ムブガル・サール

Mohamed Mbougar Sarr

1990年セネガルのダカールに生まれ、パリの社会科学高等研究院(EHESS)で学ぶ。現在はフランスのボーヴェ在住。2014年に中篇小説『La Cale(直訳:船倉)』でステファヌ・エセル賞を受賞し、2015年『Terre ceinte(直訳:包囲された土地)』で長篇デビュー、アマドゥ・クルマ文学賞とメティス小説大賞を受賞した。2017年『Silence du chœur(直訳:コーラスの沈黙)』でサン=マロ市主催の世界文学賞を受賞。2021年、4作目にあたる本書はフランスの4大文学賞(ゴンクール賞、ルノードー賞、フェミナ賞、メディシス賞)すべてにノミネートされ、ゴンクール賞を受賞した。邦訳作品に『純粋な人間たち』(平野暁人訳、英治出版、2022年。原書は2018年)がある。

## 野崎 歓

(のざき・かん)

1959年新潟県生まれ。フランス文学者、翻訳家、エッセイスト。放送大学教養学部教授、東京大学名誉教授。2006年に『赤ちゃん教育』(青土社)で講談社エッセイ賞、2011年に『異邦の香り──ネルヴァル『東方紀行』論』(講談社)で読売文学賞、2019年に『水の匂いがするようだ──井伏鱒二のほうへ』(集英社)で角川財団学芸賞受賞。ほか『無垢の歌──大江健三郎と子供たちの物語』(生きのびるブックス)など著書多数。訳書に、ジャン=フィリップ・トゥーサン『浴室』『ムッシュー』『カメラ』『ためらい』(以上集英社文庫)、サン=テグジュペリ『ちいさな王子』、スタンダール『赤と黒』(以上光文社古典新訳文庫)、ボリス・ヴィアン『北京の秋』(河出書房新社)、ミシェル・ウエルベック『素粒子』『地図と領土』(以上ちくま文庫)、同『滅ぼす』(共訳、河出書房新社)など多数。

人類の深奥に秘められた記憶

2023年10月30日　第1刷発行
2024年2月27日　第2刷発行

著　者　モアメド・ムブガル・サール
訳　者　野崎歓
発行者　樋口尚也
発行所　株式会社集英社
〒101-8050　東京都千代田区一ツ橋2-5-10
電話　03-3230-6100（編集部）
03-3230-6080（読者係）
03-3230-6393（販売部）書店専用
印刷所　大日本印刷株式会社
製本所　加藤製本株式会社


ISBN978-4-08-773525-3　C0097
定価はカバーに表示してあります。